Über dieses Buch Der Chinese Tom Fong wandert wie so viele andere zu Beginn dieses Jahrhunderts mit seinen beiden halbwüchsigen Söhnen Daiko und Yiko nach Amerika aus. Er muß dort erfahren, daß der Dollar nur durch solche Arbeiten verdient werden kann, die von Amerikanern nicht selbst verrichtet werden. In seiner Handwäscherei arbeitet er dreizehn Jahre lang bis spät in die Nacht, immer das Ziel vor Augen, später ein Restaurant zu eröffnen und seine in China zurückgebliebene Familie nachzuholen. Seine Frau und die beiden jüngsten Kinder – aus deren Sicht die ersten Wochen in New York geschildert werden – erhalten während dieser langen Zeit von ihrem Vater nur seltene Geldbriefe und endlich die Summe für die Überfahrt. Die inzwischen fünfzigjährige Frau fügt sich gelassen in die beengten Verhältnisse, während für die beiden Jüngsten die Chinesenstadt New Yorks, voll nie gesehener Wunder und Seltsamkeiten, durch die Begegnung mit westlicher Kultur zu einer wirklich neuen Heimat wird. Die Anpassung der Familie an das amerikanische Leben führt aber – trotz unablässigen Kampfes um das für ein Restaurant notwendige Geld, trotz italienischer und amerikanischer Schwiegertöchter – nicht zur Aufgabe chinesischer Gebräuche und Lebensanschauungen.

Der Autor Lin Yutang wurde 1895 in Changchow als Sohn eines Kaufmanns und späteren christlichen Missionspfarrers geboren. Er studierte in Harvard (USA), Jena und Leipzig, war von 1923 bis 1926 Professor für englische Philologie an der Universität Peking, arbeitete als Sekretär im Auswärtigen Amt der chinesischen Nationalregierung, widmete sich aber bald ganz der Schriftstellerei. 1935/36 gründete er in Shanghai Zeitschriften, schrieb für englische Blätter und übersiedelte 1936 mit seiner Familie nach New York, 1953 als Präsident der UNESCO nach Paris. Lin Yutang starb 1978 in Hongkong. Als Diplomat und Journalist, als Erzähler und philosophischer Deuter chinesischen Lebens und Wesens, aber auch christlicher Ideen und buddhistischer Weisheit, verstand er sich als Mittler zwischen China und dem Westen. Seine großen Romane, ›Peking. Augenblick und Ewigkeit‹ (dt. 1952), ›Blatt im Sturm‹ (dt. 1953), ›Die Kurtisane‹ (dt. 1951) und ›Leb wohl, Sunganor‹ (dt. 1954), sowie seine kritischen Anthologien und Essays fanden auch im deutschen Sprachraum viele Leser.

Lin Yutang

Chinesenstadt

Roman

Aus dem Englischen
von Leonore Schlaich

Fischer Taschenbuch Verlag

Die Sprüche von Laotse sind in der Übertragung von Richard Wilhelm, die Strophen von Walt Whitman in der Übertragung von Hans Reisiger wiedergegeben.

Ungekürzte Ausgabe
Fischer Taschenbuch 8075
Mai 1983
Fischer Taschenbuch Verlag GmbH, Frankfurt am Main
Lizenzausgabe mit freundlicher Genehmigung
der Deutschen Verlags-Anstalt GmbH, Stuttgart
Titel der englischen Originalausgabe: ›Chinatown Family‹

Aus dem Englischen übersetzt von Leonore Schlaich

Umschlaggestaltung: Rambow, Lienemeyer, van de Sand
Gesamtherstellung: Hanseatische Druckanstalt GmbH, Hamburg
Printed in Germany
980-ISBN-3-596-28075-3

Erstes Kapitel

1

Tom lag mit müden Gliedern im Bett, alle Muskeln wohlig entspannt, und er versuchte Schlaf zu finden in dieser denkwürdigen ersten Nacht nach der Ankunft in Amerika. Seine Mutter hatte soeben stolz den Schalter ausgeknipst, das Licht der Hängelampe über dem Bett war ausgegangen, und eine Sekunde lang hatte ein rötlicher Schein vor seinen Augen getanzt. Seine Zehen taten ihm weh, aber angenehm weh, es war ein ganz neues Gefühl für ihn; er hatte nicht oft neue Schuhe besessen, weder aus Leder noch aus Leinen. Heute hatte ihm der Vater ein neues Paar gekauft für drei Dollar fünfundzwanzig Cents und hatte darauf bestanden, daß er sie gleich anzog. Seine Sehnen prickelten, die Knöchel waren ganz steif, und die Fersen schmerzten.

Er war schläfrig, wie nur ein Junge von dreizehn Jahren schläfrig sein kann nach einem Tag voller Aufregungen. Er wollte so gern schlafen. Seine Schwester Eva, die ein Jahr jünger war als er, lag neben ihm. Als er sich im Bett umdrehte und die Finger schlaff über die Kante herabhängen ließ, sah er den Mond über den gezackten, viereckigen und fremdartigen Dächern jenseits der Straße. Eine Weile schien sein Bett zu schaukeln, als sei er noch immer auf dem Schiff, mit dem er heute morgen angekommen war. Er war nicht seekrank gewesen wie Eva, aber sein Bett schaukelte noch immer. Der Mond schien am Himmel dahinzufliegen, aber wenn Tom die Augen aufriß, stand der Mond ganz still über den Dachfirsten. Und dann wußte er wieder, daß er an Land war, in einem fremden Land, in einer fremden Stadt.

Er hatte heute zuviel gegessen, einem chinesischen Mittagessen war ein chinesisches Abendessen gefolgt, nachdem er auf dem Frachter fünfundvierzig Tage gehungert hatte. Nun fühlte er sich schwach und ein bißchen übel in der Erinnerung an die Unmenge Reis in öliger Bratensoße und an die dicken, in Fett geschmorten

Bohnen. Die Schläfrigkeit hüllte ihn ganz ein, dunkel, süß und weich.
Aber Eva war noch wach.
»Schläfst du?« flüsterte sie.
»Ja.«
»Ist ja gar nicht wahr!«
Eva richtete sich auf, die Matratze rollte und schwankte wieder.
»Was machst du?« fragte Tom.
Er sah Evas Schatten über den Boden huschen.
Klick, klick! Klick, klick! Das Licht über seinem Kopf ging an und wieder aus.
»Aber Eva!«
Kichernd und übermütig sprang Eva wieder ins Bett und zog die Decke über sich.
Vom andern Zimmer kam die Stimme des Vaters: »Kinder, hört auf, mit dem Licht zu spielen. Es ist elektrisch.« Das kantonesische Wort *tin* hatte einen schweren, harten Klang – *Hai tinnn.*
Es ist elektrisch! Für Tom ein bedeutungsvolles Wort, das alles enthielt, was in dieser Wunderwelt neu und großartig war. Er hatte mit Eva am Nachmittag mit den Lichtschaltern gespielt und die gekreuzten Fäden der Glühbirne genau untersucht. Elektrisches Licht kannte er wohl von Kanton und vom Schiff her, aber daheim hatten sie es nicht gehabt, und so nahm das Wunder kein Ende. Er wußte, daß er später, wenn er groß war, dieses unbegreifliche Wunder erforschen würde, aber jetzt wollte er erst einmal das hübsche, unfehlbare Klicken verstehen. Tom war sehr wißbegierig und liebte es, sich über allerhand Dinge den Kopf zu zerbrechen, Dinge, über die seine Schwester gar nicht nachdachte. Der Vater hatte gesagt: Es ist elektrisch – und das Wort mit großem Respekt ausgesprochen. Elektrisch war der Blitz, und er hatte den Blitz über seinem Bett. Der Gedanke war aufregend genug.
Durch die Stille der Nacht kam in regelmäßigen Abständen ein wilder, sausender Ton, er dröhnte und rumpelte vor dem Schlafzimmerfenster und verklang in geheimnisvoller Ferne. Wenn der Ton sich näherte, kreischten die Schienen auf wie Dämonen in der Nacht, die Fensterscheiben zitterten, und man sah die phantastisch erleuchteten Zugfenster wie eine Prozession vorüberhuschen. Wenn die Hochbahn auf der Station hielt, hörte man die Räder knirschen.
Ein Zug, der vor seinem Fenster durch die Luft flog! Tom war nun

wieder ganz wach. Über den Lärm wunderte er sich nicht. Schon ehe er hierherkam, hatte er eine Menge über Amerika gewußt. Es war das Land, das ganz aus Maschinen bestand, und es war selbstverständlich, daß Maschinen Lärm machten. Amerika mußte ja voller Lärm sein, dachte Tom, voll von diesem Rasen und Eilen irgendwohin. Klick – Halt! – Klick – Abfahrt! Klick, klick! Nein, Tom quälte etwas anderes, es ließ ihm keine Ruhe. Er sprang auf und sah aus dem Fenster. Er konnte es nicht fassen: Wie konnte ein fliegender Dämon mit Wagen voller Menschen von so dünnen Stahlpfeilern getragen werden! Das war das Wunder für ihn. Ein Zug, der durch die Luft sauste, von Streichhölzern getragen! Tom kratzte sich am Kopf. Oh, er mußte noch vieles wissen.

Wenn er hinausschaute, sah er über der Straße Männer und Frauen in Schlafanzügen, auf Kissen und Polster gelehnt, aus den Fenstern schauen; die Männer hatten Glatzen, die Frauen ihre Brust fast entblößt.

Er ging ins Bett zurück. Es war so heiß, so laut und so fremdartig, alles war aufregend und wunderbar. Eva war eingeschlafen. Sein Kopf war schwer und der Magen so voll.

Als nächstes kam ihm zum Bewußtsein, daß es schon Morgen war.

2

»Wie findest du den Vater?« flüsterte Eva, kaum daß sich Tom gerührt hatte. Aber er war noch halb im Schlaf. Sie rüttelte ihn: »Wie findest du den Vater?«

»Was willst du?« Tom rieb sich die Augen. Und plötzlich wußte er wieder, daß sich für ihn etwas Herrliches, etwas Wunderbares und nie Dagewesenes ereignet hatte. Blitzartig schoß es ihm durch den Kopf, daß er in den Staaten war, im berühmten, märchenhaften New York. Er fuhr aus dem Bett: »Ich bin in New York, ich bin in New York!«

Es war so, als sagte er: Ich bin im Wunderland.

»Magst du den Vater leiden?« fragte Eva wieder.

»Ja, ich mag ihn«, antwortete Tom. »Ist es nicht komisch, einen Vater zu haben?«

»Das ist nicht komisch. Es ist unser Vater!« widersprach Eva.

»Aber es ist komisch, einen Vater zu haben!«

»Warum magst du das nicht?« Eva nahm Toms Meinungen immer wichtig.
»Doch, es ist schön. Es ist, als hätte man ein doppeltes Dach über dem Kopf. Wir hatten schon ein Dach, und nun haben wir noch eins dazu. Das ist schön!«
»Er muß schwer für uns arbeiten«, sagte Eva, »das haben wir nicht gewußt.«
Tom war heller und schlanker als seine Schwester. Obwohl Eva noch ein Kind war, hatte sie kräftigere Kinn- und Backenknochen und eine sehr ausgeprägte, feste Stirn über den schmalen, glänzenden Augen. Mit ihrem einfachen, offenen Lächeln und ihrem Zopf sah sie wie eine Puppe aus.
Tom hatte den Vater seit seiner Kindheit nicht mehr gesehen, und Eva hatte den Vater überhaupt nicht gekannt. In ihrer Vorstellung war der »Vater« ein Traum, ein Märchen, so fern der Wirklichkeit, daß sie nie daran geglaubt hatte.
In guten und in schlechten Jahren hatte der Vater ihnen Geld geschickt. In der Familie hieß es, daß er zur Zeit des Goldfiebers in Alaska nach Amerika gegangen sei. San Franzisko war allen daheim in Kanton als »Alter Goldberg« bekannt. Für die chinesischen Auswanderer in Amerika war es der »Große Hafen«. Der Vater hatte »Golddollars« nach Hause geschickt, so nannte man das Geld. Was hatten die Dörfler an der Südküste von Kanton – in Toishan, Sunwei, Fanyu – nicht alles vom Goldenen Land gehört! Eines stand fest: Alle, die Söhne in Amerika hatten, bekamen Geld geschickt, wovon sie Ersparnisse machen und Höfe kaufen konnten; die andern konnten das nicht. Manche hatten sogar »Fremdenhäuser« in Kanton gekauft.
Zweimal war Tom Fong aus Amerika nach China heimgekommen; er war etwas über ein Jahr geblieben und dann wieder zurückgegangen, um noch mehr fremdes Gold zu verdienen.
Solange die Kinder denken konnten, war der Vater in New York gewesen. Daß New York nicht der »Alte Goldberg« war, spielte für sie keine Rolle – über dem sagenhaften Pazifik verschmolzen die beiden Orte ineinander. Im Dorf erzählte man sich, daß drüben die Chinesen überfallen, ausgeraubt und ermordet, viele auch von der Westküste vertrieben wurden, und in der Familie wußte man, daß Tom Fong nach allerhand aufregenden Erlebnissen an die Ostküste geflohen war. Aber das war schon lange her, und alle diese Geschichten klangen wie Abenteurer-Geschichten. Jedenfalls

überstand Tom Fong alles und schickte Jahr für Jahr Golddollars, wie die Söhne der andern Dörfler, um Eltern, Brüder und Frauen zu erhalten und ihre Neffen zur Schule zu schicken. Es war eine Geschichte vom Durchhalten, vom Erfolg und vom siegreichen Daseinskampf.

Immer mehr Söhne aus dem Dorf gingen nach Amerika, und die Einwanderungsbehörden hatte der Himmel ihnen nur dazu in den Weg gelegt, damit sie ihr Ziel mit um so mehr Geduld und Zähigkeit verfolgten. Gewiß war über die Einwanderungsbestimmungen nicht zu lachen – trotzdem lacht man darüber, wenn man nichts zu verlieren hat.

Da war zum Beispiel Toms zweitältester Bruder Yiko. Mit sechzehn Jahren war er als Matrose hinübergekommen und hatte den Sprung vom Schiff gewagt. Und nun war er Frederick A. T. Fong, Versicherungs-Agent, Vertreter der großen amerikanischen Cornelius-Versicherung. Die Justizbehörde wußte nichts davon. Wie sollte es auch die Aufgabe dieser Behörde in Washington sein, Yikos Aufenthalt nachzuforschen! Frederick A. T. Fong wußte ihn selber nie genau. Er fügte immer, wenn er diese Behörde erwähnte, Washington, District Columbia, hinzu. Er war zu jedermann freundlich, und wenn er einem Amerikaner begegnete, sagte er immer: »Ich bin Frederick A. T. Fong«, ohne abzuwarten, bis man ihn vorstellte.

Während Tom und Eva in ihrem Dorf in Sunwei heranwuchsen, lebten ihr ältester Bruder Daiko und ihr zweiter Bruder Yiko mit dem Vater in New York. Die Familie war genau in zwei Hälften geteilt, die eine verdiente das Geld, die andere gab es aus. Die Mutter war für Tom und Eva das eine Dach, ein vollkommenes Dach, und der Vater war das andere. Jetzt waren beide Hälften vereint, und beide Dächer lagen übereinander.

Für die jüngeren Kinder war der Vater etwas Mystisches gewesen. Aus vielerlei Zeichen konnte Tom glauben, daß es dieses mystische Wesen wirklich gab, so wie die Christen glauben, daß Gott wirklich ist, weil es Regen und Schnee, Vögel und Blumen gibt. Solche Zeichen waren die Briefe, die einmal in sechs Monaten oder auch in längeren Pausen kamen, und die Geldanweisungen, die gewöhnlich darin waren, besonders wenn Neujahr kam; weitere Zeichen waren die Reisen in die Stadt, die Tom manchmal mit der Mutter machte, wenn Briefe des Vaters gekommen waren, und die erstaunliche Tatsache, daß die Banken stets richtiges Geld zahlten, wenn sie das nicht gerade sorgsam ausgefüllte Stück Papier vorlegten. Die Briefe des Vaters waren immer sehr kurz und nicht sehr mitteilsam. Es stand nur darin, ob die Zeiten gut oder schlecht waren, und »Beigeschlossen findest Du eine Geldanweisung über ...«

Freilich gab es auch noch andere Zeichen, daß der Vater wirklich existierte. Erstens sprach die Mutter von ihm, und zweitens lebte ihr Bruder, Onkel Chan, in New York. Onkel Chan lebte nicht in Wolken verborgen in olympischer Höhe; seine Gegenwart war über den Ozean hinweg bis in ihr Haus spürbar. Er schrieb viel häufiger, seine Briefe waren unterhaltsam, sogar redselig; sie berichteten über alles, was sich in New York ereignete. Aus diesen Briefen erfuhr die Familie daheim, daß Daiko ein italienisches Mädchen geheiratet hatte, das Flora hieß; der Vater hatte dieses Ereignis nicht einmal erwähnt. Und dann gab es noch einen alten Mann, der auch Fong hieß; er war schon über sechzig, war viele Jahre in Amerika gewesen und hatte sich dann als recht wohlhabender Mann in seinem Heimatdorf niedergelassen. Von ihm erfuhr der wißbegierige Tom alles über die Sitten und Gebräuche in den Vereinigten Staaten, wofür der alte Fong der beste Gewährsmann war.

Eine der merkwürdigsten Geschichten war die von den Gasthäusern ohne Kellner; man steckte nur einen Nickel in einen Schlitz, es machte klick, und ein ganzes knusprig gebratenes Huhn kam heraus. Keinem andern hätte Tom das geglaubt, so aber machte diese Erzählung einen mächtigen Eindruck auf ihn.

»Auch ein Truthahn?« fragte er.

»Auch ein Truthahn, ein ganzer dicker Truthahn.«

Tom lief das Wasser im Mund zusammen.

»Hinter den Scheiben siehst du alles, was es gibt. Du steckst einen Nickel hinein und schwupps hast du, was du willst. Ja, die Amelikaner sind klug.« Der alte Fong konnte das R nicht sprechen und sagte Amelikaner, wie die meisten Chinesen. »Wenn du groß bist, gehst du auch nach Amelika.«

Tom wünschte sich nichts sehnlicher, als nach Amelika zu gehen. Keine der alten Geschichten von den Räubereien und den Ermordungen der Eisenbahner schreckten ihn ab. Und die Erzählungen über das große Schreckgespenst, das Einwanderungsamt, mit seinen unbegreiflichen Bestimmungen regten seine Knabenphantasie nur an. Das Amt war schließlich nichts anderes als ein

Haufen Beamter. In China hielt man Beamte sowieso für eine Pest. Die Einwanderungsbeamten konnten auch nichts anderes sein als die chinesischen Beamten, die er kannte. Solange man einen Verwandten in Amerika hatte, brauchte man sich nicht zu ängstigen. Ein Beamter ist ein Beamter, aber Verwandte sind Verwandte.

Tom Fong, der Vater, wollte natürlich seine Familie bei sich haben. Zehn lange Jahre hatte er es sich gewünscht. Aber es war nicht so leicht. Wollte er die Familie von San Franzisko aus mit der Eisenbahn über den ganzen Kontinent reisen lassen, so kostete das für drei Personen nahezu tausend Dollar. Wie konnte er mit seiner Wäscherei so viel Geld verdienen? Vor ein paar Jahren, als er glaubte, das Geld beisammen zu haben, hatte seine Bank Pleite gemacht. Dann gingen die Geschäfte schlecht, immer weniger Leute schickten ihre Wäsche; und die Kunden, die geblieben waren, schickten keine Unterwäsche mehr, und die ihre Hemden brachten, schienen sie jetzt nur noch einmal in der Woche zu wechseln statt wie bisher zweimal; und Bettwäsche machte viel Arbeit und brachte wenig Verdienst. Tom Fong setzte die Preise herunter, er arbeitete länger – Gott sei Dank war das wenigstens nicht verboten! –, er blieb auf den Beinen und schwitzte bis elf Uhr nachts.

Alles Geld verwahrte er in einem Säckchen in einer Stahlkassette, die er verschloß und tief in einer Kommode versteckte. Er hatte den Glauben an die Banken verloren. Einmal versuchte er sein Heil im Spiel; er hatte von einem Gewinn von zweihundert Dollar geträumt, aber die Hoffnung, damit alle seine Wünsche erfüllen zu können, wurde enttäuscht – er verlor alles wieder. Danach spielte er vorsichtig, mehr zum Vergnügen als mit der Absicht, mit einem Gewinn seine Familie herüberzubringen. Aber jedes Jahr setzte er zehn Dollar bei irischen Pferderennen, um wenigstens eine Chance zu behalten.

Das Glück kam von seinem zweiten Sohn, der als Versicherungs-Agent gut vorankam. Eines Tages brachte ihm die freigebige Seele einen Scheck über fünfhundert Dollar, seine ersten Ersparnisse: »Hier nimm sie und laß die Mutter und die Kleinen kommen! Sag ihnen, Yiko habe das Geld geschickt. Ich weiß, daß du die Mutter hier haben willst. Es bleibt ja in der Familie.«

Dieses Anerbieten seines Sohnes traf den Vater tief, so tief, daß er lange brauchte, ehe er zeigen konnte, was er empfand. Der harte

Panzer von Geduld und Beherrschung, den er so viele Jahre getragen hatte, war endlich durchstoßen, und sein ganzes Wesen entspannte sich. Endlich konnte er gelöst lächeln, Tränen traten ihm in die Augen, aber er war noch immer zu bewegt, als daß er ein Wort herausgebracht hätte. Nur sein Blick sagte: Ich nehme das Geld, mein Sohn. Ich habe mich sehr danach gesehnt, die Mutter hier zu haben.

Dieses Geld für die Reise ließ Toms Mutter unberührt auf der Bank liegen. Ach, sie selber wäre viel lieber in China geblieben, es war ihr durchaus recht, hier das Haupt der Familie zu sein. In ihrem Alter war es kein reines Vergnügen, nach Amerika auszuwandern, wo Sitte und Sprache so fremd waren. Aber für Tom und Eva wünschte sie es; die Familie stimmte einmütig dem Plan zu, und bei den Kindern herrschte große Freude. Aber man konnte nicht fort, solange die Großmutter noch lebte; und niemand wußte, wie lange sie noch leben würde. Es wäre abscheulich gewesen, sie allein zu lassen, denn sie war schon über achtzig. Und so blieb man. Tom freilich wünschte heimlich, daß es bald soweit sei, aber dann schämte er sich seines Gedankens. Als er dreizehn war, starb die Großmutter und wurde mit allen Ehren begraben. Nun war es soweit.

Nein, leicht war es nicht. Denn da waren eben die Einwanderungsbeamten und die Einwanderungsgesetze, Gesetze, die zu keinem andern Zweck gemacht schienen, als die Chinesen von Amerika fernzuhalten. Aber die Chinesen haben ihre Erfahrungen mit Beamten, sie wissen von alters her, daß es Wege gibt, Gesetze zu umgehen. Yiko war als Matrose hinübergegangen, die Mutter mit ihren Kindern konnte das leider nicht. Ebensowenig konnte sie in einer Tonne bis zur kalifornischen Küste schwimmen oder sich über die mexikanische Grenze einschmuggeln lassen. Auf legalem Wege konnte nun aber ein Wäschereibesitzer seine Familie nicht ins Land bringen; nur ein Kaufmann konnte es, wenn die Kinder unter einundzwanzig waren. Onkel Chan war Kaufmann, er besaß einen schönen Kolonialwarenladen in der Chinesenstadt von New York. Und Onkel Chan war glücklich, seiner Schwester und ihren Kindern herüberzuhelfen. So machte man Tom Fong auf dem Papier zum Mitinhaber von Onkel Chans Geschäft, und mit einem Augenzwinkern auf das Gesetz wurde er Kaufmann. Beide wußten, daß es nur eine Formsache war. Es war unerlaubt, aber es führte zum Ziel.

3

Der Ausdruck in Vater Toms Augen war in den letzten Monaten viel milder geworden. Sein im Nacken kurz geschnittenes Haar war zwar grau, aber in seinem Gesicht war nichts davon zu sehen, was er durchgemacht hatte. Nur ein paar tiefe Falten in den Mundwinkeln erzählten von einem reifen, gesunden Alter. Er hatte hohe Backenknochen und engstehende Augen. Seine breite Oberlippe zog sich in den Winkeln herab, so daß man oft schwer beurteilen konnte, ob er ernst oder verdrießlich, heiter oder zufrieden war. Diese Oberlippe verbarg viele nur selten ausgesprochene Empfindungen, auch Geduld und Zähigkeit war darin, als sagte sie: Wir wollen sehen, wer zuletzt lacht. Tom Fong war immer ein schweigsamer Mann gewesen mit einer unverwüstlichen Gesundheit. Die wenigen Worte, die er mit seinem ältesten Sohn wechselte, den er Loy nannte, galten nur der Arbeit. Manchmal forderte er Loy zu seiner Überraschung am späten Nachmittag auf: »Wir wollen zum Chatam-Squay!« Dann wußte Loy, daß sie in einem guten Restaurant der Chinesenstadt ein gutes Abendessen haben würden, danach aber wieder Arbeit bis elf oder zwölf.

Vater und Sohn bügelten und bügelten schweigsam und zufrieden bis tief in die Nacht in den anderthalb Räumen im Untergeschoß des Hauses, das in einer Seitenstraße des Achtzigsten Bezirks lag. Vor dem Geschäft hing ein rotes Ladenschild mit großen weißen Buchstaben: TOM FONGS HANDWÄSCHEREI. Es war längst keine Handwäscherei mehr, aber man war bei der alten Bezeichnung geblieben. Der Vater mit seiner kurzen, gedrungenen Gestalt und den mächtigen Schultern und der größere, schlankere Sohn arbeiteten unter dem grellen Licht der 100-Watt-Lampen wie stumme Roboter.

Es war eine brave, kleine Welt, sicher und friedlich und ohne große Probleme. Manchmal fragte der alte Fong seinen Sohn vorsichtig: »Wann werde ich einen Enkel bekommen?«

»Weiß ich nicht.«

»Was ist denn mit Flora?«

Damit war jedesmal die Unterhaltung wieder zu Ende.

Mit der Wäscherei ging es gut voran, sie brachte ihnen anständigen Verdienst. Sie hatten genug Kunden, und alle bezahlten ihre Rechnungen. Ihre einzige Aufgabe war, die Wäsche sauber und rasch zu liefern und darauf zu sehen, daß sie sofort bezahlt wurde. Sie hatten keine Angestellten und Teilhaber. Jede Minute, die sie länger am großen Bügelbrett standen, brachte ein paar Cents mehr ein, sie brauchten die Cents nur von der Straße aufzulesen. Sie hätten steinreich werden können, wenn ihre Kräfte nicht eine Grenze gesetzt hätten. Der Vater mit seinen fast sechzig Jahren war leistungsfähiger als der junge Mann. Oft schickte er Loy früher zu Bett und arbeitete allein weiter. Und wenn Flora da war und mithalf beim Einpacken der Wäsche und beim Ausschreiben der Rechnungen, schickte er auch sie immer früher zu Bett. Er hatte seine eigene Vorstellung von der Vererbung – eine geschwächte Mutter konnte ihm kein gesundes Enkelkind schenken.

Diese kleine Welt war einfach. Niemand konnte ihnen etwas anhaben. Darum nannte Tom Fong Amerika ein gutes Land. Frieden war eine wunderschöne Sache. Sie wollten, daß man sie in Ruhe ließ, und sie wurden in Ruhe gelassen. Die chinesische Regierung tat ihm nichts, und er tat auch ihr nichts. Auch die amerikanische Regierung ließ ihn ungeschoren und er sie. Die New Yorker Polizei hatte nichts mit ihm zu tun und er nichts mit der Polizei. China liebte er, wie man seine Eltern liebt, aber China war für ihn mehr eine Gemeinschaft von Menschen als ein Staat – eine Volksgemeinschaft, verbunden durch gleichen Glauben und gleiche Sitte.

Rings umher lebten Tschechen, Griechen, Italiener, Juden, Deutsche und Österreicher. Er begriff nicht, warum eine Nation besser sein wollte als die andere. Sie waren doch alle nur Menschen, die ihre Familie durchbringen wollten. Seit den Tagen der Mandschu lernten die Chinesen mehr aus Gewohnheit als aus Überzeugung, jeder Sohn Chinas habe es im Ausland fast ebenso schwer wie die Leute mit einem Nansenpaß. Es war erstaunlich, wie gut du ohne eine Sache, die Staat hieß, auskommen konntest, wenn du nur ein friedlicher Bürger warst! Warst du aber ein Verbrecher oder Gangster, so konnte deine Heimatbehörde nicht das geringste tun, dich zu schützen. Mit dieser Vorstellung eines freien, selbstverantwortlichen Menschen war Tom Fong seinerzeit nach New York gekommen, so wie Hunderte und Tausende seiner Landsleute nach Arkansas und Illinois, Lima und Kapstadt, Dresden und Marseille. Im Jahre 1847 hatte ein chinesischer Reisender sogar eine Zusammenkunft mit Landsleuten auf der Insel St. Helena gehabt. Es war endgültig bewiesen, daß man den Schutz einer Regierung nicht brauchte.

Aber die Menschen sind verschieden. Flora zum Beispiel. Als sie und Loy heiraten wollten, sagte der Vater wie ein echter Amerikaner: »Okay!« Das hieß, er wolle sich da nicht einmischen. Flora war eine Frau, und eine Frau war so gut wie eine andere. Chinesische Mädchen gab es kaum in New York, warum sollte sein Sohn aber deshalb nicht heiraten? Flora war zwar eine Fremde, aber sie hatte reizende Augenwimpern und einen kleinen Mund mit ebenmäßigen Zähnen. Ihre Brüste waren voll, das war wichtig für die Mutterschaft. Und so sagte denn der Vater: »Okay!« Er wußte, wie sehr ihm Loys Mutter fehlte, obwohl er nie eine Andeutung darüber machte, welches Opfer er im Exil auf sich genommen hatte. Erst an dem Tag, an dem Yiko ihm den Scheck gab, wurde dem Sohn bewußt, wie sehr der Vater die Mutter entbehrte.

Da Flora Amerikanerin war, trug sie ihre Gefühle offen zur Schau. Wenn eine Amerikanerin glücklich war, so mußte sie ihr Glück auch zeigen, war sie dankbar, so mußte sie ihre Dankbarkeit zeigen, und war eine Amerikanerin verliebt, so mußte sie es noch überschwenglicher zeigen. Kraft aber lag nur in der Zurückhaltung, und Gefahr in der Überschwenglichkeit. Wie kann ein Stausee entstehen, wenn er nicht eingedämmt wird? Der Vater sah über viele amerikanische Angewohnheiten Floras hinweg. Aber wenn Flora in Gegenwart des strengen Vaters den Sohn während der Arbeit küßte, so war das zwar etwas, was er von ihr hätte erwarten können, aber daß sie es wirklich tat, erschien ihm ganz unmöglich. Loy war äußerst zurückhaltend, wenn Flora ihn küßte. Aber wenn der Vater seinen Sohn beobachtete, war er nicht sicher, ob Flora ihm treu bleiben würde, aber Loy würde sie immer lieben.

Flora war erst einundzwanzig, sie hatte dunkle, leidenschaftliche Augen und lange Wimpern, wie sie nur weiße Frauen haben konnten. Ihre Haut war nicht so zart wie die einer Chinesin, und ihre Unterarme waren mit Härchen bedeckt. Ihr schmales Gesicht gewann durch die schönen dunklen Locken, die sie fraulicher machten, wenigstens war das des Vaters Ansicht. Jemand hatte ihm von der Leidenschaftlichkeit der Italienerinnen erzählt. Eine leidenschaftliche Frau konnte nur eine Frau mit mehreren Männern sein oder auch eine Frau mit vielen Kindern. Vater Fong hoffte das letztere. Floras Liebe zu Loy zeigte sich auf mancherlei Art, so in ihrer fröhlichen Bereitschaft, im Geschäft mitzuhelfen, in ihrem Bemühen, sich chinesischen Sitten anzupassen, vor allem in ihrer Vorliebe für die chinesische Küche. In diesem letzten wichtigen Punkt gab es glücklicherweise keinerlei Schwierigkeiten, und der feste Boden internationaler Demokratie schien, wenigstens im Augenblick, gesichert. Viele internationale Ehen waren eher am schlechtgebratenen Hammelkotelett gescheitert als an der Verschiedenheit des nationalen Charakters.

4

Als Tom und Eva bei der Einfahrt des kleinen Panamafrachters in den Hafen von New York die Freiheitsstatue erblickten, war ihnen das Bild der Statue und der Wolkenkratzer nicht fremd. Sie hatten sie schon oft auf Postkarten und im Film gesehen. Aber nun waren sie leibhaftig vor ihnen, und sie konnten sie fast mit Händen greifen. Trotzdem wirkten sie noch immer wie ein Bild. Es war so, als begegnete man einem Filmstar persönlich; sie sieht aus, als sei sie direkt von der Leinwand herabgestiegen, aber sie redet noch immer wie im Film, und man kann sie nicht für ganz wirklich halten. Eva konnte sich von dem Anblick der Wolkenkratzer nicht losreißen, vor Angst, das Traumbild könnte wieder verschwinden. Und immer wieder mußte sie sich umdrehen und noch mal hinschauen, und immer waren die Wolkenkratzer noch da.

Am Kai wurden sie von Vater, Daiko und Flora, Yiko (Frederick A. T. Fong) und Onkel Chan empfangen. Am ansehnlichsten erschien Yiko in seinem kleidsamen hellblauen Anzug mit der Nelke im Knopfloch. Er war nicht nur der Größte und Stärkste von allen, er war es ja auch, der das Geld für die Reise der Familie aufgebracht hatte. In jeder Weise war er »der große Bruder«. Er hatte die kleinen Geschwister erst vor sieben oder acht Jahren gesehen; Daiko kannte sie überhaupt noch nicht. Yiko war stolz darauf, in der Chinesenstadt etwas zu bedeuten, und hatte zur Feier des festlichen Ereignisses eine schwarze Krawatte angelegt.

Ohne Wissen Daikos oder des Vaters tat er etwas, was die Mutter aufs höchste befremdete. Er hatte einen Photographen mitgebracht. Und als die Mutter mit den beiden Kindern den Landungs-

steg herunterkam, ging er ihr entgegen, umarmte sie zärtlich und küßte sie. In diesem Moment flammte das Blitzlicht auf. Mutter Fong wäre fast ohnmächtig geworden.
Nach all den lauten Begrüßungen, dem Durcheinanderfragen und gegenseitigen Anstaunen, wie es die endliche Vereinigung der beiden Familien nach zwölfjähriger Trennung mit sich brachte, wollte Yiko zur Erinnerung an das denkwürdige Ereignis auch noch eine Gruppenaufnahme haben. Vater und Mutter sollten sich setzen, aber es gab keine Stühle auf dem Kai. Flora, die neben Daiko stand, lächelte tapfer, aber sie fühlte sich noch sehr fremd. Auch Onkel Chan stand als einer der drei Ältesten in der Mitte; er war an die Vierzig und hatte seinen besten Sonntagsanzug aus Alpaka an, der vom langen Tragen schon schäbig war; sein wohlgerundeter Bauch, den man nicht übersehen konnte, glänzte wie der Bauch eines Seehunds. Auch sein dunkler, runder Kopf mit dem dünnen Backenbart und dem fetten Kinn, dazu der wiegende Gang – das alles vervollständigte den Eindruck von einem Seehund. Yiko, der auf der andern Seite hinter Tom und Eva stand, die gespreizten Hände auf den Schultern der Kinder, schien mit seiner Krawatte und dem zuversichtlichen Lächeln die jungen Geschwister unter seine unsichtbaren Fittiche zu nehmen.
Die Mutter, eine Frau von Fünfzig mit einem strengen, kantigen Gesicht, hatte sich noch nicht von der liebevollen aber höchst unpassenden Umarmung erholt.
»Wozu hast du nur die Aufnahmen machen lassen, Ah-Tong?« fragte sie Frederick auf kantonesisch und verriet dabei den wahren Namen, der sich hinter den geheimnisvollen Buchstaben A. T. verbarg, ein Geheimnis, über das Yiko vermutlich nur ungern sprach. Für seine Freunde war er Freddy, Frederick war er im Geschäft und auf seinen Schecks, aber Ah-Tong war er für seine Eltern.
»Wozu?« erwiderte er, »für die chinesischen Zeitungen.« Die Chinesenstadt sollte sehen, wie Frederick, der liebende Sohn, seine Mutter im New Yorker Hafen empfing. Solche Ereignisse hatten etwas zu bedeuten. Wie die Indianer die »Mayflower« begrüßten, das war ein Stoff für die Historienmaler.
»*Sei-lo! Sei-lo!*« seufzte die Mutter. Nicht genug, daß ihr Sohn sie öffentlich geküßt hatte, jetzt sollte auch noch der schmachvolle Augenblick veröffentlicht und verewigt werden! Das widersprach jedem Gefühl von weiblichem Anstand.

Im Taxi wurden alle erst wieder fröhlich, als Daiko dem Bruder nahelegte, das Bild nicht zu veröffentlichen, und alle ihn unterstützten. Da kamen sie auch schon vor Tom Fongs Handwäscherei an.

5

Die Dinge sind in Wirklichkeit nie so, wie man sie sich vorgestellt hat. Das kleine Rattenloch von Laden in einer Seitenstraße der Third Avenue war eine große Enttäuschung für Tom und Eva, sogar für die Mutter. Aber es war gar kein Rattenloch, es war eine Goldgrube, in der Vater und Daiko soviel Geld verdient hatten, daß sie den Hof in Sunwei kaufen konnten. Tom hatte von einem funkelnagelneuen Laden im amerikanischen Stil geträumt, mit Hunderten von amerikanischen Kunden, die alle das englische Kauderwelsch sprachen. Der Laden im Erdgeschoß war jetzt geschlossen. Tom versuchte das Firmenschild zu lesen. Er entzifferte die Worte ›Tom Fong‹. Die folgenden Zeilen konnte er noch nicht verstehen. Sie lauteten: ›Rasch und sauber. Prüfe und überzeuge dich.‹

Flora hatte Tom gleich ins Herz geschlossen. Als er auf das Schild zeigte und sie nach der Bedeutung der Worte fragte, lächelte sie, denn sie kannte nur ein paar kantonesische Worte. Yiko antwortete für sie: »Überzeuge dich – ist dasselbe wie *seong sun* und bedeutet vertraue!«

»Was ist vertrauen?« fragte Tom und grübelte über das neue Wort.

»Vertrauen bedeutet *seong sun.*«

»Warum sagt man dann nicht glauben?«

»Oh, überzeugen ist ein gutes Wort. Man gebraucht viel eher: ich überzeuge mich, als: ich glaube.«

Es war das erste neue Wort, das Tom in New York lernte.

Das Geschäft lag in einem alten grauen, dreistöckigen Haus, das zwischen zwei vierstöckigen Ziegelhäusern eingezwängt war. Von der Straße führte eine Treppe zur Tür, die sich mit einem Summton öffnete, von da ging es in einen dunklen Korridor. Die Wohnung lag im oberen Stock, sie bestand aus drei Räumen und einer großen Küche mit dem Ausblick auf den Hof, der bis auf ein paar Wäscheleinen leer war. Kaum hatten die Kinder die Treppe entdeckt, die zum Dach hinaufführte, so steuerten sie darauf zu. Zur Linken waren die Hinterhäuser der Third Avenue. Durchs Fenster sah Tom eine Frau in rotem Kleid in der Küche arbeiten, und in einem andern Haus sah ein Mädchen aus dem Fenster des vierten Stocks, es stützte sich mit dem Kinn in den Händen aufs Fensterbrett. Der abgeschlossene Hof lag still und friedlich da; ihr Anteil war wie der andern mit verblichenen Holzlatten abgezäunt. Eine verkümmerte Ulme im Nachbarhof zur Rechten brachte es fertig, mit ein paar belaubten Zweigen am Leben zu bleiben. Vom Dach aus konnte man in ihre Zweige klettern; das Dach gehörte ihnen ganz allein. Es war schön und ruhig, die Sonne schien in den Hof, und Tom war zufrieden.

6

Flora hatte Herzklopfen, als sie mit ihrem Mann zum Empfang der Schwiegermutter ging. Sie hatte es schon seit Monaten, seit sie wußte, daß die chinesische Hälfte der Familie kommen sollte. Über die Stellung der Mutter in der chinesischen Familie hatte Loy sie belehrt und ihr dabei versichert, daß es so ganz in Ordnung sei. Seine Mutter war eine sehr kluge Frau, und warum sollte die Jüngere nicht die Ältere ehren? Es war ja nicht so, als hätte Flora noch gar kein Familienleben gekannt. Aber das Leben mit ihrem Mann und dem Schwiegervater war etwas anderes, es war ziemlich einfach, und Yiko lebte ganz für sich. Aber mit der Schwiegermutter zu leben und der neuen großen Familie, das veränderte alles.

Über die Aufteilung der Zimmer hatte es allerhand Aufregung gegeben. Yiko hatte beschlossen, ein Zimmer in der Stadt zu nehmen, da für alle nicht genug Platz war. Es war keine Frage, daß die jüngeren Kinder in dem nach der Straße gelegenen Zimmer schlafen sollten, denn es war der hellste Raum und sollte auch das Wohnzimmer der Familie sein. Der Lärm der Hochbahn würde die Kinder nicht stören. Die beiden Hinterzimmer, die an dem engen Korridor lagen, waren dunkel und muffig, das eine Fenster ging auf eine Ziegelmauer hinaus, die kaum zwanzig Zentimeter entfernt war, aber diese Zimmer waren wenigstens in der Nacht ruhig. Man hatte sich ausgiebig darüber unterhalten, welches der beiden Zimmer die Schwiegermutter und welches Flora haben sollte. Das eine hatte ein Bad, das andere nur ein Waschbecken.

Flora hätte am liebsten das mit dem Bad gehabt, aber sie ließ nichts von ihrem Wunsch verlauten.
Übrigens konnte man erst darüber entscheiden, wenn die Schwiegermutter da war. Als nun die Rede darauf kam, erwiderte die Mutter sofort: »Ihr jungen Leute nehmt natürlich das Zimmer mit dem Bad. Wozu brauche ich ein Bad? Mein ganzes Leben lang bin ich mit einem Waschbecken ausgekommen, und das weiße Emailbecken hier ist besonders hübsch. Außerdem möchte ich in der Nähe der Kinder sein.« – Seltsam, wie ein so kleines Ereignis eine so tiefe Wirkung haben konnte! Floras Augen waren voller Tränen: »Oh, Mutter!« entfuhr es ihr. Und sie merkte gar nicht, daß sie ihre Schwiegermutter zum erstenmal Mutter genannt hatte.
Frau Fong war eine ungewöhnliche Frau. Mit einem Blick hatte sie alles übersehen. Sie war von dem winzigen Laden enttäuscht gewesen, aber sie hatte keine Träne darüber vergossen. Im stillen beschäftigten sie tausend Fragen – die Einkünfte der Familie, das Haus, Flora, die Kinder –, aber sie sprach nicht darüber. Fremdes Land oder nicht fremdes Land, sie wußte, das war ihr Heim, ihre Familie, und sie war für alle verantwortlich. Sobald sie durchs Haus gegangen war und mit dem Auspacken begann, holte sie zuerst die Zahnbürsten für Tom und Eva hervor und legte sie neben den Küchenausguß.
»Los, Tom und Eva, wascht euch!« befahl die Mutter.
»Wo sollen wir uns denn waschen?« rief Eva.
»In der Küche.«
Tom und Eva gehorchten sofort, und das Waschen wurde bald zu einem unterhaltsamen Spiel für sie. Sie drehten die Hähne für das warme und kalte Wasser auf, probierten die Brause aus und hielten die Hände darunter, weil das auf der Haut so angenehm kribbelte. Zehn aufregende Minuten waren sie in ihr Spiel versunken, und sie kamen mit ganz durchnäßten Kleidern zurück.
»Lieber Himmel, was habt ihr denn angestellt?« rief die Mutter und schaute ihren Sohn liebevoll an. »Wasser kostet Geld!«
»Nein, es kostet nichts«, antwortete Tom, »Eva hat es gehört.«
Nach langem Hin und Her kam zutage, daß das Wasser tatsächlich nichts kostete, weder das kalte noch das warme. Tom wußte es von Eva und Eva von Daiko. Dann wurde Flora als Amerikanerin gehört – und zuletzt bestätigte es der Vater.

»Das Waschen ist also billig«, meinte die Mutter, »aber deshalb dürft ihr doch nicht so verschwenderisch sein.« Innerlich war sie mit Amerika ausgesöhnt.
Tom und Eva wurden nun im Vorderzimmer untergebracht. Es war Yikos Zimmer gewesen und, wie zu erwarten, sah es merkwürdig darin aus. An der Wand, wo das Bett stand, hingen ein paar rote Pergamentrollen und ein Bild von George Washington; aus einem Augenwinkel schielte er auf einen chinesischen Kalender mit dem Buntdruck einer Badeschönheit, die nur mit einem durchsichtigen Gazeschleier bekleidet war und deren schwärmerische Blicke und verführerisches Lächeln sich auf George Washington zu richten schienen. An der gegenüberliegenden Wand hing ein vergrößertes Photo vom verstorbenen Großvater inmitten zahlreicher Photos, die Yiko in irgendeiner seiner sozialen oder politischen Funktionen zeigten. Besonders eine in Goldrahmen zog ihre Aufmerksamkeit an: sie zeigte Yiko, wie er während eines Wahlkampfes einem Senator von New York die Hand schüttelte. Da sich Yiko gleich nach der Ankunft verabschiedet hatte – er war im Büro unabkömmlich –, konnte er es ihnen nicht erklären. Außerdem hingen an der Wand noch Ausschnitte aus Sonntagsblättern, halbnackte Mädchen, wie Yiko sie liebte; man konnte sie nicht losmachen, ohne sie zu zerreißen. An der Wand dem Fenster gegenüber hing ein Porträt von Sun Yat-sen unter den Flaggen der beiden Schwesterrepubliken, der Vereinigten Staaten und China.
Das Zimmer verletzte Mutters Sinn für Schicklichkeit in zweierlei Hinsicht. Chinesische Badeschönheiten auf bunten Kalendern gab es auch in einem chinesischen Dorf, aber die Bilder aus den Magazinen waren unsittlich. Tom bekam den Auftrag, diese amerikanischen Schönheiten abzunehmen, und er tat es mit einiger Verwunderung.
Aber auch die Aufteilung des Zimmers gefiel der Mutter nicht, sie vermißte die Symmetrie. Und wo waren die Ehrenplätze, wenn ein Gast zu Besuch kam? Mit Onkel Chans Hilfe wurden nun das Bild des Großvaters und die roten Pergamentrollen auf die Mittelwand, dem Fenster gegenüber, aufgehängt, sie paßten ganz gut zusammen. Ein Tisch wurde genau in die Mitte unter das Bild des Großvaters gestellt und daneben zwei feste Stühle als Ehrenplätze.
Onkel Chan war dabei ganz großartig gewesen. Er hatte geholfen,

die Koffer und die Tische und Stühle zu schleppen, und sich dabei so gedreht und gewunden, daß Tom meinte, er könne seinen Hals wie Gummi strecken und zusammenziehen. Wenn er dann still stand, hingen seine Hände an der Seite herab, als führe er einen Balanceakt vor.

Als alles getan war, warf sich Onkel Chan auf das Bett der Kinder und begann friedlich zu schnarchen. Tom trat ans Fenster und stellte sich vor, wie er künftig von hier aus die aufregende Welt da draußen betrachten würde. Gegenüber war eine Druckerei und eine Tierhandlung und an der Ecke eine Bar, daneben eine Reihe sauberer fünfstöckiger Häuser aus grauen und roten Ziegelsteinen. Kaum zehn Meter weg erhoben sich auf der Straße die dunklen Stahlpfeiler und Trossen der elektrischen Hochbahn mit ihren rollenden Zügen, die um die Ecken rasten, während die Passagiere gemütlich an den Fenstern saßen. Tom war tief befriedigt.

Zweites Kapitel

1

Tom und Eva brauchten ein paar Wochen, bevor sie sich daran gewöhnt hatten, daß sie einen Vater besaßen. Natürlich hatte Tom Photos von seinem Vater gekannt, aber mit einem Mann leben, den man Vater nannte, das war ganz etwas anderes. Die Photos waren vor Jahren aufgenommen, als der Vater noch jünger war; er trug einen Rock mit steifem Kragen und eine Krawatte und hatte einen Stock mit goldenem Ring in der Hand. Wenn Tom ihn nun in Hemdsärmeln arbeiten sah, den Kopf tief gebeugt unter dem grellen blauweißen Licht der Lampe, während die breiten Schultern beim Bügeln tanzende Schatten warfen, so konnte er dieses Bild mit dem Photo nicht in Einklang bringen. In den ersten Tagen hatte er gedacht, er könne unten mithelfen, aber es war kein Platz in dem engen Raum für ihn. Viel sprach sein Vater nicht mit ihm, er schien dann Tom irgendwie unerreichbar zu sein. Aber wenn er mit ihm sprach, klang seine Stimme voll und männlich. Es schien, als brauche auch der Vater viele Tage, ehe ihm das Dasein seines jüngsten Sohnes ganz zum Bewußtsein kam. »Tom, lauf hinaus und spiel mit Eva!« das war fast alles, was er sagte.

Aber es dauerte nicht lange, bis sich bei Tom senior der väterliche Stolz einstellte. Schon in der ersten Woche begriffen Tom und Eva, was es hieß, einen Vater zu haben.

»Es ist zehn Uhr«, sagte die Mutter, »geh hinunter, Tom, und hole den Vater herauf! Ich will nicht, daß er in seinem Alter so lange arbeitet.«

»Soll ich auch Daiko sagen, daß er aufhört?«

»Er kann weiterarbeiten, wenn er will.«

Wenn der Vater heraufkam und sich wusch, war es Evas Aufgabe, seine Hausschuhe ordentlich vor das Bett zu stellen. Die Mutter füllte eine Schüssel mit warmem Wasser für ihn und legte Seife und Handtuch zurecht, als seien sie noch in China, wo das alles die Aufgabe der Ehefrau ist, wenn der Mann nach Hause kommt. Die

Mutter hielt immer darauf, daß warmes Wasser bereit war und die Schüssel sauber und daß ein Topf mit heißem Tee am Tischende vor dem Lehnstuhl stand. Kurz, wenn der Vater abends heraufkam, so war das immer ein Signal für allerhand häusliche Arbeiten. Die Art, wie die Mutter das Wort Vater aussprach, gab ihm einen feierlichen und bedeutungsvollen Klang.
An manchen Tagen streckte sich der Vater auf dem Bett aus, und Tom kniete vor ihm und knetete ihm Rücken, Schultern und Hüften wie ein Masseur. Klar, die Mutter verhätschelte ihn nur und wollte aus ihm einen würdigen alten Mann machen. Er hatte noch nie Massage nötig gehabt, aber wenn er fünf Minuten lang so durchgeknetet worden war, gab er doch zu, daß es angenehm und entspannend war. Die Mutter hatte es Tom beigebracht, wie man massieren muß: beide Hände mit geschlossenen Fingern ausgestreckt, die Arme locker, die Handgelenke elastisch, so daß die Hände die Muskeln wie ein Gummikissen berührten. Da das Bett niedrig war, fand Tom es am bequemsten, wenn er sich hinkniete. Den ersten Eindruck, als er die Schultern und Hüften eines Mannes, der sein Vater war, berührte, vergaß Tom niemals. Er machte seine Sache gut; als die Mutter einmal die Massage übernommen hatte, hörte er den Vater sagen: »Du bist ungeschickt. Laß es lieber Tom machen. Eine Kinderhand ist viel flinker.«
Wenn Tom Fong senior am Abend nach der Arbeit in seinem Armstuhl saß, die Lampe über dem Kopf, rechts neben sich den Teetopf, dann schien er ein ganz anderer Mensch zu sein. Nur Daiko und Yiko wußten, wie groß die Verwandlung war.
Die Mutter hatte für den Tee gesorgt und Eva für die Pantoffeln. Nun saßen sie alle beisammen, die Mutter wie immer sehr aufrecht auf einem der harten Stühle. Die Kinder waren begierig, den Vater erzählen zu hören. Der hatte sich eine Fünf-Cent-Zigarre angezündet und saß zufrieden und behaglich da. Da kam Flora herein, öffnete ein Päckchen und stülpte einen Lampenschirm über die Glühbirne: »Wie gefällt euch das?«
Die Mutter kam ganz nahe heran und betrachtete kritisch die neue Anschaffung. Und auch die Kinder kamen neugierig herbei.
»Wie macht man ihn fest?« fragte die Mutter chinesisch, und der Vater übersetzte.
»Man steckt ihn einfach darauf.« Flora zeigte, wie man es machte, und die Familie war sehr verwundert.

»Was kostet er?«
»Zehn Cents«, antwortete Flora.
Die Mutter freute sich: »Er ist ganz hübsch. Aber er macht das Zimmer dunkel. Das ist schade, wenn wir doch ein so helles Zimmer haben können, daß man eine Nadel am Boden sieht. Mit dem Schirm sieht man kaum das Bild des Großvaters. Aber er ist hübsch!« Wieder übersetzte der Vater.
»Aber es ist so viel hübscher«, fand Flora. »Es ist auch gesünder für die Augen.«
Die Mutter betrachtete die dunkle Wand. »Es ist noch nicht richtig, nicht gleichmäßig genug. Auf der andern Seite von Großvaters Bild ist es ganz finster. Was kostet es, wenn wir noch eine Lampe für diese Seite kaufen?«
»Fünfzig Cents kostet der Lampenhalter, zehn Cents die Birne!«
»Gut, besorge noch eine Lampe für diese Seite! Wo kaufst du sie so billig?«
»Im Fünf-und-zehn-Cent-Bazar in der Sechsundachtzigsten Straße. Dort kaufen wir alles. Sag Mutter, sie soll hingehen und sich's anschauen.«
Der Vater erklärte es, aber die Mutter wehrte ab: »Nein, laß es Flora besorgen. Ich traue mich noch nicht auszugehn.«
»Geh du in den Laden, Flora! Und sage Loy, er kann jetzt aufhören, wenn er will. Komm morgen, wir haben wieder zu bügeln«, sagte der Vater.
Als Flora gegangen war, wandte sich der Vater an Tom und Eva: »Nun seid ihr in Amerika. Wie gefällt's euch hier?« Der Vater konnte das R wie ein Amerikaner rollen, nachdem er mehr als dreißig Jahre im Land war. Er war stolz auf seine gute Aussprache.
Tom und Eva saßen auf dem Bett: »Es gefällt uns sehr, Vater.«
»Ihr wolltet ja herkommen, und nun seid ihr da. Was wollt ihr anfangen, wenn ihr größer seid?«
»Wir möchten in die Schule gehn!« war Evas Antwort.
»Das weiß ich schon. Ihr dürft es auch, in eine gute Schule. In Amerika kosten die Schulen nichts. Darum wollte ich auch, daß ihr herkommt. Und was wollt ihr tun, wenn ihr erwachsen seid?«
Tom und Eva schauten den Vater an.
»Ich weiß nicht, Vater«, erwiderte Tom.
»Willst du nicht in der Wäscherei arbeiten?«

»Nein, Vater.«
»Ist die Wäscherei denn keine gute Arbeit, von der man leben kann?«
»Nein, Vater, ich will nicht den ganzen Tag bügeln, und ich will mich nicht mit Frauenwäsche abplagen.«
»Was hast du denn gegen Frauenwäsche?«
»Frauenwäsche sollen Frauen waschen. Ich bin ein Mann!« antwortete Tom. »Und ich finde, auch die Männerwäsche sollten Frauen waschen. Hab ich nicht recht, Vater?«
Eva schaute Tom fest an. Sie war anderer Meinung, aber sie sagte nichts.
»Das ist so«, sagte der Vater, »du wäschst und wirst dafür bezahlt, ob's nun Männer- oder Frauenwäsche ist. Es ist ein Broterwerb.«
»Wenn ich Frauenwäsche waschen müßte, würde ich dafür mehr verlangen.«
»Und die Frauen sollten mehr für die Männerwäsche verlangen«, rief Eva plötzlich dazwischen, sie konnte sich nicht länger zurückhalten.
Die Eltern lachten. »Gut, Tom, das war's, worüber ich mit dir reden wollte. Ich möchte nicht, daß du wie Daiko in der Wäscherei arbeitest. Daiko und Yiko hatten nicht die Möglichkeit, zur Schule zu gehn. Aber ihr beide, Tom und du, Abwa, ihr könnt es. Du sollst kein Wäscher werden wie dein Vater. Aber du solltest darüber nachdenken.«
Tom war schon in Kanton »Shiu Tom«, kleiner Tom, genannt worden zu Ehren seines Vaters. Aber Eva erhielt ihren englischen Namen erst später nach mancherlei Abwandlungen ihres chinesischen Namens Ahwa, daraus wurde Apwa, Abwa, Abva und schließlich Eva.
»Und was wird aus Abwa?«
»Abwa ist ein Mädchen. Sie wird zur Schule gehn und dann heiraten. Wenn sie einen Millionär heiratet, wird sie eine Millionärin, wenn sie einen Kolonialwarenhändler heiratet, eine Händlersfrau. Heiratet sie einen Doktor, wird sie eine Arztfrau. Das ist in Amerika genau so wie in China.«
»Aber warum bist du Wäscher geworden, Vater?« fragte Tom.
»Ich konnte es mir nicht aussuchen, mein Sohn. Und wie du siehst, ist es nicht so schlecht. Ich habe mir eine Existenz geschaffen, und nun sind wir alle beisammen. Es gab keinen andern Weg. Alles, was man hat, sind ein Paar Hände, und man tut eben das, was die

Amerikaner nicht tun wollen, aber was sie dir gestatten zu tun. Als sie im Westen die Eisenbahn bauten, gab es dort keine Frauen. Diese amerikanischen Männer! Sie konnten weder kochen noch waschen. Und so kochen und waschen wir Chinesen für die Amerikaner, weil wir beides besser können. Ich hätte am liebsten ein Restaurant eröffnet, wenn ich das Geld dazu gehabt hätte. Du aber gehst zur Schule und kannst Arzt, Rechtsanwalt oder Ingenieur werden. Henry Lee hat einen Sohn, der auf dem Technikum in Boston war, und nun ist er Brückeningenieur. Du kannst alles werden, was du willst und wozu du dich eignest. So ist das in Amerika. Die Schule kostet nichts, und niemand belästigt dich, solange du ehrlich bleibst. Wenn du Ingenieur werden willst, wirst du Ingenieur. Wenn du ein armseliger Wäscher werden willst, wirst du's. Und wenn du ein Trunkenbold werden willst, dann kannst du auch das werden. Amerika ist ein freies Land.«

»Kann ich auch werden, was ich will?« fragte Eva.

»Nein, du heiratest. Du brauchst nur zu heiraten. Das ist die Freiheit, die man den amerikanischen Frauen läßt. Sie haben dabei wenig Hilfe von den Eltern, sie müssen sich ihren Mann selber suchen.«

Eva, obwohl sie erst zwölf war, wurde rot und kicherte.

An diesem Abend lagen die Kinder lange wach im Bett und dachten sich aus, was sie werden wollten. Sie fanden das höchst aufregend.

»Ich dachte, in Amerika seien Männer und Frauen gleichberechtigt?« flüsterte Eva.

»Du hast gehört, was der Vater sagte. Wir Männer suchen uns unsern Beruf, und ihr Frauen sucht euch euern Mann und überlaßt alles übrige uns. Du solltest damit zufrieden sein.«

Eva war ein bißchen gekränkt. »Dann ist's eben geradeso wie in China«, sagte sie bitter enttäuscht und schlief ein.

2

Mutter Fong hatte sich ihre Lage durch den Kopf gehen lassen. Für das Haus und die Kinder mußte mancherlei angeschafft werden. Sie war mit einhundertfünfzig Dollar in der Tasche angekommen, denn sie hatte vor ihrer Abreise in China etwas von ihrem Besitz verkauft. Also konnte sie jetzt dreißig oder vierzig Dollar für

Anschaffungen ausgeben. Sie hatten hier ein neues Heim, und Tom und Eva mußten ausgestattet werden; Kleider, Hemden, Strümpfe und Schuhe mußten sie haben, Mäntel würden sie jetzt noch nicht brauchen, das konnte bis zum Herbst verschoben werden. Flora kannte ein Geschäft für Kinderkleidung Ecke Siebenundachtzigste Straße und Third Avenue. Man konnte auch noch billiger einkaufen, zum Beispiel im W.T.-Warenhaus ganz in der Nähe. Aber sie brauchte auch Kissenbezüge und Handtücher, und Eva wollte eine Haarbürste haben, wie Flora eine besaß.
»Wir brauchen mehr Handtücher«, hatte Flora vorgeschlagen.
»Wieso Handtücher? Reicht ein Tuch für jede Person nicht vollauf?«
»Ich meine Tücher für die Hände und noch ein paar Badetücher.«
»Meinst du die Dinger, die man nur einmal benutzt und dann fortwirft, wie man's auf dem Schiff macht?«
»Ich war nie auf einem Schiff, aber ich glaube, das meine ich.«
Das alles wurde mit Daiko als Dolmetscher verhandelt.
»Hai-lo, hai-lo«, Flora nahm das erstbeste kantonesische Wort, das sie kannte, sie glaubte, es hieße: »Ja, so ist's!« Mutter Fong lachte, daß ihr die Seiten wehtaten.
»Jan-ho!« sagte sie. Flora verstand auch das. Es hieß: »Sehr gut.« Und das machte ihr Mut.
»Wir müssen zu Macy gehen, dort finden wir alles, was wir brauchen, und wir können alles auf einmal besorgen.«
»Was ist Macy?« fragte Mutter Fong. Und Daiko erklärte ihr, daß es ein großes Warenhaus sei.
So beschloß man denn, am Samstag zu Macy zu gehen. Die Kinder jubelten: »Wir gehen zu Macy!« Es klang, als wollten sie in die Stadt gehn und das ganze Macy mit nach Hause bringen. Eva wurde eine Haarbürste versprochen und Haarnadeln, und Tom sollte neue Socken haben, gute amerikanische Socken. Es war wie am Neujahrsfest.
Endlich kam der Samstag. Flora mußte als Führerin und Sachverständige für amerikanische Haushaltwaren mitgehen. Daiko wollte mitkommen, um Seifenflocken, Stärke und Waschblau einzukaufen; der wirkliche Grund aber war, daß er sich einen freien Nachmittag machen konnte, weil die Familie ja eben erst angekommen war. Der Vater wollte eigentlich nicht mit, aber Yiko sagte, er wolle die Familie in der Chinesenstadt zum Essen

einladen. Warum schloß er sich ihnen nicht an, damit sie alle beisammen sein konnten? Warum schloß er den Laden nicht für einen halben Tag? Und da der Vater glücklich war, wollte er einmal eine Ausnahme machen. Schließlich ging also die ganze Familie.

Es war nicht zu sagen, was alles passierte, als die Fongs zu Macy gingen. Daiko hatte ihnen erklärt, was ein Warenhaus ist und daß man dort alles kaufen konnte, von der Gartenschaufel bis zum Lunch an der Sodawasserbar, vom Schaumbesen bis zur vollständigen Schlafzimmereinrichtung. Einen Himmel voll guter Sachen! Was würden sie anfangen, wenn sie in diesen Himmel kämen? Mutter Fong hielt ihre Handtasche mit dem Geld fest in der Hand.

In feierlichem Zug traten die Fongs durch den Eingang an der Sixth Avenue. Im Vorraum standen Kinderwagen mit den Babies drin.

»Sie verkaufen doch nicht etwa auch Babies?« rief Mutter Fong. In diesem Land war alles möglich.

»Himmel, nein!« lachte Yiko. »Haltet euch an der Hand, Tom und Eva, sonst geht ihr verloren!«

»Nein«, wandte die Mutter ein, »Eva, du hängst dich bei Flora ein, und du, Tom, bei Yiko.«

»Meinst du nicht, wir bleiben lieber alle beisammen?« fragte der Vater.

»Ich glaube, Flora, wir sparen Zeit, wenn du mit Mutter und Eva die Haushaltsachen besorgst und ich mit dem Vater und Tom gehe«, mischte sich Yiko ein.

Aber die Mutter widersprach: »Tom bekommt neue Socken, und ich möchte sie sehen.«

»Die Kindersachen gibt's im vierten Stock«, erklärte Flora. Es wurde also beschlossen, daß sie alle beisammenbleiben sollten. Flora schlug vor, zunächst im Erdgeschoß zu bleiben, aber Yiko wollte den Kindern die Rolltreppe zeigen. Beide stritten sich eine Weile, aber dann gewann Yiko, wie immer.

Mit vielen Frauen schwebten sie zum Himmel hinauf. Diese Rolltreppe war eine großartige amerikanische Erfindung. Sie fuhren weiter und immer weiter, ohne einen Fuß zu rühren, als würden sie von einer Sänfte bis zu den Wolken getragen. Die Mutter dachte, die Treppe führe endlos weiter, als sie aber im zweiten Stock ankamen, fiel sie nach vorn.

»Meine Handtasche«, schrie sie auf. Sie war auf den Boden gefallen. Eine Frau hob sie auf.
»'Kyou!« sagte Yiko, und die Mutter lächelte die Frau freundlich an.
»Warum sagtest du ›queue‹ zu der Dame?«
»Um ihr zu danken.«
»Ach so!«
»Es gibt vielerlei Arten zu danken. Du kannst ›Thank you‹ sagen oder ›Many thanks‹. Aber am schicksten ist ›'Kyou‹.«
Weiter und weiter ging es hinauf.
Als sie im dritten Stock waren, geriet Eva auf die falsche Treppe. Hinunter und hinunter ging's, was für ein süßes Gefühl! Sie folgte einer Dame in Schwarz, die sie für Flora hielt. Aber im Weiterfahren merkte sie plötzlich, daß sie sich geirrt hatte, es war gar nicht Flora. Erschreckt schaute sie sich um und sah, daß sie ganz allein war. Sie faßte nach der Dame vor ihr und begann zu weinen.
»Was fehlt dir, mein Kind?« fragte die Dame.
Eva plapperte kantonesisch und schrie aus Leibeskräften: »Mutter! Mutter! Wo bist du?«
Alles lief zusammen, und ein Aufseher kam. Er konnte sie zwar nicht verstehen, aber er begriff, daß sie ihre Mutter verloren hatte. Er wollte sie beruhigen, aber sie weinte und zeigte nach oben. Der Aufseher nahm sie mit hinauf, und als sie halb oben waren, hörten sie eine Frauenstimme rufen: »Eva, Abwa! Abwa! Eva!«
Flora hatte im vierten Stock bemerkt, daß Eva nicht mehr bei ihnen war. Es gab eine große Aufregung, und die Familie fuhr in den dritten Stock hinunter. Yiko suchte das ganze Stockwerk ab, und Flora und Daiko fuhren zum zweiten Stock. Unablässig rief sie: »Abwa! Abwa!« Dann fuhren sie wieder hinauf und noch einmal hinunter.
Und jetzt hörte Eva ihre Stimme, sie schaute hinauf und sah Flora herunterkommen: »Da ist sie!« rief sie, und nun sah auch Flora den Ausreißer. Am Fuße der Treppe fanden sie sich, Eva umarmte Flora, die einer Ohnmacht nahe war. Der Aufseher konnte beruhigt wieder gehen.
Nun ging's wieder zum vierten Stock hinauf, wo sie die Mutter voller Angst warten sahen. Sie hatte sich sehr gesorgt, aber nun war sie ärgerlich. Eva versuchte alles zu erklären. Irgendwo wurde nun immer »Abwa! Abwa!« gerufen. Doch nun war die Familie wieder beisammen, und die Rufe verstummten.

Aber nun fehlte Yiko.
Ein paar Minuten später tauchte er mit einem Detektiv auf und erfuhr, daß seine Schwester gefunden worden war. Der Detektiv wollte sich verabschieden.
»Nehmen Sie eine Zigarre!« Yiko zog seine Visitenkarte heraus: »Ich bin Frederick A. T. Fong, Versicherungs-Agent.«
»Thank you«, sagte der Detektiv.
»'Kyou!« antwortete Yiko. Die beiden Männer schüttelten sich die Hände, und die Familie war wieder allein.
Das System, wie eine Reisegesellschaft zusammenzukleben, klappte nicht ganz. Nachdem die Kindersachen gekauft worden waren, wollte Yiko den Kindern die Spielzeugabteilung zeigen, und Tom wollte Bleistifte und einen Radiergummi haben. Eva wollte jetzt nicht mehr von den Frauen fort und fuhr mit der Mutter und Flora ins Erdgeschoß, der Vater und Loy schlossen sich an. Alle wollten sich unten treffen.
Aber dort unten wurde die Mutter von der Kaufwut befallen. Sie konnte nicht widerstehen und kaufte eine neue Teekanne mit einem Satz Tassen und Untertassen, dazu ein Dutzend amerikanische Gläser. Sie war überglücklich, neue Sachen zu haben. Und während Loy Waschblau und Seifenflocken einkaufte und Mutter und Flora immer tiefer in den Geldbeutel griffen, wo sollte inzwischen der Vater bleiben? Er kam auf den Einfall, einen Goldrahmen für Großvaters Bild zu kaufen. Warum nicht, da sie sich doch alle freuten, daß sie eine neue Wohnung hatten? Loy ging mit ihm.
Nach einer halben Stunde kam Tom unten im Erdgeschoß an und meldete, daß Yiko gleich nachkommen werde. Alle Einkäufe waren gemacht, aber kein Yiko kam, und auch der Vater und Loy nicht.
»Wo hast du Yiko gelassen, Tom?«
»Im siebenten Stock.«
Also fuhr Tom hinauf. Yiko kam herunter: »Wo ist Tom?«
»Wir schickten ihn, dich zu suchen.«
»Sagte ich euch nicht, daß wir uns alle hier treffen wollten?«
Yiko fuhr hinauf.
Tom hatte ihn im ganzen siebenten Stock gesucht und ihn nirgends finden können. Loy und der Vater kamen zurück, aber nun fehlten Tom und Yiko. Loy fuhr hinauf, um Yiko zu suchen. Tom und Yiko trafen sich im zweiten Stock und fuhren hinunter.

»Wo ist Loy?« fragte Yiko.
»Er sucht dich.«
Entrüstet rief Yiko: »Sagte ich euch nicht, daß wir uns hier treffen sollten?«
Schließlich kam auch Loy zurück, und die Familie war endlich wieder vereint. Inzwischen waren sie alle erschöpft und hungrig, nur die Mutter nicht. Sie stellte fest, daß sie die unglaubliche Summe von dreiundvierzig Dollar und siebzig Cents ausgegeben hatte, und sie war ganz aufgeregt und glücklich.
»Aber wo sind denn die Tassen, die Gläser und die Küchenuhr?«
Flora beruhigte sie, Macy werde alles nach Hause schicken. Neues Staunen.
Aber dann gingen sie zu ihrem Essen in die Chinesenstadt.

3

Eines Tages klingelte ein Bote und lieferte Pakete ab.
»Sie kommen von Macy«, erklärte Flora.
Die Mutter wollte es nicht glauben, denn der Mann mußte zweimal die Treppe steigen und stellte vier riesige Pakete in der Küche ab. Es muß ein Irrtum sein, dachte sie.
Aufgeregt begannen sie auszupacken. Es war kein Irrtum, aber Macy war überaus verschwenderisch, das heißt eigentlich war es Amerika, das so verschwenderisch war. Das Toilettenpapier und der Kaffee machten schon ein großes Paket aus. Das Dutzend Gläser war in einem Riesenkarton verpackt, jedes einzelne Glas in feines Seidenpapier gewickelt, und das Ganze in fünf Pfund Sägemehl gebettet.
»Kannst du dir vorstellen, daß wir nur ein Dutzend Gläser bezahlen und das alles dazu bekommen? So schönes Papier! Eva, streiche es glatt und falte es zusammen, wir können es irgendeinmal gebrauchen. Und solch schöne Schnur!«
Sie machten sich an die kleine weiße Schachtel. Die Mutter erlaubte Flora nicht, die Schnur durchzuschneiden, und knüpfte sie umständlich auf. Ein wahrer Ozean von feinem schneeweißen Papier kam zum Vorschein. Staunend grub die Mutter immer tiefer und fand schließlich auf dem Grund des Papierozeans die Küchenuhr. Als sie die Schnur zusammenwickelte und das Papier Blatt für Blatt glattstrich, sah sie, daß Flora die Schachtel auf den

Rost vor der Küche werfen wollte. Mit einem Sprung griff sie danach: »O Buddha! *Tim ho hap*!«

Flora war höchst erstaunt, sie wußte nicht, was die Schwiegermutter meinte.

»Eine so schöne Schachtel! Wer solche Sachen fortwirft, macht sich arm!« sagte die Mutter auf kantonesisch. Glücklicherweise verstand Flora das nicht.

Die blaue Schachtel mit dem Deckel aus Silberpapier war wirklich entzückend, alles ganz neu und wunderschön mit einem vornehmen Aufdruck, und die Uhr mit ihrem polierten Nickel funkelte hell: »Zu der Uhr auch noch eine solch schöne Schachtel! Und umsonst!«

Die Schachtel wurde zu Mutter Fongs Nähkasten und tat ihr fast zwei Jahre lang gute Dienste.

Die Schnüre wurden aufgerollt, das braune Packpapier und das Seidenpapier geglättet, gefaltet und aufbewahrt. Was aber sollte man mit den großen Kartons anfangen, sie brauchten so viel Platz. Nach langer Überlegung schloß die Mutter mit Flora ein Kompromiß und erlaubte ihr zögernd, einen Karton fortzuwerfen; die andern mit der Holzwolle und dem sauberen, wohlriechenden Sägemehl kamen in die Dachluke.

Mit der Zeit wurde es sogar der Mutter zuviel. Nachdem sie fünf oder sechs Maxwell-Kaffeebüchsen gesammelt hatte und ein Dutzend Konservenbüchsen, verlor sie den Mut. Sie sah ein, daß sie es falsch machte. Der Haken war nur, daß die amerikanischen Sachen viel zu gut waren. Die Büchsen waren mindestens zweimal so dick wie in China. Wie konnte Amerika nur so verschwenderisch sein und doch bestehen! Wieviel Nahrungsmittel wurden allein in einem Stadtviertel in die Abfalleimer geworfen! Damit hätte man ein ganzes chinesisches Dorf versorgen können!

Das alles bedrückte die Mutter sehr. Es war gegen alle Sitte und allen Verstand. Amerika war ein Land des Überflusses. Die Amerikaner hätten sehr gut essen können, wenn sie nur verstanden hätten, richtig zu kochen; aber gerade das konnten sie nicht.

Es muß gesagt werden, daß Mutter Fong ihr ganzes Leben lang keinen Bindfaden und kein Einwickelpapier wegwarf, nicht einmal in Amerika.

Drittes Kapitel

1

Als Mutter Fong nach Amerika kam, war es nicht so, als hätte sie noch nie vorher einen Amerikaner gesehen. Vom Film her kannte sie Jean Harlow, Clara Bow und viele amerikanische Schönheiten, die sie sehr bewunderte, auch ein paar kräftige Männer mit Haaren auf der Brust, wie Wallace Beery, vor denen sie erschrak. Tom und Eva kannten diese Filmschauspieler mit ihren chinesischen Namen. Die Mutter erinnerte sich nur an einen, an Barry Fitzgerald, der chinesisch *Fi-choy* hieß; aber später schwärmte sie für William Bendix. Barry *Fi-choy* hatte sie zuerst nur in einer kleinen Rolle gesehen, aber er gefiel ihr so gut, daß sie seinen Namen behielt. »Das ist der Beste!« sagte sie jedesmal, wenn sie ihren *Fi-choy* auf der Leinwand erscheinen sah, und freute sich. In *Fi-choys* Einfachheit war etwas, was ihr großen Eindruck machte; er war wie die Chinesen, die sie kannte, und daher war er ihr sofort vertraut. Sie konnte nachher immer erzählen, was er gespielt hatte, aber an das, was Jean Harlow oder Wallace Beery spielten, konnte sie sich nie erinnern.

Und so lernte sie begreifen, daß es Ausländer gab, die sie nicht verstehen konnte, und andere, die sie verstand. Als sie nach Amerika ging, wußte sie nicht, ob sie vielen Wallace Beerys oder vielen *Fi-choys* begegnen würde. Von den weiblichen Stars verstand sie nicht, daß die »erwachsenen Mädchen keine Hosen trugen«, dagegen mochte sie Ida Lupino. Sie hatte sie in einem englischen Film in Hongkong gesehen. Nun also hoffte sie, in Amerika würde es lauter *Fi-choys* und Lupinos geben.

Die Vorstellung, daß sie eine amerikanische Schwiegertochter hatte, beunruhigte sie ziemlich. Sie hatte zu Gott gebetet, daß es nicht eine von diesen glatten, hosenlosen Frauen sein möge. Soviel sie wußte, liefen diese Frauen überall herum, auf den Straßen, in den Häusern, den Hotelbars, den Korridoren, in den Schwimmbädern und am Strand. Sie hatte einen Abscheu vor Blonden; daß das

Haar einer Frau goldgelb sein konnte und ihre Augen blau, war ihr unfaßlich, und sie mochte nicht daran denken. Bis jetzt hatte sie nur eine Amerikanerin gekannt, die irische Frau des Missionars in ihrem Dorf – sie hatte rotes Haar, das wie Flammen um ihren Kopf stand. Nun, wenn es rotbraun sein konnte, dann konnte es auch goldgelb, grün, blau, purpurrot, türkis oder himmelblau sein. Übrigens gab es in Kanton ein paar katholische Nonnen, die blaue Augen hatten – ihr Haar konnte man nicht sehen.

Als sie vom Landungssteg herunterkam und von einem Mädchen mit dunklem Haar und dunklen Augen begrüßt wurde, das die Frau ihres Sohnes war, fiel ihr ein Stein vom Herzen. Sie war also keine von diesen glatten, hosenlosen Weibern.

In der Küche spielte sich stets eine Art Pantomime ab. Die Schwiegermutter konnte chinesische Speisen kochen, die amerikanische Schwiegertochter konnte das nicht. Es war keine Frage, daß die Mutter in der Küche die Herrin war. Flora war begeistert von den chinesischen Gerichten, und sie wollte nur zu gerne lernen, wie die Mutter chinesische Soßen machte und die geheimnisvolle Hühnerspeise, die *sunfong gai,* die aus gebratenem Huhn bestand, aber noch aus vielem anderen. So war es nur natürlich, daß die Mutter Küchenchef und Flora ihre Gehilfin wurde.

Die Mutter besaß ein ruhiges Temperament. Sie redete und hantierte wie ihr Mann langsam, sicher und besonnen. Alles schien auf einen leisen Ton abgestimmt, und die Pausen waren ebenso lang wie die Sätze. Flora war etwas überschwenglich, und die Mutter glaubte, alle Amerikanerinnen seien so. Die Amerikaner sprachen so schnell, wenigstens klang es so in ihren Ohren. Die Mutter sprach kein Wort Amerikanisch, und Flora kannte nur ein paar Dutzend chinesische Worte. Es war erstaunlich, wie gut man sich in der engen Küche mit Zeichen verständigen konnte. Freilich war es ein ständiges Rätselraten. Aber wenn Flora bereit war, soviel wie möglich zu erraten, und die Mutter nicht ärgerlich wurde, wenn es einmal mißlang, so konnte es sehr lustig sein. Und die Mutter ärgerte sich nicht, denn Flora hatte schwarzes Haar und war eine weiße Frau, vor der sie einen angeborenen Respekt besaß. Flora machte das Spiel gern mit, zumal ihr Loy gleich am ersten Abend gesagt hatte, daß die Mutter sie sehr lieb habe. So war es denn ein heiteres Spiel. Für Flora war es trotzdem eine rechte Veränderung im Vergleich zu der Zeit, wo sie noch allein kochte und die Küche der Ort war, wo sie ihren eigenen Gedanken nachhängen konnte. Neu war für sie besonders, daß Tom und Eva ständig ein und aus liefen. Außerdem war es gut, daß man sich in der Zeichensprache nicht streiten konnte. Man konnte mürrisch sein oder seine Ungeduld mit einem tiefen Atemzug zeigen, aber das war auch alles. Worte, die man nicht ausspricht, braucht man auch nicht zu bedauern. Darum trägt ein Pferd dem andern seinen Groll nicht jahrelang nach, wie ein chinesisches Sprichwort sagt.

Aber seit die Küche in eine Schule für Kantonesisch umgewandelt worden war, in eine mit den neuesten Lehrmethoden für moderne Sprachen mit einem unzweifelhaft eingeborenen Lehrer, war es nicht überraschend, daß Flora immer mehr kantonesische Brocken aufpickte, die sie gleich à la *hoi-polloi* anwandte. Wenn kommen *loy*, offen *hoi*, betrunken *joy* hieß, sehen *toy*, Gemüse *choy* und Gewürzkraut *koy choy*, dann war doch offensichtlich diese Sprache *hoi-polloi*. Um Kantonesisch zu lernen, mußte man nur *oy* als Muster nehmen, es mit ein paar *aps, ucks, ums, ongs* und *eongs* mischen und die Silben wie einen Luftballon auf- und absteigen lassen, dann konnte man auch einem Kantonesen weismachen, man spräche seinen Dialekt, selbst wenn er den Sinn nicht verstand. Flora war über diese Entdeckung so begeistert, daß sie sich dabei ertappte, skoy statt sky zu sagen: »Sieh dort das Flugzeug am skoy!« Und schließlich hieß ihr Mann ja Loy.

So erfuhr Flora auch, wie man sie in der Familie nannte. Wenn sie in der kantonesischen Unterhaltung das Wort *Daisow* hörte, dann wußte sie, daß man von ihr sprach. Das *dai* wurde im sinkenden Tonfall gesprochen, das *sow* im steigenden; das Wort schien mit der ersten Silbe fest auf dem Boden zu stehen und hob sich in der zweiten Silbe, die wie das englische Wort sour klang, zu einem schnippisch fragenden Ton hinauf.

»Warum bin ich sauer?« fragte sie ihren Mann.

»Das Wort bedeutet ›ältere Schwägerin‹. Du bist ihre *Daisow,* wie ich ihr *Daiko* bin, der ›älteste Bruder‹.«

Das festigte ihre Stellung in der Familie. Ihr Mann und die Eltern nannten sie Flora. Aber Tom und Eva war es verboten, sie so zu nennen, sie mußten zu ihr Daisow sagen; so nannten sie auch ihre Eltern, wenn sie von ihr zu den Kindern sprachen, da es ihre Stellung in der Familie bezeichnete. Yiko, der fließend Amerikanisch sprach, nannte sie lieber Flora. Auch Tom gefiel der Name Flora so gut, daß er sie eines Tages fragte: »Darf ich dich nicht Flora nennen?«

»Tu es, bitte, warum denn nicht?«
»Nein, ich glaube, ich darf das nicht.«
Aber er hörte immer, daß Yiko sie Flora nannte, auch für den Bruder war sie ja die ›ältere Schwägerin‹ wie für ihn. Warum durfte er sie dann nicht Flora nennen?
Er fragte die Mutter, ob er es dürfe, aber sie sagte nein. Er fragte den Vater, aber auch der sagte nein.
»Warum denn nicht?«
»Weil es respektlos ist. Es läßt die Achtung vor der Älteren vermissen.«
Er fragte auch Yiko: »Du nennst Daisow Flora.«
»Gewiß!«
»Darf ich sie auch Flora nennen?«
»Das darfst du nicht.«
»Aber warum darfst du es?«
»Weil ich größer bin, größer und stärker als Daiko. Ich nenne sie Flora, weil ich alle amerikanischen Mädchen bei ihrem Vornamen nenne. Du aber bist zu klein dazu.«
»Sag mir, was heißt *put keng* auf englisch?«
»Gewöhnlich sagt man ›no respect‹. Willst du ein vornehmes Wort dafür?«
»Bitte, ja! Ich möchte Daisow sagen, warum ich sie nicht Flora nennen darf.«
»Dann sag ihr, daß du es aus ›Achtung vor ihr‹ nicht tun willst. Du kannst auch sagen ›aus Rücksicht auf sie‹.«
Tom lernte die schweren Worte auswendig. Und als er Flora einmal allein fand, sagte er: »Daisow, ich habe mich entschlossen, dich nicht Flora zu nennen.«
»Warum denn nicht? Ich habe nichts dagegen.«
»Weil Vater meint, es wäre...«
»Es wäre was?«
»Weil – ich es nicht will aus Achtung vor dir und aus Rücksicht auf dich.«
»Was, so schwere Worte hast du gelernt?«
»Oh, ich wollte, ich könnte Flora zu dir sagen! Wenn ich später ein Mädchen liebe, werde ich es Flora nennen.«
Flora küßte ihn dafür, und Tom lief aus der Küche.

Wochenlang wollte sich Mutter Fong nicht mehr aus dem Haus rühren. Sie trug ihre chinesische Jacke und Hose und wollte nicht ausgelacht werden. In ihrem Alter war es ihr undenkbar, ihre Tracht völlig zu wechseln. Sie hatte nur einen Gedanken, als sie in dieses fremde Land kam, daß ihre Familie von den Nachbarn geachtet und geehrt werde. Das war keine bewußte Aufgabe, die sie sich stellte. Es war ihre natürliche Haltung dem Leben gegenüber, daß niemand, auch sie nicht, etwas tun dürfe, was der Familie Schande bringen könnte. Eigentlich war das alles, was sie vom Leben und von Amerika verlangte. Keiner ihrer Söhne durfte ihr in den Augen der Nachbarn Unehre machen. Es war ein göttliches und immer gegenwärtiges Gebot, daß niemand vor den Nachbarn »das Gesicht verlieren« dürfe, ein Gebot, das stärker als alle Gesetze und Verordnungen die Mitglieder einer Gemeinschaft band. Die Strafe für eine Verletzung dieses ungeschriebenen Gesetzes war Gelächter und Spott. Und nun befand sie sich hier selber in einer lächerlichen Lage. Sie empfand, daß sie ihre Kleidung anpassen sollte, und das konnte sie nicht. Denn wie lächerlich wäre es, wenn sie einen Hut aufsetzte. Sie hatte schon viele Frauenhüte gesehen, aber alle schienen ihr komisch. Sie fand auch, daß sich einige ältere Frauen der Chinesenstadt lächerlich machten, wenn sie einen Hut trugen und dazu ein langes schwarzes Kleid, das wie bei den Frauen der Heilsarmee bis auf die Knöchel fiel. So beschloß sie denn, ihre Würde zu wahren und bei ihrer chinesischen Tracht zu bleiben. Da wußte sie wenigstens, was sie anzuziehen hatte.

Aber es fiel ihr nicht schwer, zu Hause zu bleiben. In China kamen die Frauen oft monatelang nicht vor die Tür. Sie war ja nicht hierhergekommen, um Amerika zu sehen, sie war gekommen, um mit ihrer Familie zu leben. Trotzdem war sie sehr erstaunt, daß es in der Stadt New York den Begriff des Nachbarn gar nicht gab und daß man mit den Leuten nebenan oder im selben Haus kaum sprach. Das vereinfachte ihr Leben, da die Familie viel allein blieb. Keine Nachbarn zu haben, das bedeutete, daß es niemand gab, vor dem man sein Gesicht verlieren konnte.

Oft ging Mutter Fong ans Fenster und betrachtete das sonderbare Leben unten auf der Straße, die Amerikaner, die Männer, Frauen und Kinder. Am Morgen waren die Straßen still und sauber. Die

Gehsteige aus Zement waren blank wie ein Hausflur, und am Straßenrand standen in Gruppen kleine, saubere Abfalleimer. Nur einen Steinwurf weit lag die Third Avenue. Irgend etwas an dem Geheimnisvollen, an der Ungezwungenheit und Geschäftigkeit dieser Straße gefiel ihr. Sie wollte nie in einer einsamen Straße leben, es hätte so ausgesehen, als lebten sie in armseligen Verhältnissen. Sie brauchte eine lebhafte, geschäftige Hauptverkehrsstraße mit vielen Menschen und viel Lärm, sie wollte mitten unter den kämpfenden Millionen leben. So schien die Third Avenue gerade das richtige für sie. Alle Geschäfte konnte sie in einer halben Minute erreichen, die Kolonialwaren- und Obstläden, die Schusterwerkstätte, die Geschäfte für Polsterwaren und Herrenkonfektion. Pausenlos zogen an ihrer Ecke die Hausfrauen mit ihren Einkaufstaschen vorüber, dicke Frauen in Schwarz, junge Mädchen in Weiß oder in bedruckter Kunstseide, dazu die Lastwagen, Autos, Pferdefuhrwerke mit frischem Gemüse, Drehorgeln. Und darüber rasten alle fünf Minuten die vollbesetzten Züge der Hochbahn. All dieser Lärm, die Regsamkeit dieser Menschen, die alle irgendein Ziel zu haben schienen, erregten sie, als sei sie in der Mitte allen Geschehens.

Wo es solche Massen von Menschen gab wie in dieser Stadt, konnte man sicher sein, daß viel Geld zu verdienen war. Kein Wunder, daß ihr Mann hatte Dollars nach Hause schicken können! Zum Beispiel die Wäscherei. Allein in diesem Häuserblock gab es so viel zu waschen. Ihr Mann hatte ihr erzählt, man müsse für Amerika waschen und kochen. Sie brauchten aber nur für diesen Block zu waschen und in der Zukunft vielleicht auch für ihn zu kochen. Nach dem amerikanischen Essen auf dem Schiff wunderte sie sich nicht mehr, daß die Chinesen das Kochen für die Amerikaner übernommen hatten. Wenn sie so an ihrem Fenster saß, wuchs in ihr die Überzeugung, daß hier viel Geld verdient werden konnte. Und sie war entschlossen, es zu tun.

Doch sogar in dieser Straße der unbekannten Nachbarn galt es, das Gesicht zu wahren und sich vor Unehre zu schützen. Wenn sie aus dem Fenster schaute und die Hausfrauen aus den Häusern kommen sah, konnte sie erkennen, wer von ihnen sauber und nett, wer nachlässig und schlampig war. In diesem Distrikt, der Yorkville hieß, gab es viele Deutsche und Tschechen, aber es waren auch alle andern Nationen vertreten. Sie kannte eine hübsche junge Belgierin, die ihr blondes Haar immer ordentlich in Zöpfen um den Kopf trug, und eine alte Bulgarin, deren weißes Haar in einem dünnen Zopf auf den Rücken hing. Dann war da noch eine unförmig dicke Frau, die ein Kleid trug, das sich nicht von einem Nachthemd oder einem Sack mit V-förmigem Ausschnitt unterschied.

Nachmittags gegen drei wurde die Straße plötzlich lebendig. Kinder erschienen mit Sprungseilen und Rollern, andere spielten Gangster und Polizist, sie sprangen, tollten und kreischten. Erwachsene Mädchen von sechzehn oder siebzehn schämten sich nicht, Rollschuh auf dem Gehsteig zu laufen wie kleine Kinder. Mutter Fong beobachtete das alles. Natürlich gab es auch hier »Gesicht« und Unehre. Aus den Kneipen an den Ecken sah man betrunkene Männer herauskommen, die schmutzig und verwahrlost aussahen. Taumelnd suchten sie nach einem Halt, andere lagen in allen Stadien des Rausches am Straßenrand. Die jungen Mädchen waren hübsch angezogen, sie trugen ihren Kopf hoch und gingen so schnell, daß ihnen das blonde Haar im Nacken wehte – es war der charakteristische Gang der Amerikanerinnen. Vor dem dritten Haus, in dem die schmutzige Frau wohnte, spielten schmuddelige Kinder, sicher gehörten sie ihr, und wirklich sah sie einmal, wie sie herauskam, das Mädchen schlug und es ins Haus jagte.

Nach ihrer Anschauung vom Gesichtwahren würde sie Tom und Eva nie erlauben, sich so auf der Straße zu zeigen. Die amerikanischen Kleider waren hübsch und standen Tom und Eva sehr gut. Die Mutter war von den Locken entzückt, wie sie hier die Mädchen trugen. Und schon nach einer Woche wollte Eva nicht mehr ihre Zöpfe tragen, zumal Flora wußte, wie man die Lockenfrisur machte. Für Tom war das Haarschneiden alle vierzehn Tage beim Friseur in der Lexington Avenue zu einer heiligen und unentbehrlichen Handlung geworden. Er trug das Haar kurz, ein kleiner Büschel fiel ihm auf einer Seite in die Stirn: »Du mußt wie ein Gentleman aussehen!« sagte die Mutter, »wir sind Chinesen, und du wirst China keine Schande machen wollen.«

Täglich um vier Uhr zog sie die Kinder sauber an. Tom wurde das Haar gescheitelt und der Hals gewaschen, Eva die Locken gekämmt und ein frisches Waschkleid angezogen. Dabei war eine bestimmte Absicht. Aus einer sauberen Wäscherei sollten saubere Kinder kommen. Tom und Eva sollten wandelnde Aushängeschilder für Tom Fongs Handwäscherei sein. Die Mutter sagte sich, daß die Leute ihre Wäsche gewiß nicht einer Wäscherei anvertrauen würden, deren Kinder so schmutzig waren wie die im dritten Haus. Für den Sohn eines Wäschers mußte es Ehrensache sein, daß sein Hemd tadellos sauber war, wie auch der Sohn eines Professors nicht ordinär reden darf wie andere Kinder.

Da Tom und Eva noch nicht zur Schule gingen, wollte die Mutter, daß sie sich Bewegung machten. Deshalb mußten sie regelmäßig um vier Uhr aus dem Haus, ganz gleich wohin. Nachdem die Mutter nachgesehen hatte, ob ihre Augen und Nasen auch sauber waren, kommandierte sie: »Nun geht los, Tom und Eva!«

»Wohin, Mutter?«

»In den Zentralpark! Das tut euch gut!«

»Aber wir waren erst gestern dort«, wehrte sich Eva.

»Mir ist es gleich, wohin, nur los jetzt!«

Die Kinder gingen über den Flur, an der Toilette vorbei, die Treppe hinunter auf die Straße. Immer war Mutters Kopf am Fenster, wenn die Kinder hinaufschauten und lachten; nur manchmal sah die Mutter zu ihrer Enttäuschung anderswohin.

Eva haßte diese Pflichtspaziergänge. Jedesmal an der Ecke war die Frage: Wohin? Der East River und der Zentralpark waren gleich weit und der Weg dahin gleich verhaßt. Den Park mochte sie ganz gern, aber der Weg über die breite Park Avenue war immer ein schwieriges und aufregendes Abenteuer. Waren sie aber einmal dort, gefiel es ihnen recht gut. Bis sie sich für einen Platz entschieden hatten, hielten sie sich an der Hand. Eva machte sich nichts daraus, herumzutollen, sie fand es kindisch und unweiblich; mochten die Jungen tollen, für Mädchen paßte sich das nicht. Und so saß sie oft auf einer Bank, achtete auf ihre Locken und schwenkte die Beine, um sich Bewegung zu machen.

Die Third Avenue war eine Welt für sich. Hier machte Tom auf der Strecke von der Siebzehnten zur Neunzehnten Straße, die auf einer Seite von der Second Avenue, auf der andern von der Lexington Avenue begrenzt wird, seine Entdeckungen. Er kundschaftete sie aus, spielte, werkelte und spazierte darin umher, fühlte sie, roch sie und schwamm darin wie ein wirbelnder Stern, bis er die Luft, die er atmete, genau erkundet hatte. Der Geruch der Achtzehnten Straße war sehr verschieden von dem der Sechzehnten, und er konnte mit geschlossenen Augen sagen, in welcher er war. Die Third Avenue war länger als irgendeine Straße in seinem Heimatort, und die El-Hochbahn schien ihre Planetenbahn zu kreuzen und über ihren Horizont hinauszufliegen bis in die

Unendlichkeit. Ein paar Häuserblocks weiter erreichte man den völlig verschiedenen Bezirk der hellen, geschäftigen Sechsundzwanzigsten Straße, hier leuchteten von vier Kinos, die nebeneinander lagen, die Neonlampen und Lichtreklamen um die Wette. Draußen an der Lexington Avenue war der Rhythmus wieder ganz anders. Second Avenue war wie ein Vorort voll frischer Luft und Sonne, hier lebten die Leute wie am Rande dieses drängenden, lauten, brodelnden Universums.

Es war eine Welt für sich, wo Kinder geboren wurden, wo man aß und die Toten begrub, wie es das Leben mit sich bringt. Ein paar Sargmagazine erinnerten an diese Tatsache. Ein Einsiedler, der wie ein Einsiedlerkrebs leben wollte, konnte hier wohnen und einkaufen, ohne die Gegend je verlassen zu müssen. Hier wuchsen Jungen heran, prügelten sich, verbrannten im Winter auf der Straße Kisten, um den Schnee zu schmelzen, und sprangen im Sommer fast nackt durch die Fontänen der Hydranten. Erwachsene Burschen und Mädchen hatten ihre Rendezvous in dunklen Hauseingängen, Männer schufteten und schwitzten, Frauen schrubbten und kochten, und die Alten saßen an den Sommerabenden auf den Haustreppen. Es wimmelte von Leben, und in den heißen Nächten war die Straße feucht vom Schweiß der Menschen.

Viertes Kapitel

1

Die elektrische Hochbahn war nicht nur die Lebensader in diesem Riesengewimmel von Menschen. Sie war, da sie so bequem zu erreichen war, auch die Verbindung zwischen Tom Fongs Familie und der Chinesenstadt New Yorks. Tom Fong senior hatte die Lage seiner Wohnung so gewählt, weil er in zwanzig Minuten das Zentrum des chinesischen Lebens erreichen konnte. Mutter Fongs erste Ausgänge führten sie an ein paar Häuserblocks vorbei zur Station der Vierundachtzigsten Straße, die Treppe hinauf zum El-Zug, am Chatham Square wieder hinunter, so kam sie in die Mottstraße.

Die Mottstraße, die von der Kanalstraße zur Bowery führte, begann bescheiden im Schatten des pompösen Stadthauses, lief über anderthalb Häuserblocks weg bis zu einer alten spanischen Kirche, bog dann nach links ab und endete an dem breiten Gewirr der Hochbahnen und dem dunkelüberdachten Kopfsteinpflaster, Bowery genannt. Eine kleine Gasse, die Pellstraße, mündete linker Hand in die Mottstraße (auf kantonesisch Mutt ausgesprochen) und verlief in eine andere, enger gewundene Gasse, die Doyerstraße. Sie alle endeten in dem dunkeln Meer der feuchten Bowery, schienen aber auch das Menschenmeer aufzuhalten, dessen Wogen sich nur in kurzen Wellen in die Doyerstraße ergossen und vor dem Christlichen Heim für Erwerbslose zum Stillstand kamen.

Die übrige Chinesenstadt war nicht überschwemmt. Im kleinen Umkreis von zwei Straßenblocks drängten sich chinesische Apotheken, Druckereien, Kurzwarenläden und an die dreißig Restaurants, deren prächtige Neonschilder nachts funkelten und die samstags und sonntags von Gästen wimmelten. An diesen beiden Tagen strömte die ganze New Yorker Chinesenbevölkerung in die engen Straßen, um mit Freunden zusammenzusein, Geschäfte zu besprechen und tüchtig zu essen. Dort fühlten sie sich losgelöst vom Alltag, sie wollten nicht nach Hause, sondern standen behaglich auf den Trottoirs herum, vergaßen alle Sorgen und gaben sich nach einer Woche voller Plackerei mit allen Sinnen dem alten China hin. Es war eine Art intensiven Nichtstuns, als stände die Zeit still inmitten der wimmelnden Geschäftigkeit. So kann ein Mensch eine halbe Stunde unbeweglich stehen bleiben, wie ein Storch auf einem Bein im Sumpf steht, und die Welt an sich vorbeiziehen lassen, um über ihre Unendlichkeit nachzudenken.

Nicht weit von der Mottstraße, nördlich der Kanalstraße, wohnte Flora im italienischen Viertel. Die Italiener drangen südlich der Mottstraße bis ins Herz der Chinesenstadt, und die Chinesen breiteten sich nördlich über die Kanalstraße und über den Chatham Square in die Olivenstraße, Catharinestraße und den East Broadway bis unter den Schatten von Manhattan-Bridge aus.

Floras Elternhaus war hier, und Onkel Chans Laden, und Yiko hatte sich hier ein Zimmer genommen, von dem er über die Kanalstraße schauen konnte. Wenn die Third-Avenue-Hochbahn wie eine Planetenbahn erschien, so glich die Kanalstraße der Milchstraße, ein Strom bald gestoppten, bald rollenden Verkehrs. Über einem Fenster im dritten Stock konnte man auf einem weißen Schild die Worte »Frederick A. T. Fong, Versicherungs-Agent« lesen.

Sonntags fand sich die Familie meistens in Onkel Chans Laden in der Mottstraße ein. Verwandte sind Verwandte, und sie saßen eben an diesem Tag da herum oder halfen im Laden. Das Geschäft ging sehr gut; man konnte dort alles haben, Fleisch, Geflügel, Eisbein, Kaldaunen, Fische, Garnelen, chinesisches Gemüse, Schnittwaren aus China, gekochte Eier, eingelegte Eier, Pilze, Nanking-Enten, getrocknete Tintenfische, Haifischflossen, Nudeln, aber auch Schalen, Räucherwerk, Wäschezeichen, Medizin und chinesische Kalender. Kurz, es gab alles, was ein Chinese in Amerika brauchte. Der Laden reichte weit nach hinten, durch einen Gang kam man zu einem Kühlraum und schließlich zu einem Wohn- und Lagerraum mit einem Tisch, ein paar Stühlen, einem Sofa und Säcken, Konservenbüchsen und Paketen, die an der Wand aufgestapelt waren. In der dunklen Ecke standen große Kübel mit Zuchtbohnen. Die Familie Fong machte den Laden zu ihrem Hauptquartier, während der eine oder andere fortging, um etwas zu besorgen. In »Onkels Laden« konnte man sich immer wiederfinden oder eine Botschaft hinterlassen. Die Eltern schickten immer Tom oder Eva zu Yiko, damit er sie dort treffe. Manchmal lud der Onkel sie alle zum Essen ein, und manchmal erbot sich Yiko, es zu bezahlen.

Yiko war ein prächtiger älterer Bruder. Er zeigte seinen Eltern und Geschwistern die Sehenswürdigkeiten von New York, einmal von der Spitze des Empire State Building aus die ganze Stadt, und er umriß seinen Herrschaftsbereich, von der Chinesenstadt bis zur Vierunddreißigsten Straße, wo Frederick A. T. Fong, und nur er allein, für die Cornelius-Versicherungsgesellschaft abschließen konnte.

»Das alles«, sagte er mit einer weiten Armbewegung, die das Woolworth Building, die City Hall, Wall Street und die Freiheitsstatue mit einschloß, »das alles ist mein Reich.« Die Neulinge, Tom und Eva und die Mutter, waren tief beeindruckt. »Ich bin ein Selfmade-man!« fügte er stolz hinzu.

Yiko rauchte Zigarren und Philip-Morris-Zigaretten wahllos durcheinander. Warum er gerade Philip Morris rauchte, konnten Tom und die Eltern nicht ausfindig machen. Tom gefiel die Art, wie er sein goldplattiertes Zigarettenetui anbot und sagte: »Willst du eine Philip Morris?« Vielleicht lag es an dem Namen.

Yiko liebte chinesische Speisen und verachtete sie zugleich. »Gedämpfte Schildkrötensuppe und Bambusspitzen!« sagte er tadelnd. »Kein Nährwert, keine Vitamine. Schmeckt gut, das ist alles.« Er schwor auf Fleisch und Milch und Tomaten und forderte Tom auf, recht viel Milch zu trinken.

»Ein Glas Milch ist soviel wie ein Pfund Fleisch«, behauptete er, und umgekehrt »ein Pfund Fleisch ist soviel wie ein Glas Milch«, wenn er Tom nötigte, Fleisch zu essen.

Aber wenn er ihm zuredete, das komisch aussehende Zeug, die Tomaten, zu essen, die so scharf und sauer schmeckten, sagte er: »Vier Tomaten sind soviel wert wie ein Glas Milch und ein Pfund Fleisch zusammen.«

Damals hatte er seine Begeisterung für Rosinen noch nicht entdeckt, von denen er später behauptete, ein Päckchen von ihnen wiege ein Pfund Fleisch, ein Glas Milch und vier Tomaten auf. Ganz deutlich sprach er sich nicht aus, ob er alles zusammen meinte oder nur eines von ihnen.

Unter den wenigen Büchern, die es in Onkel Chans Laden zu kaufen gab, war eine kleine Broschüre von höchstens fünfzig Seiten mit dem Titel »Das gute Leben«, der Autor war »Frederick A. T. Fong, Versicherungs-Agent«. Es war darauf vermerkt, daß

die Broschüre auf Kosten und mit Unterstützung der Cornelius United States Versicherungsgesellschaft veröffentlicht wurde. Wenn man die erste Seite aufschlug, sah einen das Photo des Verfassers, der an einem Bürotisch mit Telephonapparat saß, mit festem, vertrauensvollem, freundlichem Blick an. Das Büchlein enthielt eine nützliche Sammlung von Leitsätzen über Sparsamkeit, Ausdauer und Erfolg im Daseinskampf, darunter ein interessantes Kapitel über den »Weg zum Erfolg« (»Verliere nie den Mut«, hieß es darin). Es enthielt apostolische Botschaften über Mut, Entschlossenheit und Ratschläge über das persönliche Auftreten (die von Yiko selbst waren) und Regeln, die den Amerikanern eine Vorstellung vom »Weg zum Erfolg« geben sollten. Einige Ratschläge waren »Der Feste Händedruck« und »Der Griff nach dem Rockaufschlag« und »Das Lächeln«. Es ging deutlich daraus hervor, daß viele Chinesen in diesem Land nur deshalb nicht recht vorwärts kamen, weil sie viel zu zurückhaltend waren. Sie verstanden sich nicht darauf, Vertrauen einzuflößen. Das nächste Kapitel hieß ein wenig aufs Geratewohl und ohne rechten logischen Zusammenhang »Liebe deinen Mitmenschen«, es begann mit dem unbestreitbaren und einleuchtenden Satz »Andern helfen, heißt dir selber helfen«. Christus, Buddha, Konfuzius, so hieß es, sie alle lehrten uns, unsre Menschenbrüder zu lieben. »Alle Menschen zwischen den vier Meeren sind Brüder«, dieser Satz war in großen Lettern gedruckt. »Sind wir Brüder oder sind wir's nicht? (Diese Frage war nicht beantwortet.) Aber wenn du Konfuzius folgst und alle Menschen als deine Brüder betrachtest, so wirst du dieses selbstsichere und vertrauenerweckende Lächeln gewinnen.« Damit war der logische Schluß gezogen.
Zweifellos nützlich für chinesische Leser waren drei Nachträge, einer über westliche Tischsitten, einer über allgemeine gesellschaftliche Umgangsformen und einer über »Regeln für Kellner«. Jemand von der Cornelius-Versicherungsgesellschaft hatte die kluge Idee gehabt. Diese drei Nachträge garantierten, daß die Chinesen das Büchlein auch lasen.
Die westlichen Tischsitten waren im ganzen verständlich und recht einleuchtend:

1. Halte den Teller mit der linken Hand und nimm den Löffel in die rechte wie einen Pinsel; löffle die Suppe und trinke sie. Hernach lege den Löffel nach oben auf die rechte Seite des Tellers.

2. Schneide das Brot mit dem Messer, bevor du es ißt. Du kannst auch Butter oder Marmelade mit dem Messer aufstreichen. Belege dein Brot damit und iß.

3. Iß langsam und geräuschlos, auch wenn dir das Essen schmeckt. Iß ruhig und rede nicht darüber.

4. Schneide das Fleisch in kleine Bissen. Spucke nichts aus dem Mund auf den Teller. Vermeide knochige Stücke. Wenn du das Fleisch nicht zerschneiden kannst, laß es liegen.

5. Sprich nicht mit vollem Mund. Schlucke erst, sage »entschuldigen Sie« und antworte dann.

6. Bei einer amerikanischen Mahlzeit ist es dir nicht erlaubt, aufzustehen und den Tisch zu verlassen.

7. Bringe deine Kinder nicht zum Essen mit, wenn du allein eingeladen bist.

8. Auch wenn die Früchte schon auf dem Tisch stehen, darfst du erst am Ende der Mahlzeit danach greifen.

9. Sei höflich. Benimm dich überhaupt wie bei einer Feierlichkeit.

Unter den Regeln für gesellschaftliche Umgangsformen wurden die folgenden empfohlen:

Laß eine Dame immer zuerst in ein Auto, einen Omnibus, einen Lift oder eine Untergrundbahn einsteigen.

Frage eine Dame niemals nach ihrem Alter, und frage nie, ob sie verheiratet oder verlobt ist. Es könnte sie in Verlegenheit bringen, weil so viele Amerikanerinnen nicht verheiratet sind.

Sprich überhaupt nicht über das Alter, besonders nicht vor alten Leuten. Sie lieben das nicht. Vermeide ganz allgemein die Worte »alt« und »ehrwürdig«.

Wenn ein Amerikaner deine Frau und deine Kinder lobt, versuche deine Verlegenheit zu verbergen. Du darfst sie sogar selber loben. Sei in der Öffentlichkeit rücksichtsvoll zu deiner Frau.

Rasiere dich täglich.

Bei einem Geschäftsbesuch sage sofort, weswegen du gekommen bist. Die Amerikaner schätzen das. Zum Plaudern haben sie keine Zeit.

Am Schluß fand sich eine ganzseitige Anzeige der Cornelius-Versicherungsgesellschaft, wobei die Büroadresse von Frederick A. T. Fong besonders hervorgehoben war. Im ganzen war die Broschüre eine geschickte und wirkungsvolle Reklame. Sie kostete fünfundzwanzig Cents.

2

Die Sonntage in der Chinesenstadt waren herrlich und aufregend. Flora ging zuerst in die Kirche und besuchte dann ihre Familie. Ihre betagten Eltern lebten allein in einer Wohnung im vierten Stock. Ihre Schwiegereltern nahm Flora nie nach Hause mit, aber Tom und Eva wollten sie immer gerne begleiten, um Floras Eltern und ihr Heim zu sehen, und so gingen sie am Sonntag mit Daiko und Flora. Sie hatten Flora sehr liebgewonnen, und zudem hatten sie bisher noch nie ein amerikanisches Heim gesehen.

Das Wohnzimmer war kahl und die Stühle alt. Auf dem Klavier standen ein paar Porzellanfiguren und eine Büste von Verdi. An der Wand hing ein Bild des großen Mailänder Doms.

Giuseppe Maggio, Floras Vater, verkaufte auf einem kleinen Schubkarren an der Ecke der Mott- und Bayardstraße Äpfel und geröstete Erdnüsse in den Schalen, und wenn die Kastanien reif waren, heiße geröstete Kastanien.

Der alte bärtige Maggio hatte hier seinen Stand, so lange die Leute sich erinnern konnten. Manchmal löste ihn Flora, manchmal auch ihre Mutter ab. Daiko kaufte immer Erdnüsse bei dem alten Mann und blieb an der Ecke stehen in der Hoffnung, Flora zu sehen.

»Du gehst jetzt nach Haus zum Essen, Vater. Die Mutter wartet schon auf dich«, sagte dann Flora zu dem alten Mann.

Jedesmal, wenn Daiko das hörte, schlug ihm das Herz. Es war genau so, als höre er ein chinesisches Mädchen mit ihrem Vater sprechen. Abgesehen von ihrem fremdartigen Aussehen sah er in ihr fast ein chinesisches Mädchen. Das Leben der kleinen italienischen Familie hatte ihn ganz bezaubert. Aber konnte er je hoffen, daß ein so gesundes, lebhaftes amerikanisches Mädchen ihn eines Tages heiraten werde?

So stand also Flora jeden Sonntagnachmittag zwischen eins und drei an der Ecke und verkaufte Äpfel und Erdnüsse, und jedesmal kam Daiko und unterhielt sich mit ihr. Nach zwei Monaten war keines von beiden mehr an der Ecke zu finden, und dann fand sich eben der alte Maggio oder seine Frau ein, denn am Sonntag gingen die Geschäfte besonders gut in der Chinesenstadt.

Das war nun drei Jahre her. Der alte Maggio hatte sich wenig um die Heirat seiner Tochter gekümmert. Als Flora heiratete, war sie zweiundzwanzig. Der alte Maggio hatte in all den Jahren so viele Chinesen gesehen, daß ihm der Unterschied nicht mehr auffiel und ein Chinesengesicht ihm so lieb war wie ein anderes. Wenn seine Flora nicht selber einen Mann fand, so war das ihr eigener Schaden, und wenn sie ihn fand, was sollte er dagegen haben? Im Alltagsleben war kein Platz für Vornehmtuerei. Schließlich waren sich die Italiener und die Chinesen in ihrer genußfreudigen Lebensart sehr ähnlich. In Daiko und Flora begegnete sich etwas aus der alten Heimat.

Überdies verdienten die Chinesen recht gut. Flora träumte davon, daß Daiko eines Tages vielleicht ein eigenes Restaurant haben werde. Er war zuverlässig und er hatte sie lieb. Seit der Heirat hatte sie es leicht, denn Daiko war sehr stolz darauf, eine weiße Frau zu haben, und Flora fühlte sich so verehrt, wie eine Frau sich das nur wünschen kann. Ihre westliche Kleidung, die ihren schlanken, geschmeidigen Körper hervorhob, entzückte ihn, und immer, wenn ihre Haare seinen Nacken streiften, schien er wie elektrisiert. Er liebkoste ihre Haare und streichelte ihren Nacken, und Flora hatte das sehr gern.

Der alte Tom Fong war für gewöhnlich ein sehr stiller Mann. Als Loy heiratete, war er's zufrieden. Flora versprach als erste der Familie Fong einen Enkel. Der Vater empfand für sie, was ein alter Baumstamm für einen neuen jungen Zweig fühlen muß, von dem er Früchte erwartet. Er wünschte sich nur eine zuverlässige und gesunde Schwiegertochter, das übrige mußte er dem Himmel überlassen. Es freute ihn, als er sah, daß Flora ihrem Manne half; amerikanischen Mädchen traute er zwar nicht viel zu, aber Flora fügte sich in die althergebrachten Sitten. Nur ein paarmal mußte er sie tadeln, wenn sie nicht genug für die Bequemlichkeit ihres Mannes sorgte. Durch ihre Hilfe im Geschäft beim Ausschreiben der Rechnungen und dem Verpacken der Wäsche wurde sie zu einer Stütze, wie er es von einer Schwiegertochter nie erwartet hätte. Für sich selbst war er ganz anspruchslos, er betrachtete sich nur als einen Auswanderer, dazu verdammt, Tag und Nacht zu bügeln, bis es ihm eines Tages vergönnt war, wieder in seine Heimat zurückzukehren.

Nun aber war alles anders gekommen. Seine Familie hatte sich hier niedergelassen, er begann, sich daheim zu fühlen, und fing an, Pläne für seine Kinder zu machen.

Auch für Flora war es eine große Veränderung. Sie hatte sich große Sorgen gemacht. Mit der Schwiegermutter zusammenzuleben, war in Italien nichts Ungewöhnliches, und sie kannte viele italienische Familien, in denen die Eltern bei ihrem Sohn wohnten, auch wenn er verheiratet war. Aber sie hatte keine Vorstellung davon, wie es mit einer chinesischen Schwiegermutter gehen würde. Mit dem besten Willen und viel Verständnis ging sie an ihre Aufgabe. Und nun hatte sich alles zum Besten gewendet. Es gab kein Kriechen und Speichellecken. Sie ging nach wie vor in ihre Kirche, besuchte die Messe und hatte das Bild der Heiligen Jungfrau in ihrem Schlafzimmer hängen. Die Familie kümmerte sich nicht um ihren Glauben und ließ sie in Frieden. Die Mutter hatte das Kochen übernommen, und Flora half ihr beim Spülen. Die Kinder mochten Flora sehr gern. So war es in gewisser Hinsicht für sie leichter geworden, seit sie ihren Platz in der Familie gefunden hatte, und sie ging ganz im Familienleben auf.

»Loy«, fragte sie eines Nachts ihren Mann, »wann werden wir genug Geld haben, um selbständig zu werden?«

»Was meinst du damit?«

»Ich meine, ein Geschäft und eine Wohnung für uns allein – ganz unabhängig, weißt du.«

»Unabhängig? Daran ist nicht zu denken!«

»Loy, Lieber ...«

»Wo fehlt es denn? Mutter hat dich gern, und du magst sie doch auch?«

»Das ist es nicht. Es macht mir viel Freude. Du hast eine ganz wunderbare Familie, und ich kann mich über nichts beklagen. Aber du weißt ja, was ich meine. Wird das immer so weitergehen?«

»Liebling, siehst du's nicht ein? Wir sind eine Familie, und wir alle helfen einander. Das Geld – es ist dein Geld, mein Geld, Vaters

Geld. Da ist kein Unterschied. Wir arbeiten zusammen, verdienen zusammen und geben es zusammen aus. Tom und Eva mußten wir jetzt zur Schule schicken. Aber wenn sie groß sind, müssen sie auch mithelfen – vielleicht sogar dazu beisteuern, daß unsere Kinder dann zur Schule gehen können. Es ist unsere Pflicht, zu arbeiten und zu helfen. Wer es kann, hilft mehr, wer es nicht kann, hilft weniger. Wenn du ein Kleid brauchst, so kaufst du eins, und wenn ich ein Paar Schuhe brauche, so kaufe ich sie mir eben auch.«

»Aber wird das ewig so weitergehen?«

»Nichts ist ewig. Aber solange die Eltern leben, sind wir eine Familie. Wenn sie zu alt sind, um zu arbeiten, müssen wir für sie sorgen, denn sie haben für uns gesorgt, solange wir jung waren. So ist das nun mal.«

In gewissem Sinne hatte Loy recht mit dem, was er sagte. Sie verwaltete das Geld und erledigte die Schecks. Nur war es nicht ihr eigenes Geld, sondern das Geld der Familie.

Fünftes Kapitel

1

An einem Samstagabend im Juli war es ungewöhnlich heiß. Den ganzen Tag hatte die Sonne auf die Häuser und Straßen niedergebrannt, die Gehsteige und die Mauern erhitzt, bis die ganze Straße wie ein Ofen glühte. Die Hitze hatte sich auch in den Häusern gefangen, in den Höfen und Hausfluren – es gab kein Entkommen. Ein kleiner kühler Luftzug kam vom East River, aber bis er endlich die Third Avenue erreichte, war es nur noch ein dürftiger Hauch. Loy und Flora hatten sich's auf dem Dach bequem gemacht und sich eine Decke mitgenommen. Tom und Eva wurden zu Bett geschickt, aber zum Schlafen war es viel zu stickig.

Vater und Mutter standen am Fenster und streckten die Köpfe hinaus, um ein bißchen frische Luft zu schnappen. Alles war dunkel. Über der Straße hatten sich ein paar Männer und Frauen auf den Feuerleitern ausgestreckt und versuchten, sich dort für die Nacht einzurichten. Ein kahlköpfiger alter Mann in einem weiten Nachthemd hatte sich findig einen Tisch ans Fenster gerückt, so daß sein Kopf und sein Oberkörper auf dem Eisengitter, die Beine aber drinnen lagen.

Ein paar junge Leute schrien und sangen unten auf der Straße, dann und wann war wieder Stille, nur vom unregelmäßigen Rumpeln der Hochbahn unterbrochen.

Sie waren alle von einem herzhaften Abendessen zurückgekommen. Tom hörte seine Eltern vor dem Fenster miteinander reden.

»Mutter, kann ich auf das Dach und dort schlafen?«

»Nein, dort sind Daiko und Daisow.«

»Warum können wir nicht auch hin?«

»Nein. Bleibt endlich liegen, Kinder, dann werdet ihr die Hitze bald vergessen. Das kommt davon, weil ihr Eiskrem gegessen habt! Kein Wunder, daß euch der Magen brennt.«

Tom hatte das oft genug gehört. Er spürte seinen Magen, das

stimmte schon. Wenn man die Hitze vertreiben will, muß man heißen Tee trinken und schwitzen. Man fühlte sich kalt nach einem heißen Bad, und heiß nach einem kalten. Um Ruhe zu finden, soll man sich ganz still verhalten und nichts tun.
»Aber ich schwitze doch so«, klagte er.
»Unsinn! Du hast die ganze Zeit im Hof mit der Brause gespielt, seit wir zurück sind. Lieg jetzt still, dann wird es schon gehen.«
Tom sagte nichts mehr. Er konnte hören, wie sich die Eltern im Dunkeln unterhielten.
»Weißt du, auf der Mottstraße liegt Gold«, sagte die Mutter. Der Vater blieb stumm.
»Man sieht ja das Gewimmel in den Restaurants. Onkel sagt, sie nehmen drei- bis vierhundert Dollar am Tag ein.«
»Ich weiß, ich weiß«, sagte der Vater gelassen.
»Wieviel mag es kosten, eins zu eröffnen?«
Der Vater antwortete, als spräche er von Dingen, die auf einem andern Planeten vorgehen: »Ungefähr zehntausend Dollar.«
Danach war tiefe Stille. Nach einer Weile fing die Mutter wieder an: »Ich sage dir, das Gold liegt auf dieser Mottstraße. Wir sollten dort eines Tages ein Restaurant anfangen.«
»Wo willst du das Geld hernehmen?«
»Ich meine kein großes Restaurant wie das ›Pazific‹. Wir könnten mit einem kleinen anfangen. Wieviel mag das kosten?«
»Das kommt darauf an. Du kannst auch bei einem kleinen nicht mit weniger als vier- oder fünftausend Dollar anfangen.«
»Wir werden schon einen Weg finden. Ich habe darüber nachgedacht. Mit mir, Tom und Eva müssen drei Mäuler gestopft werden. Das Essen ist teuer, und wir verspeisen Golddollars. Wie könnten wir die Kosten verringern und sparen? Du und Loy, ihr schafft euch die Hände wund, um uns alle zu füttern, und Tom und Eva sind zu jung und müssen zur Schule gehn. Es ist wirklich nicht leicht.«
»Nein, es ist nicht leicht«, antwortete der Vater.
Tom war eingeschlafen.

2

Als der Herbst kam, gingen Tom und Eva in die Volksschule auf der First Avenue, ein altes, häßliches, dunkelrotes Ziegelgebäude, und bald verloren sie sich in der Welt amerikanischer Jungens und Mädels. Sie waren schon in China zur Schule gegangen, und nun waren sie überrascht, daß es in der amerikanischen Schule wenig Arbeit, dafür aber viele Spiele gab. Die Stunden waren nachmittags um drei zu Ende, und jeden Samstag hatten sie frei. Bald, schon nach ein paar Monaten, konnten Tom und Eva den Lehrer verstehen und dem Unterricht folgen.

Jeden Morgen »spazierten« sie zur Schule, so, wie sie früher immer am Nachmittag um vier spaziert waren. Aber es war eine andere Art Spaziergang, und Eva haßte ihn nicht mehr. Es war etwas in ihr erwacht. Zu Hause war sie eine kleine Null gewesen, ein glückliches, braves Kind, das sich keine Sorgen machte und auch den Eltern nicht.

Flora hatte noch nie ein chinesisches Mädchen gesehen, das so fügsam war, und sie konnte Eva nicht begreifen. Toms helle Augen gefielen ihr und sein lustiger Blick; er zog die Stirn in Falten und biß sich auf die Lippen, wenn er über etwas nachdachte, er fragte viel und ließ die Antworten nicht ohne weiteres gelten. Wenn Yiko ihm sagte, daß vier Tomaten soviel seien wie ein Pfund Fleisch, schaute Tom ihm geradewegs ins Gesicht, bis Yiko ganz verwirrt war.

Aber Eva war anders. Sie widersprach nicht und schien mit allem einverstanden. Der Vater war nachsichtig, ja sogar sanft zu ihr. Wenn er sie an der Hand hielt, lag ein vergnügtes, stolzes Schmunzeln auf seinem Gesicht. Yiko spielte ihr gegenüber den großen Bruder. Nur die Mutter war immer etwas streng mit ihr, weil sie ein Mädchen war, eine *nutsai.* Dieses Wort bedeutete vielerlei. Man konnte es nicht genau erklären. Für Eva bedeutete es ungefähr, daß ein Mädchen sich bescheiden müsse. Es bedeutete, daß der weise Konfuzius nichts für Mädchen übrig hatte; er hatte das Gesetz geschaffen, daß ein Mädchen sich still zu fügen habe und tüchtig arbeiten müsse. Es bedeutete auch, daß ein Mädchen sich gut benehmen müsse. Konfuzius sagte nicht, daß Knaben sich schlecht benehmen sollten, aber tatsächlich wurde einem Jungen viel nachgesehen. Ein Mädchen sollte in einem Alter vernünftig sein, in dem es von einem Jungen noch nicht verlangt wurde. Sie hatte eine andere Aufgabe, die Aufgabe des

Weibes – nämlich ruhig und sanft zu sein, aufzupassen, zu bemuttern und zu leiten. Die Aufgabe des Mannes war, tätig zu sein, etwas zu schaffen, wie Elektronen um den ruhenden Mittelpunkt umherzuschweifen. Wenn immer die Mutter das Wort *nutsai* aussprach, lag darin eine scharfe Aufforderung für Eva, sich darauf vorzubereiten, dereinst ein gutes Weib und eine gute Schwiegertochter zu werden. Sie hatte zu antworten, wenn sie gefragt wurde, zu schweigen, wenn man sie schalt, sie hatte leise zu reden und ordentlich, mit geschlossenen Beinen, zu sitzen. Wenn Yiko etwas sagte, so schwieg sie einfach aus Gewohnheit. Yiko hielt sie für ein vorbildlich stilles Mädchen, aber er hätte nicht sagen können, was in ihrem Kopf vorging. Sie antwortete mit Ja oder Nein – im übrigen hatte sie aufzupassen, zuzuhören, nachzudenken und sich ruhig zu verhalten.

Diese Lehre von der weiblichen Sanftmut nahm sie mit in die Schule und verlor sie nie ganz.

»Wie ausgeglichen ist dieses chinesische Mädchen!« sagte Mrs. Anderson. »Ich möchte wissen, ob alle chinesischen Mädchen so sind.«

Trotzdem war in Eva etwas erwacht. Auf den Straßen und in der Schule sah sie, wie die Kinder sich stießen, sich tummelten, lärmten und schrien, sich balgten und Ball spielten, Mädchen wie Jungen. Das machte sie ganz verwirrt. Sie bemerkte nichts davon, daß Mädchen weniger laut waren als die Buben. Die amerikanischen Mädels schrien in den höchsten Tönen, und wie stolz und anmaßend standen sie da! Wie rasch liefen sie mit großen Schritten dahin! Das war ein wunderliches Geschwätz und Geplapper, ein Tollen, Balgen und gegenseitiges Sichärgern, und doch eine lachende Welt, in die Eva da hineingeriet. Auf den Spielplätzen sah sie die erwachsenen Mädchen umherrennen, klettern und purzeln, andere spielten Ball, die Arme in die Seiten gestemmt, die Beine weit auseinander, schön, stark und unerschrocken; wieder andere tauchten und schwammen, spielten Hockey, liefen Rollschuh, fuhren Rad oder ritten. Es war sonderbar, neu und fremd. Und Eva genoß das alles, als hätte sie eine neue Freiheit entdeckt, als sei das magnetische Feld, das ihre Gedanken gefangen gehalten hatte, verschwunden und alles sei losgelöst und ungebunden und, sie konnte sich nicht erklären wieso, hoffnungsfreudig. Es war eine neue, überströmende, unerforschte Welt, in der alles möglich war.

Eva war glücklich. Sie wollte nicht zu spät zur Schule kommen, und wenn Tom nicht fertig war, lief sie voraus und wartete nicht auf ihn, und Tom kam dann später nachgesaust und holte sie manchmal noch ein, bevor sie die First Avenue erreicht hatte.

3

Tom und Eva lernten, wie alle Kinder, rasch Englisch. In seinem dritten Schuljahr hatte Tom eine Miß Cartwright aus Litchfield in Connecticut als Lehrerin für Englisch, eine blasse Frau mit weißer Haut und bebender Stimme. Sie war Toms große Entdeckung. Er hätte nie geglaubt, daß es solche Amerikaner gab. Miß Cartwrights Art zu sprechen hatte etwas engelhaft Süßes, und wenn sie mit Tom sprach, lächelten ihre schmalen, geschwungenen Lippen gütig. Ihre Augen waren blaßblau und wurden ganz groß, wenn sie sich aufregte, und ihre Haare hatten einen wunderschönen silbernen Glanz. Ärgerten sie die Jungens, so wurde ihr Mund kreisrund, und in ihre Augen kam ein flimmerndes Licht. Wenn sie von ihren Schülern verlangte, das Wort Mississippi zu buchstabieren, formten es ihre Lippen im voraus, so daß es selbst denen, die es nicht wußten, ganz leicht fiel, indem sie ihr einfach jeden Buchstaben nachsagten. Ihre Aussprache war weiblich, klar, leicht vibrierend und erschien Tom herrlich. Miß Cartwright gab auch Gesangsunterricht, und wenn sie sang, was für eine zarte, bebende, aber wunderbare Stimme kam da aus ihrer Kehle! Nur dann wiegte sie Körper und Kopf und Hände, denn sie schien am Singen große Freude zu haben – wahrscheinlich war es die einzige Bewegung, die sie sich erlaubte.

Tom verehrte sie. Für ihn gab es nur noch Miß Cartwright und ihre Schulstunden. Aus seiner Liebe zu ihr entstand eine Liebe zur englischen Sprache, und aus dieser Liebe entwickelte er ein System, englische Wörter zu lernen. Die Laute, die dem Chinesischen am wenigsten ähnlich waren, zogen ihn besonders an. Eines der ersten Wörter, das ihn faszinierte, war *smudge*.

»Miß Cartwright, was ist smudge?« fragte er, als er sie nach der Stunde unbeschäftigt am Pult sitzen sah.

Miß Cartwright schaute ihn aus ihren blauen Augen belustigt an. Ein ausländischer Junge, der eine solche Frage stellen konnte, war der besonderen Mühe wert. Sie holte ein Taschentuch heraus, wischte ihre Lippen damit ab und machte einen roten Fleck auf ihre weiße Hand: »Das ist ein *smudge*, ein Schmutzfleck. Smudge ist ein *smear.*«

Tom schaute ihre weiße Hand an, sah die feinen blauen Äderchen und zarten Härchen auf ihrem Arm und Handgelenk. »Sieh«, sagte sie und wischte mit dem Taschentuch den Fleck weg: »*I rubidoff*«.

Tom hörte genau zu, aber er verstand das Wort nicht gleich beim ersten Male. Er sprach ihr nach:

»You *rubidoff.*«

Er dachte, nun hätte er ein anderes neues Wort gelernt und war begeistert.

Miß Cartwright schrieb es ihm auf und sprach die Worte getrennt und deutlich aus: »*Rub it off*« – wisch es weg.

»Nein, so haben Sie es nicht gesagt«, sagte Tom.

»Was sagte ich denn?«

»Sie sagten *rubidoff*. Das gefällt mir besser.«

Er ging und wiederholte eifrig vor sich hin »*smudge – smear – rubidoff*«. Das letzte Wort klang flott und lustig, und er schüttelte höchst vergnügt den Kopf.

»Ich habe eine Idee. Schreibe alle Wörter auf, die mit *sn* beginnen, und suche dir die Wörter heraus, die dir gefallen. Willst du?« sagte Miß Cartwright am nächsten Tag zu ihm.

Es wurde ein richtiges Spiel zwischen ihnen. Tom suchte sich ein Wort aus, das ihm gefiel, und die Lehrerin schrieb andre Worte auf mit ähnlichem Klang, an denen Tom auch Gefallen fand.

Er entwickelte bald ein eigenes System in der Aufzeichnung seiner Vokabeln. Er ordnete die Wörter nach ihrem Klang. Wenn er etwas unsicher wurde bei zu ähnlich klingenden Wörtern wie *warble* und *wobble,* so stellte er sich das *a* in *warble* als kleinen Vogel vor, der mit einem Samenkorn auf dem Zweig saß, das war das *r*, während er bei dem *o* in *wobble* an ein Gänseei dachte oder an den Sterz einer Gans.

Auf diese Weise machte er rasche Fortschritte in seinem Wortschatz. Die englische Sprache war ja so reich an anschaulichen Wörtern. So konnte er nie vergessen, wie ihm Miß Cartwright die Bedeutung von *sway* und *swing* beibrachte. Und zugleich lehrte sie auch die anderen Kinder, die Bedeutung ihrer Worte genauer abzuwägen. Von solchen Aufgaben war Tom immer so begeistert, daß man sie »Toms Spiel« nannte.

4

Tom mußte den amerikanischen Bürgereid lernen. Immer, wenn er an das Wort »unteilbar« kam, sagte er es sehr rasch, um zu sehen, wie schnell er es sagen konnte. Er mußte auch lernen, das Sternenbanner richtig zu grüßen. Sie war schön, die Sternenfahne (*wan kay*); auf kantonesisch war damit die amerikanische Republik gemeint. Für ihn verband sich mit der Fahne immer die Vorstellung von einem Spielplatz mit vielen spielenden, balgenden und tollenden Jungen und Mädchen. Die Glieder der Kinder waren ebenso geschmeidig, anmutig und schön wie die Fahne.

Oh! Es ist die schönste Fahne der Welt! dachte Tom.

Aber seine Bewunderung der Fahne wurde durch einen kleinen Zwischenfall in der Schule etwas gedämpft.

Er war ein ernster, nachdenklicher, etwas verschlossener Junge, der an den Fingernägeln kaute, wenn er sich über etwas den Kopf zerbrach. Sie fanden ihn ein bißchen absonderlich. Er nahm zwar an den Spielen teil und lernte es auch, einen Ball zu werfen und zu fangen, aber Prügeleien mochte er nicht. Er sah die Jungen sich auf dem Boden übereinanderwälzen und konnte nicht verstehen, was für ein Vergnügen das sein sollte.

»Warum müssen Männer kämpfen?« Das war eine der frühesten Fragen, die er sich stellte. Späße und dumme Streiche machen, das war lustig, aber sich prügeln und kleinere Jungen überwältigen, das fand er einfach ungezogen. Was bewies das schon? Daß ein Junge stärker war als der andere? Na und? Wenn im Film ein Gangster von einem Detektiv oder Polizisten mit einem gewaltigen Kinnhaken niedergeboxt wurde und der Verbrecher Hals über Kopf zu Boden stürzte, so war das eine Sensation. Das war auch richtig. Aber wer wollte schon Polizist sein oder Verbrecherjäger? Kein gebildeter Mann! Wenn ein Verbrecher in das Laboratorium eines berühmten Wissenschaftlers drang und ihn mit dem Revolver bedrohte, was sollte der Gelehrte dann tun? Wenn er ein guter Wissenschaftler war, ergab er sich natürlich und ließ sich fesseln und knebeln. Schlug er aber dem Verbrecher den Schädel ein, so wurde er damit kein besserer Gelehrter. Dazu waren die »Cops« da, dafür wurden sie bezahlt. Daß die amerikanischen Mädchen immer die größeren und stärkeren Jungen bevorzugten, konnte Tom nicht verstehen. Noch weniger, warum in den Filmen die Reporter oder Soldaten alle Schwierigkeiten mit einem Kinnhaken erledigten. Der Mann, den sie niederschlugen, war gewöhnlich ein Wächter oder ein Pförtner, der ihnen pflichtgetreu den Eintritt verweigerte. Warum galt der Beifall der Zuschauer immer dem Reporter?

In seiner Klasse gab es eine Bande von Jungens, Jackie und Gus und Steve, und einen riesigen Kerl, »Ziffy« Hrushka, ihr Anführer, sobald der Lehrer außer Sicht war. Steve war Toms Freund, aber Ziffy war ein Raufbold.

Der Lehrer hatte den Schülern ein für allemal die Worte »Chinaman« und »Nigger« verboten.

»He, Chinaman«, rief Ziffy in der Neunuhr-Pause. »Hol mir ein Eis, los!«

»Ich muß nach Haus!« antwortete Tom.

»He! Wo fehlt's? Kennst mich wohl nicht?«

»Natürlich!«

»Also! Ich hab gesagt, du sollst mir ein Eis holen. Verdufte!«

»Kann nicht. Ich muß zum Essen nach Haus.«

»Was du nicht sagst!« knurrte Ziffy. Er kam näher, die Hände in den Taschen, und fragte mit gespielt sanftem Ton: »So, du willst also nicht tun, was Ziffy befiehlt, he?«

»Laß ihn doch in Ruhe!« mischte sich Steve ein.

»Ich möcht sehen, wer es wagt, mit Ziffy anzubandeln!« Er kam wütend näher und gab Tom eine Ohrfeige. »Tust du's nun oder willst du lieber kämpfen?«

»Ich tue es nicht und ich kämpfe auch nicht!«

»Gelbgesicht! – Dreckiger Chinese!«

Die andern standen da und sahen zu. Da kam Eva aus dem Schulhof und sah erstaunt, womit Tom sich eingelassen hatte.

»Ist es wahr, daß die Chinesenmädchen zwei waagerechte Mäuler haben?« Ziffy wollte unbedingt kämpfen.

»Hör endlich auf!« rief Steve.

»Du bist wohl verliebt in seine Schwester?«

»Du sollst nicht auf ihm herumhacken! Er hat dir nichts getan!«

»Tom, was ist denn los?« fragte Eva.

»Dein Bruder ist ein Gelber, das ist alles. Und ein Angsthase ist er. Willst du kämpfen oder nicht?« fragte Ziffy.

»Wozu? Klar, daß du gewinnst. Das beweist nur, daß du stärkere Muskeln hast als ich. Das gibt dir noch lange nicht recht.«

Die Jungen bildeten zwei Parteien. Sie schrien alle durcheinander.

»Kämpf mit mir, wenn du beweisen willst, daß du kein gelber Hund bist.«
»Zeig mir deinen Arm!« sagte Tom ruhig.
Ziffy erhob seinen Arm, aber Steve hielt ihn fest.
Gelassen befühlte Tom anerkennend Ziffys Bizeps. »Ich will nicht mit dir kämpfen«, sagte er, »du hast die stärkern Muskeln. Es wäre sinnlos.« Und Tom wandte sich zum Gehen.
»Du bist also ein Gelber.«
»Ich weiß, daß du stärker bist, ich weiß es, ohne mit dir zu kämpfen. Aber das ist auch alles, was du kannst. Ich kämpfe nicht mit dir, und ich hole dir auch kein Eis. Hol es dir selber!«
Tom drängte sich durch den Kreis. Ziffy schaute ihn unsicher an, in seinen Fäusten zuckte es. Er packte Tom am Arm: »So entkommst du mir nicht, Chinaman!«
Tom wandte sich um: »Was ist los mit Chinaman?«
»Du bist ein dreckiger Ausländer!«
»Und du?«
»Ich bin Amerikaner.«
»Und dein Vater, Hrushka?«
»Laß meinen Vater aus dem Spiel. Er kam nach Amerika.«
»Ich auch, genau wie dein Vater.«
Ziffy wurde wild. Aber Tom war schon außer Reichweite. Eva an der Hand, ging er aus dem Schulhof, zur Belustigung der Jungens.
»Was gab es denn?« fragte Eva.
»Ach nichts. Er nannte mich Chinaman. Ich weiß nicht, was das heißen soll. Es ist dasselbe wie Englishman, Frenchman, Dutchman, Laundryman. Ich versteh nicht, daß das eine Beschimpfung sein soll.«

5

An einem Abend, als Yiko zu Besuch gekommen war, hörte ihn Tom davon reden, daß man sich behaupten müsse. Yiko sprach diesmal englisch. »Das Unglück mit uns Chinesen ist, daß wir uns nicht behaupten können. Wenn du dich behauptest und kämpfst, das mögen sie. Wenn du's nicht tust, mißfällt's ihnen. Man muß der Welt die Stirn bieten. Ich tu's! Wenn ich einen Amerikaner sehe, geh ich auf ihn zu, schlage ihm auf die Schulter und sage, hello! Er schaut mich erstaunt an und fragt sich, wer ich bin. Seht ihr? Wenn du für dein Recht eintrittst, findet er, daß du recht hast. Wenn du's nicht tust und dir alles gefallen läßt, denkt er, du seist im Unrecht. Solange du keine Lady schlägst, ist alles in Ordnung. Du mußt dich wie ein Gentleman benehmen. Freundlich, stolz, fröhlich und unbekümmert. Wenn sie unrecht haben, sag es ihnen. Unhöflichkeit spielt hier keine Rolle. Wenn du gut bist, sag's ihnen. Deine Frau, deine Schwester, deine Mutter, alle sind gut, und du bist stolz auf sie. Versteht ihr? Amerikaner sind einfache, ehrliche Leute, 's ist leicht, mit ihnen auszukommen. Man darf ruhig unhöflich zu ihnen sein. Man muß sie nur zu behandeln wissen.«

»Ich habe in der Schule etwas gelernt«, sagte Eva. »Im ersten Jahr, als mich ein Mädchen nach meinen Zensuren fragte, sagte ich ihr, ich hätte eine schlechte Note im Aufsatz. ›Oh, du tust mir leid‹, antwortete sie mir. Wenn die amerikanischen Mädchen gute Aufsätze geschrieben haben und gute Zensuren bekommen, erzählen sie's dir. Jetzt sage ich's ihnen auch, wenn ich gute Zensuren habe, und nun bedauern sie mich auch nicht mehr.«

»Wie geht's dir denn in der Schule?« fragte Yiko.

»Es geht mir sehr gut.«

»Gefällt's dir jetzt dort?«

»Es gefällt mir gut. Zuerst war ich ängstlich. Die amerikanischen Mädchen sind genau wie die chinesischen, nur regen sie sich immerzu über etwas auf. Sie sind von Natur so, anders können sie ihre Gefühle nicht ausdrücken. Sie sagen nicht, daß sie etwas gern haben, sie sagen gleich, sie *lieben* es, und haben sie etwas nicht gern, so sagen sie, sie *hassen* es. Einmal brachte der Lehrer eine weiße Maus in die Klasse, sie lief ihm weg und rannte durch das ganze Zimmer. Die Mädchen kreischten laut. Ich glaube nicht, daß sie wirklich Angst hatten, sie müssen eben so tun. Aber wir haben viel Spaß. Magst du ein Mädchen, sprichst du mit ihr, wenn nicht, läßt du's sein. Sie sind sehr einfach und geradezu, offen, leicht zu behandeln.«

»Tom, was ist los mit dir?« wandte sich Yiko plötzlich an Tom.

Yiko war zehn Jahre älter als Tom, und der Junge verstand seine Art nicht. Es war, als lebten sie in zwei verschiedenen Welten. Die Zigarre in Yikos Rocktasche und der Zigarrenabschneider, sein Beruf, seine Manieren, alles war Tom fremd.

»Nichts ist los«, gab Tom kurz angebunden zur Antwort.

»Warum wächst du nicht schneller?«
Auf eine solche Frage konnte er keine Antwort geben. Es war richtig, daß Eva rascher gewachsen war. Nach Yikos Meinung lag es an der amerikanischen Milch. Aber Tom mit seinen sechzehn Jahren sah aus wie ein amerikanischer Junge von zwölf oder dreizehn.
»Du solltest viel Milch trinken. Das wäre gut für dich. Ich trinke täglich drei Gläser und bin nie erkältet. Ich strotze von Vitaminen, siehst du es? Und du solltest auch mehr draußen sein und spielen. Amerikanische Kinder lernen nicht immer, sie spielen den ganzen Tag. Deshalb werden sie auch so stark.«
Yikos Gesicht strotzte wirklich vor Gesundheit. Seine Backen waren prall, seine Nasenflügel gespannt und seine Lippen voll, und wenn er sprach, sah man seinen Kaugummi. Sein Haar war dicht und schwarz und glänzte von Pomade. Unter seinem Hemd schwollen die Muskeln.
»Hör auf mich und trinke viel Milch!« sagte Yiko noch im Fortgehen. Mit viel Vitaminen drin, dachte Tom.
Nein, Tom mochte Yiko nicht, weil er immer so tat, als sei er der Mann, der Amerika ganz verstand, keine Probleme kannte, auf alles eine Antwort hatte und wußte, wie man durch die Welt kam.

Sechstes Kapitel

1

Wenn Tom aus der Schule kam, ging er hinunter in das Souterrain und half im Geschäft bei der Kontrolle der Wäschezettel und bei der Buchführung. Er war zu klein, um am Bügelbrett zu arbeiten. Freitags und samstags gab es am meisten Arbeit. Die Wäsche kam in großen Körben, der eine Teil mußte auf die Leine zum Trocknen, der andere mußte unter nassen Tüchern feucht gehalten werden. Alles mußte bis Montag morgen fertig sein.

Tom nahm auch die Telephonanrufe ab, wenn er im Laden war. Wenn die Kunden ihre Pakete abholten, mußten die Bündel hervorgeholt werden. Wer hätte das besser gemacht als Tom? Durch das Fenster sah er die Beine der Männer, Frauen und Kinder, die auf der Straße vorübergingen. Manchmal wünschte er sehnlichst, daß sie aus dem Souterrain herauskommen und einen richtigen Laden auf Straßenhöhe haben könnten.

Wenn die große Wäsche hereinkam, wurde ein Teil im Obergeschoß geplättet. Zwischen dem Souterrain und dem oberen Stockwerk hatten sie eine geschickte Verbindung hergestellt. Tom und Eva hatten Seile über zwei Rollen gespannt, damit konnten sie einen Korb vom Souterrain zum Hinterfenster des Ladens herauf- und herunterziehen. Auf diesem Wege kam die halbnasse Wäsche hinauf und die gebügelte Wäsche ohne Zwischenfall, der im dunklen Treppenhaus leicht hätte passieren können, hinunter. Eine Glocke, die sie am Seil befestigt hatten, war die bequemste Art, die Familie unten im Laden zum Essen hinaufzurufen. Tom und Eva benutzten die Transportseile auch zu andern Zwecken. Eine Coca-Cola-Flasche diente ihnen als Flaschenpost. Wenn Tom unten war und Eva oben, sandte er ihr Botschaften.

»Ist Daisow schon zurück?«

Ein Schlag mit der Glocke hieß Ja, zwei Schläge Nein.

»Frag Mutter, ob wir heute abend ins Kino gehen dürfen.«

»Mutter ist einverstanden. Daisow fragt, ob Daiko auch mitkommt. Sie will mitgehen.«
»Daiko arbeitet heute abend. Er sagt, sie kann mitgehen. Sag Mutter, es gibt einen Film mit William Bendix.«
Manchmal schlug die Glocke an, und es kam eine Frage von Eva herunter: »Wer hat Lincoln erschossen?«
»Woher soll ich das wissen? Warum fragst du nicht Daisow?«
Zum Spaß schickte sie die Antwort: »Ein Chinese, Jimmy Wong Howe im Warner-Brothers-Film. – Wann kommst du herauf?«
Tom sah dem Vater und Daiko zu, wie sie in Hemdsärmeln Unterzeug, Handtücher, Bettücher, Mädchenkleider, blaue Drillich-Arbeitsanzüge und seidene Damenpyjamas bügelten. Die Winterabende waren behaglich, aber an Sommerabenden war es zum Ersticken, kein bißchen frische Luft kam in den kleinen Raum. Der Vater und der Bruder standen schweißbedeckt, die heißen Bügeleisen machten es noch unerträglicher, so daß sie die Tür öffnen mußten. Das Fenster mußte geschlossen bleiben, damit kein Straßenstaub hereinkam. Sie durften bei der Arbeit auch nicht rauchen, damit ja keine Asche auf die halbnasse Wäsche fiel. Wenn der Vater eine Stunde gearbeitet hatte, ging er hinaus und rauchte seine alte Pfeife, er lehnte sich dabei ans Gitter oder saß auf den Stufen.
Das Geschäft ging gut, aber die Miete, das Essen und die heranwachsenden Kinder machten es fast unmöglich, etwas zu ersparen. Mutter Fong hatte das alles schon bei ihrer Ankunft vorausgesehen. Sie überlegte: um so viele Münder zu stopfen, mußten viele Hände arbeiten. Und so richtete sie sich ein. Die Hand mußte den Mund füttern, und es durfte keine faule Hand sein. So wurde das obere Geschoß zum Frauenabteil von Tom Fongs Handwäscherei, wo sie und Flora plätteten. Es gab Zeiten, wo sie auf den Sonntagsausflug in die Chinesenstadt verzichten mußten, damit sie mit ihrer Arbeit bis zum Montag fertig wurden.
Mutter Fong erweiterte das Geschäft nicht nur dadurch, daß sie für mehr Aufträge und raschere Ablieferung sorgte, sondern auch durch allerhand Zugaben, mit denen sie ihre Kunden verwöhnte. Damit hatte sie viel Erfolg. Ihre Wäscherei galt als schnell und sauber, und so war das Geschäft bis an die Grenze dessen gewachsen, was die Familie, die Männer und die Frauen, leisten konnte. Sie wollte, daß ihre Kunden zufrieden seien. Sie lieferte keine Wäsche ab, an der die Knöpfe fehlten oder die Nähte geplatzt waren. Das war ein großer Anreiz für die Hausfrauen, ihre

Wäsche zu schicken, und dieses Ausbessern und Annähen berechnete sie nicht extra. Den Stammkunden lieferte sie die Wäsche besonders rasch, wenn sie es wünschten. Dieser Dienst am Kunden war das Geheimnis für das Aufblühen ihrer Wäscherei.

Im Juni, wenn ein Teil der Kunden aus dem Lexington-Avenue-Distrikt die Stadt verließ, gab es weniger Arbeit, und Mutter Fong sagte dann: »Schön, wir haben noch genug zu tun. Und es wäre auch nicht gut, im Sommer so viel zu arbeiten. Ein Mann muß auch einmal ausruhen, so wie die Pflanzen nachts atmen.«

»Machst du dir nicht Sorgen?« fragte Eva.

Die Mutter lächelte: »Ein bißchen schon. Meine Abwa kann schon Frauengedanken lesen.«

Wenn der Herbst kam und die Arbeit wieder wuchs nach dem Tiefpunkt im August, war große Aufregung über jeden Kunden, der zurückkam.

»Park Avenue 49 ist wieder da«, verkündete dann Mutter Fong. Sie benutzte die Hausnummern, denn die Namen waren ihr zu schwer. Nur ein paar Straßennamen wie Park und Lexington konnte sie behalten. Auch die arabischen Ziffern kannte sie, und die Hausnummern behielt sie alle im Gedächtnis. So sagte sie manchmal: »Jetzt waschen wir bis hinauf zur Neunzigsten Straße.« Oder auch: »Nun waschen wir für die Neunzigste.«

Aus irgendeinem Grund entwickelte sich das Geschäft in südlicher Richtung. Eine von Mutter Fongs Kundinnen, eine reiche Dame, die nicht zum Typ der sorgsamsten Hausfrauen gehörte, schickte einmal ein Hauskleid zur Wäsche. Bei der Durchsicht fand die Mutter einen Hundertdollarschein in der Tasche. Tom mußte sofort mit einer Empfehlung der Mutter das Geld zurückbringen.

Das machte auf die Dame einen großen Eindruck. Sie erzählte ihren Nachbarn und Freunden von Mutter Fongs Wäscherei, und nun kamen sie alle zu ihr.

»Jetzt waschen wir 277 und 279 der Neunundsiebzigsten«, sagte die Mutter voller Genugtuung.

Wenn sie die Arbeit getan und die fertige und die unfertige Wäsche für den Tag beiseite gelegt hatten, dann war Frau Fong die Frau ihres Mannes und die Mutter ihrer Kinder. Loy und Daisow mußten sich am Abend erholen und gingen ins Kino. Aber seine Mutter sah Tom nie müde. Die Abendbrotstunden, wenn die ganze Familie versammelt war, und die Abende, wenn der Vater und Daiko heraufgekommen waren, gaben den Kindern das Gefühl, ein richtiges Heim zu haben, als seien sie noch in China. Tom und Eva hatten ein wohlbehütetes Nest im fremden Land, in dem sie sich glücklich und sicher fühlten. Auch mit den Nachbarn wurde man ganz vertraut, worüber Tom sehr froh war. Sein Ausblick vom Fenster, die Küche, das dunkle Treppenhaus, der Hof und das Dach, das alles war ihm wohlvertraut wie das Leben selbst.

2

Am Montag und gewöhnlich auch am Donnerstag war es Toms Aufgabe, wenn er aus der Schule kam, die Wäsche auszutragen. Er nahm Eva nicht gern mit, weil sie ihm zu langsam ging, obgleich sie ihm hätte helfen können, die Pakete zu tragen. Nur manchmal, wenn Tom keine Zeit hatte, lieferte sie die Pakete ab.
Es war ein neues Erlebnis für ihn. Eva wurde nur zu den nächsten Straßenblocks geschickt, Toms Aufgabe war es, zu den weitergelegenen Straßen draußen am East River und hinauf bis zur Neunzigsten Straße zu gehen. Die meisten Aufträge kamen jedoch von der Lexington und Park Avenue. Tom betrat diese prächtigen Wohnhäuser zum erstenmal und lernte dabei eine neue Schicht von Menschen kennen – Pförtner, Liftboys, Dienstmädchen, Frauen reicher Männer und Junggesellinnen. Frauen jeder Art wohnten dort. Meist klingelte er nur an der Haustür, rief: »Die Wäsche!« lieferte seine Pakete ab und ging wieder. Aber manche Hausmädchen und Frauen, denen seine klaren Augen gefielen, sprachen mit ihm, fragten nach seinem Alter und ob er zur Schule gehe. Und dann schenkten sie ihm ein Fünf- oder Zehncentstück. Eine Künstlerin, die im obersten Stockwerk eines Hauses in der Lexington Avenue wohnte, bat ihn immer herein, bot ihm eine Coca-Cola an und fragte ihn alles mögliche über China. Eine Junggesellin, die eine schöne Wohnung in der Neunundsiebzigsten Straße hatte, kam immer im Hauskleid an die Tür: »Komm herein, Tom!« rief sie dann immer. Ihre Wäsche war nie zum Abholen bereit. Tom mußte sie im Schlafzimmer in den Sack stecken. Immer war das Fräulein nur halb angezogen, und Tom wagte nicht aufzuschauen. Es war ein wunderschön eingerichtetes, aber sehr unordentliches Zimmer. Zeitungen, Schmuck und

alles mögliche lag herum, auf der Glasplatte des Tisches waren Zigarettenstummel, und das Bett war nie gemacht. Neugierig betrachtete Tom die weißen Lampenschirme und die schweren Teppiche. Einmal, als er die Wäsche zusammensuchte, sah er den nackten Rücken der Dame. Sie hatte goldblondes Haar. Sie ging ins Bad, drehte an den Hähnen und warf die schmutzigen Tücher heraus:

»Tom«, rief sie von der Badezimmertür her, »nimm das Zeug und hole die Pyjamas vom Bett; und schließ die Tür, wenn du gehst!«

Tom war feuerrot geworden, sein Herz schlug wild, er lief aus dem Schlafzimmer und rannte davon. Er war noch ganz aufgeregt, als er zu Hause ankam, aber er erzählte niemand etwas davon. Er konnte die amerikanischen Mädchen nicht verstehen. Es schien ihnen ganz gleichgültig, ob man sie nackt sah. Zum erstenmal hatte er eine fast unbekleidete Frau gesehen, und es war ganz anders als im Film. Aus der Tiefe stieg etwas Unbekanntes, Zwingendes, Erregendes in ihm auf. Er wünschte sich, diesen Anblick noch einmal zu haben. Es war sein größtes Geheimnis.

Tom und auch Eva, die seit ihrem dreizehnten Jahr im Zimmer der Mutter schlief, hatten sich nie falsche Vorstellungen darüber gemacht, wie die Babies auf die Welt kamen. Tom war es unfaßlich, daß die Kinder von zehn oder zwölf in diesem Land keine Ahnung davon hatten. Die Geschichten, die Toms Spielgefährten über die Beziehung vom Storch und vom Kohlblatt zur Geburt der Kinder gehört hatten, klangen wie die Erklärungen der Wilden über die Entstehung des Regens und der Masern und schienen ihm genau so abergläubisch und dumm, er fand sie eher noch kindischer. Wie war es nur möglich, des Vaters Anteil an der Entstehung seiner Kinder zu leugnen? Warum machten die amerikanischen Eltern daraus ein Geheimnis? Wie war es möglich, daß sie ihre Kinder die Erde sehen ließen und den Himmel nicht? Wie konnte ein Kind für seinen Vater kindliche Ehrfurcht und Blutsverwandtschaft empfinden, wenn es nicht wußte, daß es ebenso von ihm wie von der Mutter kam? Ein alter chinesischer Spruch lautet: »Deinen Körper, dein Haar und deine Haut hast du vom Vater und von der Mutter.« In China wußte das jedes Kind. Es hing natürlich mit dem Geschlecht zusammen, und das Geschlecht war etwas sehr Sonderbares, es ging aber nur die Erwachsenen an, die Kinder ließen sich davon nicht beunruhigen.

Aber sich darüber zu schämen, das brauchte man nicht. »Sonst hätten wir dich doch nicht«, hatte die Mutter Tom gesagt. Es war eine der elementarsten Tatsachen des Lebens.
»Mutter, die amerikanischen Kinder sind genau so abergläubisch wie die Wilden. Sie glauben, Kinder kommen aus dem Kohlkopf oder aus Macys Warenhaus«, sagte Tom einmal im Beisein von Vater, Mutter, Flora und Eva.
Das war das Wunderlichste, was ihm in Amerika begegnete. Eines Tages, als er schon zwei Jahre in diesem Lande lebte, fiel ihm auf, daß er noch nie eine amerikanische Mutter ihr Baby in der Öffentlichkeit hatte stillen sehen, während man das in China überall sehen konnte, im Wohnzimmer und auf der Straße. Die Amerikaner waren komische Leute. Im Film durften sie Mann und Frau schlafend zeigen und wie sie sich ganz intim küßten, aber eine Mutter, die ihr Kind stillt, durften sie nicht zeigen. Wohin gingen denn die Mütter, wenn sie ihr Kleines stillten? Schlossen sie sich dabei ein, als wäre dieses schönste, natürlichste, unschuldigste Tun einer Mutter etwas Unanständiges? Die Amerikaner proklamierten das Geschlecht, hoben es hervor, beuteten es aus und posaunten es vom Himmel, sie malten eine Mädchenbrust an ein Luftschiff, aber sie taten so, als schämten sie sich, ihre Babies zu stillen, und wußten nicht einmal, woher sie kamen. Frauenunterwäsche öffentlich zu zeigen, war nicht obszön, aber ein Baby zu stillen, das war es. Tom schloß daraus, daß sich die Amerikaner nicht über das Geschlechtsleben schämen, wohl aber über die Geburt der Kinder.

3

Tom trug sein Wäschepaket eines Nachmittags durch eine Straße, in der eine Bande Jungens Indianer spielte. Er ging vorüber, als ihm plötzlich ein Junge Wasser ins Gesicht spritzte. Tom beachtete es nicht, aber als er entdeckte, daß das Packpapier naß geworden war, versuchte er, es mit einem Taschentuch abzuwischen.
»He! Du bist wohl ein Wäscher?«
Tom antwortete nicht. Die Jungens lachten, und er lief weiter. An der Ecke blieb er stehen, untersuchte sorgsam sein Paket und hoffte, daß die Wäsche nicht naß geworden war. Er rannte zu der Wohnung, wo er sie abliefern mußte.

»Mrs. Renke«, sagte er zu der Frau, die ihm öffnete, »es tut mir schrecklich leid. Das Paket ist leider etwas naß geworden. Ein Junge hat es mit Wasser bespritzt, als ich vorüberging. Wollen Sie es nicht auspacken? Wenn es sehr schlimm ist, nehme ich die Wäsche wieder mit, und wir waschen sie noch einmal.«

»Nein so was! Die Burschen sind wie eine Horde von Wilden. Laß mal sehen!«

Sie öffnete das Paket. Nur das oberste Kleid hatte einen nassen Fleck.

»Es ist schon gut«, sagte sie. »War das deine Stimme am Telephon im Geschäft? Wie heißt du?«

»Tom. Ich bin Tom Fong junior.«

»Du bist ein netter Junge, Tom. Laß dir nichts gefallen von diesen Nichtsnutzen, sonst machen sie's immer wieder.«

In der nächsten Woche traf er die gleiche Bande beim Spielen, ein Lümmel von dreizehn oder vierzehn Jahren in einer schwarz-rot karierten Jacke führte sie an. Die Jungen flüsterten und grinsten. Es sah bedrohlich aus. Vielleicht hätte er das erstemal nicht davonlaufen sollen, dachte Tom. Er wußte nicht recht, was tun.

»He, Chinaman, was ist das für ein Paket, du hast es wohl gestohlen?« fragte der Anführer. »Du bist verhaftet.«

Die Jungen umringten Tom.

»Bitte, das ist Wäsche.«

»Wäsche? Du bist also ein Wäscher?«

»Hast du etwas dagegen?«

»Du bist ein Chink, sonst nichts!« Der Anführer packte Tom am Arm.

Jetzt bekam er es mit der Angst zu tun. Er hätte sich gern verteidigt, aber er mußte sein Paket beschützen: »Laß mich los!« Er versuchte, sich freizumachen.

»Nicht so eilig. Du bist verhaftet.«

»Du bist kein Polizist. Das ist ein freies Land. Oder nicht?« Tom zitierte den Satz, den er am häufigsten in Amerika hörte.

»Das ist unsre Straße, wir wollen nicht, daß Fremde hier herumschleichen.«

Tom puffte sich einen Ausweg. Das war das Zeichen zum Angriff. Einer griff nach seinem Paket und versuchte, es ihm zu entreißen. Tom drückte es krampfhaft an sich und konnte daher nicht zurückschlagen. Einer stellte ihm ein Bein, so daß er kopfüber zu Boden fiel und sein Paket verlor. Die Bande stürzte wild darüber

her, sie rissen es auf und warfen den Inhalt auf die Straße. Tom brach in Tränen aus. Er hob die verschmutzten Sachen auf, die ihm der Anführer mit dem Fuß hinschleuderte: »Also doch Wäsche! Kannst gehen. Aber wehe, wenn du dich noch einmal hier blicken läßt! – Haut ab, sonst sieht uns der Schutzmann!«
Die Burschen türmten. Die Wäsche war hoffnungslos beschmutzt, Tom packte sie in das zerrissene braune Papier und lief zerschunden und verschmiert nach Hause.
»Was ist denn mit dir passiert?« fragte der Vater. Als Tom es ihm erzählte, wurde der Vater sehr zornig.
Am Abend gab es beim Essen eine erregte Unterhaltung.
»Ich habe immer gefürchtet, daß einmal so was passieren würde«, sagte die Mutter. »Die Jungens spielen alle Tage Bergräuber mit Revolvern, und niemand verbietet es ihnen.«
Zufällig war Yiko da: »Wie groß sind die Jungens?« fragte er auf englisch.
»Sie sind nicht größer als ich.«
»Du mußt dich mit ihnen schlagen, was anderes gibt es nicht. Ich sage dir ja, daß die Amerikaner Raufbolde gern mögen. Sie verachten dich, wenn du nicht zurückschlägst.«
»Ich will mich nicht schlagen. Wozu? Es ist so albern.«
»Du mußt ihnen ausweichen. Geh nicht mehr durch diese Straße!« riet Loy. Flora hörte interessiert zu.
»Das ist wahr«, sagte die Mutter auf chinesisch, »er darf nicht mehr durch diese Straße gehen. Ich möchte die Schande nicht erleben, daß man meine Kinder sich auf der Straße herumbalgen sieht!«
»Aber das ist hier so Sitte«, sagte Yiko auf chinesisch. »Man muß sich behaupten.«
Die Mutter blieb fest. »Was hätten wir davon, wenn Tom da mitmachte. Einen Gebirgsräuber oder einen Soldaten.«
»Mutter, du kennst dieses Land nicht. Siehst du keine Filme? Die Amerikaner bringen ihren Kindern bei, den Rock auszuziehen und sich zu verteidigen, wenn jemand sie anzugreifen wagt.«
»Mag sein, aber das ist nicht unsre Art. Mein Tom soll ein Gelehrter werden und kein Raufbold.« Der Ton der Mutter war endgültig. Nun mischte sich der Vater ein: »Wozu die ganze Aufregung? Es ist eine schlechte Straße, und du gehst nicht mehr dorthin. Das ist doch sehr einfach. Die Amerikaner haben ihre Art, und wir Chinesen haben die unsre. So kommen wir vorwärts, und

so kommen die Chinesen überall vorwärts. Zu meiner Zeit hatten wir es viel schwerer, draußen an der Westküste.«

»Ich habe gehört, Vater, daß die chinesischen Arbeiter ausgeraubt, verprügelt und umgebracht worden sind«, sagte Tom.

»Ja, es war schwierig, aber ich hab's ja überstanden, nicht? Wenn du Pech hattest, wurdest du eben umgebracht. Aber nicht jeder.«

Die Stimme des Vaters war ruhig, er erzählte die Geschichte gar zu gern.

»Damals flüchtete ich, als es dunkel war, über die Hecke hinter meinem Garten, ich versteckte mich bei Tag in den Büschen und bei Nacht wanderte ich weiter. So kam ich davon. Der Alte Tuck kam nicht rechtzeitig fort. Sie fanden ihn in einer Ecke seiner Hütte, unter einer Decke versteckt. Sie zerrten ihn heraus, zündeten seine Hütte an und jagten ihn dann zwischen dreißig und vierzig Mann hindurch, die zu beiden Seiten der Straße standen und alle auf ihn einschlugen. Dann fielen sie über ihn her und richteten ihn fürchterlich zu. Schließlich ließen sie ihn halbtot liegen, zur Hälfte im Fluß versunken. Aber er starb nicht. Er ist noch heute am Leben.«

»Wo ist er, der alte – wie hieß er?«

»Der Alte Tuck. Er lebt hier in der Chinesenstadt. Ich werde dich einmal zu ihm mitnehmen. Er ist jetzt fast siebzig Jahre alt.«

Die Geschichte hatte ihnen so gefallen, daß Toms Erlebnisse vergessen waren. Das praktische Ergebnis war so, wie der Vater gesagt hatte: Es ist eine schlechte Straße, und du gehst dort nicht mehr hin. Nichts war einfacher als das.

Von da ab machte Tom einen Umweg, wenn er Pakete für Mrs. Renke abzuliefern hatte.

4

Der Alte Tuck war eine sagenumwobene Gestalt in der Chinesenstadt. Er war vermutlich der älteste Mann in der Gemeinde. Nur wenige Leute hatten ihn gesehen, denn er kam nur ein- oder zweimal im Jahr auf die Straße. Da er zu einer Sippe gehörte, die viele Mitglieder besaß, nahm sie sich seiner an. Er hatte keine direkten Nachkommen, aber alle Leute seiner Sippe waren seine Verwandten und nannten ihn den »Alten Großonkel«.

Es hieß, er sei in Alaska, Vancouver und Portland gewesen und habe eine Schar chinesischer Arbeiter durch die Wildnis von Wyoming geführt. Sie hatten sich ihren Weg nach Illinois erschlichen und erkämpft und dabei die Hälfte ihrer Leute verloren; schließlich ließen sie sich im Süden von Chikago nieder. Als Tuck nach New York kam, war er fast schon sechzig. Seine Tapferkeit hatte ihn berühmt gemacht, aber damals war er ein erfahrener, weiser Mann, der die dreitausendjährige Geschichte Chinas zu kennen schien. Es wurde behauptet, er habe mit fünfunddreißig Altchinesisch studiert, in Chikago Sun Yat-Sen gekannt und einen Posten in seiner Regierung abgelehnt, den dieser ihm nach der Revolution von 1911 angeboten hatte. Er war der geborene Führer, wenn es im Geheimbund der Tongs Streit zu schlichten gab. Schauspieler suchten seine Fürsprache, sein Name durfte auf den Listen aller Wohlfahrtsausschüsse nicht fehlen, berühmte chinesische Anwälte schätzten seinen Rat, und die New Yorker Polizei rechnete mit seiner Mitarbeit. Es hieß, er habe während der Prohibition die Chinesenstadt »trocken« gehalten, obwohl es in der Gegend der Bowery genug verbotene Kneipen gab, wo das Geld leicht zu verdienen war. Der Alte Tuck aber verbot es, und manche behaupten, daß er mit diesem Widerstand die Polizei schwer enttäuscht habe. Er war ein unentbehrlicher Gast auf Hochzeiten und entzückte die Gäste mit seinen rauhen kantonesischen Geschichten. Er war der beliebteste Führer durch Chinatown, obgleich er ein Glasauge hatte. Aber dazu war er nun zu alt geworden. Er hatte jede Tätigkeit aufgegeben und fast alles Geld verschenkt; und seit einigen Jahren lebte er ganz zurückgezogen und war nur selten zu sehen.

Tom setzte dem Vater so lange zu, bis er ihn eines Tages zum Alten Tuck mitnahm. Er wurde durch ein düsteres Treppenhaus zu einem Tempel im zweiten Stock geführt. Durch Gitterfüllungen in der Vorderwand drang ein schwacher Lichtschein von einer grünen Veranda herein. Streifen bestickter roter Seide hingen vor dem Bild der Westlichen Himmelskönigin, rechts von ihr hing der Kriegsgott und links der Gott der Heilkunde. Ein großes Seidentuch war durch die ganze Länge des Raumes waagrecht ausgespannt, köstlich mit goldenen Fäden bestickt und mit Kreisen, in die chinesische Schriftzeichen eingesetzt waren, die aus schwarzem Samt geschnitten waren. Das Tuch verdeckte halb die Stirnen und Gesichter der grimmig dreinschauenden Götzenbilder. Räucherkerzen glimmten in einer Porzellanschale auf dem alten

verblaßten roten Altar. Tom hörte irgendwo eine Katze miauen, und es wurde ihm unheimlich.
»Vater, wo ist der Alte Tuck?«
»Du darfst ihn nicht Alter Tuck nennen. Für dich ist er der Großonkel Tuck. Ich wollte dir erst den Tempel zeigen. Er ist dort drinnen. Den ganzen Winter hat er im Bett gelegen.« Der Vater deutete auf die roten Vorhänge.
Tom stellte sich einen einäugigen Mann vor, der gleich sein Gesicht zwischen den Götzenbildern hervorstrecken würde. Die Katze miaute wieder. Diesmal klang es ganz nahe.
»Vater, ich möchte ihn lieber nicht sehen.«
»Still, er kann dich hören. Vergiß nicht, daß er einer meiner ältesten Freunde ist! Wir machten zusammen die Wanderung von Alaska nach Vancouver.«
»Bist du es, Tom Fong?« kam die Stimme eines alten Mannes hinter den Götzenbildern hervor.
»Ich bin's«, antwortete Tom Fong.
»Warum kommst du nicht herein?«
»Ich zeige meinem Sohn erst den Tempel. Er will dir seine Verehrung erweisen.«
»Wo ist er?« flüsterte Tom und hielt den Vater ängstlich am Arm. Er hörte einen Laut hinter den Götzenbildern und sah die roten Vorhänge sich bewegen.
»Komm mit mir«, sagte der Vater.
Vom Treppenabsatz führte eine Tür in den Raum hinter dem Tempel. Man glaubte in eine Einsiedlerklause zu treten. Durch die halbgeschlossenen Vorhänge vor dem einzigen Fenster drang nur schwaches Licht. Auf dem Bett lag halb zugedeckt ein alter weißhaariger Mann in einer Chinesenjacke, seine Augen waren geschlossen. Tom hoffte, daß sich die Augen öffneten, damit er das Glasauge sehen könnte, aber als es geschah, wußte er nicht, welches das lebendige und welches das tote Auge war.
»Geh und gib dem Großonkel die Hand! Das ist mein Sohn Tom.«
Tom trat näher zu dem alten Mann und starrte ihn an. Die Hand des Alten bewegte sich: »Komm näher, laß dich anschauen!«
Das Gesicht des Alten Tuck war voller Runzeln, und er schien einen riesenhaften Körper zu haben. Tom wußte nicht recht, ob der alte Mann ihn sah oder nicht. Die Augenlider schienen sich noch weiter zu öffnen, was ihm einen starren Blick gab.

Er hielt Toms Hand und lächelte hinter seinem weißen Walroßbart.
»Ich freue mich, daß du deinen Großonkel besuchst, Tom. Dein Vater und ich, wir sind gute Freunde.«
Tom setzte sich vorsichtig auf den Rand des Bettes.
»Wie ging's dir in den letzten Tagen?« fragte der Vater den Alten.
»Wie gewöhnlich«, antwortete der Alte Tuck mit einer dünnen, näselnden Stimme. Die Katze sah aus dem Bett hervor von ihrem Platz auf des Alten Brust. Er streichelte sie: »Sie ist ein gutes Tier, sie hält den alten Mann warm.«
Wenn der Alte Tuck sagte »wie gewöhnlich«, klang es, als hätte er schon eine Ewigkeit gelebt.
»Was tust du die ganze Zeit, Großonkel?«
»Was ich tue? Mein Sohn, ich denke!«
»Fühlst du dich nicht einsam, Großonkel, wenn du so allein lebst? Und fürchtest du dich nicht?«
»Wovor soll ich mich fürchten? Das hier ist ein herrlicher Platz.«
Er klopfte an die Wand. »Ich bin dem Himmel so nahe, wie man es nur sein kann. Die Westliche Himmelskönigin ist zu meiner Rechten und Kwan Yu daneben.«
Kwan Yu war der Kriegsgott, der vorbildliche Soldat in der chinesischen Geschichte, der Schützer des Rechts und Züchtiger der Unredlichen. Als der Alte Tuck sein Geld fortgab und sich zurückzog, war es sein Wunsch, in diesem Raum zu leben, da er ein großer Verehrer Kwan Yus war. So hatte die Sippe die Familie der Tempelbesitzer gebeten, ihm diese Gunst zu erweisen.
»Ist es wahr, daß du eine ganze Schar Chinesen vom Westen hergeführt hast?« Tom hatte jetzt alle Angst verloren.
»Gewiß! In meinen jungen Jahren.«
»Wirklich? Aber das sind Tausende von Meilen.«
»Mein Sohn, damals wurde die Pazifikbahn gebaut, und wir hatten freie Fahrt.« Der alte Mann schien plötzlich zum Leben zu erwachen, denn er lachte jetzt sogar.
»Ihr hattet freie Fahrt?«
»Ja. Wer Geld hatte, bezahlte seine Fahrkarte, wer keins hatte, durfte umsonst fahren. Damals war es lustig – wir schliefen im Heu und schauten unter dem Bauch der Pferde hervor in die Sterne über uns.«

»Du hast mit den Pferden geschlafen, Großonkel? Haben sie nicht nach dir geschlagen?«

»O nein! Pferde sind gute Tiere. Sie sind deine Freunde und sie legen sich nicht zum Schlafen hin. Wenn du mehr Platz brauchst, klopfst du an ihre Beine, und sie treten beiseite. Im Schlaf hielt ich mit einer Hand die Fessel meines Pferdes fest, und es wagte nicht, sich zu rühren, aus Furcht, mich zu verletzen. Ja, mein Sohn, das waren große Zeiten.«

Toms Herz war von Bewunderung erfüllt.

Der Alte fragte den Vater nach seiner Familie: »Es ist mein einziger Kummer, daß ich nicht wie du einen Sohn habe. Das kommt davon, wenn man nicht schon in jungen Jahren heiratet. Wenn du ein Feuer anzündest, so willst du, daß es weiterbrennt, und du mußt ein neues anzünden, ehe das erste ausgegangen ist. Ah, Tom Fong, du kannst glücklich sein, daß du solch gesunden jungen Sohn hast!«

Er wandte sich zu Tom: »Du sollst ein rechter Sohn deines Vaters werden und den Namen Fong erhalten. Du bist in einem großartigen Land. Du und ich und dein Vater, wir alle sind hier Gäste. Gefällt dir Amerika?«

»Freilich gefällt es mir. Ich sehe so viel Neues hier.«

»Ja, es ist ein großartiges Land, und du kannst glücklich sein, daß du hierher kamst und so vieles lernen kannst.«

Tom war ganz erstaunt: »Großonkel, glaubst du das wirklich? Haben sie dich nicht niedergeschlagen und beinahe umgebracht!«

»Gewiß, aber sie konnten mich nicht töten.« Der Alte lachte: »Du bist jung, mein Sohn, du kannst es noch nicht verstehen. Aber ich sitze hier den ganzen Tag und denke nach. Es gibt keine schlechten Menschen in dieser Welt.«

»Waren das keine schlechten Menschen, die dich töten wollten?«

»In jedem Land gibt es Räuber, aber Räuber sind keine schlechten Menschen. Niemand ist schlecht. Alle Menschen sind ziemlich gleich. Manche sind etwas besser, andere etwas schlechter, das ist alles. Einige sind reicher, andere ärmer, aber sie sind sich sehr ähnlich. Sie werden geboren, verheiraten sich, leben fünfzig, sechzig Jahre und sterben. Weißt du, ich bin so reich wie Rockefeller. Ich habe alles, was ich brauche. Du verstehst es noch nicht.«

»Warum sagst du, dies sei ein großartiges Land?«

»Ich weiß es, denn ich habe hier fast mein ganzes Leben verbracht. Ich kam mit achtzehn zum ›Alten Goldberg‹. Ich sah dieses Land wachsen. Es gab damals noch keine Autos, keine Kinos, kein Radio, keine Eisenbahn. Erst zu meiner Zeit haben sie die große Straße zum Pazifik gebaut. Es gab keine Elektrizität, wie du sie heute kennst. Es gab nichts als Land und Männer mit roten Halstüchern und wollenen Jacken. Der ganze Westen war voll von diesen Männern mit Flinten und Pferden, nur Frauen gab es wenig. Die Männer kämpften wie Hunde und wurden wie Hunde getötet, der stärkere Hund blieb Sieger. Aber ich habe gesehen, wie sich dieses Land allmählich verwandelt hat. Jetzt haben wir das Gesetz. Und solange du das Gesetz achtest, kann dir niemand etwas anhaben. Du hast die Schule umsonst, und du kannst alles werden, was du willst. Du brauchst vor keinem Menschen Angst zu haben, höchstens vor dir selber. Du sollst deinen Vater stolz auf dich machen, mein Sohn. Du sollst den Namen Fong groß machen.«

Tom ging in großer Erregung fort, und er sah seines Vaters Gesicht leuchten, als sei er wirklich schon stolz auf ihn. Er fragte, wer für den Großonkel sorge, aber der Vater beruhigte ihn, die Familie, die über ihm wohne, sei von der Sippe mit der heiligen Aufgabe betraut worden, alles für ihn zu tun. Der Alte brauche sich um nichts zu kümmern.

Siebentes Kapitel

1

Tom nahm seine Schularbeiten nicht sehr ernst, nur Mathematik, Englisch und Naturkunde waren ihm wichtig. Er pflanzte Erbsen in eine Flasche und kaufte sich einmal einen Ameisenbau in einem Glaskasten und lebte eine Weile mit den Ameisen. Er beobachtete, wie sie sich begrüßten und wie sie sich fortpflanzten, und kam sich selber wie eine Ameise vor. Jeden Frühling kaufte er sich einen Topf Stiefmütterchen. Die samtenen Blätter und die schönen Farben entzückten ihn; übrigens entzückten ihn alle Blumen und Insekten.

Freitags, wenn Flora und mit ihr die ganze Familie Fisch aß, bat er den Fischhändler, den Kopf daranzulassen. Der Vater liebte den fetten Karpfenkopf, und die Mutter machte ein köstliches Gericht daraus mit einer unvergleichlich guten und scharfen Soße. War es ein kleiner Fisch, gehörte der Kopf immer dem Vater. Er liebte besonders die Backen und behauptete, nichts in der Welt habe einen so feinen Geschmack. Aber der Kopf war meistens ganz zermanscht, wenn er auf den Tisch kam. Die Augen waren gewöhnlich nicht mehr drin, und oft waren die Kinnbacken zerbrochen.

»Was ist mit dem blinden Fisch geschehen?« fragte der Vater.

»Tom hat die Augen herausgenommen«, erklärte Flora.

»Wozu denn?«

»Ich will sie untersuchen«, antwortete Tom.

Er löste immer die Augäpfel aus dem Kopf. Es sickerte dann eine unangenehme, durchsichtige Flüssigkeit heraus. Manchmal konnte er sein eigenes Bild im Fischauge erblicken. Er stellte sich vor, wie er wohl sehen könnte, wenn er seine Augen zu beiden Seiten des Kopfes hätte. Die Flüssigkeit stellte er in einem kleinen Weinglas beiseite.

»Wozu tust du das?« fragte Flora.

»Es ist wie das Eiweiß vom Ei. Ich sammle es.«

»Du bist ein Kindskopf, Tom. Willst du Rührei daraus machen?«
»Ich weiß es nicht.«
Diese durchsichtige, klare Flüssigkeit hatte etwas Wunderbares, und er träumte, er könnte ein Zauberelixier entdecken, das ewige Jugend verschaffte, oder mindestens einen guten Leim daraus machen.
Tom war in Geschichte schlecht. Das einzige, was ihn an Karl dem Großen interessierte, war die sonderbare Aussprache seines Namens Charlemagne. Er nannte Napoleon »Napkins Good-by«. Den Namen Bonaparte teilte er in »Bon« und »aparte«, in »gut« und »beiseite«. Mit dem Wort »Napkins« drückte er seine Verachtung für den großen Eroberer aus. Wozu wollte er die Welt erobern? Er las über die Schlacht bei Waterloo und war über die Niederlage »Napkins'« recht befriedigt, St. Helena schien ihm der richtige Platz für diesen Mann. Er bekam eine schlechte Zensur, was bei ihm eine Seltenheit war.
»Was ist los mit dir, Tom Fong? Du bist ein aufgeweckter Schüler, aber du nimmst deine Schularbeiten nicht ernst«, sagte der Geschichtslehrer, ein Mann von etwa Fünfzig.
»Weil es zuviel interessante Dinge zu lernen gibt.« Er dachte dabei an seine Stiefmütterchen zu Hause, an sein Ameisennest und die Fischaugen.
»Aber war Napoleon denn nicht interessant?«
»Was soll an ihm interessant sein? Er war so klein.«
»Aber er vollbrachte viele große Dinge.«
»Er hat so viele Menschen getötet. Er wollte größer und stärker sein als alle andern. Das war alles.«
»Möchtest du nicht ein großer Mann werden, der die Geschichte der Menschheit verändert?«
»Nein«, antwortete Tom langsam und nachdenklich. Der Gedanke, die Weltgeschichte verändern zu wollen, war ihm nie in den Sinn gekommen.
»Aber du verehrst doch große Männer, nicht wahr?«
»Ja, das tue ich.«
»Wen zum Beispiel?«
»Newton und Watt und Edison und Singer.«
»Was für ein Singer? Ich habe nie von ihm gehört.«
»Ich dachte, er habe die Nähmaschine erfunden. Ich wette, Napkins hätte das nicht gekonnt.«

»Wer?«
»Napkins. Das ist mein Name für Napoleon.«
»Was gefällt dir nicht an Napoleon?« fragte der Lehrer erstaunt und belustigt. Nachdem er dreißig Jahre über Charlemagne und Napoleon unterrichtet hatte, kamen ihm Toms Einwände wie eine Beleidigung seines Berufs vor.
»Er gehörte zur Partei Ludwigs XVI. Die Revolutionäre töteten den König, und Napkins tötete die Revolutionäre. Alle töteten sie sich gegenseitig. Sie töteten das Volk, und das Volk tötete sie. Verstehen Sie, was ich meine? Er war verrückt.«
»Wer war verrückt?«
»Napoleon! Er glaubte, mächtiger zu sein als wir alle. Vielleicht wollte Gott ihn zu einem König machen oder etwas dergleichen. Und er landete im Alcazar.«
»Wo?«
»Im Alcazar, das heißt in St. Helena. Es ist alles das gleiche, alle diese Wahnsinnigen sollten dort eingesperrt werden.«
»Schön, in einem gewissen Sinne magst du recht haben, alle großen Männer haben etwas von Wahnsinnigen.«
»Thomas Edison nicht! Der ist in Ordnung, er hat es bewiesen. Auch der Mann Singer ist in Ordnung. Ich meine alle diese Kerle, die uns nicht in Frieden lassen. So wie Ziffy Hrushka.«
»Erzähle mir von Ziffy Hrushka.«
»Er will alle Jungens tyrannisieren. Er und Gus wollen die Anführer sein und uns kleine Jungen nicht in Ruhe lassen.«
Der Lehrer wußte von Hrushka wenig, ausgenommen, daß der Junge in der Schule versagte. In Wahrheit wußte er überhaupt nichts davon, was die Schüler außerhalb seines Schulzimmers taten.
»Du sagst, Ziffy ist der Anführer der Jungen?«
»Ja, er will Gouverneur oder Senator oder sonst sowas Ähnliches werden, wenn er groß ist.«
»Und du wünschst dir nie, ein Führer der Menschen zu sein?«
»Nein! Ich kann es nicht.«
»Nun, unter uns gesagt, Tom, ich will auch keiner sein«, sagte der Lehrer und blinzelte ihm zu. »Ich studiere diese Helden lieber ganz sachlich.«

2

Aber Tom beschäftigten schon wieder neue Ideen. In der neunten Klasse mußte er mehr von der amerikanischen Geschichte lernen. Es fiel ihm nicht leicht. Er mühte sich ab mit der Unabhängigkeits-Erklärung. Noch nie hatte er etwas so Schwieriges und Unverständliches gelesen, und überdies gefiel ihm diese Art Englisch gar nicht. Er ging zu seinem Lehrer, um sich helfen zu lassen. In diesem Jahr war es ein junger Radikaler, der eine Brille trug. Tom hatte schon mit dem sehr langen ersten Satz Schwierigkeiten mit seinem regelmäßigen Rhythmus.

»Was heißt: ›Die Fesseln auflösen‹?«

»Das bedeutet, das Band zerreißen, das Band zwischen England und den Kolonien.«

»Und das hier: ›die schuldige Achtung vor dem Urteil der Menschheit verlangt, daß sie die Gründe darlegen, die sie zu der Trennung veranlassen‹?«

»Es heißt, daß sie verpflichtet sind, den andern zu sagen, warum sie es getan haben.«

»Mister Watson, das ist geradeso wie altes Chinesisch. Sie drücken es so aus, daß man es nicht versteht und denkt, der Schreiber sei sehr gelehrt.«

Der Lehrer nahm sich viel Zeit, um Tom die Worte ›unveräußerliche Rechte‹ zu erklären.

»Warum sind diese Rechte unveräußerlich?«

»Weil niemand sie dir nehmen kann. Leben, Freiheit und das Streben nach Glück. Sie gehören dir, seit du geboren bist. Niemand kann dir deine Freiheit nehmen. Niemand kann uns unser Recht auf Glück nehmen.«

»Niemand?«

»Niemand!« sagte der Lehrer mit Nachdruck. Er hatte den Eindruck, daß das dem jungen Tom höchst sonderbar und revolutionär klang.

»Wer hat das gesagt?« fragte Tom.

»Die Gründer der Republik sagten es.«

»Glauben Sie daran?«

»Alle Amerikaner glauben das. Vergiß nicht: niemand!« setzte er hinzu. »Und deshalb haben wir heute die Vereinigten Staaten von Amerika.«

Das Gesicht des jungen Lehrers strahlte.

»Und wenn jemand versuchen wollte, sie ihnen zu nehmen?«

»So wirfst du ihn hinaus. Lies weiter! Eine Regierung ist dazu da, diese Rechte zu schützen. Eine Regierung hat nicht das Recht zu regieren, wenn das Volk diese Regierung nicht will. Und wenn eine Regierung diese Rechte zerstört, so hat das Volk das Recht, die Regierung zu wechseln, sie davonzujagen und eine neue zu wählen.«

Mister Watson sah, daß Tom für die neuen Gedanken empfänglich war. Er las mit ihm den ganzen Text durch und sagte ihm mehr, als er je in der Klasse gesagt hatte, weil Tom aufmerksam zuhörte. Es dauerte eine ganze Stunde.

»Besteuerung ohne Einschätzung ist Despotismus.« Das war nun ganz bestimmt das Unbegreiflichste, was Tom je in seinem Leben gehört hatte, etwas so Neues, daß er förmlich nach Luft schnappte.

»Der Steuerzahler ist die wichtigste Person in den Vereinigten Staaten. Er zahlt die Steuern und wählt die Regierung, die er haben will.«

»Das ist die Grundlage der amerikanischen Demokratie.«

Tom konnte es kaum glauben.

Als am nächsten Tag der Lehrer Tom aufrief: »Tom Fong, steh auf und erzähle der Klasse, was in der Unabhängigkeits-Erklärung steht«, überraschte Tom alle.

»Wer war der englische König?« begann Mr. Watson.

»Georg III.«

»Was für ein Mann war das?«

»Er war schwachsinnig. Er konnte nicht einmal richtig Englisch.«

Die Klasse lachte laut auf.

»Und seine Königin war ein Flederwisch!« fügte Tom hinzu, ein neues Wort benutzend, das er kürzlich im Lexikon gefunden hatte. Wieder schrie die Klasse vor Lachen.

»Gut! Und warum erklärte das amerikanische Volk seine Unabhängigkeit von England? Was besagt die Erklärung?«

Nach kurzem Zögern begann Tom: »Wenn ein Volk die Bindung zu einem andern Volk lösen will, ist es verpflichtet, es den andern mitzuteilen, warum es das tun will. Eine Regierung hat die Aufgabe, unsre Rechte auf Leben, Freiheit und Streben nach Glück zu schützen. Niemand kann dem Volk diese Rechte nehmen. Wenn irgendeine Regierung ihm diese Rechte nimmt, muß das Volk sie vertreiben und eine neue Regierung wählen.«

Die ganze Klasse hörte gespannt zu. Keiner der Schüler hatte geglaubt, daß man die Erklärung so einfach und verständlich darlegen könnte.

»Weiter!« sagte der Lehrer.

»Nun, die Menschen in den Kolonien ließen es sich gefallen, bis sie es nicht länger ertragen konnten. Ihr wißt, daß Menschen für gewöhnlich zu träge sind, die Dinge zu ändern. Nun aber wollten die Kolonien es sich nicht länger gefallen lassen. Das Spiel, das Georg III. mit ihnen trieb, war nicht fair. Er betrog sie und machte schmutzige Geschäfte mit ihnen, eines nach dem andern. Er raubte ihnen ihre Rechte. Hier sind die Tatsachen. Der König erklärte, Gesetze seien ungültig, solange er sie nicht anerkannt habe, aber er erkannte Gesetze, die gut, notwendig und wichtig waren, nie an. Er verlangte, sie sollten warten, bis er ihre Gesetze überprüft und ihnen zugestimmt hätte, und dann vergaß er alles. Er berief Versammlungen der Volksvertreter in den fernsten, unbekanntesten und abgelegensten Landstädten zusammen, wo sie nicht an die nötigen Unterlagen herankommen konnten, einfach nur, um sie zu erschöpfen, damit sie nachgaben.« Tom zählte soviel Tatsachen auf, als er wußte, und schloß dann: »Immer tat der König gerade das, was sie ihn gebeten hatten, nicht zu tun. Wir baten wirklich demütig, und jedesmal, wenn wir ihn baten, etwas nicht zu tun, tat er es gerade. Ein Fürst, der in jedem Zoll ein Tyrann war, hatte kein Recht, uns zu regieren. Wir appellierten auch an das englische Volk, mit dem wir blutsverwandt waren, aber es kümmerte sich nicht darum. Die Leute in den Kolonien hatten es nun satt. Sie beschlossen, den König abzusetzen und erklärten sich frei.«

Die Augen des Lehrers glänzten, und sein Gesicht strahlte, als er Tom alles so klar wiedergeben hörte, was er ihn am Tage zuvor gelehrt hatte.

3

Zu Hause fragte er Flora: »Ist es wahr, daß der Steuerzahler die wichtigste Person in den Vereinigten Staaten ist?«

»Ja, das ist wahr.«

»Bist du ein Steuerzahler?«

»Natürlich!«

Solche neue Gedanken beschäftigten Tom tagelang, bis er sie

begriff. Die Worte des Lehrers ›Niemand kann sie euch nehmen, niemand‹, klangen ihm noch im Ohr. Er glaubte nun zu verstehen, warum in Amerika jeder so selbstbewußt war und sich keinem unterwerfen wollte, sondern lieber kämpfte, und warum auch die amerikanischen Mädchen so selbstsicher daherkamen und den Kopf so hoch trugen. In chinesischen Schulbüchern hatte er vor langer Zeit von George Washington und Abraham Lincoln gelesen und von ›der Regierung des Volkes, durch das Volk und für das Volk‹. Oft versteht man die Worte, ohne zu wissen, was die Worte bedeuten. Das aber war alles klar. Der Steuerzahler gibt sein Geld, um eine Regierung zu erhalten, die ihn schützt; er wählt die Regierung und versucht, sie bei der Stange zu halten. Und wenn die Regierung ihre Pflicht nicht tut, so jagt sie der Steuerzahler davon und wählt eine andere. Jetzt verstand Tom.

Er dachte an Ziffy und seine Bande, die so unverschämt und kampfbereit war wie die weißen Männer, die er in den Straßen von Kanton gesehen hatte, wo seine Landsleute immer nachgaben. Als sie sich in Hongkong einschifften, hatte er einen weißen Mann mit Tropenhelm und Shorts gesehen. Ein kräftiger kantonesischer Bootsmann schleppte ihm das Gepäck zum Schiff und verlangte mehr Geld von ihm. Ob ihm der Weiße mehr Geld geben wollte oder nicht, war ihm überlassen. Der Weiße entschied die Frage mit einem groben Schlag auf die Schulter des Bootsmanns. Es war sein Glück, daß der Mann mit seinen braunen kräftigen Armen nicht zurückschlug.

Immer riet ihm seine Mutter, Kampf zu vermeiden. Und nicht nur die Mutter. Bei jedem Streit, ob zwischen Kindern oder Erwachsenen, wurde der Teil, der zuerst die Faust erhob, als roh bezeichnet, was auch immer die Ursache des Streites war. War Ziffy nun ein guter Amerikaner? Tom wußte nicht ein und aus. Vielleicht, dachte er, wird das amerikanische Volk den Gouverneur Ziffy davonjagen? Und er fühlte sich etwas wohler bei dem Gedanken.

Eines Tages brachte Daiko eine zweisprachige Ausgabe der *Vier Bücher* von Konfuzius nach Hause, den chinesischen Text auf dem oberen Teil der Seite, die englische Übersetzung darunter. Niemand in der Familie hatte die Lehren des Konfuzius wirklich gelesen. Der Vater hatte Daiko, als er zehn Jahre alt war, befohlen, sie zu lesen, aber er konnte sie selbst nicht lesen und ebensowenig Daiko lehren. Daiko schaute wohl in das Buch, aber er verstand nicht viel davon. Meist hieß es da: »Konfuzius sagt.« Manches davon war offenbar sehr klug, andres schien ohne Bedeutung. Yiko hatte überhaupt kein Interesse dafür und rührte das Buch nie an.

Jetzt leuchteten des Vaters Augen auf, als er das Buch sah. »Tom soll es lesen, es sind so gute Lehren darin. Sie zeigen euch, wie man ein Gentleman wird. Und du, Eva, mußt es auch lesen.«

Die Familie fand das Buch sehr merkwürdig. Es sagte eine Menge über die Regierung und Gottesdienst, über Wohltätigkeit und Rechtschaffenheit. Selbst an Hand des englischen Textes waren das nur leere Worte für die Kinder. Die Übersetzung war leider schlecht, sie war absichtlich trocken und unverständlich.

Eva schaute nur ein paarmal hinein und verlor dann das Interesse. Sie urteilte darüber: »Konfuzius sagt eine Menge, aber alles nur über den Gentleman. Ein Gentleman tut das, ein Gentleman tut jenes. Kein Wort über Damen. Konfuzius interessiert sich nicht für Damen, und ich interessiere mich nicht für ihn. Ich will ihn nicht lesen.«

Tom mühte sich mit dem Buch ab und fand es ziemlich langweilig. Die Aphorismen waren schrecklich stumpfsinnig. »Der höher geartete Mann tadelt sich selbst, der geringere tadelt andere.« Das war ja fürchterlich. Es erinnerte ihn an Mrs. Dennis in den Morgenandachten. Das *Buch des Mencius* war etwas besser. Es hatte längere Abschnitte, und gleich am Anfang stand eine Geschichte von dem König von Chi, der einen Privatpark von siebzig Meilen besaß. Mencius wollte, daß der König ihn zum öffentlichen Park machte und seine Freuden mit dem Volk teilte. Mencius berichtet, im Walde des Königs würden die Wilddiebe getötet, und das sei dasselbe, als hätte er in der Mitte des Königreichs eine Falle von siebzig Meilen Umfang errichtet, um sein Volk zu fangen. Diese Geschichte verstand Tom, und sie gefiel ihm. Aber er erfuhr nie, ob der König nun seinen Park zum öffentlichen Park gemacht hatte oder nicht. Wahrscheinlich tat er es nicht. Und so ließ auch Tom das Buch liegen.

»Tom, ich sehe dich gar nicht mehr in den *Vier Büchern* lesen«, sagte der Vater eines Abends.

»Ich kann nicht verstehen, was daran sein soll. Ein Bruder soll brüderlich sein, eine Frau fraulich, ein Vater väterlich, ein Freund freundschaftlich. Das ist doch selbstverständlich!«

»Nun gut, ich kann es dich nicht lehren. Konfuzius war ein sehr weiser Mann. Alle Gelehrten bewundern ihn. Vielleicht wirst du eines Tages einen chinesischen Ratgeber brauchen. Ist nicht alles, was er sagt, sehr weise?«

»Ich weiß es nicht!« Und Tom wandte sich wieder seinen Ameisen zu.

Achtes Kapitel

1

Im Laufe des Jahres bekam Tom den Stimmbruch. Um diese Zeit begannen ihn Mädchen zu interessieren. Die Welt wurde tiefer und weiter. Sie war größer, schöner, verwirrender und viel interessanter als zuvor. Unklar empfand er, daß er sich nach etwas sehnte, das er vermißte. Er ließ seine Fischaugen und seinen Ameisenbau im Stich. Er wurde melancholisch und etwas sentimental. Die Welt schien ihm voller Geheimnis und unbekannter Schönheit. Er erlebte, daß da jemand war, Gott genannt, die Quelle aller Kraft und das Geheimnis des Universums.

Flora erwähnte Gott häufig der Familie gegenüber, oft meinte sie dann den wirklichen Gott, oft war es auch nur eine Redensart, die mit der Religion nichts zu tun hatte, wie zum Beispiel »Um Gottes willen«. Es handelte sich gewöhnlich um irgend jemandes Willen, nur nicht um Gottes. Flora ging sonntags regelmäßig in die italienische Kirche in der Chinesenstadt, und manchmal ging auch Daiko mit ihr. Zu besonderen Gottesdiensten und zur heiligen Kommunion ging sie immer allein.

Die Fongs wußten wohl, daß die Amerikaner Christen sind und daß die Christen an Gott glauben. Dagegen war nichts einzuwenden. Es wäre sonderbar gewesen, wenn die Amerikaner nicht an einen Gott geglaubt hätten. Flora brauchte sie nicht zu belehren, daß es Gott gab. Niemand wunderte sich, daß Flora an Gott glaubte, daß sie betete und ein Bild der Jungfrau in ihrem Schlafzimmer hatte. Sie ließen ihr ihren Glauben. In China glauben auch mehr Frauen an Buddha als Männer, die Männer kümmern sich nicht viel darum. Das war hier dasselbe wie in China.

Es gab Zeiten, in denen Flora besonders fromm war – das war immer im Frühling. Es war so, als ob sie irgend etwas Großes erwartete. Sie betete mehr und ging öfter in die Kirche; wenn die Osterwoche kam, ging sie jeden Tag. Sie zündete weiße Kerzen vor dem Bilde der Jungfrau an und war wie verwandelt. Da Tom und Eva um diese Zeit Ferien hatten, sahen sie Flora den ganzen Tag. Sie war hübscher als sonst, versöhnlicher und zu jedermann freundlicher. Am Ostermorgen stand sie um fünf Uhr auf, um dem Frühgottesdienst beizuwohnen. Wenn sie zurückkam, ging sie in ihrem neuen Hut mit roten Blumen, den sie jedes Jahr bekam, mit Daiko und den Kindern zum Spaziergang auf die Fifth Avenue. Eva hatte ein rotes chinesisches Kleid an, das die Mutter ihr gemacht hatte. Sie war noch schmächtig, aber ihr Körper begann sich zu entwickeln. Die Kinder gingen mit Flora voraus, Daiko ging mit den Eltern hinter ihnen her.

»Ihr müßt an Gott glauben«, sagte Flora. »Glaubt ihr nicht, daß es Gott gibt?«

»Natürlich glauben wir das.«

Mehr bekam Flora nicht aus ihnen heraus. Die Familie nahm die Existenz Gottes hin, wie sie auch die Existenz von Vater und Mutter und der Third-Avenue-Hochbahn hinnahm.

»Wenn du ein Christ bist, dann betrügst du nicht, spielst nicht, trinkst nicht.«

»Aber jeder gute Mensch betrügt nicht, spielt nicht, trinkt nicht.«

»Und wenn du ein Katholik bist, dann glaubst du an das Sakrament der Ehe. Die Protestanten lassen sich scheiden, Katholiken tun das nicht.«

Zum erstenmal erfuhr Tom, daß es einen wesentlichen Unterschied gab zwischen Katholiken und Protestanten.

»Du siehst, es ist gut, an etwas zu glauben.« In ihrem neuen Osterhut sah Flora glücklich und sogar schön aus.

»Daisow, du bist eine gute Frau«, sagte Tom nach einer Weile.

Flora lächelte: »Bin ich das?«

»Du bist nicht wie amerikanische Frauen. Du bist eine gute Schwägerin und du liebst deinen Mann.«

»Wie kommst du darauf, daß amerikanische Frauen ihren Mann nicht lieben?«

»Stimmt es denn nicht? Du kannst es in jedem Film sehen. Letzte Woche erst sah ich einen. Die Frau warf ihrem Mann allerhand Gegenstände an den Kopf, sie stritten und schrien in den höchsten Tönen, schließlich ging er fort, warf die Tür zu und ging zu einer andern Frau. Sind viele Ehefrauen und Ehemänner so?«

»Kann schon sein«, antwortete Flora zögernd.

»Schlagen die Amerikaner ihre Frauen?«
Flora war entsetzt: »Nein, ein Gentleman schlägt seine Frau nicht. Das Gesetz erlaubt es ihm nicht, und eine amerikanische Frau würde es sich auch nicht gefallen lassen. Schlagen denn Chinesen ihre Frauen?«
»Bestimmt nicht! Chinesen schreien oft, wenn sie sich streiten. Das ist alles. Du bist sehr glücklich mit Daiko, nicht wahr?«
»Allerdings!«
»Du bist auch den Eltern eine gute Tochter. Mutter machte sich Sorgen, als wir aufs Schiff gingen und sie daran dachte, daß sie ein amerikanisches Mädchen als Schwiegertochter haben würde.«
Flora war tief gerührt. Sie dachte an mancherlei, an die Zeiten, wo sie sich beherrschen und den Mund halten mußte.
»Ah, Daisow! Du bist wie eine chinesische Frau.«
»Was meinst du damit?«
»Du arbeitest den ganzen Tag fleißig und streitest nie mit deinem Mann und den Eltern.«
»Das kommt daher, daß meine Familie aus Italien stammt. In Italien gehorchen die Kinder immer ihren Eltern, wie mir mein Vater erzählt hat. Ein Vater ist ein *padre*. Es klingt anders als im Englischen.«
»Kannst du Italienisch?«
»Ein bißchen. Papa und Mama sprechen daheim Italienisch, aber es ist ganz mit Englisch vermischt. Wenn wir von Schuhcreme, Apfeltunke oder warmen Würstchen reden, so gebrauchen wir die englischen Worte.«
»Italien muß ein herrliches Land sein. Ich habe über Rom, Florenz und Neapel schon etwas gelesen.«
»Italien ist ein herrliches Land, und es läßt sich dort gut leben, das sagt Papa immer. Er stammt aus Mailand. Er spricht mit Mama oft von Italien, wenn sie bei einem Glas Wein zusammensitzen. Dort läßt es sich gut und leicht leben, mit Olivenhainen und gutem Essen und Liedern, mit Kathedralen und Klöstern. Und alle Menschen glauben an Gott. Dort sind die Leute zufrieden. Ich möchte so gern mal dorthin und das Land meiner Mutter sehen.«
»Bist du noch nie dort gewesen?«
»Nein. Ich bin hier geboren. Ich bin Amerikanerin und fühle mich als Amerikanerin. Aber bei manchem, was Papa erzählt, fühle ich mich auch als Italienerin. In mir ist das alles vermischt.«

»Ist dein Vater hier glücklich?«
»Ja, jetzt ist er es. Er hat Mama, und seither ist er mit allem zufrieden.«

2

Das Mittherbstfest, das am zehnten Tag des zehnten Monats im Zeichen des Mondes gefeiert wird, war in diesem Jahr besonders schön. Onkel Chan hatte ihnen einen ganzen Satz »Mondkuchen« geschenkt, und Tom Fong hatte ihn eingeladen, das Fest mit ihnen zu feiern. Der Onkel brachte Krebse mit, die er in einem Laden der Chinesenstadt gesehen hatte. Sie kamen wie gerufen, sie waren zwar etwas klein, aber das Fleisch schmeckte gut, und so trugen sie zur festlichen Stimmung bei. Es wurde ein besonders schönes Fest mit den Krebsen und den ausgesucht guten Speisen, die die Mutter gekocht hatte: dem geschmorten Fisch in Hühnerfett und dem ganzen Topf voll dampfender Schildkrötensuppe mit Entenfüßen, die Yiko zwar verachtete, aber herzlich gern aß. Alle waren heiter und guter Dinge.
Onkel Chan war schon längere Zeit nicht mehr bei ihnen gewesen. Tom Fong hatte an diesem Tag den Laden zugemacht, und im oberen Geschoß waren alle Wäschekörbe und Plättbretter beiseite geräumt. Am Himmel stand der silberne Vollmond, er schien in der Krone des Baumes zu hängen, wenn sie durchs Fenster der Küche, in der sie aßen, in den Hof schauten.
»Du hast tüchtige Kinder, Schwester«, sagte der Onkel.
»Mein Tom und meine Eva sprechen schon Englisch wie amerikanische Kinder«, antwortete die Mutter stolz.
»Wann wirst du Grandma sein?« fragte der Onkel. Mit Absicht gebrauchte er das englische Wort »Grandma«. Flora verstand und wurde rot.
»Ich weiß es nicht«, antwortete die Mutter trocken.
»Nun los, Loy! Es ist Zeit, daß du einen Buben bekommst, einen *sailokok*!«
»Wir können es uns nicht leisten«, sagte Daiko. Die Mutter schaute ihn erstaunt an.
»Ihr handelt alle falsch. Ihr macht es wie die Amerikaner. Du sollst einen *seilokok* bekommen und Vater werden. Was hat das Leben sonst für einen Sinn?«

Der Onkel stand auf, um sich noch einen Entenfuß zu nehmen, und setzte sich wieder. Sein Gummihals streckte und drehte sich dabei wie damals.

Nach dem Essen spielten sie die Mondkuchen mit sechs Würfeln aus. Der erste Preis war ein großer Kuchen von fast zwanzig Zentimeter Durchmesser, die anderen waren kleiner und nicht so köstlich, jeder hatte eine besondere Bezeichnung. Von der geringeren Sorte Kuchen gab es eine ganze Menge, und wenn einer eine rote Vier würfelte, bekam er einen davon, je nachdem, wieviel Augen die andern Würfel zeigten. Die Gewinne stiegen, wenn verschiedene Würfel dieselbe Anzahl Augen aufwiesen. Aber es gab nur einen ersten Preis, das war der *chuang yuan,* keiner konnte ihn für sich beanspruchen, ehe das Spiel zu Ende war. Ging es unentschieden aus, mußte nochmals gewürfelt werden.

Die Kuchen waren mit gesüßtem Erbsmehl gefüllt, und der dritte Preis war ein besonders schöner Kuchen mit einer Fülle aus Lotossamen, er war dicker als die andern und wie eine Trommel geformt. Natürlich wollte jeder den ersten Preis haben, und alle waren sehr aufgeregt. Eva würfelte den *chuang yuan,* und es gab ein großes Geschrei. Sie bekam, als das Spiel zu Ende war, den größten Kuchen.

Während die Kinder ihre Kuchen aßen, begann der Onkel über die Pläne der Familie zu sprechen.

»Wie steht's mit dem Restaurant, von dem die Schwester sprach? Wenn ihr in die Chinesenstadt zieht, werden wir viel Spaß zusammen haben.«

»Nicht so einfach«, antwortete der Vater.

»Aber ihr tätet gut daran.«

»Ja«, sagte die Mutter zuversichtlich. »Wir bekommen immer mehr Kunden. Es wird nur noch ein paar Jahre dauern.«

Der Vater schaute überrascht auf. »Du redest, als seist du ganz sicher.«

»Warum nicht? Ich warte meine Zeit ab.«

»Es ist nicht leicht bei einer so großen Familie. Die Kinder werden größer. Wir konnten eine kleine Summe zurücklegen, aber es ist noch ein weiter Weg. Glücklicherweise ist niemand krank, aber Eva mußte ein Zahn gezogen werden. Das kostete uns fünf Dollar. Sie hätte eine Klammer tragen sollen, um die Zähne gerade zu richten. Ich sagte ihr, wir könnten uns das nicht leisten.«

»Dabei fällt mir etwas ein«, sagte die Mutter. »Mir hat ein Zahn wehgetan. Chan, willst du ihn mir nicht ziehen? Er sitzt schon seit einiger Zeit locker.«

Onkel Chan war glücklich über die seltene Gelegenheit, einen Zahn ziehen zu können. »Laß mal sehn!« Er befühlte den Zahn. »Ja, er wackelt. Es geht ganz leicht«, sagte er und beugte sich über die Mutter: »Mach die Augen zu!«

Er steckte die Finger in ihren Mund. Die Mutter schrie auf. Der Onkel griff zu. Die Mutter schrie wieder, der Onkel griff noch fester zu. Nach einem dritten langen Schrei zog der Onkel die Finger heraus.

»Er ist draußen.«

Er hielt der Mutter eine Untertasse vor den Mund: »Spuck tüchtig aus!« und gab ihr einen festen Schlag auf den Rücken. Sie spuckte – und in die Untertasse fiel ein Zahn.

»Das ist eine Leistung!« sagte der Onkel stolz. »Die amerikanischen Ärzte nehmen dafür fünf Dollar!« Mit einem Schwung ließ er seinen rundlichen Leib in den großen Sessel fallen.

Mutter Fong hatte den Schreck und den Schmerz noch nicht überwunden und hielt die Hand an die Backe.

»Ich kann euch sagen, das war eine Leistung! Jetzt geh und spül dir den Mund aus, und in ein paar Minuten spürst du überhaupt nichts mehr.«

»Du brauchtest mich nicht so fest auf den Rücken zu schlagen!« Sie stand auf und ging in ihr Zimmer.

»Lieber den Schmerz im Rücken fühlen als im Zahn! Oder willst du ihn lieber im Zahn fühlen, wie?«

Als die Mutter zurückkam, sagte Yiko: »Du solltest dir einen künstlichen Zahn einsetzen lassen. Sonst hat der obere Backenzahn nichts zu beißen.«

»Laß dich nicht auslachen!« sagte der Onkel. »Wenn du einen Backenzahn verlierst, so verlierst du ihn eben. Was ist dabei?«

»Ich brauche keinen künstlichen Zahn«, erklärte die Mutter.

»Aber wenn du noch einen Backenzahn verlierst?« fragte Yiko.

»Ich will keine falschen Zähne. Laß meine Zähne in Frieden! Ich kann gut noch zwanzig Jahre beißen.«

»Die Mutter hat recht. Fang gar nicht erst mit einem Zahnarzt an. Wenn er deine Zähne sieht, zieht er dir ein halbes Dutzend aus. Wenn du ein kleines Loch hast, bohrt er daran herum und macht es größer. Dann macht er dir eine Brücke, und die Brücke reibt solange an deinen gesunden Zähnen, bis auch die schlecht werden

und der Zahnarzt sie dir alle ausziehen kann. Laß dir nichts an deinen Zähnen machen, Schwester.«
»Schämst du dich nicht, Onkel«, sagte Yiko. »Nun bist du schon so lange in diesem Land und redest so daher! Die Amerikaner sind wissenschaftlich ausgebildet. Und Zahnheilkunde ist eine Wissenschaft.«
»Ach, Wissenschaft!« Die Lippen des Onkels sprudelten verächtlich.
»Es ist eine Wissenschaft«, beharrte Yiko. Wieder sprudelte der Onkel verächtlich, noch lauter als vorher. »So wie die Versicherung«, fuhr Yiko fort. »Das ist auch eine Wissenschaft. Vater, wenn du daran denkst, Geld zurückzulegen, um ein Restaurant zu eröffnen, mußt du eine abgekürzte Lebensversicherung abschließen. Dein Geld darf nicht in der Schublade liegen. Du mußt es für dich arbeiten lassen.«
»Willst du mit deinem eigenen Vater eine Versicherung abschließen?«
»Gewiß, aber du gehst ja nie darauf ein.«
»Eine *insu* mit deinem eigenen Vater abschließen? Du bist nicht mein Sohn!« *Insu* war ein kantonesisches Wort, das aus dem Englischen übernommen war.
»Aber es ist zu deinem Besten und zum Besten der Familie.«
»Ein Sohn, der das Leben seines Vaters versichert! Wohin ist die Welt gekommen?«
»Ich tu's ja nicht für mich. Sondern für die Cornelius-Versicherung, die größte und beste Gesellschaft in New York!«
»Als ehrerbietiger und pflichtbewußter Sohn läßt du das Leben deines Vaters in Ruhe, verstehst du? Wenn ich sterbe...«
Von Onkel, der Mutter und Daiko kam ein aufgeregtes »pst – pst!« Es klang so erschreckt, daß der Vater seinen Satz nicht beenden konnte. Yiko gab sich geschlagen.
»Ich meine ja nur eine abgekürzte Versicherung, eine Rücklage für dich selbst. Ich meinte nicht...«
Man ließ ihn nicht zu Ende sprechen. Das unziemliche Thema wurde fallen gelassen.
»Heute nacht will niemand über so etwas sprechen«, sagte die Mutter. »Heute ist Mittherbstnacht!«

3

Tom und Eva hatten sich verschworen, in dieser Nacht auf das Dach zu gehen. Da der Vater etwas verärgert war, wagte keines der Kinder, ihn zu bitten, auch Eva nicht, obwohl sie als einziges Mädchen in der Familie vom Vater immer mit besonderer Nachsicht behandelt wurde. Schließlich fragte sie flüsternd die Mutter, ob sie den Vater darum bitten könne, und die Mutter riet ihr dazu.

»Heute ist Mittherbstnacht, Vater. Meinst du nicht, es wäre schön, wenn wir alle auf das Dach gehen und den Mond genießen könnten?«

»Wir wollen dankbar sein, daß die ganze Familie heute nacht beisammen ist. Wir wollen vergnügt sein«, sagte die Mutter, um Evas Bitte zu unterstützen. Sie war selbst in froher Stimmung.

Der Vater sagte nicht nein. Die Kinder jubelten. Sie halfen die Decken und Kissen auf das Dach tragen und brachten einen Topf Tee, die Tassen und die Kuchen mit.

Das Dach war von beiden Seiten von den Mauern der höheren Nachbarhäuser begrenzt. Der Zweig, der vom Baum im Nachbargarten herüberragte, war merklich gewachsen, er kam ihnen jetzt ganz nahe und sah aus wie eine Masse fahler Schatten, auf denen sich das silberne Mondlicht spiegelte. Darüber hob sich der Mond scharf, klar und rund von der dunklen Ecke des Nachbarhauses ab und überflutete das halbe Dach mit seinem Licht. Die Luft war unbewegt, die Nacht kühl, ruhig und schön. Die abgezäunten Höfe unten erschienen wie weiße Vierecke mit scharfen Schatten darauf.

Die Familie machte es sich bequem. Nur die Mutter wollte sich nicht hinlegen und saß auf ihrem Stuhl. Sie sprachen von der chinesischen Heimat und von den Verwandten in Sunwei.

Tom vergaß fast, wo er war. Er sagte sich wohl, daß er mit der Familie in New York war, hier in Amerika zur Schule ging, aber mit seinen Gedanken war er daheim, im Bauernhaus in Sunwei, in der Dorfstraße, im Wald hinter ihrem Haus, bei den Spielen, die er dort gespielt, den Spielkameraden, die er in China zurückgelassen hatte. Das war ihm alles so deutlich und klar vor Augen, sogar die Zahl der Fenster im Schulhaus und die Uhr im Turm. Es war ein rotes Ziegelgebäude und dahinter ein Spielplatz. Als er nach Amerika kam, mußte er alle diese Einzelheiten im Gedächtnis haben, damit er, wie er sich einbildete, die Prüfung der Einwanderungsbehörden bestehen könnte. Er hatte sie aufschreiben und auf dem Schiff auswendig lernen müssen. Es war für ihn fast eine Entscheidung auf Leben und Tod. Wenn etwa sein Vater der Behörde gesagt hätte, ihr Haus habe zehn Fenster, und er erzählte nun der Behörde, es seien zwölf, oder wenn er sagte, die Hauptstraße gehe von Norden nach Süden statt von Osten nach Westen, oder wenn er sonst irgendeine Einzelheit vergaß, so wäre er sicher über den Pazifik zurückgeschickt worden.

Jetzt konnte er sogar den Fußweg sehen, der zu den fünf Bäumen führte, und die Vogelnester darin. Er sagte zu Flora, die neben ihm lag:

»Daisow, wir hatten ein großes Haus daheim, weil der Vater uns Geld schickte; dort war ein Ententeich in der Nähe des Waldes, und die Mutter zog dort Enten auf, und wir mußten sie jeden Abend nach Hause treiben. Eva, wie viele Fenster sind in unserem Haus?«

»Zehn!«

»Und wie läuft die Hauptstraße?«

»Die Hauptstraße geht von Ost nach West und endet in der westlichen Richtung am Schulhaus, und das Schulhaus hat fünfzehn Fenster und eine Uhr in der Mitte, und der Spielplatz liegt dahinter.« Eva rasselte es herunter.

»Du hast etwas vergessen.«

»Ja, ich weiß. Dort ist auch eine Kirche, sie hat keinen Glockenturm, ist aber von einer Mauer umgeben.«

»Weiter!« sagte Tom.

Flora verstand nicht, wovon sie redeten: »Was macht ihr? Ist das ein Spiel?« Eva erklärte es ihr.

»Wie viele Fenster sind in unserem Haus?« fragte Tom Flora.

»Wie kann ich das wissen? Laß mal sehen.«

Sie versuchte zu zählen, aber sie konnten nicht einig werden, ob das Dachfenster mitgezählt werden sollte oder nicht.

»Du wüßtest es besser, wenn du nach China gingst. Wir würden dich in China nicht an Land gehen lassen, wenn du es nicht weißt.«

»Wenn ich hingehe, gehe ich mit Daiko. Ich habe keine Angst.«

Tom lachte: »Nun, ich wollte dich ja nur aufziehen.«

Den Kindern war zumute, als hörten sie Geschichten erzählen.

Mutter Fong erzählte ihnen an Sommerabenden immer Geschichten.
»Mutter, erzähl uns von Chang-O, der Schönen im Mond.«
»Diese Geschichte kennt ihr doch schon.«
»Erzähl sie uns noch einmal.«
So erzählte die Mutter ihnen von dem Bogenschützen und der schönen Chang-O, wie sich der Bogenschütze in sie verliebte und sie verfolgte, wie sie sich fürchtete und floh, und der Bogenschütze sie weiter verfolgte, bis Chang-O in die Wolken flog und den Mond erreichte, wo sie nun unter dem Lorbeerbaum sitzt. Einmal dort, konnte sie nicht mehr zurückfliegen und muß nun unter dem Lorbeerbaum sitzen bleiben und an ihren Liebsten denken. Und darum übt der Mond immer einen Liebeszauber auf junge Männer und Mädchen aus.
Tom lag und bestaunte den Himmel, die unaussprechliche Schönheit der blassen Sterne und den klaren Mond, der lautlos am Himmel dahinzog.
»Woran denkst du, Tom?«
»An das da oben«, er zeigte zum Himmel. »Ist es nicht herrlich?«
»Dort oben ist Gott«, sagte Flora. Ihre Stimme war ruhig, und sie sagte die Worte einfach und natürlich, ohne mehr sagen zu wollen.
»Glaubst du es?« fragte sie Tom.
»Ich glaube es«, antwortete Tom zögernd.
»Glaubst du es?« wandte sie sich an Eva.
»Ich glaube es.«
»Worüber sprecht ihr, Kinder?« fragte Mutter Fong.
»Daisow fragt uns, ob wir an Gott glauben.«
»Seid nicht töricht. Selbstverständlich gibt es Gott. Wenn ihr gut seid, kommt ihr in den Westlichen Himmel, seid ihr schlecht, in die Hölle.«
»Aber Gott beschützt uns, wenn wir zu ihm beten«, sagte Flora.
»Natürlich. Wozu wäre er sonst da?« antwortete die Mutter. Flora sagte nichts darauf.
»Flora, ich bin froh über deinen Glauben«, sagte die Mutter. »Er macht eine gute Frau aus dir.«
Flora konnte auf kantonesisch nicht ausdrücken, was sie gern gesagt hätte. So bat sie ihren Mann: »Sag der Mutter, daß der katholische Glaube der wahre Glaube ist.«

»Jeder Glaube ist wahr, wenn er dich zu einem guten Menschen macht«, erwiderte die Mutter. »Die katholische Kirche ist gut, wenn sie dich gut macht.«

Tom dachte über das Gute und Schlechte im Menschen nicht nach. Seine Gedanken galten dem Leben und der weiten Welt, von der er ein so winziges Teilchen war, sie galten der Schönheit und geheimnisvollen Macht dieser wunderbaren Welt.

Toms Familie hatte wie viele andere Dorfbewohner die christliche Religion gehaßt, aber mehr als soziales denn als religiöses Faktum. Der amerikanische Missionar und seine Frau in ihrem Heimatdorf waren nicht besser und nicht schlechter als die Chinesen in seiner Verwandtschaft. Sie lebten meist abgesondert von den Chinesen und hatten nur zu ihren chinesischen Gehilfen nähere Beziehungen. Die Frau war eine freundliche Person, sie spielte die Orgel und unterrichtete in der Schule. Den Missionar sah man mit langen, raschen Schritten umherstapfen, er trug einen Tropenhelm und Shorts und war darauf versessen, die Heiden zu retten. Aber trotz seiner Shorts und seiner raschen Schritte sah er würdig aus. Er konnte eine chinesische Predigt halten, wenn es nötig war, aber meist nahm er nur am Gottesdienst teil und überließ das Predigen chinesischen Priestern. Sein Amt war es, die Kasse zu verwalten, und er stritt mit den Lehrern über ihre Gehälter wie ein Geschäftsmann, und wenn er stritt, fluchte er leise vor sich hin. Wie man von seinen Dienstboten wußte, war er zu Hause oft jähzornig und schrie seine Frau an. Die Christen waren bei den Nichtchristen nicht beliebt, weil sie sich gesellschaftlich absonderten, nicht an den Dorffesten teilnahmen und eine abgeschlossene Gemeinschaft für sich bildeten; man hatte immer das Gefühl, als ob sie sich auf fremden Schutz verließen, auf eine Macht, die über Kanonenboote verfügte. Seit hundert Jahren gab es das Christentum in Kanton, und es hatte noch immer diesen Beigeschmack. Nur wenn Flora zum Himmel wies und sanft sagte: »Du siehst, es gibt einen Gott«, so klang das anders. Und das verwirrte Tom.

Neuntes Kapitel

1

Als Tom zum Jüngling herangewachsen war und zum Leben erwachte, beschäftigten ihn eine Fülle von Gedanken. Es war, als habe er die Kinderwelt verlassen und sie abgestreift, wie eine Grille ihre Haut, und lebe nun in einem neuen Kleid. Die Welt wurde weiter und komplizierter, mit mehr Impulsen, Kräften und Vorstellungen erfüllt. Die Welt des Kindes mit ihren sinnlichen Wahrnehmungen, mit Tasten, Riechen und Sehen – dem Geruch von Fisch und Fleisch, der samtigen Weichheit und Farbigkeit der Blätter der Stiefmütterchen, der Form von allem, was sich mit den Fingern erfühlen ließ – diese Welt der sinnlichen Wahrnehmungen war noch vorhanden, aber sie hatte ihre Neuheit verloren. Es war, als habe er ein neues Vorstellungsvermögen und könne weiter sehen, ein neues Herz und könne tiefer fühlen, und einen neuen Verstand, der nachzudenken begann über unsichtbare Ursachen, ihre Herkunft und Bedeutung, die außerhalb der oberflächlichen Form und Gestalt zu suchen waren.

Seit der Nacht auf dem Dach, als Flora zu ihm gesagt hatte: »Dort oben ist Gott«, empfand er eine gewisse Ruhelosigkeit. Es war, als sei ihm eine schwere und komplizierte algebraische Aufgabe gestellt worden, und Flora habe gesagt, die Lösung sei: $x = 349$. Aber die Lösung zu kennen, das war eine Sache für sich, etwas anderes war es, sie auf vier Seiten voll geheimnisvoller Gleichungen auszurechnen. Die Tatsache, daß diese Lösung im Lehrbuch der größten Mathematiker der Zeit stand, änderte nichts daran. Das konnte Toms wißbegierigen Geist nicht befriedigen. Warum werden wir geboren? Warum lebt und stirbt der Mensch? Wenn er sterben muß, warum lebt er dann? Und wenn er nicht stirbt, wie lebt er weiter? Kennen wir den Sinn unsres Lebens? Wird unser Leben am Ende unsrer Tage ausgelöscht wie das eines Insekts? Tom wurde von einem unbestimmten Gefühl tiefer Trauer ergriffen.

Er ging zum Zentralpark, hauptsächlich, um den Zoo zu besuchen. Dort stand er zehn Minuten ganz benommen vor einem Gibbon mit scharlachrotem Gesäß oder einem Schimpansen und überlegte, ob das Tier denken konnte und was in seinem Kopf vorging. Im Zirkus interessierte ihn immer, was die Löwen von der Musikkapelle und dem blendenden Licht denken mochten. Vom Nashorn und vom Nilpferd konnte er die Augen nicht losreißen. Einmal sah er im Bronx-Zoo eine Gruppe Flamingos und war ganz überwältigt von der heiteren Ruhe, der Grazie und den Farben der rosa Vögel. Er konnte nicht fassen, daß sie wirklich waren, und kam ganz betäubt von diesem Mysterium nach Hause. War sein Leben dasselbe wie das eines Flamingos, oder war es wahrer, wirklicher? Er war nicht ganz sicher. Sehen die Giraffen auf uns herab wie auf sonderbare Zwerge? Vielleicht! Aber vermutlich kümmert es sie gar nicht, wer wir sind. Warum schaute ihn der Büffel so an, als haßte er ihn? Und wie kann die Spinne einen chemischen Leim erfinden, der an der Luft nie austrocknet?

Besonders ein Problem beunruhigte ihn, das ihm niemand lösen konnte. Wenn er im Bronx-Zoo war, ging er in das Haus der tropischen Vögel. Hier sah er südamerikanische Fischervögel mit riesigen, fünfundzwanzig Zentimeter langen starken Schnäbeln, Kolibris, die höchstens fünf Zentimeter groß waren, und einen blaßroten Papagei, dessen Schopf wie ein extravaganter Pariser Hut aussah, der jede Lady von der Fifth Avenue mit Neid erfüllen mußte. Wie sie triumphierten, und wie stolz sie waren! Aber eine Einzelheit ergriff ihn besonders. Eine Heidelerche hatte Augenbrauen, einen scharfen, klaren schwarzen Strich über den Augen, der wie mit dem Pinsel eines Malers gemalt war. Ganz plötzlich blieb er stehen. Woher hatte der Vogel diese gemalten Augenbrauen? Er schaute sie sich genau an. Die schwarze Linie bestand aus vielen kleinen Federn, die sich an bestimmten Punkten kreuzten. Die Federn wurden schwarz, wo sie diese Linie erreichten, und wieder weiß, wo sie sie in einem Winkel verließen. Und alle diese Federn waren so im Winkel angeordnet, daß sich die schöne schwarze Linie bildete. Er war sicher, daß die Lerche ebensowenig wußte, wie sie dazu kam, wie er wußte, wieso seine Fingernägel wuchsen. Die Vögel, die Tiere waren zu wirklich, in sich selbst zu vollkommen, als daß er glauben konnte, die Lerche singe und male ihre Augenbrauen nur zur Freude der Menschen. Das Vogelmännchen malte sich diese unübertrefflichen Augenbrauen, um das Herz des Weibchens zu bezaubern, damit es mehr junge Vögel hervorbrachte. Aber warum? Wem lag daran? Man nannte es Instinkt, aber das erklärte gar nichts. Tom nannte es das »Problem der Federn«.

Einmal erkannt, sah er das Problem überall. Es zeigte sich in den goldenen Ringen des Pfauenschwanzes und in den Streifen der Seeschwalbe. Wie kamen die Vögel dazu? Er ging in die öffentliche Bibliothek und las und las, aber er fand keine Antwort. Die Bücher sagten, das sei alles unbewußt, aber die Variationsmöglichkeiten seien zahllos, und die tauglichsten blieben erhalten. Tom weigerte sich, das zu glauben. Entdeckten die Spinne ihren dauerhaften Klebstoff oder die Giftschlange ihr gefährliches Gift, das eine höchst komplizierte chemische Formel darstellte, zufällig, durch zahllose »unbewußte« Variationen, bis sie darauf kamen? Und wenn die Schlange nun zufällig dieses Gift hervorgebracht hatte, kannte sie ebenso zufällig die geheime Formel und vererbte sie ihren Jungen, damit die ein ebenso gutes Gift wie ihr Vater hervorbringen konnten? So daß Generationen von Schlangen in der tauglichsten Art erhalten blieben? Das Gift war als Gift hervorragend, tödlich und unfehlbar. Nicht das war das Problem, wie die Tüchtigsten sich erhielten, sondern wie sie überhaupt entstanden. Nicht wie die Giraffe mit ihrem langen Hals am Leben blieb, sondern wie bekam sie ihn? Wie kam die Qualle zu ihrer Waffe, und wie konnte der Zitteraal dauernd Schläge von mehreren hundert Volt austeilen, und wie bekam der Tiefseefisch eine elektrische Laterne vor seine Augen? Das war es. Das Leben enthielt ein Geheimnis. Die Antwort war jämmerlich ausreichend. Wissen die Wissenschaftler, daß sie nichts wissen? Dieses Problem beunruhigte Tom jahrelang. Bis er ein Mädchen kennenlernte, das Elsie hieß.

Wann auch immer Tom in den Zentralpark ging, war er von Staunen und Trauer erfüllt, weil er nicht auf den Kernpunkt des Geheimnisses kommen konnte. Meistens ging er zu den Felsen in der Nähe der Siebzigsten Straße; er liebte es, sich auf den gewundenen Fußwegen zwischen den Felsen zu verlieren. Manchmal lag er dort und fühlte sich dieser guten und schönen Erde verwandt. Er lag auf dem kühlen Kissen grüner Blätter und beobachtete die Eichhörnchen mit ihrem leuchtenden Pelz und den hellen Augen. Von hier aus konnte er über sich die Fensterreihen der Wolkenkratzer sehen. Wie die Menschen arbeiteten und die

Eichhörnchen spielten! Etwas daran war falsch, dachte er. An wolkigen Tagen waren die Wolkenkratzer halb im Dunst verborgen. Dann waren sie schöner. Die scharfen Spitzen der Bauwerke tauchten aus den treibenden Wolken empor, und eine Ehrfurcht einflößende, zum Himmel weisende Verklärung lag über ihnen. Und wenn die untergehende Sonne ihre Lichtpfeile auf sie schoß und scharfe Schatten und dunkle Flächen entstanden – und der Himmel ganz klar war –, dann schienen die mächtigen Bauten am Himmel dahinzuziehen wie die Masten eines Schiffes auf dem Meer.

2

An Weihnachten ging die Familie zu einem christlichen Gottesdienst. Der Vater war in den dreißig Jahren, die er im Lande lebte, noch nie in einer Kirche gewesen. Einmal hatte er aus Neugier durch die Tür hineingeschaut. Er wußte, es war eine Kirche, aber mit ihm hatte sie nichts zu tun.

Tom und Eva und ihre Mutter hatten sich einmal von Flora überreden lassen, mit in die italienische Kirche zu gehen. Nur sehr wenig Chinesen waren dort, dafür viele arme Leute, und die meisten von ihnen waren Frauen. Mutter Fong war es, als sei sie zum erstenmal inmitten der westlichen Gemeinschaft und begegnete den Amerikanern bei sich daheim und nicht wie bisher nur auf der Straße. Die armen alten Frauen mit ihren schwarzen langen Röcken, die bis zu den Knöcheln reichten, waren genau wie die chinesischen Frauen. Manche waren gebrechlich, sie hatten geschwollene Knöchel und konnten nur schwankend gehen. Andere waren junge Hausfrauen. Im ganzen waren es Leute wie in China. Die Armut machte alle miteinander vertraut, man verstand sie ohne Mühe, als könne man ihnen ins Herz sehen, ihre Sorgen verstehen und ihren geheimen Stolz, denn das Leben war ein langer, nie endender Kampf, sich diesen Stolz zu bewahren. Die Armen sind allem ausgeliefert, Unglücksfällen, Tod, Mißlingen, Arbeitslosigkeit, und sie mühen sich, im Lebensstrom zu bleiben und nicht ganz unterzugehen, aber alles kommt immer wieder von neuem über sie, eines nach dem andern. Und diese Kämpfe lassen sie zu einer Gemeinschaft werden, aber jeder verheimlicht seine persönlichen Sorgen und Kämpfe um seines Fortkommens willen.

So verlor Mutter Fong alle Furcht, wenn es auch war, als befinde sie sich zum erstenmal in der amerikanischen Gemeinschaft. Aber es war nicht nur das. Die Kirche war alt und dunkel, und das Licht, das durch die bunten Glasfenster kam, ließ viele Winkel in tiefer Dunkelheit. Alles war still, obwohl manche flüsterten. Die Männer und Frauen saßen stumm mit gesenkten Köpfen. Mutter Fong hatte das Gefühl, sie sei in einem chinesischen Tempel. Der Altar, die Kerzen, das kleine Licht, das im roten Glas neben dem Altar hing wie die Ewige Lampe vor einem Buddha, die Bilder, die Soutane des Priesters, das alles erinnerte sie an die buddhistischen Symbole der Anbetung. Dutzende von kleinen Kerzen flimmerten im Halbdunkel vor den Seitenaltären. Die Kirche war recht kahl. In den Nischen und auf den Sockeln standen Gemälde von Heiligen. Eine alte Treppe zur Rechten war mit Brettern verschlagen, vermutlich war es gefährlich, sie zu benutzen. Flora kniete vor einer der Statuen hin und betete. Mutter Fong tat es wohl, ihre Schwiegertochter beten zu sehen wie eine arme Frau.

Aber an diesem Weihnachten gingen sie in eine große Kathedrale an der Hundertzwölften Straße, weil der Gottesdienst dort besonders schön war.

Tom und Eva waren nun drei Jahre in New York. Was sie hörten und sahen, hatte seine Neuheit verloren. Alle Menschen sprachen von Weihnachten, empfanden seine Nähe schon drei Wochen vorher. Auch in der Schule und in den Geschäften hörten sie von Weihnachten. Sie hatten Weihnachtskarten gekauft und an ihre Freunde geschickt – schöne Karten mit Hütten im Schnee, goldenen Glocken und Rentieren. Am Tage vor den Weihnachtsferien kam in der Schule der Weihnachtsmann; dann sahen sie denselben Weihnachtsmann vor dem Warenhaus Bloomingdale. Flora kaufte eine rote Baskenmütze für Eva und drei Paar Socken für Tom. So war auch für die Fongs das Weihnachtsfest gekommen.

Sie gingen die hohen Steinstufen zur Kathedrale hinauf. Der Mutter hatten sie geraten, den Kopf mit einem schwarzen Schal zu bedecken, den Flora vorsorglich mitgebracht hatte. Tom blieb vor dem Eingang stehen und betrachtete die Skulpturen. Die Kathedrale war wunderbar. Sie war so mächtig und die Decke so hoch, daß man eher in einem Hof mit gewaltigen Säulen zu sein glaubte als in einem Haus. Die Leute standen oder gingen umher, aber sie bemühten sich, leise zu sein. Weit vorn, mehr als zweihundert Fuß entfernt, stand der leuchtende goldne Altar, dort hantierten

Knaben in weißen Gewändern, und von dorther kam eine Stimme, die den ganzen Raum erfüllte. Tom und Eva waren von Ehrfurcht erfüllt.
Als sie sich gesetzt hatten, konnte Tom seine Augen nicht losreißen von den gewaltigen Säulen. Ein erhabenes Gefühl erfüllte ihn, ganz überwältigt schaute er umher. Vor dem Altar stand eine kleine Hütte mit menschlichen Figuren und einem Esel. Tom erkannte einen kleinen Stall mit der Jungfrau Maria, die ihr Kind im Schoß hielt, und drei kostbar gekleidete alte Männer. Dann erschallte die Orgel. Die Töne kamen von hoch oben und erfüllten jeden Winkel der Kirche mit ihrem Brausen.
Tom wurde das Herz weit. Und nun erhob sich ein himmlischer Gesang von Männer- und Knabenstimmen; es war unaussprechlich herrlich, dieses Singen in Frieden und Harmonie, erfüllt von einer gemeinsamen Anbetung für etwas Großes und Erhabenes. Niemals vorher hatte Tom einen solchen Chorgesang gehört. Atemlos lauschte er dem Oratorium. Die Knabenstimmen stiegen auf und nieder, die Männerstimmen antworteten ihnen in majestätischem Rhythmus, und über den tiefen Stimmen schwebten die Sopranstimmen immer höher. Als die Knabenstimmen klagend eine leise, vertraute Melodie begannen, als erzählten sie eine zu Herzen gehende Geschichte, füllten sich Toms Augen mit Tränen. Etwas Großes hat sich ereignet, sangen die Stimmen. Und alle brachen in einen jubelnden Chor aus, froh vereint in der Anbetung von etwas Größerem als wir alle.
Als der Gesang zu Ende war, erschien ein Priester auf der Kanzel in der Mitte des Schiffes. Obwohl die Fongs weit hinten saßen, konnte Tom manche Sätze gut verstehen.
»Christus war ein armer Mann«, sagte der Priester. »Er ist nicht in einem Palast geboren, sondern in einem Stall, in einer kleinen Hütte in Bethlehem, umgeben von Pferden und Heu und dem Geruch von Dung. Er hatte nichts mit den Königen und Großen der Erde zu tun.« Tom horchte gespannt auf. »Er verbrachte sein ganzes Leben mit den Armen und diente ihnen, den Kranken und Schwachen. Er trank mit den Sündern und saß in den Gasthöfen mit den Zöllnern, und er erlaubte einer Dirne, ihm die Füße zu salben.«
Für Tom war dieser Gottesdienst in seiner Majestät und Schönheit das Erschütterndste, was er je erlebt hatte, außer dem Sonnenuntergang über den Wolkenkratzern von New York.
Die Familie verließ die Kirche, und Tom blieb auf dem ganzen Weg

nach Hause stumm. Daß Menschen sich im Gesang vereinen konnten, bewegte ihn tief. Und daß Christus ganz arm war, wie der Priester gesagt hatte, brachte ihn ihm sehr nahe. Wenn die Religion sich für die armen, sich abmühenden Männer und Frauen einsetzte, war alles gut. Die christliche Religion war nicht schwer zu verstehen, dachte er. Er wünschte, das Leben könne so einfach und schön und wahrhaftig sein wie sie.

3

Als Tom und Eva älter wurden, machten sie oft längere Spaziergänge. Eva war nun siebzehn und erwachsen, aber je älter sie wurde, um so weniger schien ihr an diesen Spaziergängen zu liegen, ganz anders als Tom, dem sie immer mehr Freude machten – und er brauchte jemand, der mit ihm ging. Einmal wollte er Eva überreden, als sie im Bronx-Zoo gewesen waren, zum Botanischen Garten weiterzugehen. »Du bist schrecklich, Tom!« sagte sie ablehnend, und er mußte sie nach Hause bringen.

Sonntags gingen sie oft am oberen East River spazieren. Damals gab es dort noch keine Landstraße, und das Flußufer war zum Teil mit Garagen, Lagerhäusern und armseligen Mietshäusern bebaut. Aber man war im Freien und hatte einen weiten Blick über den Fluß nach Welfare Island und Randall's Island. In einiger Entfernung war die Hellgatebrücke der Pennsylvaniabahn, und man konnte die Züge darüberfahren sehen und ihr Pfeifen hören. Neben der asphaltierten Autostraße lief ein Fußweg, hier konnte man auf chinesische Art wandern.

Nicht weit von zu Hause, an der Achtundsiebzigsten Straße, war eine Fähre, die Besucher nach Welfare Island brachte. An Sonntagen fuhren meist viele Menschen hinüber und herüber. Hierher gingen Tom und Eva an Sommertagen, da hier immer ein kühler Wind wehte, und sie sahen sich den Verkehr auf dem Fluß an, die Kohlenschiffe, Müllbarken und Schlepper, die ganze Lastzüge hinter sich herzogen. Nachmittags lag das Ostufer immer im Schatten, und sie taten manchmal so, als fischten sie im tiefen Wasser – aber es gab hier gar keine Fische. Im Süden spannte sich die Queensborobrücke über den Fluß, und weiter unten waren die Williamsburg- und die Manhattanbrücke, aber so weit konnten sie nicht sehen.

Manchmal ging Tom allein an die Queensborobrücke, von einer ähnlichen geheimnisvollen Kraft angezogen wie ehemals von der Hochbahn. Die Brücke erhob sich wohl zwanzig Meter hoch, eine schwarze Masse von gekreuzten Stahltrossen, die von schweren schwarzen Türmen aus Stein getragen wurden. Türme, die an Höhe und Größe mit Königsgräbern oder mittelalterlichen Burgen wetteifern konnten. Tom stand unter ihrem dunklen Schatten, eine winzige Gestalt im weiten Pullover. Er schaute hinauf und sah, daß die Brücke wie eine Woge geschwungen war, sie hatte die Grazie und Strenge eines großen Kunstwerks, den Stolz einer schönen Frau, die gespannte Kraft eines Leoparden. Der Stahlturm, der sich bis in die Wolken erhob, mußte an die vierzig Meter vom Grund messen. Darüber hin ging der Verkehr der Lastwagen, Straßenbahnen, Autos – Tausende von Tonnen, und die Brücke trug sie und zitterte nicht einmal. Sie war ein Werk des menschlichen Geistes und wäre zu früheren Zeiten undenkbar gewesen. Wäre sie vor tausend Jahren geschaffen worden, hätte man sie als das größte Weltwunder gepriesen, größer als die Pyramiden, schöner als der Schiefe Turm von Pisa, majestätischer als die Paläste assyrischer Könige.
Tom betrachtete die Brücke mit gerunzelter Stirn, bewunderte sie und begriff sie nicht. Sie enthielt ein Mysterium, ein Geheimnis des menschlichen Wissens, auf einem Gebiet, von dem er nichts verstand. Es gab so viele Dinge, die er studieren und verstehen lernen wollte, und er haßte es, daß es Dinge gab, die er nicht begreifen konnte. Die Brücke wurde ihm zum Symbol der Kraft dieses Zeitalters der Maschinen, das die Räder der modernen Zivilisation in Bewegung setzte.
Das erste, was ihn am zweiten Tag in Amerika beeindruckt hatte, war eine elektrische Orangenpresse in einer Frühstücksstube. Die Amerikaner pressen Orangen maschinell, mischen Schokoladegetränke maschinell, verkaufen Briefmarken, Erdnüsse und Coca-Cola maschinell, schaufeln Erde, heben Lasten, schippen Schnee, alles maschinell. Er ging den weiten Weg zum Pennsylvaniabahnhof, um sich die Elektronentüre anzusehen, die sich von selbst öffnete, wenn ein Besucher sich näherte. Es war geisterhaft. Das alles konnte er nicht begreifen. Würde er wohl eines Tages, wenn er ein Mann war, ein Ingenieur sein?

Zehntes Kapitel

1

Eines Nachmittags kam Flora in die Wäscherei, erzählte flüsternd Daiko eine Neuigkeit und ging nach oben. Auf ihrem Gesicht lag ein geheimnisvolles Lächeln, als sie zur Tür hinausging.

»Was ist denn?« fragte der Vater.

Loy bügelte weiter. Er brauchte eine Zeitlang, ehe er den Mund aufbrachte.

»Was ist denn?« wiederholte der Vater.

»Vater«, sagte Loy und stellte das Bügeleisen hin. »Flora bekommt ein Kind.«

»Gut! Gut! Gut!« sagte der Vater dreimal. Er fühlte das Glück von den Zehen bis zum Herzen steigen; sein Gesicht war ganz rot und seine Nerven gespannt.

»Sie war eben beim Doktor«, fügte Loy ruhig hinzu, um seine Erregung nicht zu zeigen.

»Gut! Gut!« Jubel, Zufriedenheit und Glück lagen im Ton des Vaters.

»Weiß es die Mutter schon?« fragte er.

»Ich weiß nicht.«

»Geh und sag es ihr! Nein, ich werde es ihr sagen.«

Der Vater lief hinaus. Dann kam er zurück: »Die Wäscherei ist jetzt nicht wichtig! Nichts ist wichtig! Du kommst auch mit hinauf!«

»Was? Den Laden schließen?«

»Ja, schließ ihn! Das laß meine Sorge sein!« Der Vater war eifrig und aufgeregt.

»Geh du hinauf, Vater. Ich komme später.«

»Bist du denn nicht glücklich?« In den Augen des alten Mannes schimmerten Tränen.

»Doch, Vater. Aber ich bleibe besser hier.« Loy schämte sich plötzlich.

Flora war in ihrem Zimmer und die Mutter in der Küche, als der Vater schweratmend hereinstürzte.

»Was gibt's?« fragte die Mutter, sich umwendend. Sie ließ das Bügeleisen nicht aus der Hand. »Ist etwas mit Eva passiert? Oder mit Tom?«

»Hat Flora dir's gesagt?« rief der Vater.

»Nein, was denn? So rede doch!«

Er kam zitternd dicht an ihr Ohr. Die Mutter seufzte tief auf, dann kam ein helles, seliges Lächeln auf ihre Lippen und breitete sich über ihr ganzes Gesicht aus.

»O Himmel!« rief sie.

»Aber wo ist Flora?«

Die Mutter lief rasch zu Floras Tür, aber sie war geschlossen.

»Flora! Flora!«

»Ich bin hier, Mutter.«

Mutter Fong öffnete die Tür. Flora lag auf ihrem Bett und weinte.

Die Mutter ging zu ihr und setzte sich aufs Bett; sie suchte Floras Hand und hielt sie: »Meine Tochter! Gott schütze dich! Wie lange ist's unterwegs?«

»Erst zwei Monate.«

»Bist du sicher?«

»Der Doktor sagt es.«

Die Mutter ging zu dem Bild der Jungfrau und kniete nieder.

»Was tust du?« fragte Flora.

»Ich danke Gott.« Flora sah, daß die Mutter ein Kreuz über der Brust schlug.

»Ist es so richtig?«

Flora war so überrascht, daß sie nicht antworten konnte und nur nickte. Dann machte sie »M-hm!« und ihre Stimme war die einer Frau, die tief glücklich ist.

»Ich werde in deine Kirche gehen und mit dir Gott danken. Sobald du so weit bist, komme ich mit dir.«

Flora erhob sich, einen neuen Zug von Stolz in ihrem Gesicht. Sie hatte ihre Scham überwunden, die Scham über ihre Unfruchtbarkeit. Sie wollte das Essen bereiten, aber die Mutter wollte es nicht erlauben.

»Ich bin ganz gesund«, lachte Flora.

»Nein, heute tust du nichts!«

Zum Mittagessen kam auch Loy herauf, und alle vier saßen beisammen.

»Flora, bete für uns«, sagte die Mutter.

Flora hatte sonst das Tischgebet nur leise für sich gesprochen, mehr aus Gewohnheit. »Gott ist gnädig«, begann sie und schwieg. Der Rest blieb in ihrem Herzen.
»Sie betet einen guten Gott an«, sagte die Mutter.
Loy war aus irgendeinem Grund scheu und still. Der Vater sagte: »Loy, du mußt jetzt gut auf Flora achten. Das ist die Aufgabe eines Vaters. Du darfst sie nicht aufregen. Mach sie glücklich, während sie euer Kind trägt. Und du, Flora«, wandte er sich mit ernstem Gesicht zu ihr, »mußt gut auf dich selber achtgeben. Lauf nicht die Treppe so schnell hinunter, wie du's gewohnt bist. Wir wollen alles tun, was wir können.«
Flora kam es übertrieben vor, daß die Familie soviel Wesens mit ihr machte, als sei sie schwer krank oder sehr wichtig. Aber wie ernst die Chinesen das Ereignis nahmen, zeigte sich daran, daß der Vater nach dem Essen nicht ins Geschäft hinunterging. Auch Loy fand es übertrieben. Er wollte hinuntergehn und die Wäsche fertigmachen.
»Wenn du willst, so geh!« sagte der Vater.
Er setzte sich in seinen Stuhl im Wohnzimmer. Plötzlich fiel ihm etwas ein. Er stand auf und ging aufs Dach. Nach einer Weile kam er mit einem Brett herunter und suchte nach Hammer und Säge.
»Was tust du?« fragte seine Frau.
»Ich will die schadhafte Stufe ausbessern.«
Er spaltete, sägte, maß aus, stieg die Treppe hinunter und kam wieder herauf. Er brauchte mehr als eine Stunde.
Tom und Eva kamen nach Hause und fanden den Vater über die dunkle Treppe gebückt.
»Was machst du da, Vater?«
»Ich bessere die schlechte Stufe aus.«
»Laß mich das machen«, sagte Tom.
»Du gehst hinauf. Mutter will dir etwas sagen.«
»Was denn?«
»Frag die Mutter, sie wird's dir sagen.«
Tom und Eva gingen hinauf, während der Vater weiterhämmerte.
»Kommt her!« rief er und richtete sich auf. »Ich möchte, daß ihr sehr lieb zu Flora seid, Tom und Eva.«
»Ist etwas geschehen mit ihr?«
»Nein, nein! Ich möchte nur, daß ihr beide lieb seid mit ihr. Und

stürzt nicht so auf sie los und stoßt sie nicht! Geht, Mutter wird's euch sagen!«

Die beiden waren ganz verstört, bis sie die Neuigkeit von der Mutter erfuhren.

»Nun werdet ihr bald Onkel und Tante. Geht und gratuliert Daisow!«

»Wie?«

»Geht beide und gratuliert ihr. Sagt auf englisch, was ihr sagen wollt.«

Tom und Eva standen feierlich vor Floras Tür: »Dürfen wir hinein?«

Als Flora sie sah, lachte sie: »Kommt nur!«

Feierlich traten sie näher. Eva sah auf Floras Körper, als wäre er ein Wunder.

»Herzlichen Glückwunsch, Daisow!« sagten sie beide zusammen.

Flora umarmte sie. »Ich danke euch.« Plötzlich machte sich Tom los, als ob er Angst hätte.

»Bist du krank und mußt ins Bett?«

»Nein, Tom. Ich bin ganz gesund.«

Als sie zurückkamen, sagte die Mutter: »Nun geht hinunter zu Daiko und gratuliert auch ihm.« Sie liefen ins Geschäft hinunter.

Als der Vater die Stufe ausgebessert hatte, ging er aus. Gegen sechs kam er zurück und brachte ein großes gebratenes Huhn mit; er erzählte nur, er sei in der Chinesenstadt gewesen. Aber er hatte auch eine neue Pfeife mit einem Jademundstück gekauft, offenbar ein Festgeschenk für sich selbst. Sein Gesicht war ganz verändert, etwas von Verwegenheit lag darin, wie bei einem Schüler, der nach vierzig Jahren Mißlingens endlich mit sechzig die kaiserlichen Examen bestanden hat. Man roch, daß er getrunken hatte. Als Flora geglaubt hatte, sie werde nie ein Kind bekommen, hatte er nichts gesagt, aber es hatte wie eine Last auf seinen Schultern gelegen. Nun hatte ihn die Überraschung fast überwältigt.

Als er an diesem Abend im Lampenlicht seine neue Pfeife rauchte, teilte er der Familie feierlich mit: »Ich werde mir einen Bart wachsen lassen.«

Der Gedanke, der Vater werde einen Bart haben, war Eva schrecklich, aber alle waren von seinem Ton ergriffen, und keiner sagte ein Wort.

Eine Woche später ging Flora zu Pater Bosco. Sie fand ihn im Pfarrhaus neben der Kirche. Er war ein alter Mann mit glattrasiertem gütigem Gesicht.
»Ich komme zu Ihnen wegen meiner Schwiegermutter«, sagte sie.
»Ich erinnere mich, sie mit Ihnen in der Kirche gesehen zu haben. Warum bringen Sie sie nicht öfter mit? Und Ihr Mann kommt auch nicht regelmäßig.«
»Vater – ich erwarte ein Kind.«
»Oh, das ist eine gute Nachricht. Das freut mich zu hören! Gott segne Sie!«
»Als ich es meiner Mutter sagte, betete sie zur Hochgebenedeiten Jungfrau.«
»Das ist schön! Ein Heide kann nach seiner eigenen Eingebung beten. Gott zeigt ihm den Weg. Vielleicht – wir wissen es nicht.«
»Vater, meine Mutter möchte in die Kirche kommen, um Gott zu danken.«
»Wir sollen Gott bei jeder Gelegenheit danken. Die Frau, die ein Kind trägt, ist von der Gebenedeiten Jungfrau gesegnet, die selbst eine Mutter war. Ich weiß, wenn es geboren ist, werden Sie Ihr Kind taufen lassen.«
»Ja«, antwortete Flora mit leisem Zögern in der Stimme.
»So ist es recht! Aber ich bin etwas erstaunt...«
»Ich kann es nicht gut erklären. Meine Familie läßt mich in meinem Glauben ganz allein. Aber sie glaubt an Gott – in einem gewissen Sinn.«
Am nächsten Tag nahm Flora die Mutter mit in die Kirche. Mutter Fong hatte sich entschlossen, der Kirche zehn Dollar zu schenken, und sie hatte auch viele Kerzen angezündet. Sie kniete nieder, schaute zu dem Bilde der Jungfrau auf und sagte auf chinesisch: »Lieber Gott, schütze meine Schwiegertochter. Ich verspreche dir fünfzig Dollar, wenn sie einem Knaben das Leben schenkt, und wenn es ein Mädchen ist, bringe ich dreißig Dollar.«
Pater Bosco schaute auf die Frau, die da auf ihren Knien betete. Sie war aufrichtig, fromm und lauter. Gewiß glaubte sie.
Nach ihrem Versprechen stand Mutter Fong auf, suchte in ihrer Tasche und übergab dem Pater im Angesicht der Jungfrau einen Zehndollarschein.

Flora fühlte sich nicht gut. Sie schien nervös, litt an Übelkeit, Atemnot, Müdigkeit und Erbrechen. Sie wurde ruhelos und ging für eine Woche zu ihren Eltern, um eine andere Umgebung zu haben. Sie hatte nicht gedacht, daß ihr die Schwangerschaft so schwer werden könnte. Aber es tat ihr wohl, mit welcher Leichtigkeit Mutter Fong über ihre Schmerzen und Zustände hinwegsah.

»Die beste Art, ein Kind zu erwarten, ist, es zu vergessen«, sagte sie. »Wir Bauernfrauen arbeiten bis zum Tag der Niederkunft.«

Jedenfalls wußte Flora, daß die Mutter sehr glücklich war, und sie wurde behandelt, als sei sie etwas Besonderes. Die Mutter verlangte, daß sie die Arbeit sein ließ, wenn sie sich müde fühlte. Und sie ging mit ihr, um einen neuen Mantel zu kaufen. Flora fand, daß man sie fast wie einen Preishund vor der Hundeschau fütterte oder wie einen Boxer, der für seinen Kampf trainierte. Vater Fong ging selbst in die Apotheke in der Mottstraße, um die beste Sorte »Indianerbrot« (Elfennahrung) zu kaufen, und *tangkwei*-Wurzeln (angelica sinensis), die gut für die Brüste sein sollten, und Ehestandswein und eine schwarze Wurzel, *tihuang* genannt (rehmannia glutinosa) – lauter gute Dinge für die Frau während der Schwangerschaft. Er prüfte die schwarze Wurzel selbst, indem er sie ins Wasser legte.

»Siehst du, sie sinkt hinunter. Das ist die beste Qualität, wie sie nur in Huaiking wächst.«

Alle diese Kräuter schmeckten angenehm süß und hatten einen fremdartigen medizinischen Geruch. Flora hielt zwar nichts von ihrer Wirkung, aber ganz ungläubig war sie doch nicht. Sie schienen ihr auch gutzutun und ihren ganzen Organismus zu stärken. Das beste daran war, daß die zerschnittenen Wurzeln mit Huhn gekocht wurden, und zwar mit frisch geschlachteten Hühnern aus dem Hühnerhof der Chinesenstadt. Darauf kam es an – sie mußten frisch geschlachtet sein. Huhn und Wurzeln wurden gedämpft und die Suppe sorgfältig am Kochen gehalten, so daß stundenlang der Duft der *angelica sinensis* die ganze Wohnung durchzog und Flora der Mund wässerte. In dem irdenen Topf, in dem sie gekocht wurde, kam die Suppe auf den Tisch, und sie war ganz allein für sie. Vater Fong bekam nur die Hühnerschlegel, wegen ihres guten Geschmacks, und auch den Magen. War es kein besonders »stärkendes« Huhn, so sah die Mutter darauf, daß Tom die Brust bekam und Eva ein Rückenstück. Duftete es aber im ganzen Haus nach *tangkwei* und *tihuang*, so wußten alle, daß das ganze Huhn nur für Flora war, obgleich die Mutter es auch dann so einrichtete, daß der Vater die Schlegel und den Magen bekam; er erhob zwar Einspruch und aß dann doch mit großem Appetit. Aber die Hauptperson war Flora – es hatte eine fast mystische Bedeutung, daß sie der Familie Fong zu einem neuen Zweig verhelfen würde. Durch sie würden die Fongs aufblühen.

In Floras Gesicht kam frische Farbe. Es war Sommer, und die Tage waren heiß, und Flora liebte es, sich lange auszuruhen. Da aber die Mutter ihre Schwiegertochter bei bester Gesundheit sah, riet sie ihr: »Du solltest nicht zu viel liegen, Flora. Du solltest aufstehen und dir Bewegung machen. Das Kind ist in dir, und wenn du dich bewegst, bewegt sich auch das Kind. Durch dein Leben lebt dein Kind.«

In dieser Zeit von Floras Schwangerschaft ereignete sich mancherlei. Und wenn Tom später zurückschaute, schien es ihm, als sei die erwartete Geburt des Enkels für viele Ereignisse, die auch die Familie angingen, der Anlaß gewesen. Yiko verlobte sich. La Guardia wurde als Bürgermeister wiedergewählt. In China brach der Krieg mit Japan aus. Und später ereignete sich ein Unglücksfall, der für die Familie eine große Veränderung brachte.

Elftes Kapitel

1

Tom sah Sing Toy bei einem Essen, das Yiko einigen amerikanischen Freunden in der Chinesenstadt gab. Yiko prahlte gern mit Tom und Eva und lud sie dazu ein, da es Sonntag war. Flora hatte erfahren, daß Sing Toy kommen würde, eine Nachtklubtänzerin und Freundin von Yiko, und so kam auch sie mit Loy. Es wurde nur Englisch gesprochen.

»Das ist mein Bruder Tom, und das meine kleine Schwester Eva«, stellte Yiko die beiden stolz vor. »Sie gehen in die amerikanische Schule. Und das ist Sing Toy.«

Sing Toy sang und tanzte in einem Nachtklub der Innenstadt und war daher wohlvertraut mit der Kunst, ihre weiblichen Reize zur Geltung zu bringen. Sie trug ein so tief ausgeschnittenes amerikanisches Abendkleid, daß es sich gerade noch auf ihren Schultern hielt und durch das berechnende Raffinement der weiblichen Mode dazu bestimmt war, auf der einen Schulter zu bleiben und von der andern herunterzurutschen. Sie war fast bühnenmäßig geschminkt; ihre Lippen waren tiefrot, und die Schatten auf ihren Augenlidern und die gefärbten Augenwimpern wirkten künstlich. Ihre Zähne waren ebenmäßig, das Haar hochgerafft, und die Stirnfransen gaben ihr das Aussehen einer chinesischen Puppe. Das Peinliche an diesem Make-up war, daß es ziemlich aufdringlich wirkte. Es schien zu sagen: das ist freilich alles nur Täuschung, aber aller Erfahrung nach fallen die Männer darauf herein, und die Frauen bewundern es. Tom und Eva hatten noch nie neben einer Frau in einem so tief ausgeschnittenen Kleid gesessen, und es störte sie sehr. Und als sei das alles noch nicht verrückt genug, hatte Sing Toy auch noch grüne Fingernägel. Flora sah auf den ersten Blick, daß sie sich mit Sing Toy nicht messen konnte, und das machte sie schüchtern.

Da Sing Toy, wie zu erwarten war, von ihrem Handwerk etwas verstand, war sie zu allem hin bezaubernd. Ihr schmales ovales

Gesicht war fein gerundet, ihr Kinn war klein, und wenn sie redete, fuchtelte sie mit ihren schön manikürten Fingern vor ihrem Gesicht herum. Wenn man genauer hinsah, waren ihre Augen zwar schmal und dunkel und hatten einen gewissen Glanz, aber das brauchte gar nichts zu bedeuten. Sie glänzten nur, weil sie jung war. Sie war keineswegs zurückhaltend und stolz, sondern nur darauf bedacht, zu unterhalten und zu gefallen. Mit Männern war sie in ihrem Element wie ein Seehund im Wasser. Ihre Bewegungen und ihre Reden waren schillernd, und sie brauchte einen ständigen Wirbel, solange Männer um sie waren. Sie merkte gut, daß Yiko, den sie Freddie nannte, sie bewunderte. Beide hatten denselben Geschmack.

Einer der drei amerikanischen Gäste war Sandy Bull, ein Kollege Yikos von der Versicherung. Sie hatten Sing Toy zusammen in dem Nachtklub entdeckt. Da Sandy in Schanghai manche Tänzerin gekannt hatte, gefiel sie ihm, und so wurden die beiden Männer mit ihr bekannt.

»Weißt du was, Toy?« sagte Sandy. »Du würdest die Königin von Schanghai sein, wenn du dort wärst.«

Sing Toy fühlte sich geschmeichelt. Sie nahm es zwar nicht ernst, aber sie fand trotzdem, daß Männer wundervoll seien. »Meinst du wirklich?«

»Ich weiß, daß es so ist. Du erinnerst mich an ein Mädchen, das ich in Schanghai gekannt habe. Wir nannten sie Queenie. Was meinst du, Baby, soll ich dich Queenie nennen?«

»Wie du willst. Deine Queenie, prost!« Sie hob ihr Glas.

»Meine Queenie!« Auch Sandy hob sein Glas, und sie tranken. Sandy, der neben Sing Toy saß, legte den Arm um sie, aber sie schüttelte ihn ab. »Benimm dich gefälligst, Sandy!« sagte sie mit aufreizendem Lächeln, das zeigte, daß es ihr ganz und gar nicht mißfiel.

»Was fällt dir ein, Sandy, das ist mein Mädchen! Vergiß das nicht!« sagte Yiko.

»Immer gemach!« protestierte Sing Toy. »Ihr Burschen scheint eher als wir zu wissen, wessen Mädchen wir sein wollen.«

»Okay, Freddie! Okay, Queenie, du bist also sein Mädchen!« posaunte Sandy. Er hob sein Glas: »*Ganbay!* Rest! Ich trinke auf euch. Ich bin ein verheirateter Mann. Hörst du, Queenie, ich bin verheiratet. Ich mag die Chinesen, ich weiß nicht, warum.«

Der kleine Mißklang war vorüber, und sie aßen weiter in frivoler

Ausgelassenheit. Flora war immer etwas aufgeregt, wenn Männer zugegen waren, aber an eine solche Gesellschaft war sie überhaupt nicht gewöhnt, und sie fand alles höchst merkwürdig. Tom und Eva rissen die Augen auf vor Staunen. Es wurden Witze gerissen, die tollsten immer über Frauen, die ihre Männer betrogen. Die Männer schrien vor Lachen und waren außer sich vor Vergnügen. Was war eigentlich so lustig, wenn eine Frau nicht treu war? wunderte sich Tom. Außer der nackten Tatsache, daß sie eben untreu war, konnte er nichts Komisches entdecken. Einer der Gäste erzählte einen Witz über ein künstlich erzeugtes Baby. Ein anderer, dem man erst erklären mußte, was das war, sagte: »Es ist ein Jammer. Die alte Art war so hübsch!« Der ganze Tisch grölte, das heißt mit Ausnahme von Flora, Tom und Eva.

Nachdem alle ziemlich viel getrunken hatten und völlig außer Rand und Band waren, posaunte Sandy wieder: »Na schön, abgemacht! Du bist Freddies Mädchen. Er ist in dich verliebt, ehrlich, Baby, er ist in dich verliebt, aber du bist verdammt hübsch, verstehst du, du bist wirklich hübsch, und du bist meine Queenie!«

Tom fand, daß Sandy Bull etwas Bullenhaftes hatte, wie sein Name sagte, und wenn er die Worte so rollte, mußte man denken, er wolle jemand rammen. Sandy war ein entgleister und enttäuschter Mann in den Vierzigern. In China hatte er für eine englische Zeitung gearbeitet. Da er leidlich intelligent war und sich selbst für einen Intellektuellen hielt, da er liberal, pro-chinesisch und pro-russisch war, stieg er zu der Stellung eines Leitartiklers auf. Er besaß einen geläufigen, wenn auch gewöhnlichen Wortschatz und einen alltäglichen glatten Stil. Er hatte einige Leser gewonnen, andere verletzt durch die »hells« und »goddams« in seinen Artikeln. Immer war er über irgend etwas aufgebracht, immer bereit, für etwas zu kämpfen oder etwas zu entlarven. Manchmal kam in Schanghai ein Amerikaner zu ihm hinauf:

»Hallo, Sandy, was ist denn los? Ich habe gar kein goddam in deinem heutigen Artikel gefunden. Warum hast du denn niemand vergoddammed?« Aber irgendwie blieb er immer an der Oberfläche der Dinge, und mit vierzig entdeckte er plötzlich, daß er nicht wußte, wofür er sich einsetzen sollte und was eigentlich seine Überzeugung war.

Er sank auf das Niveau seiner Zeitungskollegen, begann zu trinken, ließ sich von seiner ersten Frau scheiden und verheiratete sich zum zweitenmal. Seine pro-kommunistische und pro-russische Haltung war fast alles, was er sich bewahrt hatte, und daß man ihn einen »Liberalen« nannte, hielt er für seinen einzigen Vorzug – um seiner Selbstachtung willen hing er mit Zähigkeit daran. Aber seine pro-kommunistische Haltung brachte ihn in Schwierigkeiten mit dem Herausgeber seiner Zeitung. Er gab die Journalistentätigkeit auf und ging nach New York, wo er einen Posten als Vertreter der Cornelius-Versicherung bekam. Er wurde in der Chinesenstadt eingesetzt, weil er im Osten gelebt hatte und daher als Chinaexperte galt. Zu diesem Zeitpunkt war er zugleich pro-kapitalistisch und pro-stalinistisch. Er war tolerant und ein Christ, also ein Mann, der sichtlich guten Willens war. Er verstand es, mit den Chinesen umzugehen, klopfte sie gern auf die Schulter und war der Meinung, daß die Chinesen das liebten. Da er *ganbay* sagen konnte, war er überzeugt, daß er alles über China wußte. Seine joviale Art hatte ihn mit Yiko zusammengebracht, und sie waren gute Freunde geworden.

2

Als Flora mit Daiko und den Kindern nach Hause kam, fühlte sie sich wie ein Mädchen vom Lande, das zum erstenmal in einer städtischen Gesellschaft gewesen ist. Ihr war unbehaglich zumute. Sing Toy hatte ihr ganz und gar nicht gefallen, weder ihre Haartracht, noch ihr Kleid, erst recht nicht ihre grünen Fingernägel. Die Witze bei Tisch hatte sie ordinär gefunden, das ganze Abendessen hatte davon einen schlechten Geschmack bekommen.

»Ihre Fingernägel!« platzte Eva heraus, als sie in die Hochbahn stiegen. Ihre Ablehnung war einmütig.

»Denkst du, Yiko will sie heiraten?« fragte Tom seinen Bruder.

»Was weiß ich? Wenn er sie liebt, kann Vater nichts dagegen machen. Er heiratet sie ja, nicht wir.«

»Muß er nicht Vaters Einwilligung dazu haben?« fragte Flora.

»Wer kann ihn dazu zwingen?«

»Als sein älterer Bruder könntest du doch mit ihm reden.«

»Du weißt, daß er nie auf mich hört – auch nicht auf den Vater.«

Flora starrte vor sich hin und sagte nichts. Erst abends im Bett begann sie:

»Loy, ich mache mir Gedanken.«

»Worüber?«
»Über das Mädchen mit den grünen Fingernägeln. Findest du sie hübsch, hübscher als mich?«
»Oh, Flora!«
»Findest du sie hübsch?«
»Sie ist doch eine Nachtklubtänzerin. Warum fragst du?«
»Ich finde ihre Ohren nicht hübsch. Und sie spricht so geziert mit gekniffenen Mundwinkeln. Ich mache dir's vor.«
Loy sah ihr zu, lachte und zündete sich eine Zigarette an.
»Das ist alles nur Aufmachung.«
»Ich bin froh, daß du das einsiehst.«
»Du bist ganz anders, Flora. Man kann sie mit dir gar nicht vergleichen.« Loy streichelte ihr die Hand, und sie war wieder beruhigt.
»Ihr Männer seht so was nicht, darum bin ich so froh, daß du es siehst. Ich fand es unanständig, wie sie immerzu an den Trägern ihres Kleides herumzerrte. Wenn ein Mädchen ein so tief ausgeschnittenes Kleid tragen will, mag sie es tun, aber sie soll nicht jeden Augenblick die Aufmerksamkeit der andern darauf lenken.«
Flora glättete ihr Kissen, verschränkte die Hände im Nacken, räkelte sich in eine behagliche Lage mit einem halb bewundernden, halb ärgerlichen Seufzer: »Himmel, ihr Kleid habe ich bewundert. Es muß für Freddie sehr kostspielig sein, mit einem solchen Mädchen auszugehn. Ich beklage mich nicht, Loy, aber ich verstehe es nicht. Freddie ...«
»Wozu reden wir von ihm?«
»Findest du es ganz gerecht? Freddie ist unabhängig und braucht nur für sich zu sorgen. Du mußt für die Familie arbeiten.«
»Gewiß, es mag dir komisch vorkommen.« Seine Stimme klang wie gewöhnlich ganz ruhig und gelassen.
»Das tut es allerdings!«
»Schön, ich habe es dir vorher gesagt, daß wir ganz verschieden aufgewachsen sind. Ich kam mit dem Vater herüber, als ich dreizehn war, und bin immer bei ihm geblieben. Als Yiko kam, war er von Anfang an für sich. Er wollte nicht in die Wäscherei, sondern arbeitete als Kellner und verschaffte sich selber eine Stellung. Vater verließ sich immer auf mich, und ich habe nie daran gedacht, ihn zu verlassen. Es wäre auch nicht recht.«
»Aber nun ist Freddie unabhängig und tut nichts für die Familie, während wir alles teilen, was wir haben.«

»Er sagt, er müsse jetzt für seine Heirat sparen. Wir tun schon das Richtige, Flora. Da ihr alle mitarbeitet, Vater, Mutter und du, können wir sparen. Ich mach's schon recht.«
»Ich beklage mich nicht. Es kommt mir nur so sonderbar vor. Aber wenn es dir recht ist, so soll es auch mir recht sein. Ich kann mir nur nicht vorstellen, wie er mit diesem Mädchen sparen soll!«
»Ich glaube nicht, daß er das will. Das ist seine Sache.«
»Ist es ihm wirklich Ernst mit ihr?«
»Ich höre, daß er sehr oft mit ihr ausgeht. Sie besuchen zusammen die Spielhöllen. Auch Vater weiß es.«
»Man sagt, in jeder Familie gebe es ein schwarzes Schaf. Billigt das der Vater?«
»Natürlich nicht! Aber was kann er tun? Freddie hat sich immer von der Familie abgesondert, und Vater steht zu ihm ganz anders.«
Flora knipste das Licht aus: »Meinetwegen! Ich will nur, daß sie zu dir anständig sind!« Sie kuschelte sich zurecht und schlief ein.

3

Für Yiko war eine wunderbare Zeit angebrochen. Oft sagte er: »Das Leben meint es gut mit mir!« oder auch: »New York behandelt mich gut.« Tom besuchte ihn einmal in seinem Zimmer und fand ihn mit unordentlichem Haar, die langen Beine auf dem Schreibtisch ausgestreckt, das Hemd ganz verrutscht. Yikos Stimme war von Natur laut, er behauptete, es käme von der amerikanischen Milch. »Ich strotze von Vitaminen, bin nie erkältet, war nicht einen Tag krank.« Er sah wirklich aus wie die leibhaftige Gesundheit. Je länger Tom ihn kannte, um so unverständlicher war er für ihn.
»Bist du glücklich?« fragte er ihn.
»Glücklich? Was meinst du damit? Glücklich worüber?«
»Über das, was du tust, und über alle die Leute um dich herum und über den Sinn des Lebens überhaupt.«
»Du bist komisch, Tom. Was geht uns das an, wozu wir leben? Wie du siehst, geht es mir gut. Ich verdiene einen Haufen Geld, die Amerikaner haben mich gern, ich habe einen guten Posten.«
»Das meine ich nicht. Was tust du, wenn du hier allein bist?«
»Was ich tue? Ich drehe das Radio an.«
»Denkst du nicht nach?«

»Denken? Ich habe zu viel zu tun, um zu denken. Ich komme gut vorwärts. Ich bin nie zur Schule gegangen und hab es doch so weit gebracht. Hast du je gesehen, daß ich ein Buch lese? Ich wette, Tom, seit du in Amerika bist, hast du noch nie gesehen, daß ich ein Buch aufmachte. Ich habe zu viel zu tun, ich bin zu erfolgreich, um nachzudenken, das meine ich.«

»Hast du gar keine Probleme?«

»Was für Probleme? Ich lasse mich nicht von Problemen aufhalten.«

Tom fiel es schwer, auszudrücken, was er meinte: »Ein Mann muß doch alle möglichen Probleme haben, persönliche Probleme – wie er leben will, ob er heiraten möchte und solcherlei Fragen.«

»Natürlich möchte ich heiraten.«

»Ich meine nicht ...« Tom stockte. Sie sprachen zwei verschiedene Sprachen. Das Leben mochte gut oder schlecht sein, aber es mußte irgendeinen Sinn haben. Er würde Yiko nie klarmachen können, was er meinte.

»Übrigens, was denkst du über Sing Toy? Gefällt sie dir?«

»Nicht besonders«, sagte Tom freundlich, aber doch so ehrlich er konnte. »Siehst du, ist das kein Problem?«

»Das ist kein Problem. Sie ist ein schönes Mädchen, jung und ausgelassen wie eine Amerikanerin. Ich liebe sie und werde sie heiraten.«

»Liebt sie dich?«

»Was für eine alberne Frage. Natürlich liebt sie mich. Ich werde ihr ein Heim bieten. Wahrscheinlich nehme ich dann ein Apartment mit zwei Zimmern. Ich bin stolz, mich mit ihr auf der Straße zu zeigen. Sie spricht sehr gut Englisch, da sie hier geboren ist, sie hält sich aufrecht wie eine Amerikanerin. Du mußt es Eva sagen, sie geht noch immer ein wenig vornübergebeugt.«

»Liebst du Sing Toy sehr?«

»Freilich liebe ich sie. Sie sieht sehr gut aus, hat eine gute Figur. Sie liebt Kino und Tanz und kann sogar Jitterbug. Abends gehen wir dann ins Kino oder zum Tanz. Junge, das wird ein Leben! Wir werden so glücklich sein wie die Turteltäubchen!«

»Willst du sie wirklich heiraten?«

»Ich denke schon. Es gefällt mir nur, sie warten zu lassen. Mag sie noch warten. Und sobald ich Lust habe zu heiraten, mache ich ihr einen Antrag. Dann gehen wir zum Friedensrichter und sind ein Paar.«

»Bist du sicher, daß sie dich heiraten will?«
Yiko überhörte die Frage, da er das Radio angedreht hatte und der Jazzmusik zuhörte, die gespielt wurde.
»Tom, du solltest tanzen lernen. Es macht soviel Spaß.«

4

Auch Sing Toy war sehr glücklich. Sie hatte erst richtig zu leben begonnen. Bisher war sie ja nur eine gewöhnliche Kellnerin in der Grant Avenue in San Franzisko gewesen, und nun lagen ihr die Amerikaner zu Füßen. Sie konnte mit ihnen ihren Scherz treiben und sie mit ihr.
Als sie noch in San Franzisko lebte, waren ihre Eltern gestorben, und sie hatte nur einen Bruder. Sie war ein braves Mädchen gewesen, das acht Stunden täglich im Restaurant arbeitete. Sie war auch jetzt brav, wenn auch im modernen Sinn. Sie wollte vorankommen und einen Ehemann finden. Eines Tages, sie war damals einundzwanzig, las sie in einer chinesischen Zeitung, daß Mädchen für einen Nachtklub gesucht wurden. In der Chinesenstadt von San Franzisko waren plötzlich viele Nachtklubs entstanden, die alle gute Geschäfte machten. Man wurde dort gut bezahlt. Nach hübschen chinesischen Mädchen war große Nachfrage. Diese Schlager zu singen, war nicht schwer; das Publikum war nicht anspruchsvoll, wenn die Mädchen nur jung waren und schöne Beine hatten, und ihre Stimme einigermaßen anging. Wichtiger als das Singen waren schöne Glieder und »Schmiß«. Und auch den Schmiß bekam man heraus, wenn man sich dem Rhythmus der Jazzkapelle überließ. Tanzen? Pah! Sie konnte zwar nicht steppen, aber hier wurde nur ein rhythmisches Beinewerfen und Hüftschwenken verlangt. Jedenfalls konnte sie so gut singen und tanzen wie jedes gutgewachsene Mädchen auch.
Eines Tages fiel es ihr wie Schuppen von den Augen. Sie begriff, daß sie alles besaß, was sie brauchte, die Natur hatte sie damit ausgestattet. Es war ganz einfach und höchst angenehm. Indem sie die Männer unterhielt, unterhielt sie sich selber. Sie brauchte nicht erst vier Jahre aufs College zu gehen, um zu lernen, wie man im Leben weiterkommt. Denken war nicht Sing Toys Stärke. Sie hatte gehört, die Erde sei rund, aber sie fand sie flach, und auf dieser flachen Erde gingen Männer und Mädchen aufrecht auf

zwei Beinen umher, und die Männer liebten die Mädchen, wenn sie jung waren. Sie nannte das Natur. Wenn die Männer das mochten und dafür Geld ausgaben, so sollten sie ihren Spaß haben.

Sie ging nach Los Angeles und von da nach New York, als auch im Osten für chinesische Tanzmädchen Bedarf war. Da es gar nicht genug gab, war es für Sing Toy nicht schwer, einen Posten zu finden. Sie besaß schon ein Dutzend Zeitungsausschnitte mit Kritiken über sich.

Dann kam ihr plötzlich der Gedanke – sie wußte selbst nicht warum –, daß sie gern heiraten würde. Sie war nun fünfundzwanzig und erfaßte dunkel, daß es zwar ganz schön war, die Männer zu unterhalten, daß es aber viel besser war, einen Mann zu heiraten.

Freddie war schon öfter in die Bar gekommen. Er fand Toy wunderschön, und seine Blicke sagten es ihr.

Als sie wieder in der Garderobe war, sagte sie zu ihrer Freundin Vicky: »Er ist wieder da.«

»Meinst du Freddie?«

»Ja. Ist er nicht aufregend? Er ist größer als die meisten Chinesen und recht hübsch. Findest du nicht auch?«

»Laß dir nur ja die Chance nicht entgehen, wenn er es ernst meint. Wenn du ihn dir jetzt nicht einfängst, Herzchen, dann bist du dümmer, als ich dachte.«

Als ihr Auftritt kam, warf sie Freddie einen Blick zu, der ihn mitten in sein empfängliches Herz traf, und er sagte sich: »Das ist ein Mädchen für mich. Ich habe Glück. Frederick A. T. Fong hat immer Glück.«

Nach ihrer letzten Nummer setzte sie sich zu ihm an den Tisch.

»Ich bin fertig für heute abend«, strahlte sie ihn an. Ihre Augen glänzten in der schummerigen Beleuchtung wie die einer Jägerin, die sich ihrer in die Enge getriebenen Beute nähert. Und so war es im wahren Sinne des Wortes: Frederick A. T. Fong, die kostbare Beute, war völlig in die Enge getrieben.

»Trinkst du etwas? Was möchtest du haben?« Freddie sprach, als triebe ihn ein Geist.

Die Kapelle spielte. Das Schummerlicht machte das Mädchen gleichzeitig scheu und keck. Der Wein erhitzte und die gedämpfte Musik besänftigte sie. Ihre maskenhaften Augenlider waren gesenkt, ihre Hand lag schlaff auf dem Tisch. Freddie nahm sie und drückte sie sacht, und dann streichelte er sie. Sie saßen so nahe beieinander, daß er den Duft und die Wärme ihres Körpers spürte.

»Liebst du mich?« fragte Freddie plötzlich.

Sing Toy fuhr aus ihrer glücklichen Betäubung auf.

»Was haben Sie gesagt?«

»Liebst du mich?«

Ein sonderbarer Anfang, dachte Sing Toy. Es wäre besser gewesen, wenn er gesagt hätte: »Ich liebe dich.« Was sollte sie ihm antworten? Sie schaute ihn nur an – die Jägerin schätzte das Wild ab, das ihr zu Füßen lag.

Freddie legte den Arm um sie, und sie ließ es zu. Er empfand, wie gut es wäre, eine solche Frau zu haben, am Abend mit ihr daheim zu sitzen und so den Arm um sie zu legen.

»Darling«, sagte er, »wir sind beide Chinesen. Das Leben meint es gut mit mir, ich habe eine gute Stellung. Du brauchst nicht hier zu arbeiten.«

»Soll das ein Antrag sein oder was sonst?«

»Ja, es ist ein Antrag. Wenn ich dich nicht für mich gewinnen kann, wie soll ich die Leute für die Versicherungen gewinnen? Darling, liebst du mich? Wenn du mich liebst, wollen wir heiraten. Ich kann für dich sorgen, wir werden ein Zwei-Zimmer-Apartment haben und können dann jeden Abend zusammensein. Toy, ich finde dich wundervoll!«

»Oh«, sagte Sing Toy. Endlich kam es, zwar keine richtige Liebeserklärung, aber doch etwas Ähnliches.

»Du hast mir noch gar nicht gesagt, ob du mich liebst!« wollte sie wissen.

»Wieso – natürlich! Wäre ich sonst so oft hierhergekommen? Du bist wundervoll, Darling. Wir werden eine herrliche Zeit miteinander haben. Willst du mich heiraten?«

Sing Toy blieb stumm. Dann sagte sie: »Ich muß es mir überlegen.«

»Warum überlegen?« drängte Freddie mit der Psychologie eines Geschäftsmannes, der es nicht besser gelernt hat. »Was ist da zu überlegen? Du liebst mich doch, oder nicht?«

Zum dritten Male hatte er das nun schon gefragt. Er war ein gutes Wild, sie wollte es nicht verlieren, nachdem sie es zur Strecke gebracht hatte. Aber sie war nicht ganz zufrieden, daher blieb sie stumm.

»Komm, trink mal! Es wird dich aufmuntern. Ich habe solches Verlangen nach dir, Darling. Du kannst es dir nicht vorstellen, wie sehr! Heirate mich!«

»Ich will es mir überlegen. Einverstanden?« Sing Toy schaute ihn zum erstenmal voll an.

»Laß es mich für dich überlegen. Wenn ich verheiratet bin, bekomme ich eine Erhöhung von fünfzig Dollar. Dann habe ich ein Gehalt von zweihundertfünfundsiebzig Dollar, dazu die Provisionen. Was sagst du dazu? Willst du noch mehr wissen?«

»Nein, das ist es nicht. Du mußt mir Zeit lassen zum Überlegen.«

Als Freddie ging, war er nicht ganz befriedigt. Es war ihm zumute, als hätte er eine Versicherung abschließen wollen und sie zu keinem Abschluß gebracht. Er hatte gar nicht vorgehabt, heute abend um sie anzuhalten – aber nun hatte er es getan. Sie waren im besten Einvernehmen auseinandergegangen, und sie hatte versprochen, es sich zu überlegen. Er war einigermaßen überrascht, daß das Mädchen, um das Frederick A. T. Fong anhielt, nicht so gescheit war, sofort ja zu sagen. Vermutlich war Sing Toy selbst auch überrascht gewesen, und nun brauchte sie Zeit, wie so viele seiner Unternehmungen Zeit gebraucht hatten, bis sie endlich doch zu einem Abschluß führten. Schließlich hatte er noch immer Glück gehabt. Er hatte einen Broadwaystar gefunden – wie viele seiner Landsleute konnten einen Broadwaystar heiraten? Es war so gut, als hätte sie seinen Antrag schon angenommen.

Der Gedanke an Heirat überwältigte ihn plötzlich. Als er auf seiner Couch lag, lächelte er vor sich hin. Die Vorstellung, ein Mädchen wie Sing Toy zu haben, das in seinem Haus mit ihm lebte und ihn bediente, war köstlich. Er stellte sich vor, wie es sein würde, wenn er eine moderne Musterwohnung hätte, ein Mustervater von hübschen Kindern wäre, und nach Hause käme, ein Mustergatte zu seiner Musterfrau. Er würde sie küssen, ehe er morgens ins Büro ging, und sie würde ihn küssen, wenn er am Abend nach Hause kam, »genau wie die Amerikaner«.

»Junge, es geht voran!« rief er.

Plötzlich fiel ihm ein, daß er nur noch etwa zweihundert Dollar auf der Bank hatte.

5

»Vicky, Vicky, er hat mir einen Heiratsantrag gemacht!« rief Sing Toy, als sie in die Garderobe zurückkam.
Vicky Lamore war viel älter als Toy, aber ihr Alter war ein Geheimnis zwischen ihr und dem lieben Gott.
»Hast du ihn angenommen, Liebchen?«
»Nein, ich sagte, ich wolle es mir überlegen.«
»Sei kein Dummkopf! Wie alt bist du eigentlich, Liebchen?«
»Zweiundzwanzig.«
»Ehrlich?«
»Ehrlich!«
»Siehst du!«
»Was willst du damit sagen?«
»Ich meine, daß du viel zu jung bist, zu begreifen, was ein Heiratsantrag wert ist. Ist er nicht etwa in deinem Alter, und hat er nicht eine gute Position? Wieviel verdient er?«
»Ich glaube, etwa vierhundert im Monat.«
»Was gibt es dann noch zu überlegen?«
»Es kam mir so komisch vor, daß er mich dreimal fragte, ob ich ihn liebe, und nicht einmal sagte, er liebe mich.«
Hier geriet die Unterhaltung etwas durcheinander, denn beide Mädchen redeten gleichzeitig, und keins hörte auf das andere.
Vicky: »Wenn ein Mann einer Frau einen Antrag macht,
Sing: Er sagte, daß er Sehnsucht nach mir habe.
Vicky: Ist das nicht genug? Gewiß liebt er dich.
Sing: Das hat er gesagt. Es war so, als sagte er,
Vicky: So sitze nicht auf dem hohen Roß,
Sing: daß er mich liebe.
Vicky: und sei nicht hochnäsig. Als ich jünger war, hatte ich massig Anbeter. Aber ich war ein Grünschnabel wie du. Ein Bursche machte mir einen Antrag, und ich sagte, ich wolle es mir noch überlegen. Verdammt – ich hab's mir viel zu lang überlegt. Wenn ich du wäre, würde ich ihm um den Hals fallen und ihn so fest drücken, bis ihm die Luft ausgeht. Dann hättst du ihn für immer.«
Später verstand Sing Toy genau, was Vicky gemeint hatte.
Freddie ließ sich fast eine Woche nicht sehen. Sein Bankkonto machte ihm Sorgen, aber das war es nicht allein. Am nächsten Morgen schon war ihm klargeworden, was er angestellt hatte.

Warum hatte er ihr nur einen Antrag gemacht? Schön dumm war er gewesen. Er ließ den letzten Abend an sich vorüberziehen. Wie köstlich war der Gedanke gewesen, Sing Toy immer für sich zu haben! Aber sie hatte es sich noch überlegen wollen. Er hatte gar nicht vorgehabt, sie schon gestern abend zu überrumpeln, er hatte sie noch hinhalten wollen. Hatte sie statt dessen ihn überrumpelt? Er war ihr verfallen, das war sicher. Aber als er sie gewinnen wollte durch die Aussicht, Frau Frederick A. T. Fong zu werden, behauptete sie, noch Zeit zum Überlegen zu brauchen. Nun schön, allzuviel Gedanken mußte er sich nicht machen. Es war ganz gut so. Und so blieb er fort.

6

Man wird nie nachweisen können, ob in den menschlichen Beziehungen die Frauen das verfolgte Geschlecht sind oder die Verfolger. Die Meinungen wechseln, Männer und Frauen sind sich selber nicht einig. Man kann nur das eine sagen: Wenn die Frau die Verfolgte ist, so wendet sie alle ihre Energie darauf, verfolgt zu werden. Ist die Verfolgte am Verfolger nicht interessiert, so wehrt sie ihn ab, und dann ist das Spiel aus. Wenn ihr aber an dem Verfolger liegt, läuft sie davon – aber wenn sie noch so schnell läuft, so muß sie doch dafür sorgen, daß ihr Verfolger sie im Auge behält. Seit der menschliche Wettlauf begann, haben sich alle Liebesspiele nach diesen Regeln entwickelt.

Nach einer Woche wurde Sing Toy etwas unruhig. »Wenn er meine Antwort haben will, so weiß er ja, wo er mich findet«, sagte sie sich. Sie wollte ihn auf keinen Fall als erste anrufen, sollte er es tun, wie es die alten Spielregeln verlangten.

Als Freddie wieder in die Bar kam, war er bereit, ihr edelmütig zu verzeihen. Sieben Tage Wartezeit waren Strafe genug für sie, daß sie es sich hatte überlegen wollen. Eine geheimnisvolle Kraft zog ihn zu ihr. Lange genug hatte er widerstanden, aber nun war er da. Er war ziemlich nervös, ohne recht zu wissen, warum. Noch nie war er in einem solchen Zustand gewesen. Vor einer Woche hatte er den Mut gehabt, um sie anzuhalten, und dabei war er keineswegs nervös gewesen. Aber nun er in der dunklen Ecke saß, überlegte er ganz vernünftig und nüchtern, wie wichtig das war, was er vorhatte. Er spielte mit seiner Schlüsselkette und seinem

Zigarrenabschneider. Sobald er Sing Toy wiedersah, würde er wissen, ob er recht tat und ob er sie für immer haben wollte. Der Schweiß brach ihm aus wie einem Boxer, der seinem Gegner im Ring entgegentritt. Verrückt, sich so zu fühlen, dachte er. Schließlich gab er ja etwas her, seinen Namen, ein Heim – und trotzdem war er so nervös!

Sing Toy kam mit sechs andern Mädchen auf die Bühne, alle halbnackt. Sie war die kleinste von ihnen. Das schmale Oval ihres Gesichts, ihre Augenbrauen und ihre mandelförmigen Augen gaben ihr ein östliches Aussehen, aber ihre Bewegungen und ihr Mienenspiel waren ganz amerikanisch. Sie hatte eine volle Brust. Und wenn sie den Kopf mit den andern Mädchen zusammen nach rechts und nach links warf, war sie besonders graziös und geschmeidig. Das Saxophon gellte, das Schlagzeug rasselte, die Mädchen lächelten. Es war ein aufreizendes Schauspiel rhythmisch geworfener Beine. Alle waren entzückt, und Freddie war begeistert. Dann zogen die Mädchen geschlossen an den Tischen vorbei; die rechte Hand in die Hüfte gestützt, paradierten sie wie Pferde vor dem Schiedsrichter, ehe das Rennen beginnt. Die besten Pferdeschenkel finden bei den Richtern immer den meisten Beifall.

Freddie vergaß seine Nervosität. Er war riesig stolz, daß er eines dieser Mädchen kannte, daß eines von ihnen daran dachte, ihn zu heiraten – er war fast so stolz wie ein Pferdebesitzer oder Pferdehändler beim Rennen. Er war stolz auf Toys Figur, auf ihre Schönheit und ihre Grazie. Sing Toy schien ihn nicht zu bemerken. Erst spät am Abend kam sie zu ihm an den Tisch.

»Tatsächlich! Freddie! Ich hab mich gewundert, wo du gesteckt hast.«

»Ich hatte geschäftlich außerhalb zu tun. Es tut mir sehr leid.«

Es tat ihm wirklich leid, nun, da sie so nahe war und ihn anlächelte. Sing Toy war sehr süß. Auf seine kurzen Fragen nickte sie nur und machte mit geschlossenen Lippen auf sehr anziehende und wirkungsvolle Art: »Hm, hm.« Sie legte ihm den Arm um die Schulter.

»Hast du dir's nun überlegt?«

»Hm, hm.«

»Willst du mich heiraten?«

»Hm, hm.«

Sie umarmten sich. Und Sing Toy, die sich an Vickys Rat

erinnerte, überschüttete ihn mit wohlbedachten und gutgezielten Küssen wie mit Schrotschüssen, um deutlich zu machen, daß es kein Irrtum war und die Jagd des Verfolgers auf die Verfolgte nun zu Ende war. ›Dann hast du ihn für immer‹, hatte Vicky gesagt. Freddie gab sich geschlagen. Er brauchte mehrere Minuten, ehe er sich von dem Rauch dieser Schüsse erholt hatte.

Er setzte sich gerade und zog einen Kamm aus der Tasche, um seine Würde wiederherzustellen. Dann bestellte er eine Flasche Champagner. »Das müssen wir feiern.«

Und plötzlich fühlte er sich wie ein Eroberer oder ein Jäger, der sein Wild erlegt hat, womit er das Ganze umkehrte. Er war riesig zufrieden mit sich.

»Vor kurzem war ich noch schrecklich eifersüchtig, weißt du.«

»Eifersüchtig? Worauf?«

»Jeder konnte deine Beine und deinen ganzen Körper sehen.«

»War das für dich eine Überraschung?«

»Nein. Aber mir war eben so zumute. Nun gehören wir zusammen, und du wirst Mrs. Frederick A. T. Fong. Himmel, ist das herrlich, eine Berühmtheit wie dich zur Frau zu haben!«

»Wann wollen wir heiraten?«

»Noch nicht so schnell.« Freddies Stimme klang etwas verlegen. »Aber ich will dir gleich den Verlobungsring kaufen.«

»Oh, Freddie!«

Sing Toy konnte sich gut verstellen, besonders wenn sie getrunken hatte. Sie hatte eine Art zu reden, mit tiefer, träger, weicher Stimme, wie die Männer es lieben. So umgarnte sie Freddie auf echt weibliche Art und bestrickte sein Herz. Sie lehnte den Kopf an seine Schulter.

»Du siehst so gut aus, Freddie«, gurrte sie.

»Was hat Sandy gesagt? Du solltest die Königin von Schanghai sein. Aber nun werde ich für dich sorgen und du gehörst nur mir.«

»Hm, hm.«

»Und vergiß nicht, daß wir Chinesen sind und du mir gehorchen mußt wie eine gute Frau.«

Sing Toy hob jäh den Kopf von seiner Schulter und richtete sich auf.

»Was ist denn los?«

»Nichts. Ich möchte nur aufrecht sitzen. Komm, laß uns tanzen!«

Sie gingen zur Tanzfläche und tanzten. Sing Toy drückte sich fest an ihn; Freddie hatte gerade die richtige Größe für sie. Sie sprachen nicht viel, sondern tanzten engumschlungen sich selbst hingegeben. Sing Toy hielt ihn, und es schien, als könne er sich von der Verzauberung ihres süßen Körpers nie mehr losreißen.
»Wir sind verlobt!« berichtete Sing Toy ihrer Freundin Vicky, als Freddie gegangen war. »Nun gehört er mir.«
Vicky beglückwünschte sie aufrichtig: »Was hab ich dir gesagt?«
»Schönen Dank für den Rat. Er ist groß und hübsch und sehr angesehen in der Chinesenstadt. Findest du nicht auch, daß er gut aussieht?«
»Das tut er. Du bist ein Glückspilz, Sing.«
»Freddie ist ulkig. Ich kenne ihn ja noch nicht sehr gut. Weißt du, was er sagte, als ich ihm mein Jawort gegeben hatte? Ich sollte ihm versprechen, ein gehorsames Weib zu sein.«
»Hoho!« lachte Vicky. »Hast du's ihm versprochen?«
»Ich habe genickt.«
Vicky lachte, als ob sie sich glänzend amüsiere. »Ich bin froh, daß du's getan hast. Aber das ist wirklich komisch.«
»Was ist komisch?«
»Komisch von ihm, daß er das erwartet. Schau, Liebchen, erst wenn du einen Burschen heiratest, mußt du dir darüber Gedanken machen. Die Schwierigkeit ist ja nur, einen Burschen zu angeln, der mit dir zum Altar geht. Schön, du hast Glück gehabt! Ich werde noch eine Zeitlang die Beine hochwerfen und abwarten, was für ein Leckerbissen daherkommt. Gute Nacht!«

Zwölftes Kapitel

1

Im Juli 1937 kam China plötzlich in die Schlagzeilen der Zeitungen. Der Krieg mit Japan war ausgebrochen. Die Familie Fong und die ganze chinesische Bevölkerung wurden vom Fieber gepackt. Es brodelte in der Chinesenstadt wie in einem siedenden Kessel. Demonstrationen und patriotische Versammlungen waren an der Tagesordnung. Die chinesischen Zeitungen druckten Extrablätter oder brachten die neuesten Meldungen und klebten sie an die Wände, und ein nie abreißender Strom von Neugierigen sammelte sich davor und las sie.

Wie immer schlossen sich die Chinesen in Übersee zusammen, sie sammelten Spenden und schickten amerikanische Dollars nach China. Es war kaum zu glauben, mit welch phantastischer Freigebigkeit sie das taten. Wäscher und Restaurateure und Kellner gaben regelmäßig jeden Monat ihre Spenden. Ende 1940 hatten die ausgewanderten Chinesen der ganzen Welt schätzungsweise dreihundert Millionen Dollar als Kriegsspende gegeben. Als die Vereinigten Staaten in den Krieg eintraten, schickten sie jeden Monat etwa sieben Millionen Dollar in die Heimat. Davon stammte ein wesentlicher Teil von den Chinesen in Amerika, und das meiste Geld kam von den Wäschern und den Restaurateuren. Wie jedermann weiß, ist das Mandschureich größtenteils mit dem Geld der Wäscher gestürzt worden, und jetzt gaben sie wieder, um die Heimat zu retten.

Tom Fong senior trug stolz den Kopf hoch. Er hatte sich nie viel um die Politik gekümmert. Vor zehn Jahren war er glücklich gewesen, als die nationalistische Revolution in Kanton ausgebrochen war. Alle Revolutionen schienen von Kanton auszugehen. Die Revolutionäre waren nach Norden marschiert und hatten China vereinigt. Er hatte sich darüber gefreut – und damit war es gut. Aber jetzt geschah plötzlich etwas, was ihn sehr nahe anging. Er war in dieses Land verschlagen worden und hatte seinen Weg gemacht wie das Wasser – das Symbol des weisen Tao – wie das Wasser, das immer die tiefsten Stellen sucht und überall eindringt. Die Philosophie des Laotse, wie er sie aus chinesischen Sprichwörtern kannte, hatte als ersten Grundsatz die Anpassung: sie fordert, sich zu bescheiden und sich lieber dumm zu stellen; sie preist die Kaft des Zarten und den Segen des Schwachen; sie sagt, der echte Weise sei schweigsam und nur der Dumme schwatzhaft, der Anspruchslose sei weitaus im Vorteil, und aller Hader und Streit völlig nutzlos. Diese Philosophie war in Wahrheit Tom Fongs Lebensphilosophie. Laotse hatte recht – wer unten steht, kann nie überwältigt werden.

> Daß Ströme und Meere die Könige sind aller Täler,
> das kommt davon, daß sie tüchtig sind im Untensein.
> Darum sind sie die Könige aller Täler.

Und so hatten Tom Fong und sein Volk sich mit den unteren Plätzen begnügt, von da aus waren sie überallhin vorgedrungen und waren unbesiegbar wie das Meer.

> Höchste Güte ist wie das Wasser.
> Des Wassers Güte ist es, allen Wesen zu nützen ohne Streit.
> Es weilt an Orten, die alle Menschen verachten.
> Drum steht es nahe dem SINN.

Wie macht es der Sperling, sich so zu vermehren, daß er überall zu finden ist? Wie konnte er so unbehelligt in nächster Nähe des Menschen leben und doch zur zahlreichsten Gattung in dieser Welt werden? Weil seine Federn unscheinbar sind, weil er nicht kämpft und von den Menschen gar nicht beachtet wird.

Tom Fong hatte sich so daran gewöhnt, ein »Chink« genannt zu werden, daß ihn das Schimpfwort gar nicht mehr beleidigte. Er hatte den Satz von Laotse nicht gelesen: »Wer das Unglück des Reiches auf sich nimmt, der ist der König der Welt«, aber diese Weisheit steckte ihm im Blut. »Ich glaube dem Ehrlichen, und ebenso dem Lügner.« Was konnte die Welt Tom Fong antun, da er mit dem undurchdringlichen Panzer dieser Weisheit gewappnet war und vorgab, kein Weiser zu sein?

Aber Tom Fong war auch ein Mensch. Obwohl ihm nur seine Arbeit wichtig war und er sich um Politik nicht kümmerte, wünschte er doch, daß sein Land stark sei. Die Chinesen in Übersee waren von der Westküste Amerikas verjagt worden, sie waren ermordet und ausgeraubt worden, sie waren aus Mexiko, Australien, Neuseeland und Afrika vertrieben worden, und ihr Land hatte ihnen keinen Schutz gewähren können. Wollte sich China vor den Weißen abschließen, so klopfte der weiße Mann mit Kanonenbooten an seine Pforte. Wollte sich Amerika von den gelben Arbeitern abschließen, so verschloß es einfach seine Pforte. Dieses lang unterdrückte Gefühl, ungerecht behandelt, überall herumgestoßen und mit »Chink« beschimpft zu werden, war der Grund dafür, daß die Chinesen Millionen von Dollars nach China schickten, in der Hoffnung, China damit stark zu machen. So empfand Tom Fong, und so empfand jeder Wäscher im Ausland.

Mit einemmal änderte sich die Haltung der Amerikaner. Die chinesische Armee kämpfte verbissen auf seiten Schanghais, als Chapei und Kiangwan in ein Inferno von Bomben und Granaten verwandelt wurden. Jeden Tag berichteten die Zeitungen über das Heldentum der Chinesen. Die Amerikaner begannen, die Chinesen freundlich auf die Schultern zu klopfen, und sie meinten es aufrichtig. »Tom Fong, Kopf hoch! Ihr Land besiegt die Japaner!«

Tom Fong war selbst überrascht über seinen glühenden Nationalstolz, etwas, was er nie von sich erwartet hatte. Er war noch nicht genügend Taoist, um zu wissen, daß, wer dir heute auf die Schulter klopft, dich morgen ins Gesicht schlagen kann.

Tom Fong hielt sich nun nicht mehr so gebeugt, die Augen aufs Pflaster geheftet, wenn er durch die Straßen ging. Er trug den Kopf hoch und schaute den Leuten ins Gesicht. Er wußte, daß sie den Kampf seines Volkes bewunderten. Die Amerikaner klatschten jedem Beifall, der sich verteidigt, das wußte er. Die amerikanischen Missionare, die nach China gingen, um dort das Evangelium des Friedens zu predigen, nannten ihre Mission eine »Aufgabe«, als hätten die Heiden sie ihnen gestellt. Der Nordpol oder der Mount Everest, das war für sie eine Aufgabe. Als kümmerten sich das Heidentum und der Nordpol darum!

Aber sie mußten es so hinstellen, damit sie die Missionare dazu aufstachelten, einem Volke den Frieden zu predigen, das gar nicht an den Krieg glaubte und bei einem Streit nicht einmal die Fäuste gebrauchte. Nun ließ sich die Tatsache, daß China heldenmütig kämpfte und bewundert wurde, nicht abstreiten. In der Hochbahn schauten die Passagiere Tom Fong an und lächelten ihm zu. Er fühlte sich wie noch nie zuvor. Es war, als habe ihm jemand eine Blume ins Knopfloch gesteckt und schenkte ihm, Tom Fong,

Beachtung, den noch nie jemand beachtet hatte. Woche für Woche hielt zu Tom Fongs Bewunderung die chinesische Armee bei Woosung und Kiangwan aus. Wenn die Leute zu ihm sagten: »Ihr Land besiegt die Japaner! Viel Glück!«, antwortete er ihnen: »Ja, endlich kämpft China!« Still hängte er die chinesische Fahne mit ihrem blauen und weißen Himmel und der roten Erde in seinem Erdgeschoßladen auf und malte unter die Inschrift »Tom Fongs Handwäscherei« die Worte: »Endlich kämpft China!«

Und so erreichte das Kriegsfieber auch das Heim der Fongs. Der Vater und die Mutter ertrugen den Krieg mit Stolz und Würde, aber Tom und Eva waren erschüttert, besonders die stille Eva. Auf welcher Seite stand der Bürgermeister La Guardia? Er kämpfte um seine Wiederwahl und setzte sich dafür ein, daß China gegen Japan geholfen werde. Er war italienischer Abstammung wie Flora. Dadurch war die Familie Flora noch mehr zugetan, und das machte sie stolz und glücklich. Wenn auch die Vereinigten Staaten noch nicht im Krieg mit Japan waren, die Chinesenstadt war es. Da sie das Zentrum und die Quelle aller Aktivität der Chinesen war, wurde sie nun ein Sammelplatz aller Spannungen, so als sei in der Luft eine unsichtbare Kraft, die alle Chinesen in ihren Strudel zog, alle mit Ausnahme der reichen Familien im Norden New Yorks. Lautsprecher in den Straßen plärrten auf kantonesisch die neuesten Kriegsmeldungen. Fahnen wehten überall, die Mauern waren mit Plakaten beklebt, über die Straßen waren große weiße Spruchbänder gespannt, die für die Sammlungen warben. Manche Leute machten große Geschäfte mit chinesischen Fahnen und Abzeichen.

2

Freddie ernannte sich selbst zum Mitglied eines Komitees. Er kannte alle Leute in der Chinesenstadt. Er war mit ihrem »inoffiziellen Bürgermeister« bekannt und wußte alle Adressen südlich der Vierunddreißigsten Straße. Er hatte begonnen, Gaben für die chinesischen Soldaten zu sammeln, die noch immer die Kiangwanlinie um Schanghai hielten. Eines Tages erschien er im Haus des Vaters.

»Vater«, sagte er, »ich bin im Komitee für die Sammlungen. Jeder weiß, daß du mein Vater bist. Wieviel kannst du geben?«

Die ganze Familie saß im Wohnzimmer.

»Wieviel denkst du?« fragte der Vater.
Freddie hatte auf einhundert Dollar gehofft, aber er sagte: »Ich weiß, daß wir nicht reich sind, aber als Komiteemitglied sollte ich mit gutem Beispiel vorangehn. Ich denke, zweihundert oder dreihundert Dollar. Es ist ja für unsre Soldaten.«
Der Vater kniff den Mund zusammen, er zog an seiner Pfeife, schaute jeden einzelnen an und rauchte wieder.
»Ich weiß nicht, ob wir die Ersparnisse anrühren dürfen«, sagte die Mutter und schaute ihren Mann fest an.
»Wir haben verabredet, jeden Monat fünf Dollar zu geben. Fünf Dollar im Monat, solange der Krieg dauert«, sagte der Vater und nahm wieder seine Pfeife auf.
»Die Ersparnisse sind für das Restaurant, das Mutter eröffnen will«, erinnerte Loy. Flora, Tom und Eva hörten aufgeregt zu. Der Vater erhob sich still, ging in sein Zimmer und kam mit einem in ein Tuch gewickelten Päckchen zurück. Er schlug das Tuch auf, ein brauner Umschlag mit vielen chinesischen Schriftzeichen lag darin. Er holte tief Atem, schaute Freddie an und fragte: »Wofür, sagst du, ist das Geld?«
»Für die Soldaten an der Front, die für unsre Heimat bluten und für sie sterben!«
Die Familie wußte von dem Päckchen, aber sie hatte es noch selten gesehen. Das Geld lag immer in einer Kommode aufbewahrt, zu welcher der Vater den Schlüssel hatte.
Es waren mehr als zweitausendfünfhundert Dollar darin. Tom Fong hatte ein Konto bei der Manhattan Trust Company, wo Flora die Schecks einlöste, aber er ließ nie mehr als zweihundert bis dreihundert Dollar dort liegen. Den Rest legte er in Fünfzigdollarscheinen beiseite.
Das Geschäft war gut gegangen. Vater und Mutter Fong hatten ein einfaches Finanzsystem. Es hieß: Gib weniger aus, als du einnimmst. Die Hauptsache war, regelmäßige Einnahmen zu haben und alle Extra-Ausgaben zu vermeiden. Wenn man regelmäßig fünfzig Dollar im Monat sparen konnte, so macht das sechshundert im Jahr und sechstausend in zehn Jahren. Was waren schon zehn Jahre? So war es ganz gegen das Prinzip der Familie, eine Ausnahme zu machen. Als der Vater nun mit dem Geldpäckchen erschien, waren alle riesig gespannt.
Der Vater setzte sich. Er nahm zwei Fünfzigdollarscheine heraus und legte sie auf den Tisch. Freddies Augen glänzten gierig.

»Vater, es ist für unsre Soldaten.«
Tom Fong kämpfte mit sich. Nie hatten die Kinder einen solchen Ausdruck an ihm gesehen. Er nahm noch einen Fünfzigdollarschein heraus, und dann noch einen, und warf sie auf den Tisch, als wolle er eine große Wette abschließen oder die Aussteuer für eine Tochter festlegen: »Hier. Und hier! Zweihundert!« rief er, sonst sagte er nichts. Er atmete zufrieden auf. Die Familie blieb stumm.
Freddie zog sein Quittungsbuch heraus und füllte einen Schein aus. Er unterzeichnete seinen Namen lieber englisch, weil er das besser konnte. Er zog den Querstrich durch das T als kühnen waagerechten Strich und führte das g am Schluß in prächtigem Schwung bis zum Anfang des Namenszuges zurück. Aber den Betrag füllte er noch nicht aus.
»Ich habe mich verlobt, Vater«, sagte er.
»Verlobt? Mit wem?«
»Mit Sing Toy«, sagte Loy.
»Mit einem Broadwaystar, Vater. Sie ist sehr berühmt! Ich kann dir Kritiken zeigen.«
»Du hast mir gar nichts gesagt«, wandte die Mutter ein, »bist du wirklich verlobt?«
Freddie nickte. Er hatte seiner Mutter nie besonders nahegestanden. Jetzt fuhr sie ihn an: »Ah-Tong, du benimmst dich fast wie ein Amerikaner. Wer ist das Mädchen, das meine Schwiegertochter werden soll, ohne daß ich sie gesehen habe?«
Die Familie war in Aufregung. Freddie zog Sing Toys Photographie aus seiner Brieftasche. Nur ihr Gesicht war darauf zu sehen und ihre nackten Schultern. Mutter Fong hätte nicht fassungsloser sein können, wenn Freddie hingegangen wäre und eine blonde Amerikanerin geheiratet hätte.
»Ist sie nicht reizend?« fragte Freddie eitel. »Mutter, du solltest stolz sein, daß dein Sohn mit einem Star verlobt ist. Ich liebe sie, und sie liebt mich.«
Dieses Liebesgeständnis, das so schamlos und so unnötig war, wurde der Mutter wirklich zuviel.
»Ah-Tong, wenn du heiratest, ohne daß deine Eltern die Schwiegertochter für dich ausgesucht haben, so wird das dein Verderben sein.«
»Darüber wollen wir später sprechen«, sagte der Vater. »Mach die Quittung fertig!«

»Vater, gerade darüber wollte ich mit dir reden. Ich habe in all den Jahren nie Geld von dir genommen. Jetzt habe ich mich verlobt. Ich brauche ein wenig Geld.«

»Füll die Quittung aus! Was hat das eine mit dem andern zu tun?«

»Ich dachte, du könntest mir vielleicht noch hundert dazugeben.«

»Dieses Geld ist für die Soldaten. Gib mir die Quittung!«

Freddie zögerte. »Natürlich ist es für die Soldaten«, erklärte er. »Aber als ich die Quittung unterschrieb, dachte ich, auch ich müßte etwas geben. Und ich habe kein Geld mehr, weil ich den Verlobungsring kaufen mußte, er ist noch nicht mal ganz bezahlt. Wenn ich dir nicht von der Verlobung erzählt hätte, würdest du es nicht verstehen.«

»Ich gebe dieses Geld für den Krieg. Fülle den vollen Betrag aus. Wenn du einen Cent von meinem Blut-und-Schweiß-Geld nimmst...«

»Vater, willst du mir nicht hundert Dollar für meine Kriegsabgabe leihen? Ich zahle sie dir zurück, sobald ich das Geld habe. Ich bin im Komitee und sollte ein Beispiel geben.«

»Es ist also nicht für den Ring?«

»Nein, es ist meine Kriegsabgabe.« Freddie sagte es in ganz ruhigem, geschäftsmäßigem Ton.

Alle waren bestürzt, und Loy und Flora hatten den Verdacht, daß irgend etwas nicht stimmte.

Der Vater nahm zwei weitere Fünfzigdollarscheine heraus und gab sie Freddie, und der füllte die Quittung aus.

Eine Woche später, als die Liste der Kriegsabgaben in den lokalen chinesischen Zeitungen veröffentlicht wurde, geriet Tom Fong in Zorn. Unter denen, die einhundert Dollar gegeben hatten, war Frederick A. T. Fong, während der Vater unter denen angeführt war, die fünfzig Dollar gespendet hatten.

Der Vater befahl Freddie zu sich.

»Was soll das heißen?« fragte er ihn.

»Ich will es dir erklären, Vater.«

»Das ist ein Verbrechen. Wie willst du das gutmachen?«

»Laß es mich erklären. Ich will dir die hundert Dollar wiedergeben. Du wirst nichts verlieren.«

»Ich verliere nichts? Du hast mir zweihundert Dollar für den Krieg herausgelockt. Du liefertest nur fünfzig ab und hast hundertfünfzig für dich behalten. Entgeht etwa den Soldaten nichts? Ich habe deine Quittung. Wenn ich damit zum Wohltätigkeitskomitee gehe, glaubst du, du kannst das erklären?«

»Du weißt, Vater, ich würde nie etwas Unehrenhaftes tun. Ich bin zu jedermann anständig. Ich habe einen tadellosen Ruf.«

»Du bist nicht anständig zu deiner eigenen Familie.«

»Sei mir nicht böse, Vater. Du willst doch mein Ansehen nicht vernichten. Ich habe das Geld sehr dringend gebraucht. Als ich deine Abgabe mit der der andern Wäscher verglich, warst du an der Spitze mit fünfzig Dollar.«

»Und du hast es so hingestellt, als habest du hundert Dollar gegeben!«

»Nun, das ist etwas anderes«, sagte Freddie etwas mühsam. »Siehst du, alle wissen, wer ich bin. Ich mußte hundert geben. Aber du bist auch an der Spitze, und die Familie Fong gab zusammen hundertfünfzig. Meine Ehre ist auch deine Ehre. Keine andre Wäscherfamilie hat mehr gegeben. Und das übrige Geld brauchte ich für den Ring.«

»Wenn du kein Geld hast, einen Ring zu kaufen, darfst du dich nicht verloben«, sagte der Vater ärgerlich, obwohl er sich ein wenig hilflos fühlte. Er wußte, daß er den eigenen Sohn nicht bloßstellen würde, und er wußte auch, daß sein Sohn das wußte.

»Was ist das für ein Mädchen, das du heiraten willst?«

»Vater, du weißt nicht, wie sie ist! Sie ist ein sehr nettes Mädchen, und du wirst stolz auf sie sein.«

»Hab ich sie schon einmal gesehen?«

»Nein. Aber du wirst sie sehen. Sie ist eine sehr gute Patriotin.«

Die Episode wurde vergessen. Die einzige, die ihren Ärger nicht vergaß, war Flora. Sie hatte nie einen Diamantring besessen, weder einen großen noch einen kleinen.

3

In der Oberstadt hatte jemand ein chinesisches Frauenkomitee für Kriegshilfe ins Leben gerufen, eine Zweigstelle war in der Chinesenstadt.

Im Komitee war auch ein Mädchen, das an der Schule der Chinesenstadt lehrte. Elsie Tsai war aus Schanghai an die Schule berufen worden, da die ältere Generation der Chinesenstadt jemand haben wollte,der Mandarin, die Nationalsprache Chinas, sprechen und lehren konnte. Nur wenige sprachen hier etwas anderes als Kantonesisch. Der Unterricht war am späten Nachmittag. Die Kinder kamen nach den Schulstunden zwischen vier Uhr und der Abendbrotzeit. Elsie war wegen ihrer besonderen Geschicklichkeit, andern Mandarin beizubringen, von ihrem College empfohlen worden. Die ältere Generation schwor auf die Klassiker, und Elsie kam aus einer Gelehrtenfamilie in Fukien. Von dort her hatte sie ihre Kenntnisse des alten Chinesisch, die den meisten modernen chinesischen Studenten fehlen. Sie war erst im zweiten Jahr auf dem College, aber als sie von der Möglichkeit hörte, nach Amerika zu gehen, mit freier Überfahrt, hatte sie sich beworben. Sie kam ganz allein herüber.

Tom hatte dieses Frauenkomitee in der Chinesenstadt entdeckt. Als er eines Tages durch die Mottstraße kam, blieb er auf dem Bürgersteig stehen, um an der Wand des kleinen Schulhauses die dort angeschlagenen neuesten Meldungen zu lesen. Da sah er eine junge, schöne Fremde aus der Tür der Schule kommen. In einer Hand hielt sie einen Kleistertopf, in der andern ein Plakat, dessen Schrift noch ganz frisch war. Das Haar hing ihr lang und glatt über die Schultern, nur unten lockte es sich leicht. Sie trug ein chinesisches Kleid, beige, mit Schwarz besetzt. Sie war so mit dem Plakat beschäftigt, daß sie Tom gar nicht bemerkte. Sie war nicht groß, ihr Gesicht war feiner geschnitten, ihre Augen lebhafter und ihr Wesen bescheidener, als Tom es je bei einem chinesischen Mädchen gesehen hatte. Ihm kam es vor, als sei sie aus einer alten Holzschnittillustration hervorgetreten, wie er sie in einem Geschichtenbuch gesehen hatte, etwas unwirklich und ganz bezaubernd. Sie nahm den Pinsel aus dem Kleistertopf und strich sorgfältig, aber recht unerfahren den Kleister an die Wand, während sie das Plakat mit zwei Fingern der andern Hand hielt. Ganz langsam führte sie den Pinsel über die Wand und hielt ihn, wie ihn die Kalligraphen zu halten pflegen. Ihre schmalen, spitzen Finger waren blütenweiß. Ihr Jadearmband glitt auf und nieder, während sie den Kleister nach rechts und links aufstrich.

Tom war ganz verzaubert. Ihm war, als höre er östliche Musik, die er gekannt und vergessen hatte, die sich aber in der Tiefe seines Wesens verborgen gehalten, und als er sie nun hörte, wußte er, daß sie aus einem andern Land und aus ferner Zeit stammte. Er war ergriffen, ohne zu verstehen, wovon. Das Mädchen schaute ihn nicht an, aber hielt noch immer den Topf und den Pinsel. Tom wollte ihr gern helfen, aber er traute sich nicht. Nachdem sie den Kleister aufgestrichen hatte, stellte sie den Topf auf den Boden. Dann drückte sie mit den Fingern und dem Ballen das Plakat an die Wand, glättete es, preßte es fest, einmal, zweimal, dreimal.

Das Plakat stellte den Kopf eines modernen Mädchens dar, es war in starken schwarzen Umrissen gezeichnet, der Text darunter war ein Aufruf an weibliche Freiwillige. Die Fremde betrachtete ihre Schrift. Mit Schrecken sah sie, daß sie die noch feuchten roten Kreise neben der Überschrift verwischt hatte, die rote Farbe begann zu fließen. Nach einem Zögern schien sie das Plakat wieder abreißen zu wollen.

»O nein!« rief Tom unwillkürlich.

Sie wandte sich um und sah in sein errötendes Gesicht.

»Es ist verdorben. Ich mache es noch einmal.« Sie sprach Mandarin, und Tom verstand kaum, was sie sagte. Sie bückte sich, um den Topf aufzunehmen, und Tom sprang hinzu, um ihr zu helfen.

»Lassen Sie mich das machen!«

Sie schaute ihn offen an und lächelte scheu. Sein Hemdkragen war offen, er trug keine Krawatte und keinen Hut und sah wie ein Student aus.

»Darf ich's hineintragen?« fragte er kantonesisch in höchst respektvollem Ton.

»Wenn Sie wollen«, antwortete sie freundlich.

Tom folgte ihr ins Haus und ins Lehrerzimmer. Er wußte nicht, was er sagen sollte.

»Sie suchen weibliche Freiwillige?«

»*Hai-lo! Hail-lo!* Sie haben es ja gelesen.«

Sie sprach jetzt Kantonesisch, aber mit dem fremdartigen Akzent der Ausländer, und Tom mußte lächeln. Sie wußte, daß ihr Kantonesisch komisch klang, aber es machte ihr Vergnügen, es zu sprechen, weil es ihr neu war.

»Ich weiß, Sie lachen über meine Aussprache«, sagte sie lächelnd.

»O nein«, antwortete Tom verlegen, »Sie sprechen die Sprache von Tongshan wie ein Ausländer.«

»Tu ich das? Und Sie sind ein Sohn von Tong und können die Sprache von Tongshan nicht einmal.« Sie kam glücklich durch den langen kantonesischen Satz.

Was war die Sprache von Tongshan? Tongshan, das war China.

Unter der Tangdynastie, die die Kantonesen Tong nennen, breitete sich das Kaiserreich aus, und die Südchinesen, die nach Übersee gingen, nannten sich Tongyen, Söhne des Tang, und China Tongshan, das Tangland.

»Wenn Sie Freiwillige brauchen, bringe ich Ihnen Eva.«

»Wer ist Eva?«

»Meine Schwester.«

»Wo wohnen Sie?«

Tom sagte es ihr. »Und was soll jetzt mit dem Plakat werden?«

»Ich zeichne es noch einmal.«

»Darf ich zuschauen?«

»Wenn Sie wollen.«

Sie nahm ein neues Stück glänzendes Papier und begann darauf zu schreiben. Tom stand dabei und schaute zu. Er war bezaubert von ihren schwarzen Locken, dem zarten Umriß ihres schmalen Gesichts, ihrer kleinen Nase und der Art, wie sie ihre Lippen mit den Strichen ihres Pinsels bewegte. Daß ein modernes chinesisches Mädchen den Pinsel auf chinesische Art führte und so feine Schriftzeichen schrieb, war für Tom, als ob er in eine unbekannte Welt eintrete. Nicht nur ihr Schreiben, alle ihre Bewegungen hatten etwas vom alten China, von der Feinheit, die aus fernen Jahrhunderten stammte. Wenn sie mit ihm sprach, sah sie ihn nicht an, so daß er ihr Gesicht nur von der Seite sah. Ohne jede überflüssige Bewegung drückte sie alles mit den Augen aus.

»Sind Sie hier die Lehrerin für Chinesisch?«

»Ja. Und was sind Sie?«

»Ein Wäscher.« Elsie schaute ihn halb ungläubig an. »Wäscher«, wiederholte Tom, als wolle er ihr das Wort sorgfältig einprägen und sehen, wie sie es aufnahm.

»Sie sind so jung. Sie sollten studieren.«

»Ich werde studieren. Meine Familie lebt hier, und ich gehe zur Schule. Woher kommen Sie? Sind Sie nicht aus Kanton?«

»Ich komme aus Fukien, aus Ihrer Nachbarprovinz. Aber ich bin in Schanghai aufgewachsen.«

»Wie heißen Sie?«

»Elsie Tsai.«

»Was für Tsai?«

Elsie schrieb das Zeichen für ihren Namen auf ein Stück Papier.

»Oh, Choy! Miß Choy!«

»Nennen Sie mich nicht Miß Choy!«

»Warum nicht?«
»Es klingt abscheulich. Übrigens sind wir beide Nachkommen von Tong und sollten Tongshan rein sprechen. Ich heiße Tsai. Sie sollten Mandarin lernen.«
»Gern, wenn ich einen Lehrer finde.«
Elsie Tsai sah rasch auf. In Toms Augen war ein heller Glanz.
»Ich lehre hier Mandarin«, sagte sie ruhig.
Sie war fertig mit dem Plakat, Tom nahm den Kleistertopf, und zusammen gingen sie wieder auf die Straße hinaus. Als die Arbeit getan war, sagte Elsie: »Bringen Sie Ihre Schwester. Wir brauchen viele Helferinnen.«
In diesem fast geschäftsmäßigen Ton verabschiedete sie sich und ging hinein.

Dreizehntes Kapitel

1

Tom war von dem neuen Erlebnis so erfüllt, daß er erst vom Ruck der Hochbahn wieder aufwachte und begriff, daß er an der Station der Vierundachtzigsten Straße war. Rasch sprang er hinaus, ehe der Zug wieder anfuhr. In der Tat wußte er nicht, wie er zur Hochbahn gekommen war. Erregt ging er die Stufen hinunter. Ihm war, als habe er etwas verloren und auch etwas gefunden, und irgendwie war er beschämt.

Miß Tsai hatte ihm vorgeworfen, daß er nicht Chinesisch konnte. Das war nicht ganz gerecht. Kantonesisch war ebenso Chinesisch wie Mandarin. Warum sollte er sich ärgern? Aber es war mehr als das. Er wußte, daß neun Zehntel aller Chinesen Mandarin sprachen. Er war in Kanton aufgewachsen, nun war ihm, als gebe es noch ein anderes China, das er nicht kannte und an das ihn nun Elsie Tsai erinnert hatte. Ihr Bild, ihre Schrift, ihr Akzent, ihre Tracht, das Jadearmband gingen ihm nicht aus dem Sinn. Er erinnerte sich, wie es war, als er den Vater zum erstenmal gesehen hatte. Das gleiche Gefühl hatte er jetzt, ein Gefühl, daß es eine Welt gab, von der er oft gehört hatte, die ihm aber erst wirklich wurde durch diese junge Lehrerin. Aber sie hatte ihm so kühl und formell Lebewohl gesagt. Warum sollte er sich von ihr so aus der Fassung bringen lassen?

Ohne Grund hatte er ein Schuldgefühl, als er nach Hause kam, als trage er ein neues Geheimnis mit sich. Während des Essens war er schweigsam, bis ihm einfiel, daß er etwas sehr Wichtiges zu sagen hatte.

»Mutter, in der Schule der Chinesenstadt gibt es ein Frauenkomitee. Ein Plakat wirbt um weibliche Freiwillige. Ich sagte der Lehrerin – es ist Miß Choy –, daß Eva helfen könnte.« Er stockte und war rot geworden, als er den Namen nannte.

»Darf ich?« fragte Eva ganz aufgeregt. »Ich möchte etwas tun, ich muß etwas tun, Mutter!«

»Was wird dann aus deinen Schulaufgaben?«
»Mutter, du mußt mich gehen lassen!« Zu aller Staunen brach sie in Tränen aus.
»Was ist denn? Was ist los?« fragte die Mutter. »Ich habe dich nie so aufgeregt gesehen. Du benimmst dich wie ein amerikanisches Mädchen. Sei ruhig, Abwa. Niemand hat gesagt, daß du nicht gehen darfst.«
Eva lächelte durch Tränen, umarmte die Mutter und küßte sie, was sie noch nie getan hatte, wenn jemand dabei war. »Ich verspreche dir, Mutter, daß ich meine Schulaufgaben wie bisher machen werde. Mit den Stunden läßt es sich einrichten.«
Mit siebzehn Jahren hatte sich Eva sehr verändert, es war, als sei sie mit einemmal erwachsen. Sie war noch immer so ausgeglichen wie in ihrer Kinderzeit, aber die amerikanische Schule hatte ihr das Gefühl für Unabhängigkeit und Selbstvertrauen beigebracht. Sie sprach mit ausgezeichnetem amerikanischem Akzent, konnte das New Yorker »yeah« und »kyant« – statt »can't« – mit näselndem Ton sagen, sie imitierte ihren irischen Musiklehrer ebenso gut wie den Brooklyner Dialekt mit seinen »ois«. Sie schneiderte sich selbst ihre Kleider und konnte ein vollständiges Essen kochen. Die Familie wußte, daß sie eine vorbildliche Packerin in der Wäscherei war und daß sie es verstand, sich Informationen zu verschaffen, sei es in der öffentlichen Bibliothek oder auf dem Postamt. Zu Hause begann sie mit allen Späße zu treiben, und gelegentlich lachte sie so laut wie ein amerikanisches Mädchen. Sie hielt sich auch so aufrecht und so unerschrocken wie die Amerikanerinnen.
Im Frauenkomitee machte sie sich sehr nützlich. Sie kannte die chinesische Schrift nicht besser als Tom, aber ihr Englisch war sehr erwünscht. Sie konnte Druckbuchstaben schreiben, und niemand verstand es besser, Registrierkarten zu prüfen, Marken zu zählen und Pakete zu packen als sie. Sie kam immer pünktlich an den Tagen, an denen sie versprochen hatte zu kommen, und übernahm auch unangenehme Dinge, die andere liegengelassen hatten. Die Mutter war in ihrer Kinderzeit immer streng mit ihr gewesen, nun sprach sie von »ihrer Eva« mit besonderem Stolz und Zutrauen.
Die Arbeit des Frauenkomitees, die gemeinschaftlich mit dem der Oberstadt getan wurde, nahm zu. Viele chinesische Frauen aus Manhattan und Brooklyn beteiligten sich. Es war naheliegend, daß auch Flora aufgefordert wurde, an den Tagen, an denen Eva nicht kommen konnte, da man jemand brauchte, der gut Englisch

konnte. Schließlich arbeitete auch die Mutter mit. Fast jeden Nachmittag ging ein Mitglied der Familie in die Chinesenstadt.
Floras Unpäßlichkeit war vergangen, sie fühlte sich wieder ganz wohl. Das Büro im Schulgebäude wurde zu einer Art Klub, wo die Frauen sich unterhielten und ihre Meinungen austauschten. Diese Zusammenkünfte waren niemals nüchtern und langweilig. Und wenn Mutter Fong und Eva nach Hause kamen, wußten sie immer eine Neuigkeit: entweder hatte sich jemand verlobt, oder ein Kind bekommen, oder einen Arm gebrochen, oder sie hatten über die Damen der politischen Führer etwas Neues erfahren.
Mutter Fongs Bekanntenkreis wuchs immer mehr. An manchen Tagen, wenn sie ins Komitee ging, mußte Flora die Wäsche fertigmachen. Dann schickte Eva die Mutter fort mit den Worten: »Ich packe die Wäsche ein und mache das Essen fertig, bis du nach Hause kommst.«
Die Mutter zu begleiten, war Toms Amt, und er schien es sehr gern zu tun. Manchmal bot er der Mutter auch an, sie abzuholen. »Ich habe es nicht gern, Mutter, wenn du allein über diese belebten Treppen gehst.«
An den späten Nachmittagen wurde der chinesische Unterricht fortgesetzt. Elsie Tsai war immer entweder im Klassenzimmer oder im Büro daneben anzutreffen. Sie richtete es so ein, daß sie für zehn oder fünfzehn Minuten ins Büro kam, während ihre Schüler arbeiteten. Sie war die chinesische Sekretärin des Komitees und hatte die Verantwortung für die chinesischen Briefe und die Artikel für die Zeitungen. Wenn sie Tom traf, lächelte sie ihm zu, aber das Gefühl einer gewissen Fremdheit und eines Geheimnisses, das um sie war, noch durch die Sprache verstärkt, verlor er nie ganz. Einmal, als er sie auf dem Weg zur Klasse traf, fragte sie ihn: »Können Sie für mich diese chinesischen Adressen auf die Umschläge schreiben?« Die chinesischen Frauen hatten keine gute chinesische Schrift. Auch Tom nicht, aber er tat sein Bestes, weil Elsie ihn gebeten hatte. Wenn sie ein Zeichen korrigieren mußte, weil er einen Strich zuviel geschrieben hatte, war er verlegen und eine Zeitlang sehr bedrückt.

2

»Doppelzehn«, der zehnte Oktober, die Feier des Jahrestags der Gründung der chinesischen Republik, kam heran. Es sollte dieses Jahr das größte Fest werden, das die Chinesenstadt je gesehen hatte. Die chinesische Armee hatte sich noch nicht von der Kiangwan-Kampflinie bei Schanghai zurückgezogen. Man plante eine riesige Parade, um für die Kriegshilfe zu sammeln. Lange vorher hatten die chinesischen Frauen in der Ober- wie in der Unterstadt eine Menge Arbeit. Tausend Einzelheiten waren vorzubereiten. Man wollte eine Straßensammlung veranstalten und eine riesige Nationalfahne nähen, neun Meter breit, achtzehn Meter lang. Alle chinesischen jungen Mädchen und Frauen wurden dazu aufgefordert. Die einen sollten mit Büchsen an den Straßenecken sammeln, und vierzig oder fünfzig von ihnen die Fahne wie ein großes Tuch durch die Straßen tragen, damit das Publikum Münzen hineinwerfen konnte. Man hatte sich Nähmaschinen leihen und sie ins Schulhaus bringen müssen. Da hier die Zentrale der Vorbereitungen war, fielen für eine Woche die Schulstunden aus. Plakate, Abzeichen, Sammelbüchsen wurden in allen Ecken aufgestapelt, und die Halle war erfüllt vom Klappern der Scheren, dem Surren der Nähmaschinen, dem Klingeln des Telephons und dem Gelächter der Frauen.

Während dieser Woche kam Tom jeden Nachmittag nach halb vier, um zu helfen. Elsie mußte sich hauptsächlich um die Plakate und um die Briefe kümmern, und so half er eben, die Plakate zu kleben und die Post zum Briefkasten zu bringen.

Eines Tages schleppte er ein Bündel Bambusstäbe für die Fähnchen herbei und stieß damit versehentlich Elsie an. Er hörte sie aufschreien. Die Bambusstäbe hatten sie am Kopf getroffen, und als sie ihm aus den Händen rutschten, fiel Elsie fast nach vorn. Ein Stab hatte sich in ihrem Haar verfangen. Tom sprang hinzu, um ihn loszumachen.

»Es tut mir so leid!« rief er, und Elsie entdeckte einen Zug von Zärtlichkeit in seinen Augen.

»Es ist schon gut«, sagte sie und rieb sich den Kopf.

»Sind Sie verletzt?«

»Nein, es ist nicht der Rede wert.«

»Aber Sie sind verletzt!« rief Tom, als er sah, daß ein dünner Blutfaden an ihrer Schläfe herablief. »Hier!« Er zeigte auf die Stelle.

Elsie ging ins Lehrerzimmer, wo sie die Wunde im Handspiegel besah und das Blut mit ihrem Taschentuch abwischte. Tom schaute besorgt zu. »Das Blut muß gestillt werden«, sagte er.
Sie wandte ihren Blick vom Spiegel ihm zu und sagte lachend: »Was schauen Sie so besorgt drein? Es ist nur ein Kratzer.«
Tom stotterte: »Es tut mir so leid, was ich angerichtet habe. Haben Sie ein Heftpflaster?«
»Ja, oben, in meinem Zimmer. Wollen Sie so gut sein, es mir zu holen? Es liegt im Medizinschränkchen über dem Waschbecken.«
Tom sprang hinauf. Er sah zum erstenmal Elsies karges Zimmer. Ein alter Schreibtisch stand darin, ein Holzbett und ein Wandschirm. Auf einem Hutständer dahinter hingen Kleider, er diente als Schrank. Der Schreibtisch war ordentlich aufgeräumt. Auf einem Regal aus rohem Holz über dem Bett standen Werke der alten chinesischen Dichtung und eine Anzahl Romane. Wären nicht die Frauenkleider gewesen, hätte man nicht geglaubt, im Zimmer eines Mädchens zu sein.
Tom trödelte nicht lange, er fand das Heftpflaster und lief damit hinunter. Elsie ordnete gerade ihr Haar, als er mit der geöffneten Packung kam.
»Darf ich's Ihnen aufkleben?«
Er lieh sich eine Schere, beschaute die Wunde, schnitt einen kleinen Streifen Pflaster ab und legte ihn vorsichtig auf. Eva, die in der Nähe mit den andern Frauen an der großen Fahne nähte, sah ihren Bruder bei dieser hübschen Beschäftigung und kicherte. Tom warf ihr einen vernichtenden Blick über Elsies Schulter zu.
»Tom, Tom«, kicherte Eva weiter und machte ihre Stiche in das rote Tuch, und dann brach sie in ein unwiderstehliches Gelächter aus, den Kopf auf der Tischplatte. Die Frauen, die aufmerksam geworden waren, sahen, worüber sie lachte, und lächelten mit.
Nachdem Tom fertig war, betrachtete sich Elsie im Handspiegel. Eva aber hob den Kopf, wischte sich die Tränen ab und lachte von neuem los. Elsie sah sich um und bemerkte die Blicke der Frauen.
»Worüber sind alle so lustig?« fragte sie, und zu Tom gewandt: »Danke, Tom!«
Elsie ging ans Telephon und wählte die Nummer des Oberstadtkomitees. »Hallo, Mrs. Yang«, rief sie in Mandarin, »konnten Sie

noch mehr Mädchen für die Straßensammlung gewinnen? – Auch bei der Parade müssen noch mehr Frauen mitgehen, es sind noch nicht genug. Wir haben vierzig Mädchen und Frauen für die Fahne und nur dreißig für die Büchsensammlung, für die Parade werden es nur acht oder zehn sein ... Natürlich, selbstverständlich, ich verstehe. Ihre Familie kommt? Wundervoll!«

Nachdem sie das Telephon aufgehängt hatte, sprudelte sie heraus: »Die modernen chinesischen Damen!« Und zu den andern Frauen sagte sie: »Es ist zwecklos! Man kann diese reichen Damen aus der Oberstadt nicht zu einer Parade in die Chinesenstadt bekommen. Sie denken, wir seien Dreck oder so etwas.« Elsie war sehr ärgerlich, doch sie nahm sich zusammen. »Aber sie werden zwanzig Mädchen für die Straßensammlung schicken, sagte mir Mrs. Yang. Sie ist großartig! Sie tut, was sie nur kann. Sie wird wohl einige ihrer Freundinnen herbeischaffen, auf jeden Fall macht ihre Familie die Parade mit. Wahrscheinlich können wir nur mit zwanzig rechnen. Ist das nicht traurig?«

»Nein«, antwortete Mrs. Chung, »man bekommt diese reichen, vornehmen Damen nicht zu einem Umzug mit Wäschern. Zu einem Ball im Waldorf Astoria würden sie kommen, gewiß. Aber die Chinesenstadt ist für sie zu gewöhnlich.«

»Nicht für Mrs. Yang«, warf Elsie ein. Mrs. Yang sprach nur Mandarin, und daß beide Komitees zusammenarbeiteten, war Elsies Werk. Am Telephon hatten sie viel Spaß miteinander. Aber gesehen hatten sie sich bisher nur einmal. »Nein, nicht für Mrs. Yang. Sie ist anders. Die ganze Familie ist anders. Was für ein Getue mit diesem Modernsein!« rief Elsie. »Hohe Absätze, Dauerwellen und schlechtes Englisch!«

»So ist es«, erwiderte Mrs. Chung mit ihrer lauten Stimme. »Bist du reich, bedeutet dir die Heimat wenig, bist zu arm, bedeutet sie dir viel. Diese reichen Damen sind so bequem. Geben sie nur einen Cent oder ihre Zeit für die Kriegshilfe her? Nicht, daß ich wüßte.«

Tom hörte gespannt zu und spürte ein Brennen in sich. Als er mit Eva nach Hause ging, fragte er sie: »Warum hast du gelacht? Es hat Miß Tsai in Verlegenheit gebracht.«

»Ich konnte nicht anders. Du weißt nicht, wie ihr beide aussaht, als du ihr das Pflaster an die Schläfe klebtest.«

»Wie sah sie denn aus?«

»Wie? Sie war verlegen. Sie versuchte, ernst auszusehen, aber sie

verzog die Lippen immer dabei. Tom, Tom!« Eva kicherte wieder.
»Im Ernst, Eva, ich glaube, ich muß Mandarin lernen. Ich kann mit Miß Tsai die Stunden austauschen. Sie kann bei mir Kantonesisch oder Englisch lernen, wenn sie gern möchte.«
Als sie nach Hause kamen, erzählte Eva der Mutter Toms Plan. Dabei brach sie wieder in so lautes Lachen aus, daß sie in die Küche lief, um sich auszulachen.
Seit diesem Tag wurde Tom von der Familie wegen Elsie geneckt. Mutter Fong dachte sehr gut von Elsie. »Das ist ein anständiges Mädchen, wie ich es für meinen Tom haben möchte«, sagte sie. Immer wenn sie und Flora in die Chinesenstadt gingen, achteten sie besonders auf Elsie und sahen sie in einem besonderen Licht. Diese Einstellung der Frauen beeinflußte Tom, und es wurde ihm mehr und mehr wichtig, Mandarin und chinesische Literatur kennenzulernen.

3

Der Festtag des Doppelzehnten kam. Von zehn Uhr ab versammelten sich die Männer und Frauen in der Chinesenstadt. Um elf kamen alle Frauen in die Schule und erhielten ihre Anweisungen. Mrs. Yang erschien mit ihrer Familie, aber sie war die einzige Frau aus der Oberstadt.
»Hallo, Miß Tsai«, rief sie, als sie mit ihren Kindern ins Büro brauste. »Das ist meine Tengfei, das meine Shufei, und das meine Little Three. Gebt Miß Tsai die Hand, Kinder!«
Elsie saß an dem großen Tisch, auf dem die Fahnen, Schärpen und Sammelbüchsen aufgehäuft waren, von allen Seiten standen die Mädchen um sie herum. Als sie Mrs. Yang sah, stand sie auf. Eine solche Frau hatte sie noch nie in ihrem Leben gesehen. Mrs. Yang erfüllte jeden Raum mit einer Atmosphäre von Wärme und Klarheit. Sie kam nicht einfach in den Raum, sie brauste herein mit ihrem strahlenden Lächeln und ihrer warmherzigen Stimme – man konnte es mehr fühlen als beschreiben.
»Nennen Sie mich Elsie«, bat Miß Tsai.
»Ja, ich werde Sie Elsie nennen. Wir hatten soviel Vergnügen am Telephon.« Mrs. Yang war offen und ehrlich. Elsie und alle Frauen, die sie kannten, fühlten diese Ausstrahlung. Sie drückte

allen die Hand und war sichtlich bemüht, zu jedermann freundlich zu sein, jedermann etwas Gutes zu sagen, sich für jedermann zu interessieren und immer das Rechte zu tun. Elsie dachte an ihre Mutter, die etwas von dieser Art hatte, aber sie war doch nicht ganz die warme, tröstliche, beruhigende Persönlichkeit wie Mrs. Yang. Was für eine Mutter ist das für ihre Kinder! dachte sie. Und sie fühlte sich ihr so nahe und verbunden wie nie einer Frau vorher. Sie stellten beide in prächtiger Zusammenarbeit die Verbindung zwischen den Büros der Ober- und der Unterstadt her.

Mrs. Yang warf sich sofort mit Schwung in die Arbeit, zugleich aber schwatzte sie darauf los. Das machte sie so unwiderstehlich für alle.

»Elsie, Sie sind mir wie eine Tochter«, sagte sie mit der uneingeschränkten Selbstverständlichkeit, die Elsie so gern an ihr hatte und die sofort Zuneigung erweckte. »Es ist wirklich so«, fügte sie hinzu.

»Ich wäre glücklich, wenn ich Ihr Patenkind wäre.«

»Natürlich! Sie dürfen mich Mutter nennen.«

Und so wurde inmitten all der eifrigen Vorbereitungen für den Festumzug eine neue Verwandtschaft geschaffen.

Mutter Fong kam mit der ganzen Familie an. Die Männer brachten sie ins Schulzimmer und gingen dann wieder, nur Tom blieb. Der Raum war vollgestopft mit Leuten, die ein und aus gingen. Mutter Fong wurde Mrs. Yang vorgestellt. Sie schüttelten sich die Hand.

»Kommen Sie zu meiner Tochter Elsie«, sagte Mrs. Yang.

Mutter Fong war überrascht. »Ist das Ihre Tochter?«

»Adoptiert!« antwortete Mrs. Yang. Dann sah sie Flora und ging zu ihr.

»Ich hatte noch nicht das Vergnügen, Sie kennenzulernen.«

»Ich bin Flora Fong.«

»Sehr erfreut, Flora!«

Die letzten Vorbereitungen für die Parade gingen unterdessen weiter. Einige Frauen gingen zum Essen, aber Elsie hatte zuviel zu tun. Tom holte ihr eine Nudelspeise aus einem nahen Restaurant. Mutter Fong hatte sich gesetzt und beobachtete Elsie mit anerkennenden Blicken bei ihrer Arbeit.

Die Parade sollte um ein Uhr beginnen. Ein Lautsprecher auf der Straße verkündete das Programm. Eine Bläserkapelle stand bereit, die Straßen waren gedrängt voll, jeder hatte den ihm angewiesenen Platz eingenommen. Tom sollte mit Eva und den andern jungen Mädchen die riesige Fahne tragen. Mutter Fong, Flora, Elsie und Mrs. Yang traten zu der Frauengruppe für die Parade.

Die Frauen sollten vor den Männern gehn, und die große Fahne sollte den Schluß bilden. Andre Gruppen bildeten der chinesische Athleten-Klub, der kantonesische Bühnen-Klub, die chinesischen Pfadfinder, chinesische Musiker, Stelzenläufer, eine Schauspieltruppe in Kostümen und ein Löwentanz. Jede dieser Gruppen war von einer der großen Innungen gestellt worden.

Zehn Minuten vor eins erschien Freddie mit Sing Toy, letztere mit weißen Stiefeln, einem hellroten Umhang und einer Tambourmajorkappe, die ihr schief auf dem Ohr saß. Sie hielt einen Taktstock in der Hand und nahm ihren Platz am Ende der Bowery ein, wo die Kapelle stand.

Freddie und Sing Toy hatten es so eilig, daß sie die Familie gar nicht bemerkten.

»Wer ist die Person, die mit Freddie kam?« fragte die Mutter.

Flora flüsterte: »Das ist Sing Toy.«

Der Mutter war zumute, als sei ein roter Dämon aus dem Boden unter ihren Füßen durch ihren ganzen Leib und zum Kopf wieder hinaus wie eine Feuerwolke gefahren.

»Schlag mich mit Blindheit! Was tut mir Gott an? Was habe ich getan?« rief sie. Das Ganze erschien ihr so widersinnig, daß es ihr die Kraft nahm, obwohl sie eine starke Frau über fünfzig war und schon die sonderbarsten Dinge in ihrem Leben gesehen hatte.

Freddie war, nachdem er Sing Toy auf ihren Platz geführt hatte, über die Worthstraße zur City Hall gegangen, um dort den Bürgermeister zu erwarten.

Die Musikkapelle begann ihren Marsch zu spielen. Und niemand anders als Sing Toy marschierte an ihrer Spitze und führte die ganze Parade an. Sie bogen um die Ecke und gingen die Mottstraße hinunter. Die Frauengruppe wartete am Restaurant Port Arthur, um sich dort der Kapelle anzuschließen, vor allen anderen Gruppen. Die standen an den verschiedenen Ecken der Park-, Bayard-, Pell- und Mulberrystraße.

Sing Toy schwang geschickt ihren Taktstock, warf mit großem Vergnügen die Beine hoch und zeigte ihre weißen Schenkel unter den kurzen Shorts und die runden Waden über ihren weißen Stiefeln – das genaue Ebenbild einer amerikanischen Tambourmajorin. Die Menge auf den Bürgersteigen und an den Fenstern der

Häuser brach in Freudenschreie aus. Sing Toy schaute sich um und hinauf und lächelte der Menge zu. Mutter Fong bedeckte ihr Gesicht mit den Händen, als müsse sie sich zu Tode schämen.

Als die Kapelle vorüber war, schloß sich die Frauengruppe an. Der Anblick Sing Toys hatte der Mutter so zugesetzt, daß Flora sie in ihre Reihe schieben mußte. »Was tut mir der Himmel an!« murmelte sie. Neben ihr gingen Flora, Elsie, Mrs. Yang und ihre Töchter. Mutter Fong schaute sich um. Von allen Geschäften und allen Häusern flatterte die chinesische Fahne in Rot und Blau mit ihrem weißen Stern. Überall waren die Fenster und Balkone gedrängt voll von Zuschauern. Der Zug blieb mehr stehen, als daß er voranging, so daß reichlich Gelegenheit zum Beobachten und Schwatzen war. Mrs. Yang ging neben Elsie und redete ununterbrochen. Die chinesische Trommel eines Theaters begleitete sie um die Ecke. Die Kapelle spielte, und sie marschierten wieder. Spielte sie nicht, konnten sie das Trommler- und Pfeifer-Korps der Pfadfinder hinter sich hören. Trommeln und eine gute Blaskapelle genügten, um ein Volk in Kriegsbegeisterung zu versetzen.

Mutter Fong war tief bewegt. Als sie vor fünf Jahren hierhergekommen war, hätte sie nicht gedacht, daß sie einmal mit ihrer amerikanischen Schwiegertochter in der Chinesenstadt hinter einer Musikkapelle marschieren würde. Sie schaute auf Elsie, die vielleicht auch einmal ihre Schwiegertochter werden würde. Elsie trug ein blau-grünes, kurzärmeliges chinesisches Kleid, das Mutter Fong zu modern fand. Sie würde Eva nie erlauben, ein solches Kleid mit so kurzen Ärmeln zu tragen. Aber sie wußte, daß es in Schanghai Mode war. Elsie war ein sittsames, braves Mädchen, und sie sah fast wie ein Bild aus. Würde Tom wirklich das Glück haben, sie zu heiraten?

Wenn die Musikkapelle marschierte, konnte sie weit vorn Sing Toys weiß-schwarzen Taktstock über den Köpfen auf-und niederfahren sehen. Es waren nur drei Reihen Musiker, so daß sie auch von Zeit zu Zeit die hochgeworfenen Schenkel der Tambourmajorin erblickte. Ihre glückliche Stimmung war aufs neue dahin. Was würde Freddie mit einer solchen Ehefrau anfangen? Er war mit vierzehn von daheim fortgegangen. Wie unbegreiflich, daß sie einen Sohn wie Freddie zur Welt gebracht hatte! Daß zwei Brüder, Kinder derselben Eltern, so verschieden sein konnten! Dieses Mädchen würde Freddie bestimmt zugrunde richten.

Jede Frau in der Parade hielt eine Fahne in der Hand. Flora sah ihre

Eltern an der Straße stehen. Sie bemerkten sie, und Flora winkte mit ihrer Fahne. Mutter Fong sah mehrere Männer, die sie kannte, aber wo war ihr eigener Mann? Wahrscheinlich in einer der Fong-Gruppen weiter hinten. Zwei Personen auf Stelzen und ein paar Pfadfinder warteten an der Ecke der Pellstraße, um sich dem Umzug anzuschließen.

»Kann Tom und Eva auch nichts passieren?« fragte sie Elsie.

»O nein! Sie können sich nicht verlaufen, sie gehen mit der Fahne.«

»Wie lange wird das so weitergehen?«

»Nur noch acht oder zehn Straßenblocks. Die Kanalstraße hinunter, dann zum City-Hall-Platz und zurück zur Bowery. Es wird schon noch eine Weile dauern. Wir müssen ja immer wieder stehenbleiben, damit die Leute auch schauen und Geld in die Fahne werfen können.«

»Sprechen Sie gut Englisch?« fragte Flora Elsie, die links neben ihr ging.

»Nicht besonders, ich muß es erst lernen. Was ich in China gelernt habe, zählt nicht. Hier spricht man die Worte ganz anders aus als im College.«

»Wechsle deinen Platz mit Elsie«, forderte die Mutter Flora auf. »Ich möchte gern mit ihr reden.«

»Elsie, kommen Sie doch hier herüber«, sagte Flora. »Ich möchte gern mit Mrs. Yang sprechen.«

»Wie alt sind Sie, Elsie?« fragte Mutter Fong.

»Ich bin neunzehn.«

»Sie müssen ein kluges Mädchen sein, wenn Sie über Konfuzius unterrichten. Wie kann ein Mädchen nur so viele Schriftzeichen erlernen?«

Elsie lachte: »Ich habe sie daheim gelernt.«

»Oh, so ist das. Heutzutage lehrt man Konfuzius nicht in der Schule. Leben Ihre Eltern noch?«

»Ja.«

»Tom und Eva haben all ihr Chinesisch vergessen. Könnten sie es von Ihnen lernen? Würden Sie ihnen Stunden geben?«

»Das tu ich mit Freuden.«

»Vielleicht möchten Sie Englisch lernen. Mein Tom kann es sehr gut.«

Sie waren an der Kanalstraße angekommen. Der ganze Verkehr war gesperrt.

»Was für eine Parade!« fuhr Mutter Fong fort. »Tom wird im nächsten Sommer die Oberschule beenden. Ich will ihn aufs College schicken – ich, eine Wäscherfrau. Amerika ist ein gutes Land, meinen Sie nicht auch? Schauen Sie diese Polizisten zu Pferde an! Wie sauber sind ihre Uniformen! Aber Tom muß die Bücher von Konfuzius lesen.«

»Ich freue mich darauf, Mrs. Fong«, sagte Elsie lächelnd.

An der Ecke der Mulberry- und Kanalstraße sah Mutter Fong ihren Bruder im schwarzen Anzug in einer großen Gruppe von Kaufleuten. Onkel Chan reckte seinen Hals, als er seine Schwester und Flora sah, und sie winkten sich zu.

Der Zug war um die City Hall marschiert und zur Bowery zurückgekehrt, es war mittlerweile halb drei geworden. Nun löste er sich auf, und die Teilnehmer gingen zu ihren Freunden und Verwandten.

Mutter Fong und Flora gingen mit ihrer Gruppe zur Schule, um sich auszuruhen. Bald erschienen auch Tom und Eva.

»Wieviel Geld habt ihr in der Fahne gesammelt?«

»Ich weiß nicht«, antwortete Eva. »Alle Leute warfen etwas hinein, es waren auch viele Dollarscheine dabei. Sogar die Amerikaner gaben. Jemand hat eine alte Bronzevase vom höchsten Dachboden heruntergeworfen. Das meiste waren Zehn- und Fünfundzwanzig-Cent-Stücke. Sie werden jetzt gezählt.«

Nach einer Weile stand Eva auf. »Ich möchte eine Sammelbüchse haben. Es sind heute noch so viele Leute auf der Straße.«

»Bist du nicht müde?«

»Nein.«

Elsie trug die Büchse ein und gab sie Eva.

»Hast du den Vater gesehen?« fragte die Mutter Tom.

»Ja, wir haben ihn getroffen. Er wollte zu Onkel Chan gehen.«

Die Frauen ruhten sich aus und tranken eine Tasse Tee, während Elsie und Mrs. Yang mit ihrer Arbeit fortfuhren, wenn die Mädchen mit den gefüllten Büchsen kamen und sie Elsie aushändigten. Mutter Fong sagte, sie wolle nun auch zu Onkel Chan gehen.

»Geh lieber noch nicht. Um halb vier will Bürgermeister La Guardia eine Rede halten«, sagte Flora.

Die Halle begann sich wieder zu füllen. Einen wirklichen Versammlungsraum gab es nicht, und in der Schule gab es nur Platz für zweihundert Personen. Die ältere Generation der Chinesen-

stadt war vollzählig versammelt. Die Chinesenstadt hatte für La Guardia gestimmt, der immer auf der Seite Chinas stand.
Jetzt hörte man Motorräder, sie kündigten die Ankunft des Bürgermeisters an. Und da erschien auch Freddie, eine rote Nelke im Knopfloch, und machte La Guardia Bahn durch die Menge. Die Halle war von Unruhe und Lärm erfüllt. Eine Mikrophonanlage sollte alles durch einen Lautsprecher auf die Straße übertragen, wo sich die Menschen drängten, um zuzuhören. Man sang die chinesische Nationalhymne, und nach einer Begrüßungsansprache des Präsidenten der Wohltätigkeits-Organisation hielt La Guardia seine Rede. Auf den vorderen Plätzen des Saals saßen die Mitglieder des Frauenkomitees.
Der Bürgermeister war ein dramatischer Redner. Er sprach mit lebhaftem Gesichtsausdruck und vielen Gesten, bald kaute er an den Bügeln seiner Brille und warf den Kopf zur Seite, bald schwang er die Arme hoch und schlug mit der Faust auf das Pult. Seine Rede war höchst eindrucksvoll. Seine Sätze waren kurz, und er besaß die Gabe packender Formulierung. Alles, was er sagte, war pointiert, kurz und eindringlich. Er formte seine Worte langsam und deutlich, mit Nachdruck an den richtigen Stellen. Kein einziges Wort verschluckte er.
»Die Amerikaner sagen zum chinesischen Volk: ›Wir lieben euch!‹« Er deutete dabei eine weite Geste der Umarmung an.
»Aber Konfuzius sagt zum Volk der Vereinigten Staaten: ›Gib uns Kanonen!‹« Er faltete seine Hände wie zum Gebet. Der ganze Saal war hingerissen.
Als er geendet hatte, kam er vom Podium herunter und schüttelte den Ältesten die Hände und streichelte ein paar Kindern den Kopf.
Freddie war in seinem Element. Er trat hinzu und machte seinerseits Shakehands mit dem Bürgermeister. Im selben Augenblick zischten die Blitzlichter der Photographen auf.
»Erlauben Sie, Mayor, ich möchte Sie mit meiner Schwägerin bekannt machen. Sie ist Italienerin und hat einen Chinesen geheiratet.«
»Vortrefflich! Es ist zu schade, daß Marco Polo nicht eines von euren hübschen chinesischen Mädchen geheiratet und nach Venedig mitgenommen hat!«
Freddie winkte Flora herbei, die entzückt war, dem Bürgermeister die Hand geben zu können.

»Wie heißen Sie?«
»Flora. Flora Maggio.«
»Wo ist Ihr Vater?«
»Er wohnt in der Nähe der Kanalstraße.«
»Sie haben einen schönen Namen, Flora. Bestehen Sie darauf, und lassen Sie sich nicht Fiorella nennen. Ich kann diese Verniedlichung der Namen nicht ausstehen. Und vergessen Sie nicht«, lachte er, »wenn Sie ein chinesisches Kind haben, dann nennen Sie es Marco Polo und schicken es nach China, damit er für uns ein neues dickes Buch über China schreibt. Wir wissen viel zu wenig von seiner alten Geschichte.«

Vierzehntes Kapitel

1

Elsie Tsai war über ihre Arbeit in der Schule einesteils sehr glücklich, andernteils aber doch enttäuscht. Ihr Auftrag war, Mandarin zu lehren und »die Vier Bücher und die Fünf Klassiker« auszulegen. Die ältere Generation meinte damit nur, daß sie klassisches Chinesisch können mußte. Aber so, wie sie es formulierten, war es eine sehr strenge Forderung, die moderne chinesische College-Studenten im allgemeinen nur selten erfüllen konnten. Elsie war in der Erwartung gekommen, über die Klassiker unterrichten zu können. Aber sie fand, daß die Kinder so wenig Chinesisch verstanden, daß sie nur gewöhnlichen Schulunterricht geben konnte. Nicht einmal das einfachste Buch, die *Dreihundert Tang-Erzählungen,* konnte sie sie lesen lassen. Sie hatte Knaben aller Altersstufen, und wenn sie zu ihr in den Unterricht kamen, hatten sie schon den ganzen Tag Schule gehabt und waren träge, müde und uninteressiert. Sie gab es nach einiger Zeit auf, ein fortgeschritteneres Unterrichtsprogramm durchzusetzen, und ließ es schließlich im Gewohnten laufen. So hatte sie tatsächlich kaum Vorbereitungen für ihren Unterricht nötig.

Sie bewohnte einen schönen hellen Raum im obersten Stockwerk der Schule. Sie besaß keine Verwandten hier und kannte fast niemand in der Chinesenstadt. Alle Leute um sie her sprachen Kantonesisch und nur das. Vier Monate hatte sie gebraucht, sich mit New York anzufreunden und Englisch und Kantonesisch zu lernen. Wie die meisten jungen Chinesen, die zum Studium in dieses Land kamen, hatte sie in den ersten Monaten großes Heimweh gehabt. Und wenn sie abends in ihrem Zimmer saß, fühlte sie sich einsam und verlassen und weinte sich oft in den Schlaf, wenn sie an ihre Eltern und ihre Schwester im fernen China dachte.

Der Krieg änderte glücklicherweise ihr Leben und füllte es aus. Er brachte alle Menschen einander näher, wenigstens die von glei-

cher Gesinnung und gleicher Hingabe an eine Sache. So vergaß sie ihre Einsamkeit.
Als sie Tom kennenlernte, dachte sie gewiß nicht ans Heiraten. Sie war jung und sparte Geld, um weiterstudieren zu können. Aber sie hatte sehr viel freie Zeit. Tom sah gut aus, wie viele andre junge, gesunde Chinesen auch. Das einzige, was ihn von den andern unterschied, war der intelligente, doch scheue und nachdenkliche Ausdruck seiner Augen. Sie erinnerte sich an den Ton, in dem er gesagt hatte: »Ich bin ein Wäscher«, als er sich ihr vorstellte.
Der kleine Unfall neulich hatte ihn ihr sehr nahegebracht. Sie hatte einen eigentümlichen Blick gesehen, als er sie besorgt fragte: »Sind Sie verletzt?« Evas Gekiecher und das Lächeln der andern Frauen, als Tom so nahe bei ihr stand und ihr das Pflaster auflegte, hatten ihr das Besondere ihrer Beziehung bewußt gemacht. Es war so, als erwarteten alle diese Frauen, sie würden sich ineinander verlieben – nur sie selber nicht.
Während der vielen Arbeit für das Fest war sie mit Tom sehr vertraut geworden. Sie lernte seine ganze Familie kennen und bemerkte, daß er mit den Seinen gar nicht scheu und zurückhaltend war. Was hatte Flora gemeint, als sie während der Parade fragte, ob sie Englisch lernen wolle? Und was hatte Mutter Fong gemeint, als sie sie gebeten hatte, Tom gegen englischen Unterricht in die Klassiker einzuführen? Schmiedeten die Frauen hinter ihrem Rücken ein Komplott, um sie zusammenzubringen? Sie dachte an Mrs. Yang, die ihr erlaubt hatte, ihre Adoptivtochter zu sein. War das nur ein Spaß? Das Leben in New York wurde langsam interessant für sie.
Tom konnte nachmittags kommen, aber da mußte sie Unterricht geben. Sollte sie ihn während der Stunden kommen lassen? Nein! Oder abends, wenn sie frei war? Das wäre wohl allzu intim, dachte sie. Was wußte sie schon von ihm? Nein, sie wollte sich nicht durch Romantik einfangen lassen. Mochte Tom samstags kommen. Was sollte dabei sein? Samstags ging es am besten.
»Warum geht es nicht sonntags?« fragte Tom.
»Sie werden doch nicht sonntags arbeiten wollen?«
»Machen wir es so, Miß Tsai! Sie unterrichten mich samstags in Mandarin und ich Sie sonntags in Englisch. Sonntags gehe ich mit Ihnen aus. Sie kennen New York und Amerika noch nicht. Ich

werde ihnen Englisch beibringen, bis Ihnen die Ohren wehtun. Wir werden den ganzen Tag schwatzen, schwatzen, schwatzen. Das wird ein großer Spaß werden.«

»Oh, das ist eine wundervolle Idee«, stimmte Elsie sofort zu. Denn die Vorstellung, sonntags mit einem jungen Mann auszugehen, gefiel ihr.

»Was meinen Sie mit Schwatzen?«

»Merken Sie, ich unterrichte Sie schon. Schwatzen, schwatzen. Ich bringe Ihnen die ausdrucksvollsten Worte bei. Sie sprechen es nur ganz falsch aus. Sie müssen es nicht sagen, als trügen Sie eine Jadeschale voll Wasser und hätten Angst, es zu verschütten.«

Elsie lachte.

»Darf ich Sie Elsie nennen?«

»Warum denn nicht? Ihre ganze Familie nennt mich schon Elsie.«

»Das ist auch ganz richtig. Wir sprechen daheim von Ihnen als Elsie, und es ist sonderbar für mich, Sie Miß Tsai zu nennen, wenn wir uns sehen.«

»Spricht man denn daheim bei Ihnen über mich?«

»Ständig. Vor allem Eva.«

»Warum eigentlich?«

»Sie wissen gut, warum.«

Da war wieder der verräterische Ausdruck in seinen Augen. Elsie wurde ein wenig rot.

2

Trotzdem war Elsie glücklich, als sie am nächsten Sonntag erwachte. Es würde ihr erster Sonntag sein, an dem sie mit einem jungen Mann ausging. Ihre erste Klassikerstunde mit Tom am Tag vorher war für sie eine Entdeckung gewesen. Tom wollte wirklich lernen. Er schämte sich brennend über seine Unwissenheit und hörte ihr mit Hingebung zu, wenn sie über chinesische Geschichte sprach.

Um zehn kam Tom sie abholen.

»Wohin gehen wir?«

»Wir wollen über die Manhattanbrücke gehen!«

»Können wir das?«

»Sicher können wir das!«

Es war ein später Oktobertag. Tom trug seinen blauen Sweater mit dem offenen Kragen.
»Warum tragen Sie keine ›Slacks‹? Sie sind zum Wandern viel geeigneter.«
»Was sind ›Slacks‹?«
»Lange Hosen, die Frauen bei Landausflügen tragen. Haben Sie welche?«
»Ja, ich bekam sie für die Überfahrt.«
»Slacks sind das einzig Wahre.«
»Dann werde ich mich umziehen. Bitte warten Sie hier!«
Nach ein paar Minuten kam sie in marineblauen Hosen und rotem Sweater zurück. »Ist es so recht?«
Tom staunte, er hätte sie fast nicht erkannt. Halb sah sie amerikanisch, halb chinesisch aus.
»Kommen Sie, gehen wir!«
»Haben Sie keinen Hut?«
»Ich trage nie einen«, antwortete Tom ablehnend.
Er fand Elsies westliche Kleidung bizarr, aber dieses Nebeneinander von modernem Schick und der überaus feinen östlichen Art ihres Akzents und ihrer Gebärden bezauberte ihn.
Sie gingen über die Brücke, die Sonne schien ihnen ins Gesicht. Zur Rechten verdunkelten die schwarzen Rauchwolken der Schiffe den halben Hafen. Tom ging neben Elsie, in der Tasche einen Band der ›Grashalme‹ von Walt Whitman.

> »Zu Fuß und leichten Herzens schlag ich die offene Straße ein,
> Gesund, frei, vor mir die Welt,
> Vor mir der lange braune Pfad, der führt wohin ich nur will.«

»Was murmeln Sie da, Tom? Sie sind wohl ein Bücherwurm?«
»Ich zitiere ein Gedicht, das ich liebe.«
»Was ist es?«
»Der ›Gesang der offenen Straße‹ von Walt Whitman. Ich habe es bei mir. Ich kenne einen Platz auf der andern Seite, wo wir uns setzen können.«
Sie blieben in der Mitte der Brücke stehen und schauten hinunter. Der Hafen lag in sonntäglicher Stille vor ihnen, nur ein paar Schlepper fuhren träge den Strom hinauf. In einiger Entfernung lag Governor's Island, noch weiter, kaum wahrnehmbar im Dunst, sahen sie die Freiheitsstatue.
Elsie zeigte auf ein Schiff, das voller Menschen war: »Was ist das?«

»Das ist ein Vergnügungsboot, auf dem die Leute eine Rundfahrt um die Insel machen.«
»Um welche Insel?«
»Manhattan. Wie Sie wissen, ist Manhattan eine Insel. An einem Sonntag machen wir einmal diesen Bootsausflug und sehen uns Manhatten vom Wasser her an. Sie lieben doch das Wasser?«
»Nicht besonders. Warum?«
»Weil New York ein Hafen ist. Man sollte es als Seehafen betrachten mit seinen Brücken, seinen ein- und auslaufenden Schiffen und den Fähren. Wir liegen direkt am Atlantischen Ozean. Dort hinten ist Coney Island, der Strand. Als ich hierherkam, sah ich gar nicht, wie schön das ist.«
»Was wollen Sie einmal werden, Tom?«
»Ich weiß es nicht. Ich kann mich noch nicht entscheiden. Mutter hat beschlossen, daß ich auf die Universität gehen soll. Aber Harvard oder Princeton kommt für mich nicht in Betracht. Ich muß irgendein College hier in der Nähe finden. Wenn ich zu Hause wohnen kann, ist es nicht so teuer.«
»Was möchten Sie studieren?«
»Für mich kommen nur Naturwissenschaften in Frage. Vielleicht studiere ich Maschinenbau. Sehen Sie diese Brücken – ist das nicht das Allergroßartigste in der Welt?«
Am gegenüberliegenden Ufer wanderten sie durch die Straßen, bis sie in einem Winkel eine schattige Bank fanden. Hier saßen sie, jeder mit einem heißen Würstchen in der Hand, und nun wollte Tom seinen Unterricht in Englisch beginnen. Elsie hatte englisch lesen gelernt, in Schanghai war der erste Roman *Zwei Städte* gewesen. Der Hauptfehler lag in ihrer Aussprache. Tom schlug sein Buch auf, den ›Gesang der offenen Straße‹.

»Ihr fliesengepflasterten Bürgersteige der Städte! Ihr kräftigen Randsteine ihnen entlang!
Ihr Fähren! Ihr Planken und Pfosten der Werften! Ihr baumgesäumten Ufer! Ihr fernen Schiffe!
Ihr Häuserreihen! Ihr fensterdurchbrochnen Fassaden!
Ihr Dächer!«

»Ich fand, hier sei der richtige Platz, diese Stelle zu lesen«, erklärte Tom.
»Die Worte sind schön. Aber nennen Sie das Poesie?«
»Nein, nicht diese Stelle allein. Sie müssen das ganze Gedicht lesen.«

Sie wählten eine andere Stelle. Elsies Fehler war, daß sie jedes Wort im gleichen monotonen sanften Tonfall gedehnt aussprach. Sie brauchte zum Beispiel eine volle Sekunde, um das Wort »Hand« zu sagen.

»Was machen Sie da? Chinesische Stickereien?«

Sie lächelte befremdet, aber sie verstand seine Frage.

»Wissen Sie«, sagte Tom, »in China kann man kein richtiges Englisch lernen. Dort lehrt man nur Worte und keine Sätze. Die Schüler versuchen immer nur, die Worte zu behalten und nicht die ganzen Sätze. Ich wüßte wohl eine Methode.«

»Welche?«

»Sie lernen täglich nur drei Sätze, aber richtig als Ganzes. Sprechen Sie so, wie die Amerikaner sie sagen. Nie das einzelne Wort oder die grammatische Form. Sie werden staunen!«

»Ich will's gern versuchen.«

Tom wählte zwei Zeilen und ließ sie sie wiederholen.

> »Allons! Wer immer du bist, komm, wandre mit mir!
> Wandernd mit mir findest du, wessen du niemals müde wirst.«

»Verstehen Sie, was das bedeutet?«

Elsie schaute Tom an. »Ich verstehe es«, sagte sie mit einem wissenden Lächeln. »Tom, was tun Sie in Ihrer freien Zeit? Was tun Sie zu Ihrer Erholung?«

»Ich? Sie meinen, wenn ich nicht studiere? Ich trage Wäsche aus. Dann habe ich Zeit, an den East River zu gehen und dem Schiffsverkehr zuzuschauen. Oder ich gehe ins Kino. Ich tue auch sonst allerhand. Oft wandere ich durch die Stadt – ich bin gut zu Fuß.«

»Sie sind ein glücklicher Mensch, weil Sie Ihre Familie hier haben.«

»Das stimmt. Haben Sie hier keine Verwandten?«

»Nein.«

»Dann müssen Sie sich sehr allein fühlen in Ihrer freien Zeit.«

»Das tue ich.«

»Warum kommen Sie nicht manchmal zu uns und verbringen dort einen Abend?«

»Ich fürchte zu stören. Ist Ihre Familie damit einverstanden, daß wir zusammen spazierengehen?«

»Natürlich ist sie das. Bei uns daheim ist immer etwas los. Seit ich Sie kenne, habe ich mich abends oft gefragt, was Sie allein in Ihrem Zimmer tun. Ich liege nachts wach und denke an Sie.«

Elsie warf ihm einen raschen Blick zu. »Tun Sie das wirklich?«
»Elsie, ich...«
»Was wollten Sie sagen?«
»Noch vor zwei Wochen hatte ich Angst vor Ihnen. Ich habe auch jetzt noch ein wenig Angst.«
Sie lachte. »Was soll das heißen?«
»Ich weiß nicht recht, wie ich es erklären soll. So vieles an Ihnen ist für mich neu und aufregend. Sie wissen so viel über die alte Geschichte Chinas und über die klassische Literatur, was ich alles nicht weiß. Wollen Sie mich wirklich unterrichten?«
Sie schaute eine Weile abwesend vor sich hin, ehe sie antwortete: »Ich will Sie alles lehren, was ich weiß. Ich weiß selber so wenig.«
Eine Zeitlang saßen sie noch in der Oktobersonne, dann sagte Tom: »Wollen wir gehen?«
Elsie stand auf. Sie hatte ein leichtes Gefühl von Schwäche zu überwinden.
»Können Sie zu Fuß zurück? Ich würde so gerne gehen.«
»Lassen Sie uns die Straßenbahn nehmen – bitte!«
Dies war das erstemal, daß Elsie auffiel, wie gut Tom zu Fuß war.
An den nächsten Sonntagen konnte Elsie jedoch bemerken, wie schonungslos Tom beim Wandern war und wie er dabei ganz vergaß, mit wem er wanderte. Manchmal bummelten sie in der Stille eines Sonntagmorgens durch die tiefen Schatten der Wall Street. Manchmal saßen sie am Kai und beobachteten die einlaufenden Schiffe. Sie machten Bootsfahrten, was Elsie mehr Freude machte. Oder sie fuhren mit dem Bus die Fifth Avenue hinauf und hinunter. An einem kalten Novembermorgen nahm Tom sie in der Untergrundbahn mit nach Coney Island, um ihr das winterliche Meer zu zeigen. Und als es zu kalt wurde, gab er ihr im Kino englischen Unterricht.
Aber das Schönste waren die Abende bei Tom zu Hause. Sie rief an, wenn sie sich unerträglich allein fühlte, und fragte, ob sie kommen dürfe, und er holte sie dann immer an der Hochbahnstation der Achtundvierzigsten Straße ab.

3

Floras Niederkunft näherte sich. Mutter Fong war überzeugt, daß es ein Junge sein würde. Sie redete sich ein, sie könne einer Frau das ansehen. Auf die Anregung des Bürgermeisters hin hatte Flora beschlossen, ihr Kind Marco zu nennen, wenn es ein Junge war – und trotz seiner abfälligen Bemerkungen wollte sie es Fiorella heißen, wenn es ein Mädchen wurde. Als sie der Mutter erklärte, daß Fiorella »kleine Blume« (in Kantonesisch Shiu Far) bedeutete, hatte sie zugestimmt. Was den Namen Marco Polo betraf, so brauchte sie lange, bis sie glaubte, daß es eine wahre Geschichte war, die Flora und Tom ihr erzählten.

An einem Samstagabend im Januar kam Onkel Chan zum Essen. Sie waren gerade fertig, als Flora sagte, sie habe Wehen. Es konnte gar nicht sein, denn das Kind sollte nicht vor Ende Februar kommen. Floras Arzt war ganz sicher gewesen. Gegen zehn kamen die Schmerzen wieder, diesmal viel stärker. Es könnte doch sein, dachte Flora. Als sie an diesem Nachmittag die dunkle Treppe heraufkam, hatte sie sich, um Atem zu holen, am Treppengeländer festgehalten, da hatte sie ein Kind so heftig angestoßen, daß ihr schwindelig wurde und sie sich auf die Treppe setzen mußte. Sie dachte da noch nicht, daß der Stoß ernste Folgen haben könnte. Jetzt rief sie den Arzt an, erreichte ihn aber nicht. Und nun war sie ganz verzweifelt.

Onkel Chan sagte: »Wenn der Doktor meint, es komme im Februar, dann kommt es nicht schon jetzt. Vielleicht hat sie etwas gegessen, was ihr nicht bekommen ist. Ich kann hinüberlaufen und eine Arznei holen. Was meinst du dazu, Schwester?«

Sie wußten nicht, was sie davon halten sollten. Sie versuchten, den Arzt noch einmal anzurufen, aber er war übers Wochenende fortgefahren.

»In welches Hospital willst du gehen?«

»In die Frauenklinik auf der Hundertzehnten Straße.«

»Gut«, sagte der Onkel. »Da der Arzt nicht da ist, wird es das beste sein, eine Medizin gegen die Schmerzen zu nehmen. Mindestens kann sie nicht schaden.«

Onkel Chan ging und kam nach einer Stunde mit einer Packung chinesischer Arznei zurück. Nachdem Flora sie genommen, saßen sie beieinander und warteten. Die schmerzhaften Krämpfe kamen

und gingen. Sie konnten nicht feststellen, ob sie stärker wurden oder abnahmen.
»Es wird besser werden. Es dauert eine Weile, bis die Medizin wirkt«, sagte der Onkel und schlief auf Toms Bett ein, bald hörte man ihn schnarchen. Loy und die Eltern blieben bei Flora sitzen.
Gegen halb vier morgens hatte Flora einen schlimmen Schmerzanfall. Sie konnte es nicht länger aushalten. Das ganze Haus wurde wach.
»Ruft die Polizei«, bat sie zwischen ihren Schmerzensschreien.
Mutter Fong verstand nicht, was sie wollte. Aber Flora rief immer wieder »Ruft die Polizei«. Schließlich ging Loy in den Laden hinunter und rief die Polizei an.
Ein Polizist erschien nach kurzer Zeit und sagte, er werde Flora fortbringen. Bis Loy endlich ein Taxi bekam, ging wieder Zeit verloren. Rasch wurde ein kleiner Koffer gepackt und Flora mitgenommen, wie sie war. Es war eine kalte Nacht, daher wurde sie in eine Decke gewickelt.
Der Polizist und Loy trugen Flora hinunter. Mutter Fong bestand darauf, mitzukommen. Draußen hatte der Fahrer den Motor schon eingeschaltet. Flora schrie und stöhnte, und die Nachbarn schauten aus den Fenstern, um zu sehen, was los war. Loy stieg als erster in den Rücksitz und richtete es so ein, daß sich Flora an ihn lehnen konnte. Der Polizist und die Mutter saßen auf dem Vordersitz.
Floras Schreie mischten sich mit dem Rumpeln des Wagens.
»Nimm Gas!« rief der Polizist, »fahr so schnell, wie du's verantworten kannst!«
Es war vier Uhr morgens und die Straße frei um diese Stunde.
Aber Floras Schreie wurden lauter und lauter. Mutter Fong hatte sich umgedreht und hielt ihr die Hände.
Wieder ein lauter Schrei. Die Mutter befühlte Flora. »Himmel, ich glaube, das Kind kommt!« Die Decke war ganz naß.
Der Polizist und der Fahrer achteten scharf auf die Straße.
»Langsamer!« sagte Loy. »Der Wagen schüttelt viel zu sehr!«
Der Wagen fuhr langsam. Flora hielt es nicht mehr aus, und sie krampfte sich wild an Loy und die Mutter. Ein letzter langer Schmerzensschrei!
»Anhalten!« rief die Mutter. »Ich glaube, das Kind ist da.«
Der Fahrer lenkte den Wagen an den Straßenrand und stellte den Motor ab. Sie waren nur noch ein paar Blocks vom Hospital entfernt.

Alles war still. Floras Stöhnen hatte aufgehört. Die Mutter fühlte die feuchten, warmen Glieder des Kindes, die Decke war ein nasses Bündel. Der Fahrer drehte sich um: »Jesus, Sie werden's nicht glauben. Das ist schon das zweitemal, daß in meinem Wagen ein Kind zur Welt gekommen ist!«
»Ein Glück kommt nie allein«, sagte der Polizist. »Für mich ist's das erste.«
»Ich habe daheim auch fünf Kinder. Es ist immer die gleiche Not mit den Frauen, weil sie bis zur letzten Minute warten wollen. Ich sage meiner Frau immer, sie soll beim ersten Anzeichen ins Hospital.«
Mutter Fong zog ihren Mantel aus, sie wickelte das Kind sorgfältig auf der Futterseite darin ein und wartete auf die Nabelschnur. Rasch hatte sie das Kind abgefühlt.
»Es ist ein Marco«, flüsterte sie Loy zu. »Meinen Glückwunsch, Flora!«
»Meinen Glückwunsch, Mutter«, erwiderte Loy. Zum Polizisten gewandt, sagte er: »Es ist ein Marco Polo.«
»Was meinen Sie mit Marco Polo?«
»Es ist ein Junge«, sagte Loy stolz. »Meine Frau ist Italienerin.«
Der Wagen fuhr vorsichtig an und erreichte endlich das Hospital.
Am nächsten Tag berichtete das Abendblatt, daß Sergeant O'Toole geholfen hatte, ein chinesisch-italienisches Baby in einem Taxi zur Welt zu bringen. Es war auch ein Bild von der Mutter und dem Kind dabei. Und am andern Morgen erhielt Flora ein Glückwunschtelegramm vom Bürgermeister La Guardia.

Fünfzehntes Kapitel

1

Nach zehn Tagen kam Flora aus dem Hospital heim. Mutter Fong hatte dem Sergeanten O'Toole ein Geschenk von zehn Dollar gemacht, um ihren Dank für seine Hilfe zum Ausdruck zu bringen. Aber der Polizist wollte es nicht annehmen. Trotzdem hatte allein die Geburt des Kindes mehr als hundert Dollar gekostet. Jeden Tag hatte Loy seiner Frau Hühnersuppe, mit schwarzem Lauch gekocht, gebracht, nachdem man ihm im Hospital gesagt hatte, sie könne alles essen, wozu sie Lust habe. Der Lauch war gut für die Muttermilch. Nun holte Loy Frau und Kind nach Hause. Auf dem Herd stand schon ein großer Topf mit Hühnersuppe bereit. Für Flora war das Bett gerichtet, und Vater und Mutter warteten auf ihre Ankunft.

Der Vater schwamm im Glück. Er hatte die Neuigkeit allen Freunden in der Chinesenstadt durchs Radio mitteilen lassen, und alle hatten ihm zum Großvater gratuliert. In seinen Kreisen bedeutete es soviel, als hätte er eine Million Dollar erworben, und es war weit mehr, als hätte er sich ein neues Haus gebaut. Es war die Krönung eines der größten Ziele des menschlichen Lebens, eine Auszeichnung, nach der alle Menschen trachteten, die aber nicht alle erreichten. Der Mensch plagt sich und schwitzt, das Leben ist für die meisten eine schmutzige und gewagte Angelegenheit, und viele kommen dabei unter den Schlitten. Es ist ähnlich, als ginge man über die mythische Brücke mit den hundert Bögen, die im Nebel irgendwo endet. Einige fallen früh aus, einige erreichen den vierzigsten, einige den fünfzigsten Bogen, wenige den siebzigsten und noch weniger den achtzigsten. Wer so lange durchhält, muß ein glücklicher Mensch sein. Das Volk nennt ihn gesegnet.

Am Tag, ehe Flora nach Hause kam, war der Vater in die Chinesenstadt gegangen und hatte zwei rote Kerzen von zwei Fuß Höhe gekauft, mit goldenen Schriftzeichen darauf, die eine Zusammenfassung aller irdischen Glückseligkeit bedeuteten: »Glück, Ehre und langes Leben.« Reichtum war nicht einbezogen. Es waren chinesische Kerzen, die amerikanischen waren nicht gut genug, sie hatten auch keine goldenen Schriftzeichen. Amerikanische Kerzen hatten auch nicht die tiefrote Farbe, und sie liefen nach oben spitz zu, statt nach unten, und der Docht spritzte und zischte nicht dann und wann auf, wie es Kerzen doch tun müssen, wenn sie Glück bringen sollen.

Tom Fong senior wollte das Ereignis feierlich begehen. Er hatte einen Rock, eine Krawatte und sein bestes Paar Schuhe angelegt. Mutter Fong trug eine goldene Nadel und eine frische tiefrote Nelke im Haar. Sie war ein paarmal im Hospital gewesen, um Marco zu sehen, auch der Vater einmal, nachdem er der Versuchung lang genug widerstanden hatte. Aber die eigentliche Feier sollte jetzt sein. Die roten Kerzen waren unter dem Bild des Großvaters angezündet, und Vater und Mutter saßen aufrecht in den harten Stühlen rechts und links von den Kerzen und warteten auf Flora.

»Ich habe Loy hundertfünfzig Dollar gegeben, damit er dort bezahlen konnte«, sagte der Vater und schaute durchs Fenster auf die oberen Stockwerke der Häuser über der Straße. »Ich glaube, er sagte, es werde zehn Dollar am Tag kosten. Es ist ein Glück, daß keine Operationskosten dazu kommen! Mutter, wann werden wir so weit sein, daß wir die Wäscherei verkaufen und ein Restaurant eröffnen können?«

»Es wird noch vier oder fünf Jahre dauern. Es ist nicht recht, wenn du, der du jetzt Großvater bist, so viel arbeitest. Aber wir werden ja sehen. Du bist diese Arbeit nicht müde, oder?«

Des Vaters Gesicht war voller Falten. »Wenn ich sehe, wie der alte Leong an seinem Kassentisch sitzt und seine Pfeife raucht, dann möchte ich, ich könnte mit der Arbeit aufhören. Ich habe nun mehr als dreißig Jahre gearbeitet und gebügelt. Aber ich muß es weiter tun, bis wir genug gespart haben. Die Kriegsabgabe hat uns um dreihundert Dollar zurückgebracht. Der Enkel kostet uns weitere zweihundert, fürchte ich. Und wenn er einen Monat alt ist, müssen wir ein Fest veranstalten.«

»Und da sind noch die fünfzig Dollar, die ich der Jungfrau versprochen habe, wenn sie uns einen Jungen schenkt; und nun hat sie ihn uns gegeben«, sagte die Mutter und sah auch durchs Fenster.

»Ich glaube, daß hundert Dollar für das Fest genügen werden. Die

Leute bringen uns dazu Geschenke, wie du weißt. Diese und die Gabe für die Kirche machen einhundertfünfzig, das Hospital einhundert. Ich weiß nicht, was der Arzt verlangen kann, denn er hat das Kind ja nicht entbunden.«

»Jetzt, wo ich darüber nachdenke, weiß ich nicht, was amerikanische Polizisten zu tun haben«, sagte die Mutter. »Ist es ihre Pflicht, Kinder zu entbinden? Ich dachte, Polizisten seien nur dazu da, Diebe einzufangen.« Sie lachte. »Als Flora sagte ›hol den Polizisten‹, glaubte ich, ein Dieb sei im Haus. Das ist wahrhaftig ein merkwürdiges Land, in dem man einen Polizisten in der Nacht rufen und ihn in die Kälte hinausschicken kann wie einen Dienstboten, um jemand ins Hospital zu bringen. Er ist doch ein Beamter, oder nicht?«

»Das ist Amerika. So sind hier die Sitten. Sie haben keine Angst vor ihren Beamten.«

»Das sind freilich andre Sitten als bei uns. Ich muß sagen, es sind keine schlechten.« Die Mutter schüttelte verwundert den Kopf.

Sie hörten, wie ein Auto unten hielt, und liefen zum Fenster. Es war Flora, in einem schönen schwarzen Kleid, mit Loy, der das kleine weiße Bündel mit dem Baby trug.

»Flora! Loy!« rief die Mutter zum Fenster hinaus.

Flora schaute strahlend hinauf.

Die Mutter ging hinaus, um im Treppenhaus Licht zu machen. Als sie heraufkamen, sagte sie: »Nimm du jetzt das Kind, Flora. Der Vater ist drin im Wohnzimmer.«

Sie traten ein, und Flora legte das weiße Bündel dem Vater in die Arme, der aufrecht im Stuhl saß, um seinen ersten Enkel zu empfangen. Loy und Flora stellten sich neben ihn. Für Flora waren die brennenden Kerzen eine große Überraschung.

Tom Fong nahm tiefaufatmend das Baby und hielt es vorsichtig wie eine Kostbarkeit. Voll Innigkeit betrachtete er es. Er hatte Tränen in den Augen. Dies war der große Trost seines Alters.

»Soll er Marco heißen?«

»Ja, Marco«, erwiderte Flora.

»Du bist mir eine gute Tochter, Flora, und ich danke dem Himmel dafür. Und du, Loy, du bist ein guter Sohn.«

Er drückte seiner Tochter ein kleines, in rotes Papier gewickeltes Päckchen in die Hand. Es enthielt das »Päppelgeld«, zwei Silberdollar. Flora begriff nicht, und Loy erklärte ihr, daß es die Gabe des Großvaters sei, damit das Kind schneller wachse.

»Darf nun ich es haben?« fragte die Großmutter, die im andern Stuhl saß.
Der Großvater stand auf und brachte es ihr. Das Kind hatte ihm eine Würde verliehen, wie sie kein König und kein Präsident verleihen kann, weil es ihn zum Großvater und seine Frau zur Großmutter gemacht hatte. Auch die Mutter griff in ihre Tasche und legte ein gleiches rotes Papierpäckchen in die winzige Hand des Kindes. »Mögest du gesund und stark werden, Marco, mein Enkelsohn!«
»Ist es nicht ein wunderschönes Baby?« fragte Flora stolz.
»Ja, es ist ein schönes Kind.«
»Wir müssen die Lehrerin in der Schule bitten – wie heißt sie doch?« sagte der Vater.
»Elsie Tsai«, antwortete Flora.
»Wir müssen Elsie Tsai bitten, den Namen des Kindes in Chinesisch aufzuschreiben. Sage ihr, sie soll recht schöne Schriftzeichen wählen. Und nun geh lieber zu Bett, Flora. In der Küche steht Hühnersuppe für dich. Ich halte Marco, bis du fertig bist.«

2

Schon ein paar Tage später machte die Familie Pläne für die Feier, die, wie es Brauch war, nach Vollendung des ersten Monats des Kindes stattfinden sollte. Es war eine arbeitsreiche Zeit für Loy, und seine Familie und Freddie und Onkel Chan waren ihm eine große Hilfe. Keine der führenden Persönlichkeiten der Chinesenstadt durfte übergangen und kein noch so entfernter Verwandter vergessen werden. Elsie Tsai mußte sich beeilen, da die Einladungen chinesisch geschrieben werden sollten. Die gebräuchliche Bedeutung des Namens Marco Polo »Pferdetrog« war natürlich nicht verwendbar. Aber Elsie war erfinderisch; sie nahm die beiden Schriftzeichen, die chinesisch ähnlich wie Marco klangen, so entstand die Bedeutung »Tinten-Bruder«. Es war tatsächlich ein hübscher poetischer Scherz. Tinte bezog sich auf den Beruf des Schriftstellers, und »Bruder, der sich mit Tinte beschäftigt« drückte den frommen Wunsch aus, das Kind möge dereinst ein Gelehrter werden.
»Gut«, meinte der Großvater zufrieden, »wenn er genug Tinte trinkt, muß er nicht so viel schwitzen wie sein Großvater.«

Flora fand den Namen komisch. »Ist das wirklich richtig übersetzt?« fragte sie Tom. »Marco Polo war doch ein Kaufmann, ein Handelsherr.«

»Ja«, antwortete Tom, »ein Händler war er, aber das einzige, was er uns verkauft hat, war sein Buch.«

Die Einladungen gingen an entfernte Verwandte in Boston, Detroit und San Franzisko, denn die Fongs lebten weit verstreut im Land; sogar in ihr Heimatdorf in China wurden sie verschickt. Freunde und frühere Kameraden, an die Tom Fong senior zehn oder fünfzehn Jahre nicht gedacht hatte, fielen ihm jetzt ein. Die Geburt eines Enkels unter so glücklichen Umständen war die Krönung seines erfolgreichen Lebens, ein Beweis für alle seine Freunde, wie weit Tom Fong es gebracht hatte. Der kleine Marco in seinen Windeln hatte keine Ahnung davon, wie wichtig er war und was seine Ankunft für seine Eltern und Großeltern bedeutete.

»Flora«, sagte der Vater, »bitte auch deine Eltern, zu kommen, denn es ist dein Ehrentag. Wir werden ihnen eine Einladung schicken, aber rede ihnen zu, daß sie kommen.«

Sie vergaßen auch nicht den Sergeanten O'Toole.

Es wurde beschlossen, daß das Festessen im Restaurant Port Arthur stattfinden sollte. Tom Fong gelang es, seinen Freund, den Alten Tuck, zu überreden, als Ehrengast bei dem Fest zu erscheinen, und für ihn lag das Restaurant bequem. Freddie brachte Sing Toy und einen Lokalrichter mit. Freddie gab der Familie ein großes Ansehen. Alle führenden Persönlichkeiten, die er kannte, wurden eingeladen, und alle kamen, denn keiner wollte, daß Tom Fong sein Gesicht verlor. Auch die Freundinnen und Bekannten der Mutter vom Frauenkomitee waren geladen. Mrs. Yang bekam von Elsie eine besondere Einladung, und auch sie kam.

Als alle Platz genommen hatten, waren vier runde Tische besetzt. Tom und Eva und die andern Familienmitglieder waren an den verschiedenen Tischen verteilt, um die Pflichten des Gastgebers zu übernehmen. Der Ehrengast Marco, frisch gewaschen und gepudert und prächtig herausgeputzt mit einem neuen blauen Seidenband, lag im Schoß seiner stolzen Mutter. Auf jedem Tisch standen Teller mit gekochten, rotgefärbten Eiern als Sinnbild dieses Festes. An der Ehrentafel saßen die Prominenten der Chinesenstadt mit Flora und ihrer Mutter, außerdem Vater Fong, Onkel Chan und der Alte Tuck. An einem andern Tisch saß Mutter

Fong, neben ihr Elsie mit Tom und Mrs. Yang. Loy präsidierte als der Vater des Kindes am dritten Tisch, an dem Eva neben Sing Toy sitzen mußte, während Freddie sich am vierten Tisch als Gastgeber betätigte, an dem auch der amerikanische Richter saß. Sing Toy war die eleganteste Erscheinung und erregte viel Bewunderung.
Während des Essens beobachtete Flora Sing Toy, Sing Toy beobachtete Mutter Fong, die Mutter Elsie, Elsie Flora und Tom den Großonkel Tuck.
Aber Mutter Fong dachte auch an die Kosten des Essens und was wohl des Restaurant an einem solchen Essen verdiente. Gewiß brachte es ihm soviel, wie das Waschen und Bügeln der Wäsche von fünf Familien in einer Woche einbrachte.
Zu Beginn des Essens wurde den Gästen eine Schale Hühnerbrühe mit Wein serviert und eine Schale Schweinsknöchel, mit Erdnüssen gekocht. Es waren die gleichen Speisen, die Flora während des Monats nach der Geburt gegessen hatte, um ihre Brust zu kräftigen, nun wurden sie den Gästen vorgesetzt, wie es der Brauch wollte. Das Essen, für chinesische Ansprüche zwar nicht luxuriös, war für den amerikanischen Richter hervorragend und für die chinesischen Gäste köstlich und angemessen. Es begann mit »Märchen-Hühnern« und einem Trinkspruch für die Eltern und Großeltern. Hierauf kamen gebratene Hühnerleber mit Bambusmark, gewürzte Garnelenklößchen, gebratene Baumpilze in Ei, gedünstetes weißes Hühnerfleisch, und als Höhepunkt für den Gaumen kamen Haifischflossen in kräftig duftender Hühnerbrühe mit feingehacktem Schinken. Wenn der Appetit etwas nachließ, wurde er wieder angeregt durch kleine Schalen mit süßer Lotossamen-Suppe mit Möhrenklößchen, die mit dem weichen Fleisch von Muscheln verfeinert waren, dazu gab es knusprig geröstete Fischhaut und dünne Scheiben stark gepfefferten Roastbeefs mit Petersilie verziert, und als milden Abschluß lange Yangchow-Nudeln, die Glück bringen sollen.
Ständig wurden Toaste ausgebracht. Mutter Fong hatte Flora nach einiger Zeit das Kind abgenommen, damit sie auch essen konnte. Es war Brauch, daß bei diesem Fest der Familie der Mutter vor der Familie des Vaters die Ehre gebührte. Die alte Frau Maggio war glücklich, weil sie ihre Tochter so glücklich sah. Sie wußte gar nicht, welche Bedeutung sie selbst besaß. Vater Fong bat den alten Maggio, eine Rede zu halten. Der erhob sich und sagte, er könne keine Rede halten, aber Loy sei ein guter Schwiegersohn und die

Chinesen seien ihm sehr »simpatico und er sei sehr glücklich, diesen Tag zu erleben.
Tom ließ seine Augen nicht vom Großonkel Tuck. Er war wirklich sehr alt, aber wenn er sprach, zeigte sich die Klarheit seines Geistes, wenn auch seine Stimme nicht kräftig war.
»Wer ist das?« fragte Elsie.
»Großonkel Tuck, der älteste Mann in der Chinesenstadt.«
Der Alte Tuck erhob sich. Ein Raunen ging durch den ganzen Raum. Tom schien es, als funkle sein Glasauge über die Tische der Gäste. Er flößte der ganzen Gesellschaft Ehrfurcht ein, aber er war sichtlich frohgelaunt und lächelte milde.
»Meinen Glückwunsch, Tom Fong«, begann er. »Heute trinke ich auf dein Wohl, mein Freund! Wir waren gute und nahe Freunde in den Tagen von Klondike. Er, ich und noch ein dritter, wir waren die einzigen Chinesen in der Stadt. Wenn man mit einem Mann einen ganzen Winter in Klondike verbringt, nachdem man mit ihm das Jahr über Gold gegraben hat, dann kennt man ihn erst richtig. Tom Fong war nicht viel über zwanzig, er war stark und dachte ständig an seine Frau (Gelächter). Wir machten uns Kerzen aus Bärenfett und aßen Bärentatzen, die köstlich schmeckten. Nachdem wir nun den vierten Burschen, den wir fingen, verdaut hatten, bekam Tom das alles satt. Er sehnte sich nicht mehr nach Gold, sondern nach seiner Frau (neues Gelächter). So nahm er im nächsten Frühjahr ein Schiff und fuhr zu seiner Frau nach China. Aber nach einer Weile kam er wieder. Wir hatten damals recht schwere Zeiten. Ich war wieder nach Portland gegangen, und eines Tages traf ich Tom in einer Bar. Ich fragte ihn, was er vorhabe. Er wolle nie wieder in den Norden, antwortete er, sondern mit seiner Hände Arbeit ein ordentliches Leben beginnen. ›Amerika hat viel Platz‹, sagte er, ›es muß für einen Mann möglich sein, sich mit seinen beiden Armen ein anständiges Leben zu schaffen.‹ Nun, Tom hatte recht. Er begann zu waschen, und er hat es so gehalten dreißig oder vierzig Jahre lang. Aber er war schlau. Er fuhr ein zweites Mal zu seiner Frau, und Loy kam zur Welt. Er fuhr wieder zurück, und dann kam Freddie. Alle fünf oder sechs Jahre fuhr Tom zu seiner Frau, während ich dablieb. Das war klug von ihm. Nun seht ihr den Unterschied! Bei Tom mußte ich immer an die Aale denken, die tausend Meilen über den halben Atlantik reisen, um zu laichen. Der große Irrtum meines Lebens war, daß ich nicht dem Instinkt der Aale gefolgt bin. Schaut ihn euch an, den

Großvater! Schaut euch Loy und Freddie an und Tom, den Jüngeren! Tom Fong war in seinem ganzen Leben, seit ich ihn kenne, ein ehrenwerter Mann. Ich trinke auf meinen großen alten Freund Tom Fong, diesen ehrenwerten Mann!«
Tom Fong erhob sich, innerlich sehr beglückt, aber ohne es zu zeigen, und trank seinem Freund zu.
Als das Essen fast beendet war, nahm der Alte Tuck ein rotes Ei und rollte es über Marcos Kopf. Dann ging die Schale mit den roten Eiern rings um die Tafel, und jeder Gast nahm wie er ein Ei und warf in die Schale sein »rotes Päckchen«, ein Geldgeschenk.
Nun erhob sich auch Mutter Fong und trank jedem Gast zu. Damit war das Essen zu Ende. Die Rechnung machte einhundertundsiebenunddreißig Dollar. Der größte Teil davon war jedoch durch die Geschenke wieder hereingekommen.
Zu Hause sagte Tom Fong am Abend zu seiner Frau: »Ich habe noch nie soviel Geld für ein Essen ausgegeben. Aber das war es wert.«

3

Flora hatte mit Pater Bosco gesprochen, und er hatte ihr gesagt: »Gewiß muß Marco als Katholik getauft werden. Sie wissen, welche Pflichten die Kirche den Eltern auferlegt. Es geht um die Seele Ihres Kindes.«
»Wir sind eine chinesische Familie. Müßte ich es nicht den Eltern meines Mannes sagen?«
»Für gewöhnlich ist es die gemeinsame Aufgabe des Vaters und der Mutter, das Kind im rechten Glauben zu erziehen. Es wäre weitaus besser, wenn Sie daraus kein Geheimnis machten. Ich muß Sie ernstlich ermahnen, mit Ihrem Mann aufrichtig zu sprechen und ihn dazu zu bewegen. Ihre Pflicht als Mutter des Kindes ist größer, weil Sie die Wahrheit kennen.«
»Mit Loy wird es nicht schwierig sein, er ist ein Mann. Aber ich möchte nichts über das Enkelkind bestimmen, wovon die Großeltern nichts wissen. In einer chinesischen Familie sind die Großeltern besonders wichtig.«
»Schön, versuchen Sie es. Es ist kein Zweifel, daß Ihre Schwiegermutter der Kirche sehr zugetan ist, nun sich ihr Gebet erfüllt hat. Sagen Sie ihnen, daß ihr Enkel nicht der erste Chinese ist, der ein

Katholik wird. Wissen Sie, daß fast vier Millionen Chinesen Katholiken sind?«
Flora war sehr erstaunt. Kein Chinese hatte ein Anrecht auf die beiden amerikanischen Institutionen im Herzen der Chinesenstadt, auf die Kirche und auf das Heim für Arbeitslose. Pater Bosco sah ihren Blick und fuhr fort:
»Ja, die katholische Mission in China reicht bis ins dreizehnte Jahrhundert zurück, und die erste in China war italienisch. In allen Provinzen des Landes leben Katholiken. Wir haben eine große Universität und ein berühmtes Observatorium in Schanghai. Flora, Sie sind eine kluge Frau. Sie sollten tun, was Matteo Ricci getan hat. Haben Sie nie von dem großen italienischen Missionar Matteo Ricci gehört?«
»Nein.«
»Nun, Matteo Ricci ging im späten sechzehnten Jahrhundert nach China. Er war ein großer Mathematiker und lehrte die Chinesen Astronomie. Aber er war ein äußerst kluger Mann. Er studierte zuerst selbst die chinesische Literatur, und das machte ihn dazu fähig, die katholische Religion dem chinesischen Geist nahezubringen. Er hat viele Freunde am Hof des Kaisers gewonnen.«
»Sie wissen, Vater, daß ich eine unwissende Frau bin.«
»Was ich sagen will, ist, daß der katholische Glaube eine Weltreligion ist. Aber die Wahrheit sieht in verschiedenen Ländern verschieden aus. Die Amerikaner lieben gewisse Seiten an ihr, die Chinesen lieben wieder andere. Verstehen Sie, was ich sagen will? Ich weiß wenig von den Chinesen, außer daß sie große Ehrfurcht vor der Vergangenheit und vor ihrer Familie haben. Vielleicht wissen Sie mehr darüber. Gott wird Sie erleuchten.«
»Haben Sie nicht gesagt, Vater, daß es früher viele Chinesen gab, die katholisch waren?«
»Ja, zur Zeit von Matteo Ricci waren dreihundert Prinzen und Mitglieder ihrer Familie Katholiken. Und die Katholiken leiteten zwei Jahrhunderte lang das Kaiserliche Institut für Astronomie. Heute gibt es einen großen chinesischen Gelehrten, Lu Chenghsiang, der früher Erster Minister und Chef der chinesischen Abordnung bei der Friedenskonferenz in Versailles war, und nun ist er Benediktinermönch in Belgien.«
Aber es war ein schwieriges Thema für Flora, und sie sprach mit Loy darüber.
»Was hat er damit sagen wollen?« fragte Loy.

»Wir sollen versprechen, Marco zu einem Katholiken zu erziehen, soweit wir als die Eltern dazu beitragen können.«
Loy dachte lange nach, ehe er sagte: »Liegt dir sehr viel daran?«
»Ja, mir liegt sehr viel daran.«
»Ich bin damit einverstanden, aber wir müssen meine Eltern fragen. Muß ich dann auch Katholik werden?«
»Nein, Loy. Aber ich möchte, daß Marco in dem Glauben aufwächst, den ich habe.«
Als Loy mit dem Vater sprach, sagte der: »Nun, das kommt von deiner Ehe mit einer Amerikanerin. Wenn Marco als Amerikaner aufwachsen soll, so kannst du ihn auch glauben lassen, was die Amerikaner glauben. Willst du Flora glücklich machen, so solltest du ihren Wunsch erfüllen.«
Flora war überrascht, als ihr Loy die Ansicht seines Vaters erzählte.
»Ich glaubte, Vater sei ein Buddhist.«
»Durchaus nicht.«
»Konfuzianer?«
»Du verstehst das nicht, Flora. Konfuzianismus ist keine Kirche.«
»Aber wie ist das mit den buddhistischen Priestern? Werden sie keinen Einspruch erheben?«
Loy lachte laut. »So was hab ich noch nie gehört. Die buddhistischen Priester organisieren keine Gemeinde. Wir gehen zu ihnen, wenn wir wollen. Niemand kümmert sich darum. Niemand zwingt dich in China dazu. Du kannst Buddhist, Konfuzianer und Taoist sein, alles zu gleicher Zeit.«
»Dann ist es den Chinesen mit der Religion nicht ernst.«
»Manchen Leuten ist es ernst und manchen nicht. Den meisten Leuten nicht.»
Als Flora dann mit der Mutter sprach, war sie zuversichtlicher und weniger ängstlich.
»Ich habe mit dem Pater gesprochen, Mutter, und ihm gesagt, daß du dein Versprechen einlösen willst. Ich möchte so gern, daß mein Kind als Katholik aufwächst wie ich. Ich möchte es taufen lassen.«
Mutter Fong rührte in einem Topf.
»Was ist das?«
»Der Priester spritzt ihm ein paar Tropfen Wasser auf den Kopf, das macht ihm gar nichts – es ist nur ein Symbol. Der Priester hat

mir erzählt, Mutter, daß in früheren Zeiten viele Chinesen Katholiken waren.«

»Nun, je länger man lebt, desto mehr kann man lernen. Seit das Kind geboren ist, habe ich unaufhörlich über diesen Italiener in China vor vielen hundert Jahren gehört. Ich wußte nicht, ob ich diese Marco-Polo-Geschichte glauben sollte oder nicht, bis mir Elsie sagte, sie sei wahr. Nun erzählst du mir, daß es in China vor vielen hunderten Jahren viele Katholiken gegeben habe. Waren das auch Italiener?«

»Nein, es waren Chinesen. Der Priester sagte mir, daß die katholische Kirche sehr alt ist in China.«

»Wie alt ist sie? So alt wie Konfuzius?«

»Sie ist fast zweitausend Jahre alt.«

Mutter Fong sah ihre Schwiegertochter an und sagte: »Nun, wenn sie so alt ist, muß sie gut sein. Sonst hätten die Leute nicht so lange daran geglaubt.«

»Du bist also einverstanden, Mutter?« rief Flora, und ihr Herz schlug vor Freude.

»Ich kenne dich jetzt schon lange, Flora. Deine Mutter hat dich in guten Sitten erzogen, und du hilfst meinem Sohn. Weißt du, in China mochten wir die Christen nie wegen ihrer Kanonenboote.«

»Aber hier haben wir doch keine Kanonenboote.«

»Freilich, hier sind keine Kanonenboote, die meinen Enkel gegen mich aufhetzen können. Das verändert die Sache, denke ich«, antwortete die Mutter, legte den Rührlöffel beiseite und trocknete ihre Hand an der Schürze ab.

»Der Priester erzählte mir, daß mehr als dreihundert Prinzen und Prinzessinnen in China Katholiken waren. Das ist wahr. Der Priester kann nicht lügen.«

Die Mutter schaute Flora an: »Flora, Marco ist dein Kind. Er ist in Amerika geboren, und ich möchte, daß er wie ein Amerikaner aufwächst. Solange es ihn nicht von den andern abwendet, wie es den Christen in China ging, habe ich nichts dagegen. Aber eines muß ich dich doch fragen: Lehrt die katholische Kirche die Söhne, ihren Eltern zu gehorchen?«

»Ganz gewiß, das tut sie.«

»Und ehrlich und sparsam zu sein?«

Flora war nicht ganz sicher, ob Sparsamkeit gelehrt wurde, und antwortete etwas zögernd »Ja«. Aber ganz sicher war sie, was die Ehrlichkeit betraf.

»Ich meine, lehrt die Kirche einen Knaben, seinen Eltern ein guter Sohn zu sein?«

»Ganz bestimmt, ja.«

»Warum hast du das nicht gleich gesagt? Kann dagegen jemand etwas haben?«

»Du gibst deine Erlaubnis, Mutter?«

»Du brauchst nicht zu fragen.«

Flora war überglücklich. Sie besprach alles mit dem Priester, und als der Tag kam, ging die ganze Familie in ihren besten Kleidern in die Kirche. Flora war tief gerührt, daß die Familie ihr das zuliebe tat.

Nach der Taufe gab der Priester der ganzen Familie die Hand, und alle hörten sie ihm gespannt zu, als er ihnen freundlich und einfach den tiefen Sinn der Taufe erklärte. Mutter Fong zündete ein paar Kerzen an, kniete vor dem Bild der Jungfrau nieder und legte ihre Hände zusammen, wie die Buddhisten es im Gebet tun. Dann gab sie dem Priester einen Umschlag mit fünfzig Dollar, ihre Gabe für die Kirche.

Sechzehntes Kapitel

1

Tom Fong überschlug seine finanzielle Lage. Er hatte in den letzten sechs Jahren nur zweitausend Dollar sparen können. Wie lange würde es noch weitergehen? Er war dankbar, daß er gesund war und noch fähig, manches Jahr zu arbeiten, obwohl er die Sechzig überschritten hatte. Die Götter waren freundlich zu ihm gewesen und hatten ihn belohnt.

Eines Abends im Mai sagte er zu Tom: »Du wirst in diesem Frühjahr dein Abschlußexamen machen. Deine Mutter und ich, wir wollen, daß du ein gebildeter Mann wirst, nicht wie ich. Du mußt schauen, wo du einen Beruf lernen kannst, damit du aus dieser Wäschereiarbeit herauskommst. Daiko hat für dich mitgearbeitet, damit du zur Schule gehen konntest. Wenn du Erfolg hast, vergiß nicht, was er für dich getan hat.«

Der Vater ging dann in die Chinesenstadt zu einer Ältestenversammlung der Innung, in die er kürzlich gewählt worden war. Es war seine erste Versammlung, und er war frohen Mutes. Er verabschiedete sich von seiner Frau, sagte, er käme spät nach Hause und blickte beim Fortgehen noch einmal Tom an. Es war ein hoffnungsvoller und zuversichtlicher Blick des alten Vaters.

Dann brach die Tragödie herein. Gegen elf Uhr war der Vater noch nicht zurück. Die Familie dachte daran, daß er gesagt hatte, es würde spät werden. Ein Viertel vor zwölf läutete das Telephon. Es war ein Anruf aus dem Bellevue-Hospital. Man meldete, es habe sich ein Unfall ereignet, die Familie möge sofort kommen.

Das Hospital gab keine weitere Auskunft. In dieser Entscheidungsstunde zeigte Mutter Fong keinerlei Furcht. Flora mußte bei dem Kind bleiben, aber die ganze übrige Familie machte sich auf den Weg.

Sie fanden den Vater im Hospital ohne Bewußtsein. Er war an der Auffahrt zur Manhattanbrücke von einem Auto überfahren worden und hatte einen Schädelbruch erlitten. Tom, Eva und Loy weinten, aber die Mutter fand keine Tränen. Es wurde ihnen erlaubt, an Vaters Bett zu sitzen, in der Hoffnung, er werde noch etwas sagen. Die Mutter saß in ihrer Betäubung wie versteinert, nur dann und wann rief sie ihren Mann. Aber Tom Fong erlangte das Bewußtsein nicht mehr. So verging eine Stunde, eine Ewigkeit für die Familie, und dann starb er. Nun erst brach Mutter Fong zusammen.

Loy ging fort, um zu erfahren, wie sich das Unglück abgespielt hatte. Ein Auto, das in schneller Fahrt von der Brücke kam, war mit einem Lastwagen zusammengestoßen. Der Lastwagen versuchte auszuweichen, bog rasch in die Kurve ein, riß den Vater um und schleuderte ihn mehrere Meter weit. Der Fahrer des Autos war sofort tot gewesen. Als die Polizei kam, fand sie Tom Fong in einer Blutlache, er starb einen typisch amerikanischen Tod.

Die Familie verließ stumm das Bett des Toten. Sie riefen Freddie an, aber er war nicht zu Hause, dann riefen sie Onkel Chan an. Er war in zehn Minuten da. Die nötigen Papiere wurden ausgestellt, und der Onkel bestimmte, daß der Tote in die Leichenhalle eines Beerdigungsinstituts in der Chinesenstadt überführt werde.

Spät in der Nacht verließen sie das Hospital und fuhren in einem Taxi zu Onkel Chan. Als sie an der Unfallstelle vorüberkamen, sahen sie den Lastwagen und das zertrümmerte Auto. Sie blieben im Laden des Onkels, keiner konnte schlafen in dieser Nacht. Um zwei Uhr morgens erreichten sie Freddie. Er fand die Mutter schluchzend, Tom und Eva schreckerfüllt, und er konnte ihnen wenig Trost bringen. Als der Schlag über sie hereinbrach, waren sie viel zu betäubt, um zu weinen, aber nun hörten die Nachbarn Onkel Chans die ganze Nacht ihr lautes Schluchzen.

2

In der kommenden arbeitsreichen Woche kam die ganze Innung, um ihnen zu helfen. Tom Fong senior wurde mit allen Ehren begraben. Kränze und Pergamentrollen füllten die Halle des Beerdigungsinstituts, wo man, wie es der Brauch wollte, das vergrößerte Bild des Verstorbenen aufgehängt hatte. An dem Begräbnis nahmen viele ihrer Freunde teil. Dem Sarg folgte Mutter Fong mit ihren drei Söhnen, ihrer Tochter und Schwiegertochter und dem Onkel. Die Frauen waren in Schwarz, die Männer trugen nach amerikanischer Sitte einen Trauerflor am Arm. Die Frauen weinten bitterlich. Als die Leute auf der Straße sahen, daß so viele Söhne und Töchter dem Toten folgten, nannten sie ihn gesegnet. Und alle, die ihn kannten, priesen ihn als einen guten und ehrenhaften Mann.

Freddie kam nach Hause und blieb eine Woche bei seiner Mutter. Die Kosten für die Beisetzung waren hoch, aber Freddie konnte zweihundert Dollar leihen, der Onkel half mit hundert aus, und die Gaben der Freunde machten mehr als zweihundert, so daß ihre Ersparnisse nicht zu sehr angegriffen wurden. Glücklicherweise hatten sie für unerwartete Ereignisse etwas zurücklegen können.

Die Familie war in tiefer Trauer. Das vergrößerte Bild des Vaters, das für die Beisetzung rasch angefertigt worden war, hing nun dort, wo bisher des Großvaters Bild gehangen hatte; der Großvater wurde darübergehängt, es war fast, als legten sie eine Ahnentafel an. Vor dem Bild brannten weiße Kerzen. Nachdem Wochen vergangen waren, hielt die Familie Rat. Loy und Flora waren dafür, die Wäscherei fortzuführen; es fehlte zwar nun eine Arbeitskraft, aber Tom sollte im nächsten Monat seine Abschlußprüfung machen. Sie besaßen nun knapp fünfzehnhundert Dollar Ersparnisse und waren noch weit entfernt von ihrem Traum: einem Restaurant. Freddie sprach viel von der Weigerung seines Vaters, eine Versicherung einzugehen; Tom Fong hatte nicht einmal, wie es in Amerika üblich ist, ein Testament gemacht. Flora war dafür, Schadenersatz zu verlangen, aber Mutter Fong verstand nicht, was sie damit meinte.

Flora erklärte es ihr: »Wenn in Amerika ein Blumentopf vom Fenster fällt und eine Person verletzt, so verlangt diese Person eine Entschädigung für ihre Krankenhauskosten. Wenn auf einer schadhaften Treppe jemand stürzt, so verlangt er vom Hauswirt Schadenersatz. Und wenn eine Tribüne zusammenbricht und jemand verletzt wird, so muß der Unternehmer Schadenersatz leisten.«

Mutter Fong wußte, daß man berechtigt war, irgendwelche Entschädigung zu fordern, auch in China, aber sie wußte nicht, daß das ganz rechtlich und allgemein üblich war. In China verständigt man sich; man geht nicht zum Rechtsanwalt und klagt bei Gericht. Freddie und Loy waren derselben Meinung wie Flora, und Freddie wurde beauftragt, den Prozeß zu betreiben.

»Wieviel können wir verlangen?« flüsterte die Mutter Loy in einem Ton zu, der verriet, daß ihr das Ganze ungehörig schien.
»Fünftausend Dollar mindestens.«
»Fünftausend!« Mutter Fong war außer sich. Sie wagte nicht zu lächeln.
»Gewiß nicht weniger.«
In den nächsten Tagen, in denen Tom seine Prüfung ablegte, entstanden große Pläne für die Zukunft in Mutter Fongs Kopf, wenn sie an die große Summe dachte, die sie erhalten könnte.
Eines Tages kam von der Versicherung ein Scheck über fünftausend Dollar. Um diese Summe zu ersparen, die nun in Mutter Fongs Hand lag, hatte sich Tom Fong sein ganzes Leben lang abgeschuftet.
Bald darauf kam eine Dame zu Besuch. Tom öffnete die Tür. Es war eine Frau um die Fünfzig, sie trug einen strengen Hut, ein schwarzes Kleid mit weißem Spitzenkragen und lange schwarze Handschuhe. Sie hielt sich sehr aufrecht und schaute sich mit schmalen, aber hellen Augen um. Sie sah aus, als habe sie tiefen Kummer. Mit blassen Lippen sagte sie:
»Darf ich eintreten?«
Als Tom sie hereinführte, saß sie einen Augenblick stumm auf ihrem Stuhl, ehe sie nach der Mutter fragte.
»Was wünschen Sie?« fragte Tom.
»Ich möchte Ihre Mutter sprechen, bitte.«
Als Mutter Fong kam, erhob sich die Dame.
»Ich bin gekommen, weil ich kommen mußte«, sagte sie. »Ich war sehr unglücklich, als ich hörte, daß Ihr Mann tödlich verunglückt ist. Es war mein Sohn, der das Auto fuhr. Hoffentlich tragen Sie es mir nicht nach, was mein Sohn angerichtet hat. Sie wissen, daß auch er tot ist.« Sie nahm ihr Taschentuch und wischte sich die Augen. Ihre Stimme war leise und traurig.
Mutter Fong saß und hörte ihr zu; sie fühlte, daß dies eine gutherzige Frau war. »Es tut mir so leid, daß Sie Ihren Sohn verloren haben.«
»Es war mein einziger Sohn, und nun bin ich allein. Aber nicht darum bin ich gekommen. Ich hoffe, daß Sie den Scheck der Versicherung erhalten haben.«
»Ja, gewiß. Ich danke Ihnen.«
»Mir haben Sie nicht zu danken. Die Versicherung hat es bezahlt.

Ich hoffe, daß es eine kleine Entschädigung für Sie ist, wenn auch nur eine kleine. Ich dachte, ich sollte Sie erst aufsuchen, nachdem das geordnet war.«

Mutter Fong fühlte sich verlegen vor der gut angezogenen Dame, die sie nun nach ihrer Familie fragte. Flora kam von der Küche herein, als sie hörte, was im Wohnzimmer vor sich ging, sie wurde bekannt gemacht. Als die Dame erfuhr, daß Tom seine Abschlußprüfung gemacht hatte und daß Eva noch zur Schule ging, lächelte sie ein wenig erleichtert. Sie sah Tom an und fragte ihn, was er beginnen werde.

»Ich werde nun meinem Bruder helfen.«

»Ist das Ihr Bruder, der unten in der Wäscherei arbeitet?«

»Ja. Er ist Floras Mann.«

Die Dame wandte sich an die Mutter: »Ist es Ihre Absicht, daß Ihr Sohn seine Studien fortsetzt?«

»Er möchte gern noch weiter studieren. Ich denke, er kann es jetzt.«

Die Dame überlegte eine Weile, dann öffnete sie langsam ihre Handtasche, nahm einen Füllhalter heraus und schrieb einen Scheck aus.

»Mrs. Fong, wollen Sie das von mir annehmen?«

»Nein«, antwortete die Mutter, »wir haben schon genug bekommen.«

Die Dame hielt ihren Scheck in der Hand. »Geld bedeutet mir jetzt sehr wenig, Mrs. Fong. Sie sind eine Mutter, und Sie verstehen, was der Verlust meines Sohnes für mich bedeutet. Ich sehe, welch prächtige Familie Sie haben. Es wäre für mich eine Wohltat, wenn Sie mich ein wenig helfen ließen, vielleicht für die Ausbildung Ihres Sohnes. Tun Sie damit, was Sie wollen, und vergessen Sie mich.«

Sie erhob sich, drückte den Scheck in Mutter Fongs Hand und verabschiedete sich. Mutter Fong hielt den Scheck und sah die beklagenswerte Frau aus der Tür gehen. Als sie fort war, sahen sich alle drei den Scheck an. Er lautete auf zweitausend Dollar. Mutter Fong fiel fassungslos in einen Stuhl. Tom und Flora liefen zum Fenster und sahen die fremde Frau in eine schwarze Limousine steigen. Sie schauten wieder auf den Scheck, aber sie konnten die Unterschrift nicht entziffern.

»Tom«, sagte die Mutter, »das ist für dein Studium. Die Amerikaner sind sehr gutherzig, wenn sie Menschen in Not sehen. Ich kann es nicht verstehen. Aber du solltest deine Wohltäterin nie vergessen.«

»Sie hat nicht einmal ihren Namen genannt«, sagte Tom.

»Wir könnten ihn natürlich bei der Versicherung erfahren«, meinte Flora. »Aber ich glaube, es wäre nicht in ihrem Sinn, wenn wir uns nach ihr erkundigen würden.«

3

Wie viele Dinge im Leben geschehen ohne unser Zutun. Der klügste Mann weiß nicht, was ihm am nächsten Tag oder im nächsten Monat geschehen kann. Als sei es eine Ironie des Schicksals, wendete Tom Fongs Unfall das ganze Leben seiner Familie.

Loy war der älteste Sohn, das Haupt der Familie und nun ihre ganze Stütze. Mutter Fong vertraute ihm und besprach alle ihre Pläne mit ihm und Flora. Nun sie das Geld für das Restaurant besaßen, von dem sie geträumt hatten, waren sie unsicher, ob sie es wagen und die Wäscherei aufgeben sollten, die ihnen ein sicheres Einkommen verschaffte. Mit den fünftausend, dem Geschenk der Dame und ihren eigenen Ersparnissen hatten sie mehr als achttausend Dollar bares Geld. Die Mutter war entschlossen, das Geschenk der Dame nur zu Toms Ausbildung zu verwenden, aber es war doch gut, diese Reserve zu haben. Sie war ebenso entschlossen, nicht mehr als fünftausend für das Restaurant anzulegen und den Rest des Geldes aufzubewahren.

Sie wandte sich an ihren Bruder, der ihrer Meinung war, mit einem kleinen Restaurant anzufangen. Eine ganze Anzahl Leute in der Chinesenstadt konnte ihr Auskunft geben über alle Einzelheiten, wie man ein Restaurant einrichtete und führte. Die Vorräte konnte man auf Kredit von den Fleischern, dem Hühnerhof und den Geschäften beziehen. Wenn Loy bereit war, die Wäscherei aufzugeben und das Restaurant zu leiten, wollte der Onkel ihnen Kredite durch seinen eigenen Laden verschaffen.

Loy war ein vorsichtiger Mensch, er war nicht sicher, ob er die Wäscherei aufgeben sollte, aber Flora, die Mutter und die andern Familienmitglieder waren dazu entschlossen. Sie mußten den Verkauf der Wäscherei bekanntmachen, um jemand zu finden, der sie übernahm. Dann mußten sie sich nach einem guten Platz für das Restaurant umsehen. Die Hauptfrage war, ob es im Souterrain liegen sollte oder auf der Straßenhöhe. Die Mieten waren in der Chinesenstadt unglaublich hoch. Ein Ecklokal in guter Lage kostete drei- bis vierhundert Dollar Miete im Monat. Viele Restaurants im Souterrain machten gute Geschäfte. Das würde eine Ersparnis von hundert Dollar im Monat bedeuten. Mutter Fong war dafür, diese hundert im Monat, oder zwölfhundert im Jahr, zu sparen. Es fand sich übrigens ein geeignetes Souterrain in der Doyerstraße. Aber die Familie konnte sich nicht dazu entschließen.

»Wir sollten dankbar sein, daß wir überhaupt in der Lage sind, ein Restaurant zu eröffnen«, mahnte die Mutter. »Wenn euer Vater noch lebte ...« Sie beendete den Satz nicht. Aber Loy, Flora, Tom, Eva und Freddie waren sich alle einig.

»Mutter«, sagte Eva, »du wirst dir doch nicht durchs Fenster immer die Beine der Leute ansehen wollen, wie sie hoch über deinem Kopf dahingehen.«

Und das war auch Toms und Floras Meinung. So ließen sie sich dieses Souterrainlokal entgehen und wollten lieber noch ein paar Monate warten.

Seit beschlossen war, daß sie in die Chinesenstadt ziehen würden, waren sie manchmal traurig, das Haus in der Achtzigsten Straße zu verlassen, in dem sie so viele Jahre glücklich gewesen waren und in dem sich so vieles ereignet hatte. Namentlich Tom und Eva tat es leid – dieses Haus war für sie die Heimat gewesen, seit sie als Kinder hierherkamen – der vertraute Wohnraum, in dem Tom nachts gelesen und über so viele Dinge nachgedacht hatte, die Küche, in der sie alle gegessen hatten, der Hof drunten, das Dach oben und die dunkle Treppe, das alles war ein Teil ihrer selbst geworden. Und es war nicht nur das Haus, es war auch die Nachbarschaft, die Ausblicke, die Gerüche der Straße, die spielenden Kinder, die Hausfrauen, die auf den Treppenstufen saßen in den Stunden vor und nach dem Abendbrot. Es war der Lärm der Hochbahn in der Third Avenue, die Leute in den Läden, der Kolonialwarenhändler, der tschechische Schuhmacher, der italienische Händler, der sommers und winters den gleichen schwarzen Anzug trug und von dessen Karren sie ihr Obst und Gemüse kauften. Tom empfand, daß die Fußsteige, auf denen er spielte, als er noch ein Knabe war, die er jeden Tag ging, wenn er zur Schule mußte, seine Heimat waren. Er lag in seinem Bett und schaute hinauf auf die gezackten Dächer der Avenue und zur Hochbahn, die vorüberbrauste, und er dachte an seine erste Nacht in New York. Die Stadt war freundlich zu ihm gewesen, und nun war er ein junger Mann, der das Leben vor sich hatte.

Siebzehntes Kapitel

1

Den Sommer über hielten sie nach einem Platz für das Restaurant Ausschau, und während dieser Zeit war Freddie ungewöhnlich gut zu seiner Mutter. Er besuchte sie oft und war sogar zärtlich zu ihr. Er erzählte ihr, daß er gut vorankomme und kürzlich das Glück gehabt habe, gleich mehrere Versicherungen auf einmal abzuschließen.

»Ah-Tong, du hast es immer verstanden, allein auf dich achtzugeben«, sagte sie, »aber nun, da dein Vater tot ist, mußt du ganz besonders auf dich achten.«

»Hab keine Angst, Mutter. Ich kann schon für mich selber sorgen.«

An einem späten Septembertag erschien er und schaute sehr ernst drein. Tom und Eva, Loy und Flora waren alle im Zimmer, als er hereinkam. Er schaute von einem zum andern, und dann wandte er sich zur Mutter und sagte: »Mutter, habe ich nicht immer der Familie geholfen, wenn ihr Hilfe gebraucht habt?«

»Ja, Ah-Tong, das hast du.«

»Ich habe Vater das Geld gegeben, damit du und Tom und Eva in dieses Land kommen konntet, und ich half beim Begräbnis und auch bei der Schadenersatzforderung von der Versicherungsgesellschaft.«

»Ja, mein Sohn, das hast du getan. Aber warum sprichst du jetzt von diesen Dingen?«

»Mutter, ich habe die Absicht zu heiraten.«

Tom und Eva schrien auf vor Überraschung.

»Schämst du dich nicht! Erst vor vier Monaten ist dein Vater gestorben!« rief die Mutter. »Was fällt dir nur ein, daß du ausgerechnet jetzt heiraten willst? Was sollen die Leute dazu sagen?«

»Wieso, Mutter, in diesem Land ist das nichts Besonderes.«

»Hast du gar keine Ehrfurcht vor deinem Vater? Hast du wirklich die Stirn, so bald nach seinem Begräbnis Hochzeit zu feiern, daß die ganze Chinesenstadt darüber redet?«

»Mutter, du verstehst nichts davon, wie es in Amerika ist. Wenn du nicht möchtest, daß die Leute es erfahren, dann werden wir eben keine Hochzeitsfeier halten.«

»Kannst du nicht noch ein bißchen warten?« sagte Loy. »Wenigstens noch ein halbes Jahr – dann wird es sich besser machen.«

»Ich muß schon jetzt heiraten!« sagte Freddie.

»Wieso mußt du?« fragte Loy, aber darauf gab Freddie keine Antwort.

»Mutter«, fing er von neuem an, »ich komme zwar nicht deswegen zu dir, weil ich weiß, daß du das Geld hast. Aber ich brauche tatsächlich jetzt sofort eintausend Dollar.«

»Eintausend Dollar!« rief sie. »Nein, dieses Geld wirst du nicht anrühren.«

Tom konnte sehen, daß Flora im stillen kochte. Sie schaute flammend ihren Mann an, und der sagte: »Du weißt gut, daß diese fünftausend Dollar für das Restaurant bestimmt sind!«

»Ja, darauf haben wir seit Jahren gearbeitet und gespart«, sagte die Mutter. »Dein Vater und Loy haben sich geschunden und geschwitzt, bis es beisammen war.«

»Es ist doch Vaters Geld, oder nicht?« Freddie schaute Loy ziemlich böse an. »Und ich bin schließlich so gut sein Sohn wie Loy.«

»Ah-Tong, du bist mein Sohn, genau wie Loy und Tom. Aber wir alle haben geplant und gearbeitet, damit wir zu einem Restaurant kämen. Nun sind wir so weit, den Plan auszuführen. Du kannst helfen, es zu betreiben, wenn du willst. Es ist ja nicht so, als hätte dein Vater einen Besitz hinterlassen, damit er unter seine Söhne verteilt werde. Dies ist unser ›Blutgeld‹, mit dem wir ein Restaurant eröffnen wollen, und davon werde ich nicht einen Cent anrühren!«

»Mutter, du bist sehr ungerecht gegen mich«, sagte Freddie. »Und was ist mit den zweitausend Dollar, die ihr von der Dame bekamt?«

»Wozu brauchst du denn dieses Geld?«

»Das will ich dir sagen. Ich werde jetzt heiraten, und dazu muß ich eine neue Wohnung einrichten. Außerdem sind da zwei Männer, mit denen ich Versicherungen abgeschlossen habe. Die sind hinter mir her.«

»Warum sind sie hinter dir her?« fragte Flora.
»Weil sie mir das Geld bezahlt haben und ich es der Versicherung noch nicht abgeliefert habe.«
Loy schaute ihn streng an. »Hast du das Geld ausgegeben?«
»Ja. Ein Teil war für das Begräbnis. Du wirst dich erinnern, daß ich dafür zweihundert Dollar ausgab.«
»Hast du das übrige verspielt?« fragte Loy.
»Nein, verspielt habe ich nichts davon. Ich hab's halt ausgegeben. Es ist schon fünf oder sechs Monate her, seit ich die Versicherungen abschloß – und seither habe ich sie vertröstet. Mutter, ich werde in Schwierigkeiten kommen, wenn sie zu der Gesellschaft gehn. Dann verliere ich meine Stellung.«
Die Mutter schaute sehr verstört drein.
»Die Gesellschaft kann mich verklagen, wenn ich ihr die Versicherungsprämien nicht abliefere.« Freddie ballte die Fäuste.
»Wieviel bist du denn schuldig für diese Versicherungen?« fragte sie verzagt.
»Fünfhundert Dollar. Und außerdem muß ich heiraten. Ich will gar kein Geld für die Hochzeit ausgeben, aber ich brauche etwas für die Wohnungseinrichtung. Wie ihr seht, kommt alles zusammen!«
»Kannst du denn nicht warten und nicht gerade jetzt heiraten?«
»Nein. Wir werden zum Friedensrichter gehen. Die Leute in der Chinesenstadt brauchen nichts davon zu wissen.«
Mutter Fong ging ein Licht auf, sie fragte nichts mehr.
»Dieses andere Geld muß für Toms Ausbildung aufbewahrt werden. So hat es die Dame bestimmt. Aber ich möchte nicht, daß du deine Stellung verlierst. Brauchst du wirklich eintausend Dollar?«
»Ich würde nicht darum bitten, wenn ich es nicht brauchte, Mutter!«
»Also gut. Ich will dir das Geld geben, aber du mußt es Tom zurückzahlen, sobald du kannst.«
»Das will ich, Mutter, du kannst dich darauf verlassen.«
»Nun müssen wir noch über diese Sing Toy reden«, sagte die Mutter.
»Ich weiß, daß du sie nicht magst, Mutter«, sagte Freddie zögernd.
»Du kannst ganz sicher sein, daß es so ist.«
»Keiner von euch versteht sie. Sie ist ein Broadwaystar, und wenn

sie in unsre Familie heiratet, so tut sie uns damit eine Ehre an. Und doch benehmt ihr euch alle, als sei sie euch nicht willkommen. Aus diesem Grunde habe ich sie nie hierhergebracht.«

»Ich warne dich nur – mehr sage ich nicht darüber«, sagte Mutter Fong. »Du hast sie dir ausgesucht, und du mußt mit ihr leben – ich kann dich nicht davon abhalten. Aber ich kann es keineswegs billigen.«

»Du kannst sagen, was du willst, Mutter. Ich liebe sie eben. Du weißt nicht, Mutter, was das ist, einen Menschen lieben.«

»Du sagst mir, ich wüßte nicht, was lieben heißt! Du hast vollständig den Kopf verloren, mein Sohn. Das ist alles.«

2

Freddie ließ seine Familie nicht wissen, wann er heiraten wollte. Aber eines späten Nachmittags, als die ganze Familie daheim war, fuhr er in einem grünen, anscheinend ganz neuen Wagen vor und kam mit Sing Toy, den Arm um ihre Taille, die Treppe herauf.

»Mutter, hier bring ich dir deine zweite Schwiegertochter«, verkündete er. »Gestern abend haben wir geheiratet.«

Sie riefen alle durcheinander und lachten und gratulierten. »Hier! Ich habe eine Flasche Champagner mitgebracht, damit wir es gebührend feiern können«, sagte Freddie. Er wickelte die Flasche aus, Eva rannte nach Gläsern, und alle tranken sie und versuchten, der Sache die beste Seite abzugewinnen. Die Frauen überboten sich derart in Schmeicheleien, daß Tom eine ganze Weile verstummte. Diese Kunst ist den Frauen angeboren, die Männer verstehen sich höchstens darauf, wenn sie glänzende Diplomaten sind, was bei ihnen eine Ausnahme ist, und selbst dann können sie's nicht halb so gut wie jede normale Frau.

»Ich weiß gar nicht, wie ich dich anreden soll«, sagte Flora zu der jungen Frau. »Ist Sing Toy dein Bühnenname?«

»Ja. Aber nenne mich ruhig Sing.« Irgendwie spürte sie, daß dieses Thema gefährlich war.

»Es ist ein reizender Name und paßt auch so gut zu dir.«

»Aber ihr, Tom und Eva, müßt sie Yisow nennen«, sagte die Mutter.

Eva war gleich bereit, das hübsche Spiel mitzuspielen. »Erinnerst du dich noch an die Parade im letzten Jahr, Yisow? Wie hast du es nur fertiggebracht, wie ein gewiegter Tambourmajor den Stab zu schwingen?«

»Oh, das ist nicht schwer, wenn man es ein paarmal übt.«

»Das wäre nichts für mich«, sagte Flora. »Ich wäre so verlegen, daß ich es einfach nicht könnte. Wir haben dich so bewundert, als wir bei der Parade hinter dir hergingen. Aber du bist natürlich an die Bewunderung der Männer gewöhnt, Darling.«

Freddie war glücklich, als er sah, daß seine Frau sich sichtlich mit seiner Schwägerin so gut verstand. »Wahrhaftig, Flora, sie ist ein süßes Baby. Nun siehst du's ja, Baby, was für eine großartige Familie ich habe! Komm, tanz mit mir zur Feier des Tages!«

Freddie drehte das Radio an und versuchte, Sing Toy vom Stuhl hochzuziehen.

»Nein, Freddie, nicht jetzt«, sagte sie. »Ich bin heute zum erstenmal bei deiner Mutter zu Gast.«

»Komm nur, alle machen mit!« sagte Freddie und klatschte in die Hände.

»Bitte tu's«, rief Eva und klatschte tüchtig mit.

»Tanz einen Jitterbug mit mir. Komm schon!«

»Bitte, Freddie, nicht jetzt!«

Aber Freddie zerrte sie auf die Füße. »Du sollst deinem Gatten gehorchen, weißt du noch? Erst gestern hast du's versprochen.«

Widerstrebend tanzte Sing Toy ein paar Schritte mit ihm. Das Zimmer war von Lärm und Ausgelassenheit erfüllt, und Freddie und Sing Toy lachten beide laut, als sie zu ihren Stühlen zurückkehrten.

»Deine Wimperntusche hat sich verwischt, Liebes«, sagte Flora.

Sing Toy nahm aus ihrer Handtasche einen Spiegel und wischte sich flink und höchst gewandt die Augen aus.

Nun fragte Loy: »Ah-Tong, ist das dein Wagen da unten?«

»Ja, achthundertundfünfzig haben wir dafür bezahlt. Ist er nicht piekfein?«

»Ein wunderschöner und sehr teurer Wagen«, sagte Flora mit Nachdruck.

»Du darfst das nicht falsch verstehen. Das ist Sings Geld gewesen.«

»Ach, so ist das!«

»Können wir den Wagen sonntags manchmal haben?« fragte Eva.

»Warum nicht«, gab Sing Toy zur Antwort. »Aber jetzt, da ich einen Wagen habe, wüßte ich gar nicht, wie ich ohne ihn auskommen sollte. Komm mit herunter und schau ihn dir an.«

Mit großem Hallo liefen sie alle auf die Straße, bis auf Freddie, den seine Mutter zurückhielt. Als sie allein waren, fragte sie ihn: »Nun sag mir, wann ist es soweit?«

»Wann ist was soweit?« fragte Freddie ganz überrascht.

»So was!« Die Mutter schüttelte den Kopf und schaute an ihrem großen Sohn hinauf. »Du wirst doch deiner alten Mutter nichts vormachen wollen! Wie alt ist es?«

»Was meinst du denn, Mutter?«

»Du mußtest ganz schnell heiraten, nicht wahr? Wann erwartet deine Frau das Kind?«

Freddie wurde rot. »Mutter, wieso hast du das erraten? Bitte, sag mir, wissen das alle?«

»Das haben wir alle erraten.«

»Verheimliche es doch bitte vor Tom und Eva.«

»Verheimlichen! Wenn das Baby da ist, können sie doch die Monate nachzählen.«

»Mutter, ich hab sie so lieb. Bitte, sprich mit niemand darüber. Wenn es dann so weit ist, können wir den Leuten erzählen, es sei zu früh gekommen. Sie brauchen ja gar nicht zu erfahren, wann wir geheiratet haben.«

Als die andern wieder heraufkamen, konnten sie weder der Mutter noch Freddie etwas Ungewöhnliches anmerken.

Als das junge Ehepaar ging, schaute die ganze Familie zum Fenster hinaus und beobachtete seine Abfahrt in dem auffallenden grünen Wagen.

»Ich bin ganz sicher, Mutter, daß er die tausend Dollar zum Kauf des Wagens verwendet hat!« rief Tom.

»Ich wette meinen Kopf, daß er das getan hat«, sagte Loy.

»Und wenn wir uns den Wagen mal ausborgen, müssen wir uns bei Sing Toy noch bedanken!« sagte Flora.

»Schaut euch eure alte Mutter an, die von ihrem eigenen Sohn an der Nase herumgeführt wird!« sagte die Mutter. »Ich kann ihm nie mehr ein Wort glauben.«

»Denk nur daran, wie er damals sein Spiel mit Vater getrieben hat wegen des Beitrags für die Soldaten!« sagte Tom. »Ob ich wohl jemals das Geld für meine Ausbildung wiederbekomme?«

»Er hat versprochen, es zurückzuzahlen. Aber ich weiß nicht, was ich noch glauben soll«, sagte die Mutter traurig.

3

Endlich fanden sie für das Restaurant den geeigneten Platz an der Pellstraße. Es war ein langer, schmaler Raum, in dem nur Platz für zehn bis zwölf Tische war, dahinter befand sich eine Küche. Als es ans Malen und Einrichten ging, hatten Tom und Eva eine Menge Wünsche. Sie hatten genug moderne Restaurants gesehen und wußten daher, wie es darin aussehen mußte. Der abgetretene Fußboden mußte unbedingt mit Linoleum belegt, verdeckte Beleuchtungskörper angebracht und die Wände frisch gemalt werden. Eva war lange genug in Amerika gewesen, um eine ganz ausgeprägte persönliche Meinung zu haben, aber diese Meinung stimmte nicht immer mit der ihrer Mutter überein. Mutter Fong gab zu, daß sie Linoleum haben müßten, aber sie sah nicht ein, wozu die verdeckten Beleuchtungskörper gut sein sollten. Sie war auch mit dem frischen Anstrich und den neuen Tischen einverstanden, weil sie haben wollte, daß es das sauberste Restaurant in der Chinesenstadt würde. Doch hätte sie gerne alle möglichen Bilder an den Wänden aufgehängt, aber Eva bestand hartnäckig darauf, die Wände kahl zu lassen – und Eva gewann. Sie berief sich darauf, daß es nicht ein bißchen mehr kosten würde, den Raum modern einzurichten, statt ihn altmodisch – mit »Gerümpel«, wie sie es nannte – vollzustellen. So hatte der Raum, als er fertig war, ein ultramodernes Aussehen mit seinen kahlen Wänden, seiner indirekten Beleuchtung, den Tischplatten aus Bakelit und den Stühlen aus Aluminium mit Sitzen aus rotem Kunstleder.
Loy und Flora waren glücklich. Nun wurde all ihr Schuften und Geizen und Knausern belohnt. Die Familie mußte zwar in eine Wohnung im fünften Stock über dem Restaurant ziehen, die nur zweieinhalb Zimmer hatte und viel kleiner war als die alte in der Oberstadt, aber sie waren es zufrieden. Flora brachte voll Stolz ihre Eltern, damit sie sich das neue Restaurant ansahen.
Die Familie beschloß, daß sie einen Koch nehmen müßten. Das war die einzige Hilfskraft, die sie sich leisteten, und auch das sollte nur vorübergehend sein, bis Loy kochen gelernt hatte.
Die Mutter sagte: »Loy, du mußt in der Küche bleiben. In vier Monaten solltest du ein guter Koch sein.«
»Ich – ein Koch?«
»Was glaubst du, woher sie alle die Köche in den chinesischen Restaurants hier nehmen? Und wie viele von ihnen als Köche in

dieses Land gekommen sind? Auch ich will in der Küche bleiben und gut aufpassen. Du, Flora, mußt Oberkellnerin und Kassiererin sein, und Tom und Eva, ihr müßt ihr helfen. Wir werden außer dem Koch keine fremde Hilfe haben, und nach vier Monaten überhaupt keine Hilfe mehr.«

Und dann wurde das Restaurant mit einem Essen für geladene Gäste eröffnet. Seinen Namen hatte sich Tom ausgedacht, es hieß »Marco's Cathay« – die alte Bezeichnung für China. In einer Ecke der Küche stellte Mutter Fong einen Spielstall für den kleinen Marco auf, und sie beaufsichtigte ihn, nur hin und wieder kam Flora, um ihn zu füttern oder mit ihm zu spielen. Wenn sich niemand um Marco kümmerte und der Betrieb in der Küche ihm langweilig wurde, schlief er einfach ein in seinem Spielstall. Eigenartig, daß eine Mutter durch die Wände hindurch hören kann! Manchmal, wenn Marco in der Küche weinte, sahen die Gäste zu ihrer Überraschung das italienische Mädchen plötzlich ihren Platz am Kassentisch verlassen und nach hinten laufen, auch wenn sie schon warteten, um zu bezahlen. Während der Stunden, in denen Mutter Fong und Eva sehr beschäftigt waren, sah man Flora mit ihrem Kind auf dem Schoß am Kassentisch sitzen und auf die Straße hinausschauen.

Vater und Mutter Maggio kamen oft, bald aßen sie die chinesischen Speisen sogar besonders gern. Mutter Fong wollte nicht, daß sie bezahlten, aber Mutter Maggio behauptete, dann käme sie nicht wieder – und schließlich fand Flora einen Ausweg und ließ sie nur die Selbstkosten der Mahlzeit bezahlen. Nur den Einkaufspreis, nicht die Arbeit und die sonstigen Unkosten, die gewöhnlich vierzig Prozent ausmachten.

Tom und Eva waren von heimlichem Glück erfüllt – endlich lebten sie nicht mehr im Souterrain. Es war ein sonderbares Gefühl, als gingen sie auf Stelzen. Schon allein die Leute auf der Straße vorübergehen zu sehen, war ein Vergnügen. Anfangs, als das Restaurant neu eröffnet war, ertappte sich Tom oft dabei, daß er durchs Fenster schaute in der Erwartung, die Füße der Menschen auf der Straße über seinem Kopf vorbeiwandern zu sehen. Nun hatte er das Gefühl, die ganze Straße habe sich zu ihnen herabgesenkt, oder ihr Geschäft sei auf wunderbare Weise in die Höhe gehoben worden. Wenn sie sich eine freie Minute gönnten, saßen Flora und Eva mit der Mutter vor dem Restaurant und beobachteten – auch sie fanden es großartig.

Loy war immer noch sehr schweigsam, das seltsame Gefühl, nicht immerzu mit den Händen arbeiten zu müssen, machte ihn ganz krank.
»Du könntest eigentlich deinen Rock anziehen«, sagte seine Frau.
»Dann hielte ich es überhaupt nicht mehr aus. Ich käme mir vor, als faulenzte ich nur noch herum«, sagte er.
So lief er immer noch im Hemd mit offenstehendem Kragen umher. Aber Flora kaufte sich hübsche weiße Schürzen und Mützen.
Tom fühlte sich ganz verloren. Er verstand es nicht, den Gästen zu schmeicheln und ein aufmerksamer Kellner zu sein – in Wirklichkeit konnte er nicht verstehen, daß sie ein Restaurant eröffnet hatten, nur um mehr Geld zu verdienen. Körperlich zu arbeiten, das war ihm schon recht. »Laßt mich die Tische sauber machen und das Geschirr abwaschen!« sagte er.
Manchmal ging ihm das Geschirrspülen leicht von der Hand und manchmal auch sehr langsam.
»Tom, bist du noch nicht fertig?« sagte dann Eva, wenn sie in die Küche kam mit einem Stapel von gebrauchtem Geschirr. »Was machst du nur? Oh, Tom!«
»Kümmere dich um deine eigene Arbeit! Wie steht's draußen?«
»Nicht viel los. Warten wir Samstag und Sonntag ab.«
Dann beeilte sich Tom plötzlich und spülte das ganze Geschirr in fünf Minuten. »Eva, komm doch mal!« rief er dann durch die Küchentüre.
»Was ist denn?«
»Schau dir das an! Wer kann das Geschirr rascher abspülen als ich?«
»Ach, du! Hast ja ein Glas zerbrochen! Sieh, es hat einen Sprung.«
»Wirklich? Ich sehe nicht ein, warum die Leute nicht unzerbrechliche Gläser herstellen.«
»Wenn sie das täten, könnten sie keine mehr verkaufen, weil niemand mehr neue brauchte.«
Tom war wieder in seinen Gedanken versunken. Das Ergebnis seiner philosophischen Betrachtung war bald handgreiflich zu sehen. Eva fand ihn am nächsten Tag mit zwei großen Drahtgestellen und einigen Metallbändern bei der Arbeit.
»Was tust du denn da?«

»Das ist eine Geschirrspülmaschine. Es ist nur ein Notbehelf.«
»Du wirst nur alle Teller zerbrechen, Tom«, sagte die Mutter.
»Bitte, laß mich's versuchen. Ich werde nicht ein einziges Stück zerbrechen.«
»Du bist doch noch ein Kind«, sagte die Mutter zärtlich. »Hältst du dich schon für einen Mechaniker?«
»Mutter, hab ich nicht das lange Wasserrohr für dich angebracht? Es tut seinen Dienst – oder nicht?«
Es stimmte, Tom hatte ein Rohr verlängert und es an der Wand entlang bis zum Ausguß geführt. Nachdem er es mit Aluminiumfarbe bemalt hatte, sah es ganz gut aus. Er besuchte ständig die Eisenwarengeschäfte und hatte eine vollständige Ausrüstung von Schraubenziehern, Zangen, Bohrern und sonstigen Werkzeugen.
Nun arbeitete er, wie gesagt, an einer Geschirrspülmaschine. Er verband die beiden Drahtgestelle, stellte versuchsweise ein paar Teller hinein und klappte das ganze Gestell zusammen, dann hielt er den Gummischlauch des Wasserhahns darüber und besprengte die Teller mit Wasser. Hierauf drehte er das Gestell von unten nach oben, sehr sorgfältig, denn seine Mutter beobachtete ihn scharf, und ließ wieder Wasser darüber laufen.
»So, jetzt sind sie alle sauber!« rief er.
»Ich kann gar nicht mit ansehen, wie du das Geschirr von oben nach unten schwenkst«, sagte die Mutter.
»Auf diese Art kannst du nicht viel Geschirr auf einmal waschen«, sagte Flora.
Tom runzelte die Stirn. »Ich werde was Besseres erfinden. Bitte, laßt mich's versuchen.«
Er beschäftigte sich gründlich mit dem Problem. Der schwierige Punkt beim Geschirrspülen war hinterher das Aufstapeln und Trocknen.
»Heißes Wasser ist genug da. Wenn das Geschirr richtig gestapelt ist, trocknet es von selber. Das ist der springende Punkt«, erzählte er Eva.
Die nächsten Tage sah sie Tom mit einer Rolle dicken Gitterdrahts und einer Schere hantieren. Nach zwei Wochen waren seine Finger zwar ganz zerrissen und zerquetscht, aber er hatte etwas zustande gebracht, worüber die ganze Familie in Aufregung geriet. Es war ein Gestell aus Gitterdraht, genau der Länge nach in zwei Hälften geteilt, ungefähr neunzig Zentimeter lang, und paßte

genau in den großen Ausguß. Es hatte je ein Fach für Teller, Tassen, Schüsseln, Löffel und Eßstäbchen. Darüber befestigte er einen sechzig Zentimeter langen Schlauch mit einer Brausevorrichtung, mit dem man das Geschirr von allen Seiten abbrausen konnte. Und dann ließ man es einfach trocknen. Nicht ein Stück brauchte von der Stelle gerückt zu werden.

»Das ist sehr bequem!« sagte Loy. »Tom, du solltest Mechaniker werden.«

»Ich denke, das werde ich auch«, erwiderte Tom.

Es dauerte nicht lange, bis Tom noch andere nützliche Dinge erfand. Er spannte zwei lange Drähte unten an der Wand des Restaurants entlang, damit er und Eva sich Signale geben konnten. Ein rotes Licht blinkte über dem Ausguß auf, wenn Tom oder die Mutter draußen gebraucht wurden. Ein grünes Licht bedeutete, daß ein besonders gut aussehender Gast hereingekommen war.

»Das ist albern«, sagte die Mutter, aber sie verbot es ihnen nicht.

»Ich muß sogar drei Drähte haben«, sagte Tom.

»Wozu denn noch?«

»Siehst du, mit drei Leuchtzeichen, rot, grün und blau, kann ich siebenerlei Signale geben.«

»Was willst du denn mit sieben Signalen?«

»Ich werde es dir aufschreiben.« Er zeigte seiner Mutter ein Blatt Papier, auf das er geschrieben hatte:

A – rot
B – grün
C – blau

A – Loy wird gewünscht
B – Mutter wird gewünscht
C – Tom wird gewünscht
AB – Etwas Aufregendes auf der Straße
AC – Ein gut aussehender Gast
BC – Ein hübsches Mädchen
ABC – Etwas *sehr* Aufregendes

Es wurde dann so gemacht: Wenn Eva vorn im Restaurant Elsie auf der Straße vorbeigehen sah, funkte sie AB. Aber wenn Elsie ins Restaurant hereinkam, funkte sie alle drei Leuchtzeichen.

Achtzehntes Kapitel

1

Weil sie oben nur zwei Schlafzimmer hatten, wovon das eine von Flora und ihrem Mann bewohnt wurde und das andere von Mutter und Eva, schlief Tom unten im Restaurant. Gewöhnlich wurde es später als elf, bis die letzten Gäste gegangen waren und alles aufgeräumt war und er endlich sein Bettzeug hervorholen und sein Feldbett aufschlagen konnte.

Sobald die übrige Familie hinaufgegangen und er allein war, knipste er seine Bettlampe an und las. Er las, was ihm in die Hände kam, vom Handbuch für Elektrizität bis zum chinesischen Geschichtswerk. Er konnte sich noch immer keine rechte Vorstellung von Konfuzius machen. Die Kaiser Yao und Shun hatten vor viertausend Jahren gelebt, Konfuzius vor zweitausend. Wie lange war das schon her! Der Bronx-Zoo war ihm unendlich viel näher. Er las englische und chinesische Bücher, aber seine letzten Gedanken, ehe er einschlief, galten immer Elsie und dem, was sie an diesem Nachmittag mit ihm gesprochen hatte.

Elsie wohnte nun ganz in der Nähe, schon im nächsten Häuserblock. Aber die Veränderung seines Lebens bedeutete viel für ihn. Es war ihm nicht mehr möglich, mit ihr spazierenzugehen, höchstens an ein paar Nachmittagen in der Woche. Samstags und sonntags hatte er immer zu tun, ebenso die Woche über von vier Uhr bis spät in die Nacht. Zwischen zwei und vier war er zwar immer frei, aber Elsie nur manchmal.

»Ich bin froh, daß ich Sie so oft sehen kann«, sagte er eines Tages. »Aber ich vermisse unsre Sonntagswanderungen sehr.«

»Wenn wir nicht fort können, müssen wir's halt lassen«, antwortete sie ohne das leiseste Zeichen des Bedauerns.

»Ist das für Sie denn keine Enttäuschung?«

»Wenn wir nicht können, so können wir nicht. Wieso sollte ich da enttäuscht sein?«

»Waren Sie denn nicht glücklich über unsre Ausflüge? Sie tun so, als sei es Ihnen ganz gleichgültig.«
»Tom, Sie sind viel zu amerikanisch! Warum sich über etwas aufregen, was man nicht ändern kann?« Sie sprach ruhig und sicher.
»Wieso bin ich zu amerikanisch?«
»Sie wollen immer dies und jenes tun, an den Strand gehen, nach Ossining, in den Bronx-Zoo. Warum können Sie nie stillsitzen, Tom? Immer wandern, wandern, wandern. Erinnern Sie sich noch an das letzte Mal, als Sie mich im Regen durch den ganzen Van Cortland Park schleppten, bis ich schließlich an der Gunhillstraße die Straßenbahn nehmen mußte?«
»Ist das nicht ein herrlicher Spaziergang gewesen?«
»Doch, aber ich konnte den ganzen Montag und Dienstag meine Beine kaum mehr rühren und hatte Blasen an den Füßen.«
»Hatte ich Ihnen nicht gesagt, Sie sollten Schuhe mit niederen Absätzen tragen? Elsie, ich liebe die Melodie, die Sie damals im Van Cortland Park gepfiffen haben, sie klingt mir noch immer in den Ohren. Kommen Sie, bringen Sie sie mir bei.«
Sie summten das Lied »There's a Long, Long Trail Awinding«. Es war eine Art Marschlied, aber man mußte es ganz weich und langsam singen, und das paßte so gut zu Elsie.

Eine lange, lange Nacht des Wartens,
Eh alle meine Träume sich erfüllen,
Und endlich kommt der Tag, mit dir
Den langen, langen Pfad zu wandern.

Dann pfiffen sie die Melodie zusammen und lachten.
»Wenn ich diese Melodie höre, muß ich immer daran denken, wie Sie an jenem Tag mit einem Stock in der Hand durch die Wälder wanderten.«
»Tom, Sie sind ein sonderbarer Bursche.«
»Warum?«
»Und damals im Winter haben Sie mich an den Strand von Coney Island hinausgeschleppt, damit ich das Meer sehen konnte. Warum sind Sie so ruhelos?«
Ja, warum war er so ruhelos? Außer Elsie hatte noch nie jemand zu ihm gesagt, er sei »zu amerikanisch«.
»Ich bin eben von Natur ungeduldig. Ich liebe es, im Regen zu wandern. Wie kann ich das erklären? Was ich Ihnen eigentlich

sagen wollte, war, daß ich sonntags nicht mehr fort kann, und nun reden Sie so, als machten Sie sich nichts daraus.«

»Es ist gar nicht so, als machte ich mir nichts daraus. Ich liebe es sehr, mit Ihnen zu wandern. Können wir nicht an einem andern Tag gehen?«

»Das können wir sicher.«

»Dann gehen wir an einem andern Tag.«

Ihre Worte waren wieder klar, bestimmt und frei von jeder Erregung.

»Und wenn wir überhaupt nicht mehr ausgehen können?«

»Dann können wir eben nicht ausgehen. Warum sich darüber aufregen?«

Tom war sehr betroffen. Eva hatte auch etwas von diesem Überlaß-es-dem-Himmel-Gleichmut gehabt – aber Eva hatte sich völlig verändert. Jetzt war sie sehr aktiv und tatendurstig. Da war nun Elsie, weit weg von daheim, sie lebte ganz allein und war es völlig zufrieden, zu Hause zu bleiben, wenn sie nicht ausgehn konnte. Wie sah sie wohl das Leben an?

»Elsie«, sagte er zögernd, »ich glaube, Sie sind zu chinesisch.«

Nun war Elsie betroffen. Sie war doch ein modernes Mädchen, oder glaubte wenigstens, es zu sein. Weinte sie nicht – und lachte sie nicht? Aber still dazusitzen und geduldig zu warten, die Dinge zu nehmen, wie sie kamen, war doch das Natürliche und einzig Vernünftige. Sie war sich nicht bewußt, daß dies eine chinesische Eigenschaft war. Alle Chinesen waren sich darin gleich.

»Nun dürfen Sie mich nie mehr einen Amerikaner nennen«, sagte Tom. »Wollen wir nächste Woche einmal zusammen ausgehen? Ich kann es mit meiner Mutter verabreden. Montag würde es gut passen, da bleiben die meisten Leute daheim.«

»Okay!« sagte Elsie auf englisch. Tom schaute sie prüfend an und entdeckte einen weichen Ausdruck auf ihrem Gesicht – nun wußte er, daß sie wirklich gern mit ihm ausgehen wollte.

Er ging nach Hause und war sich neu bewußt, wie beständig und zurückhaltend Elsie war. Er hatte noch nie ein Mädchen wie Elsie gekannt. Elsie konnte leiden, wenn sie es mußte, aber weil sie diese Kraft in sich trug, würde sie weniger leiden. Im Vergleich mit ihr war seine Schwester wie ein hüpfender Gummiball. Er spürte, daß es an Elsies chinesischer Erziehung lag, vielleicht auch, weil sie so viele chinesische Bücher gelesen hatte. Er nannte es Elsies Art, sich das Leben anzusehen.

2

Am folgenden Montag erwartete Tom Elsie im Restaurant. Aber sie kam nicht. Er wartete eine halbe Stunde, dann verlor er die Geduld und ging zum Schulhaus.

»Elsie!« rief er von unten.

Er erhielt keine Antwort und rief wieder und wieder. Was war vorgefallen?

Er rannte die Treppe hinauf und klopfte.

»Wer ist da?« Ihre Stimme klang ganz niedergedrückt.

»Ich bin's, Tom. Was ist geschehen? Warum sind Sie nicht gekommen?«

»Kommen Sie herein, Tom! Die Tür ist nicht verschlossen.«

Elsie lag auf ihrem Bett, das Gesicht naß von Tränen.

»Sind Sie krank?«

»Nein. Kommen Sie herein und setzen Sie sich.«

»Elsie, warum weinen Sie denn?«

Sie setzte sich auf, aber sie antwortete nicht – Elsie, die immer die Ruhe selbst war.

»Was ist geschehen?« drängte Tom.

»Mein Vater ist gestorben. Hier ist der Brief meiner Mutter.« Sie hielt den Brief krampfhaft fest und brach wieder in Tränen aus. Tom schwieg erschrocken, bis sie nach einer Weile sagte: »Kommen Sie, setzen Sie sich zu mir. Ich möchte mit Ihnen reden.«

Unter Tränen berichtete sie ihm, daß sie den Brief heute morgen erhalten hatte. Ihre Mutter hatte aus Chungking geschrieben, daß der Vater vom Geschoß eines Maschinengewehrs getötet worden sei, als sie auf einem Boot aus Hankau flohen und die Japaner die Flüchtlinge aus der Luft angriffen. Die Mutter war mit einem Streifschuß am Arm davongekommen. Im letzten Winter waren ihre Eltern aus Schanghai nach Hankau geflohen, gerade noch vor der Eroberung Nankings durch die Japaner. Nun fuhren sie den Yangtse hinauf ins Innere der entfernten Provinz Setschuan.

»Tom, ich muß nach Hause. Meine Mutter ist ganz allein.«

Diese Nachricht traf ihn wie eine Kugel. Erst jetzt wurde ihm bewußt, wie teuer und wie unentbehrlich Elsie ihm war.

»Ich kann Sie nicht gehen lassen, Elsie. Verlangt Ihre Mutter, daß Sie nach Hause kommen?«

»Nein, sie schreibt mir, ich solle bleiben und hier weiterstudieren. Aber ich muß zu ihr, ich muß!«

»Hat sie gar niemand bei sich?«
»Ich habe eine verheiratete Schwester. Ihr Mann arbeitet irgendwo im Innern, ich weiß nicht wo; sie sind immer unterwegs.«
Tom sehnte sich danach, sie zu trösten. Sie gab ihm den Brief der Mutter, und er betrachtete ihn einen Augenblick. »Sie hat eine schöne Handschrift«, sagte er.
»Von ihr habe ich fast alles Chinesisch gelernt, das ich weiß. Ich stand mit meinen Eltern sehr gut. Meine Schwester ist zehn Jahre älter und schon lange verheiratet. So war ich eigentlich immer das einzige Kind.«
Tom schaute sie ernst an. »Da es Ihre Mutter ist, muß es eine wunderbare Frau sein. Elsie, Sie sind so schön!«
»Nein«, erwiderte sie rasch, »meine Mutter ist schön. Sie war in ihrer Jugend eine wirkliche Schönheit. Es wäre noch viel schlimmer gewesen, wenn sie zuerst gestorben wäre. Ohne sie wäre mein Vater verloren gewesen. Sie hingen sehr aneinander. Tom, ich kenne hier eine Frau, die meiner Mutter sehr ähnlich ist.«
»Wer ist das?«
»Mrs. Yang. Tom, ich war immer bei meiner Mutter, ehe ich fortging, und nun ist sie ganz allein; ich muß zurück zu ihr.«
Tom nahm ihre Hand, die auf dem Bett lag. »Elsie, verlassen Sie mich nicht! Wenn Ihre Mutter so wie Mrs. Yang ist, wird sie überall Freunde haben. Ich begreife, daß diese Nachricht ein schrecklicher Schlag für Sie ist. Warum wollen Sie nicht warten, bis Sie mehr erfahren? Vielleicht geht es Ihrer Mutter gut.«
»Ich kann nicht warten.«
»Darin täuschen Sie sich. Ich habe manches von Ihnen gelernt. Früher sagten Sie mir, ich sei zu amerikanisch und zu ungeduldig. Warten Sie einen Monat, dann werden die Dinge anders für Sie aussehen.«
Aber sie sagte, sie könne jetzt nicht weiter darüber reden. So ging Tom nach Hause und erzählte seiner Familie, was vorgefallen war. Mutter Fong, Flora und Eva gingen sofort, um Elsie aufzusuchen.
»Das arme Kind, sie ist ganz allein in New York«, seufzte Mutter Fong, als sie zurückkam.
Am nächsten Tag ging Tom sehr früh ins Schulhaus, weil er wußte, daß Elsie allein war und an daheim dachte. Sie sprach nicht mehr davon, nach China zurückzugehen, aber sie saßen beisammen und unterhielten sich lange. Elsie erzählte von ihrem Vater,

wie selbstlos er gewesen sei. Er war ein armer Gelehrter und stritt mit niemand, und ohne die Mutter wäre er von allen übervorteilt worden. Vom Streiten hielt er gar nichts und war immer zufrieden. »Er verjagte keine Moskitos und ließ sich ruhig stechen«, erzählte Elsie. »Als ich klein war und meinen Arm zerkratzte, bis er blutete, sagte er: ›Wenn du das Jucken überwindest, überwindest du den Moskito.‹ So war Vater. Er lehrte mich, daß das Jucken nur eine Einbildung sei, und wenn man die Gabe besitzt, diese Einbildung zu überwinden, so vergehe es.«

»Glauben Sie das wirklich?«

»Gewiß! Mein Vater war ein großer Verehrer von Laotse.«

»Von wem?«

»Von Laotse. Haben Sie nie von ihm gehört?«

Tom war wieder einmal ganz verlegen.

»Mein Vater hat oft von ihm gesprochen. ›Dem ehrlichen Menschen glaubt man, dem Lügner glaubt man auch. Den guten Menschen halte ich für gut, den schlechten aber auch. Der Weise verachtet keinen Menschen, und deshalb gibt es keine verächtlichen Menschen.‹ Solche Gedanken hatte er.«

»Wer ist Laotse?«

Elsie schrieb den Namen in chinesischen Schriftzeichen auf. Sie bedeuteten »Alter Knabe« oder etwas ganz Ähnliches.

»Oh, Lotsi!« rief Tom auf kantonesisch.

»So haben Sie doch von ihm gehört?«

»Ich hörte von einer solchen Persönlichkeit.«

»Ich werde sein Buch mit Ihnen lesen, wenn Sie wollen. Es ist übrigens nicht schwer zu lesen.«

»Haben Sie aus diesem Buch Ihre Ruhe gelernt?«

Elsie lächelte. »Wieso sagen Sie, daß ich ruhig bin? Sie haben mich doch gestern schrecklich weinen sehen. Aber es ist wahr. Dieses Buch bringt es fertig, einen Menschen zu verwandeln.«

»Ist es besser als Konfuzius? Mit Konfuzius konnte ich nie etwas anfangen.«

»Er ist viel besser. Er verändert die ganze Vorstellung vom Leben und stets mit ganz wenig Worten. Ich habe es gern, Tom, wenn Sie so ausgeglichen sind wie jetzt und nicht herumtoben, um etwas zu erreichen, woran Ihnen in Wirklichkeit gar nichts liegt.«

»Was sagt Laotse darüber, wenn ich Ihnen jetzt eine Nudelsuppe hole?«

»Es geht mir doch wieder gut, Tom.«

»Nein, ich will sie Ihnen holen.«
Er ging in großer innerer Aufregung. Er hatte gestern so viel über Elsies Familie erfahren, aus der dieses köstliche Geschöpf hervorging. Elsie richtig kennengelernt zu haben, das war für ihn, als hätte er einen großen neuen Erdteil entdeckt, durch den sie erst das war, was sie war. ›Den Lügnern glaubt man auch.‹ Nie hatte er eine so seltsame Moral gehört wie diese. Laotse war nicht langweilig wie Konfuzius.
Er brachte ihr einen Topf Nudelsuppe mit Garnelen und Pilzen, und Elsie war ihm dankbar für seine Aufmerksamkeit. Sie begann zu zweifeln, ob sie ihn verlassen sollte, um zu ihrer Mutter zu gehen.
Während dieser für Elsie so sorgenvollen Zeit kam Tom regelmäßig zu ihr. Nach Wochen glaubte er, eine schwache Veränderung in ihrem Wesen zu erkennen. Manchmal war sie froh mit ihm, manchmal auch nicht. Er empfand eine schwer zu fassende Scheidewand zwischen ihnen. Er redete ihr zu, in Amerika zu bleiben, denn nur hier konnte sie Englisch lernen und eine moderne Ausbildung genießen. Aber er spürte, daß sie hin- und hergerissen wurde zwischen ihm und der Liebe zu ihrer Mutter, und er wußte, daß sie sich noch nicht entscheiden konnte, was sie tun sollte.

3

Das Licht, das von Laotse ausging, war so verwirrend, daß Tom einige Zeit brauchte, bis er sich darin zurechtfand. Man hat Laotse entweder gelesen oder nicht; hat man ihn aber gelesen und verstanden, so ist man ein verwandelter Mensch. ›Wenn ein Weiser höchster Art vom SINNE hört, so bemüht er sich, danach zu tun. Wenn ein Weiser mittlerer Art vom Sinne hört, so hält er bald an ihm fest, bald wieder gibt er ihn preis. Wenn ein Weiser niederer Art vom SINNE hört, so lacht er laut darüber. Wenn er nicht laut lacht, so war es noch nicht der eigentliche SINN.‹ So ist es gewöhnlich: Wer Laotse liest, lacht zuerst über ihn, und viele hören damit auf, daß sie über ihr eigenes Gelächter lachen. So war es auch bei Tom. Außerdem half ihm Laotse, Elsie besser zu verstehen.
Sie kannte sein Buch gut. Das erstemal saßen sie eine Stunde über

dem kleinen broschierten Band. Es war wahrscheinlich die aufregendste Stunde, die Tom je mit ihr verbracht hatte.
»Tom«, sagte sie und wies auf eine Seite des Buches, »das hier paßt genau auf Sie: ›Wer auf den Zehen steht, steht nicht fest. Wer mit gespreizten Beinen geht, kommt nicht voran.‹«
»Komme ich denn nicht sehr gut voran?«
»Doch. Aber Sie kommen nicht immer als erster an.«
»Ich fürchte, das verstehe ich nicht ganz. Wenn man still sitzen bleibt, kommt man jedenfalls überhaupt nicht an.«
»Doch, das tut man.«
»Entweder machen Sie sich lustig über mich, Elsie, oder ich bin sehr dumm. Mir erscheint das alles paradox.«
»Nein, das ist es nicht. Es ist sehr sinnvoll.«
Er sah in ihre Augen, die forschend auf ihn gerichtet waren. Sie schien ihm wie jemand, der alles hört, alles weiß, alles versteht, aber nicht mehr, als nötig ist, sagt. Wieder spürte er eine ungeheure Kraft in ihrer Zurückhaltung; es war immer wieder neu und erregend, fast beängstigend.
»Sie sind so still, Elsie.«
»Was wollen Sie damit sagen?«
»Ich meine Ihre Art, das Leben zu sehen. Sie schauen die Dinge ganz anders an als Eva oder Flora und alle andern Mädchen, die ich kenne. Sie sind so entspannt.«
»Entspannt?« Das war alles, was sie sagte, als sie ihr Buch wieder aufnahm. Nach kurzer Zeit kamen sie zu drei Zeilen, die Toms Aufmerksamkeit auf sich zogen:

> Bewegung überwindet die Kälte.
> Stille überwindet die Hitze.
> Reinheit und Stille ist der Welt Richtmaß.

»Da ist es! Das ist es, was ich meine!« rief Tom.
»Das ist nicht paradox, oder?« fragte Elsie freundlich. Plötzlich lächelte sie. »Ich muß Ihnen erzählen, was mein Vater immer sagte. Er sagte, daß Laotse für die Frauen war und Konfuzius für die Männer. ›Lerne die Männer kennen, aber halte dich an die Frauen‹, war sein Lieblingssatz. Den möchte ich Ihnen zeigen.«
Elsie blätterte in dem zerlesenen Band, bis sie die Stelle fand:

Der Geist der Tiefe stirbt nicht.
Das ist das Ewig-Weibliche.
Des Ewig-Weiblichen Ausgangspforte
ist die Wurzel von Himmel und Erde.

»Hier, sehen Sie! ›Das Weibliche siegt durch seine Stille über das Männliche.‹«

»Geben deshalb die Frauen immer nach und gewinnen doch immer?«

Elsie lächelte wieder. »Mein Vater betonte immer, daß Laotse das Tao nicht den Vater, sondern die Mutter des Himmels und der Erde nannte. Nehmen Sie das Buch mit nach Hause. Sie sehen, so schwierig ist es gar nicht. Ich weiß, Sie werden es lieben.«

Als Tom nach Hause ging, den kleinen Band in seiner Hand zusammengerollt, war ihm, als habe er einen neuen Freund gefunden. In dieser Nacht, als alle Gäste fort waren und das Restaurant geschlossen wurde, nahm er das kleine Buch und las noch im Bett darin. Einige Stellen packten ihn sofort.

Wenn der SINN herrscht auf Erden,
so tut man die Rennpferde ab zum Dungführen.
Wenn der SINN abhanden ist auf Erden,
so werden Kriegsrosse gezüchtet auf dem Anger.

Laotse gab ihm immer neue Rätsel auf. Dieser Philosoph sprach fast nur in Rätseln.

Weil er nicht streitet, kann niemand auf der Welt mit ihm streiten.
Er handelt nicht und bringt doch zur Vollendung.

Er siegt, aber er freut sich nicht daran.
Wer sich daran freuen wollte, würde sich ja des Menschenmordes freuen.
Menschen töten in großer Zahl, das soll man beklagen mit Tränen des Mitleids.
Wer im Kampfe gesiegt, der soll wie bei einer Trauerfeier weinen.
Darum: wo zwei Armeen kämpfend aufeinandertreffen,
da siegt der, der es schweren Herzens tut.

Alle Welt sagt, mein Sinn sei zwar großartig,
aber er scheine für die Wirklichkeit nicht geschickt.

Aber gerade das ist ja seine Größe,
daß er für die Wirklichkeit nicht geschickt erscheint.
Denn die Geschicklichkeit führt auf die Dauer zu Kleinlichkeit.

Meine Worte sind ganz leicht zu verstehen und ganz leicht auszuführen,
und doch ist niemand auf Erden imstand, sie zu verstehen und auszuführen.
Diese Worte haben einen Vater.
Diese Taten haben einen Herrn.
Weil die nicht verstanden werden,
darum werde ich nicht verstanden.
Daß ich von wenigen nur verstanden werde,
ist ein Zeichen meines Werts.

Als Tom spät in der Nacht das Licht ausknipste, rief er leise: »Hurra!« für den Alten Knaben. Das war die erregendste Entdekkung seines Lebens.

Neunzehntes Kapitel

1

Aber alle Weisheit Laotses konnte Tom doch nicht abhalten, Meermuscheln zu suchen. An einem Feiertag im Frühling sagte er zur Mutter: »In den New Yorker Restaurants kosten die Muscheln siebzig Cents das Dutzend. Ich kenne eine Stelle, wo ich sie direkt aus dem Meer holen kann, und zwar umsonst. Morgen ist das Restaurant geschlossen, da hole ich dir Muscheln für vier oder fünf Dollar. Eva will auch mitkommen. Und Elsie.«

»Wo geht ihr hin?«

»Nach Long Island, zur Hampton Bai. Wir können uns Yikos Wagen borgen.«

Die Verabredung wurde getroffen. Freddie war gern bereit mitzumachen und den Wagen zu fahren. Sing Toys Baby war im März geboren. Es war nur ein Mädchen, und die Familie hatte dem Ereignis nicht viel Aufmerksamkeit gewidmet. Je weniger man darüber sprach, um so besser ist es, meinte die Mutter. Gelegentlich konnte man ja erklären, es sei eine Frühgeburt. Freddie war kaum ein Jahr verheiratet, aber alle wußten, daß er nicht glücklich war. Er hatte eine Wohnung in der Dreiunddreißigsten Straße gemietet, und wenn er ins Restaurant kam, war er immer allein. Mit ihrem weiblichen Instinkt hatte Sing Toy schon beim ersten Besuch festgestellt, daß die Frauen in der Familie ihres Mannes ihr nicht freundlich gesinnt waren, und sie war zu stolz, ihnen nachzulaufen. Übrigens hatte sie jetzt genug mit ihrem zwei Monate alten Baby zu tun.

Da Sing Toy den Ausflug zu den Muscheln nicht mitmachte, war Flora darauf erpicht, mitzukommen und ihr Baby für einen Tag an die Sonne zu bringen. Loy blieb zu Hause, da das Auto sonst zu voll geworden wäre. Bis sie ihren Frühstückskorb fertig hatten, war es schon elf. Sie hatten sich einen Rechen geliehen und nahmen ein paar Eimer mit. Flora saß mit dem Baby vorn, Tom, Eva und Elsie auf dem Rücksitz.

Als der Wagen losfuhr, stieß Yiko einen Seufzer aus: »Nichts ist schöner, als wieder mal bei der Familie zu sein. Ich bin froh, einen Tag von Yisow fortzukommen!« Er wurde etwas rot dabei. Eva stieß Tom an, und Elsie warf Eva einen Blick zu.

»Hast du sie gefragt, ob sie mitkommen will?« fragte Eva.

»Wozu?« antwortete Freddie. »Ich geb dir den guten Rat, Tom, heirate nie! Wenn du mit einem Mädchen verheiratet bist, geht es dir auf die Nerven. Sie will dann nicht mehr mit dir ausgehn und nicht mehr mit dir tanzen. Sie gibt immerzu nur Geld aus.«

»Du bist ungerecht«, sagte Flora und schaute Freddie an, der aufrecht an seinem Steuer saß. »Du kannst nicht von einer Mutter mit einem Baby erwarten, daß sie nachts mit dir tanzen geht.«

»Ungerecht? Ein Mann arbeitet den ganzen Tag, und wenn er nach Hause kommt, hört er nichts als Gejammer. Zuerst flennt das Baby, und wenn das still ist, fängt das große Baby an. Nennst du das gerecht?«

Sie antwortete nicht, und Freddie fuhr weiter.

An der Hampton Bai, auf der Straße nach Southampton, ließ er die Peconic Bai links liegen und kam an einen einsamen Platz, wo die Flut eine seichte Bucht gebildet hatte. Meilenweit zog sich das Ufer mit Unterholz und Föhren nach Norden hin und ragte weit ins Meer hinaus. Das Wasser war still wie ein See an diesem Maitag. Keine menschliche Behausung war zu sehen bis auf ein paar Holzhütten zur Linken. Der Strand bestand aus Schlamm und Sand und war mit Muschelschalen und hier und da mit ein paar aufgedunsenen Schwertfischen bedeckt.

Niemand von ihnen außer Tom hatte je Muscheln gefischt.

»Rollen Sie Ihre Hosen hoch«, forderte Tom Elsie auf, »aber behalten Sie Ihre Schuhe an. Der Boden ist voller zerbrochener Schalen.«

»Wie holen Sie die Muscheln heraus?«

»Man faßt einfach ins Wasser hinein und fühlt mit der Hand danach.«

Tom zog seine Schuhe aus. Flora fand einen schönen Platz am Strand, wo sie mit Marco sitzen und zuschauen konnte. Eva und Elsie standen noch zögernd am Ufer, als Tom, der schon im Wasser war, rief: »Ich habe eine!«

Es war ziemlich aufregend. Langsam ging Eva ins Wasser, und Elsie folgte ihr.

Tom reichte Elsie die Hand, die zum erstenmal in ihrem Leben ins Salzwasser stieg und sehr zimperlich vorwärtskam.

Sie gingen alle in verschiedenen Richtungen. Kleine Krebse schossen unter dem Wasser davon und verbargen sich im Seetang – Elsie hatte ein bißchen Angst vor ihnen. Nach einer Weile erreichten sie eine Stelle, wo der Grund reiner Sand war. Elsie hing das Haar übers Gesicht, wenn sie sich nach den Muscheln bückte, und ihre Ärmel wurden naß. Als sie mit den eigenen Händen eine Muschel herausgepult hatte, war sie begeistert. Von Zeit zu Zeit hörte man einen metallischen Klang, wenn eine Muschel in den Eimer geworfen wurde. Sonst war es so still, daß sie ihre Stimmen gar nicht zu heben brauchten, wenn sie miteinander sprachen, auch wenn sie ein Dutzend Meter voneinander entfernt waren. Die Stimmen klangen hier im Freien sehr schön, wenn sie über das Wasser getragen wurden. Die ganze Bucht gehörte ihnen, die Sonne schien, und eine sanfte Brise kräuselte das Wasser.

Tom und Elsie gingen weiter und weiter hinaus, bis sie mehr als siebzig Meter vom Ufer entfernt waren und das Wasser ihnen bis an die Schenkel reichte. Hier konnten sie den Grund nicht mehr mit der Hand erreichen, wenn sie nicht von oben bis unten naß werden wollten. Daher fühlte Tom nicht mehr mit der Hand, sondern suchte die Muscheln mit den Zehen zu greifen. Noch weiter draußen reichte ihm das Wasser bis zur Hüfte, und es war gar nicht so leicht, eine Muschel von den Zehen in die Hand zu bekommen. Aber Toms Zehen waren sehr geschickt; er griff eine Muschel, schleuderte sie mit einem Schwung herauf, und wenn er Glück hatte, konnte er sie mit der Hand fangen.

»Kommen Sie zurück, Tom!« rief Elsie, die zehn Meter entfernt stand.

»Hier draußen gibt es ganz große!«

»Aber Sie können sie so nicht einfangen. Wir wollen zurückgehen, wo es seichter ist!«

Er drehte um, und sie suchten am Ufer entlang. Hier waren sie allein, mehr als zweihundert Meter von den andern fort. Elsie stand knietief im Wasser, alles war naß, ihr Haar, ihre Hose, ihre Ärmel, und vor sich her trug sie Toms Jacke, in die sie die Muscheln sammelte.

»Allmählich wird sie sehr schwer«, sagte sie.

Tom richtete sich auf und kam sofort zu ihr: »Tauchen Sie sie ins Wasser, dann wird es leichter.«

»Aber die Jacke wird naß.«

»Das macht nichts.«
Tom packte die Jacke und tauchte sie ins Wasser, dabei berührte er für einen Augenblick ihre Hüfte.
Er hielt inne und schaute sie an. Da stand sie, ihr Gesicht leuchtete vor Glück wie ein Juwel in der Sonne.
»Elsie, ich liebe Sie«, sagte er. Und dann fügte er leise hinzu: »Wollen Sie mich heiraten?«
Elsie war starr vor Überraschung. Daß er sich von allen Plätzen ausgerechnet diesen für einen Heiratsantrag aussuchte! Sie schaute auf sein nasses, wirres Haar und sein erregtes, gespanntes Gesicht.
»Tom«, antwortete sie sanft, »Sie wissen, daß ich Sie liebe. Aber Sie werden mich nicht verstehen.« Sie stockte. Ihr Gesicht war ernst, ihre Worte einfach, aber doch sah sie wieder ganz fern aus. Das war das erstemal, daß er von ihren eigenen Lippen hörte, daß sie ihn liebe.
»Was werde ich nicht verstehen? Elsie, Sie bedeuten alles für mich. Ich weiß, daß ich Ihrer nicht wert bin.«
»Pst, sagen Sie das nicht!« Sie machte eine Bewegung, als wolle sie ihn trösten, aber sie nahm ihre Hand zurück, ehe sie ihn berührte. Eine frische Brise vom Wasser her überzog ihr Gesicht mit einem flimmernden Widerschein.
»Was ist das für ein Geheimnis? Ich liege wach und denke an Sie, an Ihr Gesicht, Ihre Augen, an alles, was Sie mir sagen.«
»Es gibt kein Geheimnis.« Sie wandte ihren Kopf und schaute nach den andern zurück, die weit entfernt in der Nähe des Ufers waren.
»Was ist es dann? Gibt es jemand in China? Hat Ihre Mutter jemand für Sie im Sinn?«
»Nein«, sagte sie sanft.
»Ist es deshalb, weil Sie nach China zurück wollen?«
»Vielleicht. Tom, ich habe Ihnen gesagt, daß ich Sie liebe. Ich habe noch nie einen andern liebgehabt. Seien Sie nicht ungeduldig, Tom. Es gibt eine ganze Welt drüben in China, die Sie nicht verstehen.«
»Was verstehe ich nicht? Ich bin doch Chinese!«
»Ich weiß, daß Sie nicht nach China zurückgehen können, Tom. Sie studieren hier, und Ihre Familie lebt hier.«
»Ich verstehe noch immer nicht, Elsie. Vielleicht sagt Ihre Mutter, daß ich nur der Sohn eines Wäschers bin.«

»Wie können Sie das denken? Meine Familie ist nicht von dieser Art – ich habe Ihnen ja von meinem Vater erzählt. Ich möchte zurückgehen, und Sie können nicht mit mir kommen. Ich weiß, daß Sie hier Ihr Studium beenden wollen. Und wer kann wissen, was nach ein paar Jahren alles geschehen ist.«
»Bitte, Elsie, wir könnten uns jetzt verloben. Ich will mein Leben lang auf Sie warten. Aber warum wollen Sie nicht hier bleiben? Wenn ich mit dem College fertig bin und gut genug für Sie, können wir heiraten, und dann will ich hingehen, wohin Sie nur wollen.«
»Wollen Sie das tun?«
Tom nickte.
»Tom! Tom!« rief Eva von weitem.
»Hallo!« rief Tom.
»Komm zurück!«
»Sie wundern sich, was wir hier machen«, sagte Elsie. »Wir wollen später darüber reden. Es gibt noch viele Dinge zu klären.«
»Sagt mal, was habt ihr beide eigentlich getrieben? Ihr habt doch keine Muscheln gefischt?« fragte Flora, als sie näher kamen.
Tom zeigte seine Jacke vor mit ihrer schweren Last von fast fünfzig Muscheln und schüttete sie in den Eimer.

2

Es war noch früh am Nachmittag. Sie packten ihren Eßkorb aus und lagerten sich im Sand. Elsie sah ein wenig erhitzt aus, und Flora glaubte, einen besonderen Schimmer in ihren Augen zu sehen. Nach dem Essen lagen sie alle im Sand und sonnten sich oder schauten Marco zu, der am Strand spielte und herumtrippelte. Elsie spielte mit dem Kind und lief mit ihm herum, als wolle sie sich beschäftigen.
»Kommen Sie, Elsie, und setzen Sie sich zu mir!« rief Tom schließlich.
Sie kam und setzte sich ein wenig scheu und still zu ihm. Alle konnten sehen, wie verliebt Tom war. Elsies rote Lippen waren wie Kirschen, wenn sie sie öffnete. Was war es nur, was im Sand und Wind und Meer einem Mann und einer Frau, die am Strand saßen oder wanderten, eine natürliche Würde gab, die das nüchterne Kleid und die grauen Mauern der Konvention meistens verschwinden ließ? Tom hätte den Sand anbeten können, auf dem

Elsie saß. Er lag neben ihr und glättete die nassen Strähnen ihres Haars, als wolle er helfen, daß es schneller trocknete; aber sie wußte, daß es eine Liebkosung war. Sie wandte den Kopf und schaute ihn zärtlich an.

»Warum legen Sie sich nicht hin?« fragte er.

Sie schüttelte den Kopf. Das wollte sie nicht, konnte sie nicht. Tom wunderte sich, warum ein so begehrenswertes Mädchen so unerreichbar blieb. Sie war nahe und doch weit fort von ihm.

Er lag auf dem Rücken, einen Arm über der Stirn, die andere Hand ruhte an ihrer Hüfte. Hoch oben zog ein weißer Wolkenfleck langsam über den Himmel, und es war ihm, als spüre er, wie die Erde, auf der er lag, sich lautlos drehte auf ihrer rätselhaften Reise.

Nach einer Weile sagte er: »Was tun die Muscheln, wenn sie sich schließen und sich in den Sand graben? Es muß doch ganz dunkel sein. Was tun sie nur?«

Elsie lachte. Sie hatte es gern, wenn Tom solche unmöglichen Fragen stellte. »Was sie tun? Sie essen und schlafen wie Sie und ich.«

»Ja, das Salzwasser muß ihnen köstlich munden. Und sie pflanzen sich fort. Wer veranlaßt sie dazu?«

»Wozu zerbrechen Sie sich den Kopf, Tom?«

»Wer veranlaßt die Muscheln, Schalen zu bilden aus dem Kalk des Seewassers und sich im Sand zu vergraben, zu essen und zu schlafen und sich fortzupflanzen wie die Menschen? Wem liegt daran? Das alles möchte ich wissen, aber darauf gibt es keine Antwort.«

»Wieso denken Sie, daß wir wichtiger sind als die Muscheln?« fragte Elsie.

»Sind wir das nicht?«

»Keine Spur.«

Tom setzte sich auf: »Sie wollen doch nicht sagen, daß Sie eine Antwort darauf wissen?«

Nun kam Tom wieder mit seinem Lieblingsproblem von den Federn, um zu beweisen, wie unlösbar es war. »Schauen Sie sich den Kamm des Papageis an, den Schweif des Pfaus, die Augenbrauen der Lerche! Wer hat sie gemalt? Nehmen Sie eine einzige Feder des Pfauenschweifes. Hier ist sie schwarz, dort grün, da golden und dann wieder schwarz. Nun sagen Sie mir, wer das gemacht hat? Wer kümmert sich darum?«

»Die Antwort lautet, das wissen wir nicht.«
Tom ließ sich zurücksinken. »Ich dachte, Sie wüßten vielleicht eine Antwort.«
»Es *ist* eine Antwort. Wir wissen es nicht.«
Er zog mit dem Finger eine Linie durch den Sand.
»Warum wollen Sie das nicht als Antwort gelten lassen?« sagte Elsie.
»Was?«
»Zu wissen, daß wir nichts wissen. Warum rätseln Sie so an den Dingen herum, Tom? Sie zerbrechen sich den Kopf und werden es doch nie erfahren«
»Das habe ich gemeint.« Tom sah enttäuscht aus. »Wir wissen, daß wir nichts wissen.«
»Wenn Sie wissen, daß Sie nichts wissen, Tom, dann wissen Sie. Wenn Sie das nicht wissen, dann sind Sie wirklich am Ende Ihrer Weisheit. Läßt sich damit denn gar nichts anfangen?«
Tom stand auf und ging auf und ab, wie er immer tat, wenn er ungeduldig war.
»Weißt du, warum wir leben, Daisow?« fragte er Flora.
»Nein. Gott will, daß wir leben, glaube ich.«
»Weißt du es, Eva?«
»Nein.«
»Weißt du es, Yiko?«
»Setz dich hin, Tom, und sei nicht so verrückt und stelle solch törichte Fragen! Wer weiß denn das?«
»Ja, wer weiß das?« sagte Tom und legte sich wieder hin.
»Sagte ich es Ihnen nicht?« Elsie lächelte ein wenig.
»Schön, Sie haben gewonnen.«
Elsie bemerkte plötzlich, daß sie feine Kratzer an den Beinen hatte. Sie rieb sie vorsichtig.
»Haben Sie sich geschnitten?«
»Mir war, als hätte mich im Wasser etwas gestochen.«
»Oh, das war sicher ein Qualle.«
»Tom, wenn Sie aufhören, sich zu quälen, werden alle Dinge einfacher. Setzen Sie nicht voraus, daß Sie wichtiger sind als der Pfau oder die Muschel, dann werden Sie nicht mehr so verwundert sein.«
»Ja, oder als die Qualle, die Sie gebrannt hat.«
»Oder als die Qualle. Sinn – Tao – ist in der Qualle wie in Ihnen und in mir. Sie werden glücklicher sein, wenn Sie das wissen.«

»Ah, schon wieder das Tao! Und ein Teil des Tao sticht einen andern Teil des Tao. Das Tao muß sehr lieblos sein.«
»Das ist genau das, was Laotse sagt. Das Tao ist unpersönlich. Es kümmert sich um nichts.«
»Sie sagten doch, Sie wüßten es nicht.«
»Es gibt Dinge, die wir wissen können, und andre, die wir nicht wissen. Vom Tao wissen wir nichts.«
»Das beantwortet meine Frage nicht richtig. Und es macht das Geheimnis nicht kleiner.«
»Warum wollen Sie das? So ist es viel schöner. Das Leben ist begrenzt, und das Wissen ist grenzenlos – es ist gefährlich, das Begrenzte gegen das Unbegrenzte zu stellen, wie Kuangtse sagt.«
»Wer sagt das?«
»Kuangtse. Er sagt, das Tao ist in uns. Es ist ein Teil der Muschel und ein Teil der Qualle. Kuangtse sagt: ›Tao ist in den Ameisen, es ist in den Ziegeln und Kacheln, es ist sogar im Auswurf.‹«
»Was für eine Religion predigen Sie da?« fragte Flora.
»Keine Religion. Es ist nur ein Weg, die Dinge und das Leben und das Universum zu verstehen. Tao ist im Leben, im Universum in allem.«
»Was ist dieser Taoismus?« fragte Flora wieder.
»Ich weiß nicht, wie ich es kurz erklären soll. Ich will es versuchen. Es ist eine Philosophie der Gegensätze, der Umkehrungen, der Kreisbewegung, eine Philosophie von der Einheit aller Dinge, des Ausgleichs aller Unterschiede, der Relativität aller Gesichtspunkte.«
Sie wandte sich zu Tom: »Sie sollten Kuangtse lesen!«
Sie öffnete ihre Handtasche, nahm einen Kamm heraus und begann ihr Haar zu kämmen.
»Sagten Sie Gegensätze?«
»Ja, Gegensätze.«
»Ich verstehe nicht, Elsie, wie Sie so viel wissen können«, sagte Flora.
»Ich weiß im Grunde nicht sehr viel. Es ist wie bei Ihnen. Sie sind als Katholikin aufgewachsen und wissen natürlich eine Menge über den katholischen Glauben. Ich bin im Taoismus aufgewachsen.«
»Aber Sie müssen viele Bücher gelesen haben.«
»Nein, das habe ich nicht. Mein Vater sagte, man brauche nicht

viele Bücher zu lesen. Nur ein paar, die wirklich guten, und die ganz genau kennen. Wollen Sie auch Ihr Haar kämmen, Tom?«
Sie hielt ihm den Kamm hin, und Tom nahm ihn.
»Geben Sie mir bitte Ihre Handcreme!«
Sie gab sie ihm, und er begann sie sich ins Haar zu schmieren.
»Was machen Sie denn, Tom?«
»Das ist Tom, Sie kennen ihn noch nicht!« sagte Eva lachend. »Er putzt seine Schuhe mit Barbasol, rasiert sich damit und schmiert es sich ins Haar.«
Elsie brach in lautes Gelächter aus. »Tom, Sie sind ein komischer Kerl.«
»Ist nicht alles dieselbe Creme? Sie geben ihr nur verschiedene Namen, um den Damen das Geld aus der Tasche zu ziehen.«
»Ich wette, daß Sie sich nicht damit die Zähne putzen!«
»Ich hab's versucht, aber sie schmeckt nicht gut. Aber Barbasol ist eine Reinigungscreme. Wenn sie das Gesicht reinigt, warum nicht auch die Zähne?«
»Wollen wir nicht nach Hause gehen?« fragte Elsie nach einer Weile.
Aber Flora wollte noch nicht fort. Sie kam so selten aus der Stadt, und sie genoß es sehr, und Marco, der vom Spielen müde geworden war, schlief süß und zufrieden im Sand.
»Laßt ihn noch eine Weile schlafen. Es ist sein Nachmittagsschlaf.«
Auch Freddie genoß den Tag. Er war nicht mehr der Mann, der keine Probleme hatte und alle Antworten wußte.
»Wirst du in diesem Frühjahr deine Prüfung machen, Eva?«
»Ja.«
»Wie alt wirst du in diesem Jahr?«
»Schäme dich! Das solltest du wissen! Ich bin neunzehn.«
»Dann ist es Zeit, daß du heiratest.«
»Vor ein paar Stunden hast du uns vor dem Heiraten gewarnt, Yiko.«
»Ich sprach nur von den Männern. Die Männer haben in der Ehe alles zu verlieren, aber die Frauen alles zu gewinnen.«
»Rede keinen Unsinn. Ich denke noch nicht daran, zu heiraten.«
»Ist es nicht großartig?« rief Yiko. »Als Eva hierherkam, war sie noch ein Kind. Und nun ist sie eine erwachsene junge Dame.«
Eva war immer sein Liebling. Sie war tatsächlich groß geworden. Es war wirklich prachtvoll, wie die jungen Mädchen aufwuchsen

und jedes Jahr reifer wurden und ihre Plätze im Leben einnahmen, so selbstverständlich wie der Lauf der Jahreszeiten, dachte Yiko. Es war eins der Wunder der Natur, eine Verwandlung wie das regelmäßige Grünen der Wiesen und Bergabhänge im Frühjahr, das immer wieder überrascht, obwohl es jedes Jahr geschieht.
»Du wirst der Mutter immer ähnlicher, Eva, seit dein Gesicht so rund wird«, sagte Yiko. »Aber ich habe bemerkt, daß Mutter immer mehr weiße Haare bekommt.«
»Die Mutter arbeitet zu schwer«, erwiderte Eva. »Ich denke manchmal, sie ist doch älter geworden.«
Plötzlich brach Yiko aus: »Auch der Vater hat viel zu schwer gearbeitet. Ich bin ein Schuft gewesen.«
»Nein!« rief Eva. »Du hast der Familie geholfen.«
Tom und Flora schauten Yiko aufmerksam an.
»Ich habe immer geglaubt, ich sei klug. Hältst du deinen Bruder Yiko für klug, Eva?«
»Ja, das bist du.«
»Nein, euer Yiko war allzu klug, so war's.«
»Du liebst Yisow, nicht wahr?«
»Ja, das ist ja das Elend.«
»Was ist ein Elend?« fragte Tom.
»Ach nichts – nichts, was du verstehst!«
Marco erwachte, seine großen Augen schauten in den blauen Himmel. Flora fand, er sei nun genug draußen gewesen und sie könnten jetzt nach Hause fahren. So packten sie ihre Siebensachen zusammen, nahmen die zwei Eimer mit Muscheln und gingen zum Wagen.
Auf der Heimfahrt fragte Yiko, wie das Restaurant ginge.
»Wir können jetzt gerade die Ausgaben decken«, antwortete Flora. »Ende Juni werden wir den Koch entlassen und durch sein Gehalt zweihundertfünfzig Dollar ersparen. Loy hat kochen gelernt.«
»Ich dachte, wir machten gute Geschäfte«, sagte Freddie.
»Das schon, aber wir haben so wenig Verdienst bei den hohen Kosten. Du kennst doch die Mutter. Sie will das Einkaufen von Fleisch und Geflügel nicht dem Koch überlassen. Das muß Loy tun, und sie besteht darauf, daß er frisch geschlachtetes Geflügel und lebende Fische einkauft. Sie will nichts von gefrorenen Hühnern hören; dabei kosten gefrorene Brathühner fünfundvierzig Cents das Pfund, frisch geschlachtet aber vierundsechzig, und lebende Fische doppelt soviel wie Fische vom Eis.«

»Mutters Grundsätze sind gesund«, wandte Eva ein. »Sie verschafft uns den Ruf einer vorzüglichen Küche.«
»Zweifellos. Die Gäste kommen wieder, wenn das Essen wirklich gut ist. Mutter ist auf gutes Fleisch und Geflügel erpicht. Und das Geheimnis eines guten Essens ist frisches Fleisch, und das halbe Kochgeheimnis der Einkauf. Der Koch ist ärgerlich, weil die Mutter nicht erlauben will, daß die Speisen stark gewürzt werden.«
»Die Mutter hat recht«, sagte Eva. »Wenn unsere Gäste immer wiederkommen, so sind wir sicher, daß wir mit der Zeit mehr und mehr Gäste haben werden. Wir machen es schon richtig.«
Bei Sonnenuntergang kamen sie daheim an. Sie forderten Freddie auf, zu bleiben und mit ihnen zu essen, aber er sagte, er müsse nach Hause, obwohl es ihm sichtlich schwerfiel.
»Yiko ist ganz verwandelt«, sagte Tom, »er gab mir gar keine Ratschläge, bis auf den, nicht zu heiraten.«
»Er tut mir so leid!« sagte Eva.
Sie baten Elsie, zu bleiben, da das Restaurant geschlossen war und sie ganz allein für sich sein würden. Elsie wußte, es würde ein Familienessen sein, und sagte, sie müsse nach Hause. Alle bestürmten sie, aber sie wollte nicht bleiben.
»Schön, wie Sie wollen«, sagte Tom. »Aber bleiben Sie wenigstens und versuchen Sie unsere Muscheln. Es dauert nur ein paar Minuten, bis sie fertig sind.«
»Gut, wenn ich Sie nicht störe.«
Die Muscheln wurden nur ein paar Minuten in den Schalen gekocht, so daß das Fleisch noch ganz zart war. Elsie schmeckten sie sehr gut, dann entschuldigte sie sich, bedankte sich für den Ausflug und ging nach Hause. Tom begleitete sie bis zum Schulhaus, obgleich es nur einen halben Block entfernt lag.
»Was hat dieses Mädchen für gute Umgangsformen!« sagte Mutter Fong.
Aber sie dachte bei sich, daß Elsie so aussah, als sei ihr Herz in großer Not.

Zwanzigstes Kapitel

1

Nun war es bald Juni, und Tom beschloß, tagsüber an Sommerkursen im Polytechnikum in Brooklyn teilzunehmen. Mutter Fong hatte immer noch eintausend Dollar für seine Ausbildung zurückbehalten, keinesfalls wollte sie das Geld für andere Zwecke verwenden. Wenn sie Freddie fragte, ob er nicht endlich damit beginnen könne, die tausend, die er geborgt hatte, zurückzuzahlen, antwortete er immer, daß er für seine Frau und sein Kind im Monat vierhundert Dollar ausgeben müsse und es ihm nicht möglich sei, auch nur einen Cent zurückzulegen.

»Ah-Tong, du bist nicht glücklich mit ihr«, sagte die Mutter.

»Glücklich? Davon wollen wir lieber gar nicht reden! Hätte ich nur wenigstens wieder meine Ruhe!«

»Ich fürchte, du bist nicht gut zu deiner Frau, Ah-Tong. Als du sie heiraten wolltest, war ich nicht damit einverstanden. Aber jetzt, wo du verheiratet bist, will ich, daß du sie gut behandelst. Warum bringst du sie nicht manchmal mit zu uns? Sie ist doch meine Schwiegertochter, und niemand soll mir nachsagen, ich würde nicht das Meine tun, die Familie in Frieden zusammenzuhalten.«

Freddie schwieg. Er zahlte weder das Geld zurück, noch brachte er seine Frau mit ins Restaurant.

Außer am Wochenende und an Feiertagen gab es vor vier Uhr nachmittags nicht viel Arbeit, aber jemand mußte während der Lunchzeit beim Servieren helfen, und Tom und Eva wechselten sich darin ab. Eva wollte gern Vorlesungen an der New Yorker Universität hören.

»Nein«, sagte die Mutter, »du mußt erst Toms Stundenplan abwarten. Dann kannst du an den Tagen gehen, an denen Tom keinen Unterricht hat.«

»Das ist sehr ungerecht, Mutter!« protestierte Eva.

»Ich möchte wissen, wozu ein Mädchen so viel lernen will! Du hast doch die Schule fertig gemacht. Aufs College kann vorerst nur Tom gehen – du kannst es erst, wenn wir dich entbehren können. Und setze dir nur keine Flausen in den Kopf. Ich bin schon gerecht gegen dich. Was du an Ausgaben für das College sparst, bekommst du als Mitgift.«

Das Restaurant ließ sich gut an, wie Mutter Fong es gehofft hatte. Als der Koch entlassen wurde, war die Einsparung seines Gehalts von zweihundertfünfzig Dollar ein reiner Gewinn. Mutter Fong war selbst die meiste Zeit in der Küche. Sie sorgte dafür, daß nur unverfälschte, bekömmliche Nahrungsmittel und frische Gemüse und Kräuter, wie sie der Jahreszeit entsprachen, verwendet wurden. Sie rechnete sich aus, wenn andre an einer Mahlzeit dreißig oder sogar vierzig Prozent verdienen konnten, so sollte es ihr möglich sein, fünfzig Prozent zu verdienen, da sie ja keine bezahlten Angestellten hatte.

Mutter Fong lebte in der Chinesenstadt, und die Chinesenstadt war ein Völkchen für sich. Die Pellstraße war etwas anderes als eine Straße in der Oberstadt – sie war eng, vollgestopft und voller Nachbarn, die sich alle mindestens vom Sehen kannten. Die Leute wußten durch dunkle, aber sichere Quellen, wie es jeder Familie erging, und beinahe auch, wieviel Geld sie im Monat verdiente. Auch Mutter Fong wußte bald gut genug Bescheid über ihre Nachbarn. Alle Leute ringsum sprachen ihren eigenen Dialekt, es war fast so, als sei sie wieder in Kanton. Sie saß in ihrem Lokal und beobachtete ihre Gäste und versuchte im Gedächtnis zu behalten, wann sie dieser oder jener Familie ein Geschenk schicken mußte, weil sie eine Hochzeit oder einen Geburtstag feierte. Da sie über Freddie keine Macht mehr hatte und Loy keine Aufsicht brauchte, galt ihre ganze Sorge jetzt Tom und Eva.

Wenn ihre Freundinnen vom Frauenkomitee kamen, machte sich Mutter Fong eine Ehre daraus, sie zu begrüßen und ihnen das Menü vorzuschlagen und es selbst zuzubereiten. Manchmal wartete sie ihren Bekannten mit dem *pat-po-fan* auf, das ihr besonderer Stolz war und das sie sicherlich am nächsten Tag nicht an den Mann gebracht hätte. Mrs. Yang brachte ihre Freunde und eine Menge reicher Chinesenfamilien aus der Oberstadt mit in das kleine Restaurant, und auch allen Angestellten im chinesischen Konsulat war es wohlbekannt. Nicht selten endete eine Versammlung im Frauenkomitee mit einem Essen bei Mutter Fong. Die Frauen sagten dann in ihrer amerikanischen schlaksigen Art:

»Jetzt leisten wir uns noch ein Extravergnügen« – und an solchen Tagen legte Mutter Fong immer noch eine Scheibe Schweine- oder Hühnerfleisch mehr auf die Platte.

Sie hatte noch andere Möglichkeiten, zu Geld zu kommen. Sie trat mit ein paar befreundeten Frauen einer *tsung-hwei* bei – einem Sparverein auf Gegenseitigkeit. Eine Gruppe von Hausfrauen kam zusammen, und jede gab eine Monatsersparnis von zehn, zwanzig oder dreißig Dollar als Einlage. Bei jeder Zusammenkunft brachte jedes Mitglied seine ersparte Summe mit, und wer das höchste Angebot machte, erhielt die Gesamtersparnisse des Monats. Die Angebote wurden auf ein Blatt Papier geschrieben, das zusammengefaltet und während der Versammlung geöffnet wurde. Wer in diesem Monat kein Geld brauchte, bot nicht mit. Manchmal betrug der Gewinn zehn Prozent, und in seltenen Fällen sogar noch mehr, so daß ein Mitglied, das zehn Dollar zur Versammlung mitbrachte, einen Dollar Gewinn mit nach Hause nahm. Die Mitglieder, die an der monatlichen Ausspielung nicht teilnahmen, sondern bis zum Schluß warteten, hatten den größten Vorteil. Die Ziehungen fanden entweder einmal im Monat oder auch einmal in zwei Monaten statt, und die eingezahlten Beträge wechselten. Es war ein System des gemeinschaftlichen Sparens, das den höchsten Gewinn garantierte.

Eine solche Gesellschaft setzt sich immer aus Männern und Frauen zusammen, die sich gut kennen oder den Bürgen bekannt sind, den *tsung* – daher der Name *tsung-hwei.* Die Bürgen sind dafür verantwortlich, daß die, welche ihren Gewinn schon gezogen haben, ihre monatlichen Ersparnisse weiter einzahlen und nicht einfach wegbleiben. Es gibt die verschiedensten Systeme dieser Art. Einige hängen nicht von der Höhe des Einsatzes ab. Der ganze Plan der monatlichen Ziehungen und abgestuften Anteile wird schon zu Anfang festgesetzt und auf Dollar und Cent ausgerechnet. Wer seinen Gewinn früh abhebt, bezahlt einen höheren Einsatz, und wer ihn spät abhebt, bezahlt weniger; es ist genau festgelegt, was jeder im Monat zu zahlen hat. Die Ziehung geschieht durch Auswürfeln, und der monatliche Gesamteinsatz geht an den, der die höchste Zahl würfelt. Der schriftliche Kontrakt enthält den allgemein bekannten Satz:

»Wenn zwei dieselbe Zahl würfeln, gewinnt der, welcher sie zuerst gewürfelt hat. Wenn ein Würfel auf einer Kante liegenbleibt, muß er umgekippt werden. Wenn etwa ein Würfel auf einem anderen Würfel liegenbleibt, muß er mit derselben Seite nach oben danebengelegt werden. Geschäftliche Transaktionen dürfen von den Mitgliedern der Gesellschaft nicht durch die Verlosung durchgeführt werden.«

2

Elsie Tsai gehörte zu den merkwürdigen Mädchen, die nicht den Kopf verlieren, wenn sie verliebt sind. Auf ihrem Schreibtisch stand eine Photographie ihrer Eltern in schmalem Lederrahmen. Sooft sie nur konnte, schickte sie Geld nach Hause, aber manchmal bekam sie einen ganzen Monat lang keinen Brief. Es waren ihre glücklichsten Stunden, wenn sie von ihrer Mutter oder ihren Freundinnen daheim Nachricht bekam. Sie zeigte Tom ein paar Briefe ihrer Mutter, an denen sie besonders hing und die sie in einer Schatulle verschlossen aufbewahrte, sie waren ihr kostbarster Besitz. Es war ein besonders schöner Kasten mit einer Inschrift, die auf englisch etwa hieß: »Worte einer Mutter«.
Die charaktervolle Handschrift von Elsies Mutter verriet, daß sie die Frau eines Gelehrten war. Tom fand es ungerecht, daß er nicht wie Elsie in einem solchen Heim aufgewachsen war. Die Briefe der Mutter waren meist zwei oder drei Seiten lang und enthielten hin und wieder kurze und eindrucksvolle Beschreibungen. »Wir haben Frost bekommen, und im Garten fallen schon die Blätter von den Birnbäumen.« Im Winter: »In den langen Nächten sitze ich allein beim Schein der trüben Öllampe.« Im Frühling: »Die Farbenpracht des Frühlings macht mich ruhelos.« In jeden Brief waren ein oder zwei klassische Zitate eingeflochten, die Tom nicht verstand.
»Elsie, du hast deine Mutter sehr lieb, nicht wahr?«
»Ich liege nachts wach, weil ich an sie denken muß«, antwortete sie.
»Und nicht an mich?«
»Keine Geständnisse, Tom!«
»Da du mich liebst, glaubst du nicht, daß auch deine Mutter mit mir einverstanden wäre?«
»Willst du ihr nicht einen Brief auf chinesisch schreiben?«
»Mach dich nicht lustig über mich. Du weißt, dann müßte ich mich

nur schämen. Ich habe das Gefühl, es würde alles verderben, wenn deine Mutter meine Handschrift sähe.«

»Ich habe ja nur Spaß gemacht, Tom. Ich habe ihr schon von dir geschrieben und ihr alles erzählt.«

Das machte Tom wieder ein bißchen Mut.

»Laß uns einmal ernsthaft sein, Tom. Ich habe es mir hin und her überlegt. Dieser Krieg hat meine Familie sehr getroffen – er hat uns beide, Mutter und Tochter, getrennt. Mein Vater wurde getötet, und meine Mutter ist nun ganz einsam. Sie lebt mit einer Frau Li zusammen, mit der sie schon befreundet war, als sie noch junge Mädchen waren.«

»Möchte sie haben, daß du heimkommst?«

»Nein, im Gegenteil, sie bittet mich hierzubleiben, wo ich in Sicherheit bin. Aber du weißt, daß ich bei meiner Mutter sein will, solange sie noch lebt. Das ist für mich das Wichtigste. Nach Amerika kann sie nicht kommen. Du wirst hier noch studieren, bis du promoviert hast – und du gehörst auch hierher zu deiner Familie. Aber wenn ich das Geld zusammenbringe, fliege ich vielleicht bald nach Hause.«

»Ich weiß, was du im stillen denkst, Elsie. Aber du hilfst deiner Heimat hier viel mehr. Was kannst du für China tun, wenn du zurückgehst, als leiden und umherwandern? Und dein Englisch ist auch noch nicht besonders gut.«

»Ich weiß, daß ich nicht so gut Englisch spreche wie Eva«, sagte Elsie bescheiden. »Aber es sieht schlimm aus, Tom. Jeden Augenblick kann ein europäischer Krieg ausbrechen, und wer weiß, wie lange dieser Krieg dauern wird.«

»Das ist es ja. Vielleicht könntest du nie wiederkommen. Und wenn du hierbleibst, werden wir so wunderbare Tage haben – wenn du mir versprichst, mich zu heiraten.«

»Du verstehst mich noch immer nicht, Tom. Deine Familie ist bei dir, aber ich bin fern von meiner Familie. Wir sind ja noch so jung. Wie lange wird es dauern, bis du promoviert hast?«

»Drei oder vier Jahre. Ich will ja nur, daß du wartest, bis ich soweit bin, dich zu heiraten.»

»Können wir denn nicht warten? Wir müssen uns ja nicht so rasch entschließen. Sei nicht ungeduldig, Tom!«

»Diesmal kann ich deine Geduld nicht bewundern. Dein Laotse sagt: ›Der Weise weist keinen Menschen zurück, und kein Mensch wird zurückgewiesen.‹«

»Was wäre geschehen, wäre Laotse ein Mädchen gewesen?«
So drehten sie sich immer im Kreise.
»Elsie, ich habe dich gefragt, und ich frage dich wieder. Warum kannst du dich nicht entschließen und mich glücklich machen?«
»Ich kann mich nicht entschließen.«
»Wirst du mir eine Frage beantworten? Deine Mutter geht dir vor – nicht wahr?«
Elsie nickte nachdenklich.
Als Tom an diesem Tage nach Hause kam, sagte Eva: »Ich kann es dir vom Gesicht ablesen, daß du Elsie wieder gedrängt hast – und sie hat nein gesagt.«
»Sie hat nicht ja gesagt – aber nein hat sie auch nicht gesagt«, antwortete er.
Die Mutter, die es hörte, schaute ihren Sohn eindringlich an: »Tom, ich wünsche mir sehr, daß du dich mit Elsie verlobst. Ich möchte nicht, daß du denkst, ich stelle mich dem entgegen. Aber wenn sie sich nicht entschließen kann, so muß sie einen Grund dafür haben. Vielleicht sind wir nicht gut genug für sie. Wir sind nur Wäscher, vergiß das nicht.«
»Denkst du das wirklich?«
»Ich weiß es nicht. Sie stammt aus einer Gelehrtenfamilie.«
»Aber sie hat es abgeleugnet, daß es ihr etwas ausmacht, daß Vater Wäscher war. Ich habe sie gefragt.«
»Glaubst du, daß solch ein guterzogenes Mädchen dir das ins Gesicht sagen würde?«
Dieser Gedanke setzte sich in Toms Kopf fest. Elsie kam aus einer so hochgebildeten Familie. War er wirklich ihrer wert? Er begann zu zweifeln und wurde von Ungewißheit gequält.
Als ihre Schule geschlossen wurde, ging Elsie für eine Woche in ein Sommerlager für chinesische Studenten. Anschließend kamen viele von ihnen nach New York, um die Weltausstellung zu sehen. Viele junge Chinesen waren mit Elsie bekannt geworden und luden sie oft ein, mit ihnen auszugehen. Tom war sehr von Eifersucht gequält. Da las er bei Laotse: »Er handelt nicht und bringt doch zur Vollendung.« Er glaubte kein Wort davon, aber er bezwang sich und bedrängte sie nicht mehr.

Einundzwanzigstes Kapitel

1

Im September fiel Hitler in Polen ein, und Europa befand sich im Krieg. Schon seit einem Jahr hatte der Krieg gedroht, und als das Gefürchtete eintraf, war niemand überrascht. Der einzige Schock war Stalins Pakt mit Hitler, der den Weg für den Krieg bahnte, und die Art, wie die Sowjetarmee vom Osten und die Hitlerarmee vom Westen marschierte, um Polen zu vernichten. Viel Begeisterung für den Krieg spürte man nicht, dafür um so mehr Zynismus. Die Staatsmänner ließen es zu, auch das Volk ließ es zu. Die Welt war krank. Eine Generation von Menschen, die vom Zynismus gequält wurde, war krank – seelisch, geistig und moralisch. Die einfachen Menschen ließen sich um moralischer Prinzipien willen für den Krieg begeistern – für einen sinnvollen Krieg. Und den Politikern ging es um die Macht – sie ließen sich von der Furcht leiten, und die Furcht verführte sie zu einem Pferdehandel schlimmster Sorte. Nicht eine Stimme ließ sich vernehmen, die dafür eintrat, daß dieser Krieg das Ende aller Kriege sein sollte. Die Menschen dieser Generation waren viel zu gescheit, um zu glauben, daß dies überhaupt möglich sei. Sie hatten den physischen Mut, der Gefahr zu begegnen, aber sie wagten es nicht, auf eine bessere Welt zu hoffen und ihre Verwirklichung zu planen. Politik war ein Pferdehandel – eine Politik, die das nicht gewesen wäre, war überhaupt nicht denkbar. Es gab eine Menge nationaler Führer, aber nicht einmal einen zweitrangigen Weltführer. Ein politischer Pferdehändler wurde zum Helden des Pöbels ausgerufen, und der Held frohlockte über seine Macht und die Verehrung des Pöbels. Amerikanische Flugzeuge für China, die in New York verladen worden waren, wurden schon in Los Angeles vom Schiff geholt und als Eisenschrott nach Japan verschickt. Moralische Grundsätze gab es überhaupt nicht. Tom ekelte es an. Es war notwendig zu siegen, aber der Sieg war noch nicht genug. Kein Mensch redete davon, was nach dem Sieg sein sollte. Die Völker fragten nach dem

Sinn, und die Politiker antworteten mit einem gewinnenden Lächeln und einem Seufzer, aber sonst wußten sie nichts zu sagen. Mit der Zeit rangen sich die Menschen, die gern an eine bessere Welt glauben wollten, trotz der Politiker dazu durch, zu hoffen, sie gaben dem Krieg dadurch einen Sinn, daß sie hofften.
Obgleich die Vereinigten Staaten nicht im Krieg waren, gab er der Weltausstellung in New York eine gespannte Atmosphäre. Die Ausstellung war das Symbol für den Zusammenhalt der Völker in einer Welt, die sich im Krieg befand. Die Völker von Südamerika und Asien und Europa waren alle durch einen eigenen Pavillon vertreten, und der »Friedenshof« war der Schauplatz von prächtigen Umzügen und Paraden, welche die verschiedenen Nationen abwechselnd – vor allem an ihren nationalen Festtagen – veranstalteten.

2

Eines schönen Septembertags, als Tom von seiner Vorlesung zurück war und in der Küche Geschirr spülte, signalisierte Eva das rote, grüne und blaue Licht über dem Ausguß. Tom mußte glauben, Elsie sei ins Restaurant gekommen, und lief hinaus. Aber es war nicht Elsie, sondern Yiko mit Sing Toy, und er trug ihr Baby im Arm. Das war tatsächlich eine Überraschung. Mutter Fong hatte Yiko schon oft gebeten, Sing Toy mitzubringen, aber bisher hatte er es noch nie getan. Da es früh am Nachmittag war, gab es noch wenig Gäste, und die ganze Familie lief zusammen und begrüßte sie wie einen ganz seltenen Verwandtenbesuch.
»Hallo alle zusammen!« sagte Yiko und lächelte leutselig über seinen steifen Kragen mit Selbstbinder und Vorhemd hinweg. Einen steifen Kragen trug er oft, er behauptete, der stütze seine moralische Haltung – aber das Vorhemd mußte etwas zu bedeuten haben.
Die Familienmitglieder umringten Sing Toy und das Baby, alle waren in großer Aufregung.
»Was führt euch heute hierher?« fragten sie.
»Ihr dürft mir gratulieren!« sagte Yiko. »Ich bin befördert worden. Ich gehe nach Detroit, Cleveland und Cincinnati, alle Spesen frei, Hotels und alles. Sandy hat sich als guter Freund erwiesen, und die Gesellschaft setzt ihr Vertrauen in mich. Letzte

Woche sagte Sandy eines Tages zu mir: ›Freddie, du hast vorzügliche Arbeit geleistet. Du hast aus der Chinesengemeinde alle Versicherungen herausgeholt, die für uns überhaupt zu kriegen waren. Du möchtest doch sicherlich massig Geld verdienen?‹ ›Natürlich möchte ich massig Geld verdienen‹, gab ich zur Antwort. Sandy erzählte mir, er habe mit dem Boß gesprochen, der gebe mir eine Aufbesserung von fünfundzwanzig Dollar die Woche und ernenne mich zum Vertreter für Ohio, Michigan, Pennsylvania und Maryland. Er hätte mir auch New Jersey gegeben, wenn er nicht schon einen anderen Burschen dorthin geschickt hätte. Für die andern Staaten ernennen sie meistens Amerikaner zum Vertreter, aber nun haben sie eben Yiko dazu ernannt. Auf dieser Reise werde ich ein paar tausend Dollar Provision machen – und alle Spesen werden mir bezahlt!«

»Seid ihr nicht stolz auf ihn?« fragte Sing Toy. Sie schien sehr beglückt zu sein, und auch die Familie freute sich sehr, als sie die Neuigkeiten hörte, und alle gratulierten ihm.

»Ich behalte den Süd-Distrikt von New York bis zur Vierunddreißigsten Straße. Das ist nur eine Reise. Vielleicht bin ich schon in einem Monat wieder zurück. Aber Sing wird sich einsam fühlen, während ich weg bin, und ich hätte gern, daß ihr euch um sie kümmert.«

»Macht euch meinetwegen keine Sorgen – Sandy wird sich um mich kümmern«, sagte Sing Toy. »Ich wäre gern öfter zu euch gekommen, aber ihr wißt ja, wie das ist mit einem Baby.«

»Wer ist denn Sandy?« fragte Flora.

»Sandy Bull! Du hast ihn doch mal bei einem Essen kennengelernt, kannst du dich nicht mehr erinnern? Er ist mein direkter Vorgesetzter und hat mir zu diesem Auftrag verholfen.«

»Ich freue mich, daß du das anerkennst«, sagte seine Frau.

»Nimmst du den Wagen mit?« fragte Tom.

»Nein, wozu denn? Sing wird ihn brauchen. Ich lasse ihn für sie hier.«

»Darf ich nicht fahren lernen, wenn sie ihn gerade nicht braucht? Du weißt, ich bin ein guter Mechaniker. Ich glaube nicht, daß es lange dauert, bis ich es kann.«

»Gut, einverstanden. Sing kann es dir zeigen.«

»Wann willst du abreisen?«

»Morgen. Sing, wenn du dich langweilst, kommst du einfach hierher. Schließlich ist es ja deine Familie. Junge, die Fongs

können sich sehen lassen! Ich höre, Eva, daß du hier auf die Universität gehst. Und du, Tom, willst Ingenieur werden? Ich bin wirklich stolz auf meine Familie.«
Eva rief mit einer umfassenden Armbewegung: »Tatsächlich, Frederick A. T. Fong ist stolz auf seine Familie!«
Alle lachten, und alle waren glücklich.

3

Das Frauenkomitee war wieder sehr geschäftig. Der zehnte Oktober – der Doppelzehnte – nahte heran, und das sollte Chinas Ehrentag auf der Weltausstellung werden. Eine riesenhafte Parade war vorgesehen, und die ganze Chinesenstadt sollte daran teilnehmen, damit sie so glänzend ausfiel wie nur möglich. Die Wohltätigkeitsgesellschaft war die zentrale Organisation, die zu Beiträgen für den Krieg und zu jeder andern patriotischen Betätigung aufrief. Das Frauenkomitee war für die Organisierung aller Frauen und Mädchen verantwortlich.
Elsie und Eva waren eifrig bei der Arbeit in ihrer freien Zeit. Sie verschickten zugunsten der Kriegswaisen Weihnachtskarten zum Verkauf in alle Städte der Vereinigten Staaten, Kanadas, Kubas, Mexikos und Südamerikas. Wie es meistens ist, gab es drei oder vier in der Organisation, die alle Arbeit taten, während die übrigen nur zu den Versammlungen und Tagungen erschienen. Aber alle chinesischen Frauen in New York aufzurufen, war keine Arbeit, die allein vom Büro aus getan werden konnte.
Der Krieg hatte in Wirklichkeit für die Frauen in der Chinesenstadt schon eine soziale Umschichtung gebracht. Das Frauenkomitee bestand meist aus Englisch sprechenden Frauen und ihren Töchtern, ihm war die Patriotische Frauenvereinigung angeschlossen, der die nicht Englisch sprechenden Chinesenfrauen angehörten – es war keine sehr aktive Vereinigung. Die Gruppe in der Chinesenstadt hatte es nicht für nötig gehalten, die Frauen dafür zu interessieren. Die Hausfrauen waren viel zu beschäftigt, um die englischen Sprachstunden zu besuchen. Wozu hatten sie es nötig, Englisch zu lernen? Ihr Leben spielte sich ausschließlich daheim in ihren vier Wänden ab, und jedes Jahr bekamen sie ein Kind. Der einzige Anlaß, auszugehen, war für sie eine Hochzeits-, Begräbnis- oder Geburtstagsfeier und der Besuch von kranken

Verwandten. Sonst waren sie vollkommen davon in Anspruch genommen, für ihre Kinder zu sorgen und für ihre Männer zu kochen. Aber jetzt, seit es Krieg war, hatte sich das geändert.
Ja, nun kamen die Frauen der Chinesenstadt zum Vorschein. Es gab Versammlungen über Versammlungen. Zum erstenmal gingen die Frauen nicht sofort wieder nach Hause, um für ihre Männer das Essen zu kochen. »Sollen sie es sich selber kochen oder im Restaurant essen.«
Es gab in der Stadt New York mehr als dreihundert chinesische Frauen und Mütter. Die meisten konnte man telephonisch erreichen. Der Aufruf in den Zeitungen hatte nicht genügt, die Frauen mußten persönlich angesprochen werden. Aber alle Mitglieder für die Parade zusammenzubringen, erforderte großes persönliches Geschick. Das »Gesicht« stand auf dem Spiel. Wenn eine Frau in der Nord-, Mittel- oder Südstadt durchs Telephon erreichbar war, so war es gut. Aber immer ließ sich das nicht machen. Die Telephonnummern der Mitglieder waren auf der Liste nicht alle aufgeführt; manche hatten gar kein Telephon, und manche waren eingetragen als »Eddie Chans Mutter«, »Joy Far Lees Frau« oder »Henry Hos Tante«. Wer mochte wohl Henry Hos Tante sein? Nun, irgend jemand wußte es. Vielleicht hatte Henry Ho selbst ein Telephon. Man konnte Henry Hos Tante nicht dadurch beleidigen, daß man sie nicht zur Parade aufforderte. Wer hätte die Schande auf sich nehmen wollen, wenn sie sich nach der Parade etwa beschwerte, daß niemand sie davon benachrichtigt habe. So gingen die Frauen und Mädchen die ganze Liste durch, und sie teilten sich in die Arbeit und machten sich daran, Henry Hos Tante und Eddie Chans Mutter persönlich aufzusuchen.
Henry Hos Tante wohnte weit nördlich am Broadway in der Hundertundachten Straße. Es sollte zwar ein Geschäftsbesuch sein – aber es wurde kein Geschäftsbesuch daraus. Henry Hos Tante war so gerührt über den Besuch, daß sie die Abgesandten nicht ziehen ließ, ohne sie zum Essen dazubehalten. Dann mußten sie irgendeine Entschuldigung ersinnen und nachmittags ihren Besuch bei Eddie Chans Mutter machen. Sie wurde nach langem Suchen auch ausfindig gemacht – sie wohnte in Forest Hills in der Achtunddreißigsten Straße.
Mutter Fong konnte sich selten freimachen, aber hin und wieder tat sie es doch. So glaubte sie, es sich schuldig zu sein, wenn Grandma Howe, eine Frau aus ihrer Generation, kam und sie

darum bat, sie auf einem Bittgang zu begleiten, auf dem sie Geld für die Unkosten sammeln wollte. Grandma Howe, so wurde sie allgemein genannt, war als »ziemlich energisch« bekannt. Sie übernahm die Sammelrunde in den Restaurants, und da es eine solche Seltenheit war, daß sie einen besuchte – und es sich um solch ein gutes Werk handelte –, ging sie selten mit weniger als einem Zehndollarschein und einem Teller Nudelsuppe wieder fort.

Wenn Mutter Fong mit Grandma Howe aus einem der Restaurants herauskam, sprudelte sie los: »Das nennen die Nudelsuppe! Spülwasser und Sojabohnentunke! Pfui!«

Und nach dem Besuch eines weiteren Restaurants: »Haben Sie das Hühnerfrikassee versucht? Es hat genau wie gekochte Baumwolle geschmeckt. Himmel, die haben allen Saft aus dem Huhn herausgekocht, um für irgend etwas anderes eine gute Brühe zu haben, und die vertrockneten Fleischstücke haben sie uns aufgetischt, damit es nach etwas aussah! Und das nennen sie Hühnerfrikassee!«

»Aber das Hong Far Restaurant ist gut«, sagte Grandma Howe.

»Ganz annehmbar«, gab Mutter Fong widerwillig zu.

Bei dieser Gelegenheit konnte Mutter Fong feststellen, welches Restaurant etwas taugte und welches nicht.

Und so wurde jedem Gelegenheit gegeben, sein »Gesicht« zu zeigen – und keiner wollte sein Gesicht dadurch verlieren, daß er nicht das Rechte tat. Als dann die Parade von mehr als tausend Menschen stattfand, marschierten mehr als zweihundert Frauen und Mädchen mit.

4

Tom lernte jetzt fahren. Und dabei kam er dahinter, warum Yiko nichts daran lag, Sing Toy zu ihnen nach Hause zu bringen. Wie sie daherredete!

»Weißt du, dein Yiko ist ein Teufel mit Frauen«, erzählte sie Tom in den allerersten zehn Minuten der ersten Fahrstunde. Sing Toy saß rechts von ihm. »Drücke die Kuppelung vorsichtig durch, sonst schleuderst du alle durcheinander! Ich konnte ihn nicht eine halbe Stunde mit einem hübschen Mädchen allein lassen. Schau auf die Straße, so, jetzt ist's besser – wir gehen überhaupt in keine

Nachtklubs mehr oder zum Tanzen – halte das Lenkrad fest! Wahrhaftig, ich möchte ihm meine beste Freundin nicht für zehn Minuten anvertrauen, hab ich dir nicht schon von Vicky erzählt? Vicky Lamore. Sie besucht uns manchmal, sie ist solch eine liebe Freundin, sie lebt ganz allein, ihre Eltern leben unten in Nord-Karolina – da kommt eine scharfe Kurve, das hast du wundervoll gemacht – wirklich, ich kann Yiko nicht verstehn – paß auf, da kommt ein Wagen! Stell dir vor, einmal hat er mir erzählt, er müsse nach Boston, und kam die ganze Nacht nicht heim, dabei war er hier in der Stadt. Sandy hat's mir gesagt.«

»Sandy?«

»Ja, Sandy Bull. Er ist ein großartiger Mensch. Ich weiß nicht, warum ich dir das alles erzähle. Sag es keiner Seele weiter. Ich hab wirklich nicht die Absicht, mich bei deiner Familie zu beklagen.«

Diese Neuigkeiten waren ein großer Schock für Tom.

»Mir kannst du alles erzählen – ich bin doch sein Bruder. Hat er dich denn nicht sehr lieb?«

»Sicher hat er mich lieb. Er würde einen prächtigen Liebhaber abgeben, nur darf man nicht mit ihm verheiratet sein. Wir streiten und versöhnen uns und streiten uns wieder. Weißt du, Tom, wenn ein Mann heiratet, müßte er wie 'ne Klette an seinem Heim hängen, findest du nicht auch? Aber wir lieben einander sehr – ich glaube es wenigstens«, sagte sie pathetisch.

»Doch, er ist ganz schrecklich verliebt in mich«, wiederholte sie, als wolle sie sich das selbst versichern. »Aber wenn ich den ganzen Tag daheim sitze, weil ich mich um mein Baby kümmern muß, und er kommt dann heim und quengelt herum, dann fahre ich ihn eben an, und dann knallt er die Türe zu und läuft davon. Trotzdem bin ich sicher, daß er mich liebt.«

»Woher weißt du das?« fragte Tom.

»Aus der Art, wie er mich küßt.«

Nach ganz kurzer Zeit konnte Tom ausgezeichnet fahren und zog allein mit dem Wagen los. Eines Abends, als er den Wagen zurückbrachte, klingelte er an der Hausglocke zu Sing Toys Wohnung. Die Tür öffnete sich summend, er trat ein und hörte Sing Toys Stimme von oben:

»Wer ist da?«

»Ich bin's. Ich will dir den Autoschlüssel bringen.«

»Ist der Wagen da?«

»Ja, ich hab ihn draußen hingestellt.«
»Dann ist's ja gut, lege den Schlüssel unter die Matte im Führersitz.«
»Yisow, ich möchte noch etwas mit dir besprechen. Kann ich 'raufkommen?«
»Es ist schon spät. Warum kommst du nicht morgen?«
»Es wird nur ein paar Minuten dauern.«
»Gut. Dann komm 'rauf.«
Sing Toy empfing Tom auf dem Treppenabsatz. Sie war in ihrem Morgenrock. Ihr Haar zurechtnestelnd, fragte sie: »Was ist los?«
»Die Wohltätigkeitsgesellschaft möchte gern, daß du die Parade bei der Weltausstellung am zehnten Oktober als Tambourmajor anführst. Sie haben mich gebeten, mit dir zu sprechen.«
»Aber wer wird sich dann um mein Baby kümmern?«
Tom sagte, er glaube sicher, daß das Komitee eine Frau finden werde, die bei dem Baby bleiben wolle. Sing Toy bat ihn nicht, hereinzukommen, so gab er ihr den Wagenschlüssel.
Als er die Treppe hinunterging, hörte er hinter ihrer Türe einen Mann husten. Er rannte die Treppe hinunter. Er wollte gar nicht wissen, was ihn doch nur empören würde – aber er konnte nicht widerstehen. So blieb er auf der Straße stehen und schaute zu den erleuchteten Fenstern hinauf. Er hätte zu gern gewußt, wer das war, dessen Stimme er gehört hatte. Nach einer Viertelstunde etwa ging das Licht aus. Vielleicht hatte er sich doch getäuscht.
Er wollte gerade weitergehen, als er Sing Toy im Abendkleid herauskommen sah – ein Mann war bei ihr. Tom versteckte sich in einer dunklen Toreinfahrt. Die beiden stiegen in den Wagen und fuhren davon. Dieser Mann muß Sandy sein, dachte er.

Zweiundzwanzigstes Kapitel

1

Der zehnte Oktober war ein strahlend heller Tag. Alle Läden in der Chinesenstadt waren an diesem Tag geschlossen. Fast alle jungen chinesischen Mädchen zeigten sich in ihrer Nationaltracht. Elsie, die ein wunderschönes blauseidenes Kleid trug, das sie von Schanghai mitgebracht hatte, schloß sich Toms Familie an. Es würde ein langer und ermüdender Tag werden, und da die Lampionparade erst nachts stattfinden würde, hatten sie einen kleinen Korb mit Essen, einschließlich Marcos Milchflaschen, eingepackt. Als Hauptperson ging Mutter Fong vorne draus. Elsie trug eine Aktenmappe und Eva ein Paket. Um zehn mußten sich alle Paradeteilnehmer am Eingang einfinden, damit kontrolliert werden konnte, ob auch alle das Abzeichen mit der chinesischen und amerikanischen Flagge trugen. Chinesische Männer und Frauen, Jungen und Mädchen warteten am Tor. Als die Fongs mit ihren Abzeichen versehen waren, wanderten sie über den weiten Vorhof am Bundesgebäude vorbei, an der Säulenhalle, den Teichen, der Halle der Nationen, die mit riesigen Wandgemälden geschmückt war, bis zum chinesischen Pavillon, dort legten sie ihr Gepäck ab und schauten sich dann die übrige Ausstellung an. Aber sie kamen bald dahinter, daß es dort für einen Tag viel zuviel zu sehen gab. Mutter Fong taten die Beine weh, daher setzte sie sich auf eine Bank und hielt das Baby. Elsie blieb bei ihr, während Tom, Eva, Flora und Loy sich die großen und kleinen verchromten Maschinenmodelle und all die andern summenden, blitzenden und blinkenden modernen Erzeugnisse der Technik und Industrie ansahen.

Als Tom zurückkam, spielte Elsie mit dem Baby.

»Komm, wir wollen zum Vergnügungspark gehen!« schlug er begeistert vor.

»Was gibt's dort zu sehen?«

»Mißgeburten! Feuerfresser und Degenschlucker! Und den Fallschirmabsprung müssen wir uns anschauen!«

»Werden deine Beine nie müde, Tom?«
»Komm doch mit! Du hättest keine Schuhe mit hohen Absätzen anziehn sollen.«
»Wir werden die Vorstellung um drei versäumen.«
»Komm nur, denk jetzt nicht an die Vorstellung.«
»Wie weit haben wir es bis zum Court of Peace?«
»Etwa einen und einen halben Kilometer.«
Elsie gab nach, weil der Vergnügungspark auf dem Weg dorthin lag. Nachdem sie den Fallschirmabsprung gesehen hatten, kamen sie gerade rechtzeitig zum Court of Peace für die Vorstellung der chinesischen Artisten. Der neue Gesandte Hu Shih und der Bürgermeister La Guardia hatten ihre Ansprache schon gehalten und saßen mit etwa zweihundert andern Leuten auf der Tribüne.
Dort saß auch Mrs. Yang mit ihren Kindern, und als sie Elsie gewahrte, rief sie ihr zu: »Ich habe Sie schon vermißt. Wo sind Sie nur gewesen? Kommen Sie, setzen Sie sich neben mich!«
Von da an ließ Mrs. Yang Elsie nicht mehr los, und Tom und seine Familie sahen sie nur noch von weitem. Aber Tom sah, daß es Elsie sehr glücklich machte, bei Mrs. Yang zu sein.
Sie entdeckten viele Bekannte auf der Tribüne. Und plötzlich bemerkten sie Sing Toy mit einem Amerikaner.
»Wer ist denn das?« fragte Loy.
»Das ist Sandy Bull, Yikos Boß.« Mehr sagte Tom nicht. Er hatte sich geschämt, den andern zu erzählen, was er gesehen hatte. Er war sich auch nicht sicher gewesen – aber nun wußte er es.
»Yikos Ehe wird sicher bald zerplatzen«, murmelte er.
Oben auf der Tribüne fragte Elsie Mrs. Yang: »Werden Sie mit den Kindern der Parade zuschauen?«
»Natürlich werden wir das.«
»Wie schön! Wir holen abends um sieben unsere Lampions und sammeln uns an den Teichen. Dort gibt es dann ein Feuerwerk und farbige Springbrunnen. Und dann gibt es noch einen Löwentanz.«
»Was haben Sie noch zu tun?«
»Nichts – nur im Lampionzug mitzugehen und während der Nationalhymne Klavier zu spielen.«
»Ich wußte noch gar nicht, daß Sie auch Klavier spielen.«
»Nur ein bißchen. Ich bin schon lange ganz aus der Übung. In der Schule gibt es gar kein Klavier.«

»Warum bleiben Sie denn dort?« fragte Mrs. Yang. »Ist es in diesem Gebäude für ein Mädchen bei Nacht nicht sehr einsam?«

»Als ich hier ankam, wiesen sie mir dieses Zimmer an, und dann bin ich eben dort geblieben. Es ist schwer, ein anderes Zimmer zu finden, die Miete ist so teuer, und ich möchte gern sparen.«

»Wissen Sie nicht mehr, daß Sie mein Patenkind sind, Elsie?«

Elsie lächelte glücklich.

Ein Artist jonglierte mit etwa zwanzig Tellern über seinem Kopf. Es sah lustig und aufregend aus.

»Elsie, warum wollen Sie nicht zu uns kommen?«

»Oh, das würde ich nicht wagen.«

»Jedermann würde ich das auch nicht anbieten, aber Sie sind doch mein Patenkind. Bei uns ist ein Zimmer frei, und ein Klavier haben wir auch.«

»Ich könnte keine Miete bezahlen.«

»Ich vermiete ja mein Zimmer nicht, Elsie. Wenn ich nicht haben wollte, daß Sie bei uns wohnen, würde ich Ihnen das Zimmer gar nicht anbieten. Und ich koche solch ein gutes Essen!«

Elsie schaute Mrs. Yang tief beglückt an und nahm den Vorschlag unter der Bedingung an, daß sie im Haushalt mithelfen und für ihr Essen etwas bezahlen dürfe.

»Wie dankbar wird Ihnen meine Mutter sein, wenn sie das erfährt! Ich habe ihr schon von Ihnen erzählt.«

Tom dachte unten, was mögen die beiden nur so viel zu besprechen haben?

Als die Vorführung zu Ende war, kam Elsie hinunter und erzählte Tom von Mrs. Yangs Einladung. »Bin ich nicht ein Glückskind?« sagte sie strahlend.

Sie gingen zusammen auf die Tribüne, um mit Mrs. Yang zu reden. »Seien Sie nicht traurig, Tom«, sagte Mrs. Yang lachend. »Ich habe ja nur Töchter! Ich werde Ihnen Elsie nicht wegnehmen.«

Aber seit diesem Augenblick war Elsie der Familie Fong entrissen.

Flora beschloß, mit Loy früh nach Hause zu gehen. Aber Tom schaute noch den Wasserspielen zu – dabei kam er nicht von dem Gedanken los, wie es sein würde, wenn Elsie in der Oberstadt wohnte. Er tröstete sich dann, daß sie ja in der Chinesenstadt Schule hielt und er sie immer noch jeden Tag sehen könnte.

Um halb acht Uhr abends hatten alle ihre Schmerzen und Sorgen vergessen. Über dem Teich leuchtete der regenbogenfarbene Springbrunnen, dort hatten sich alle chinesischen Männer und Frauen mit Lampions versammelt. Tom traf Elsie unter der riesigen Nationalflagge. Eine Musikkapelle ging voraus und spielte die chinesische Nationalhymne. Die Mädchen und Frauen sammelten sich um die Flagge, und die Parade begann. Eine Frau mit einer vollen Altstimme sang *«Cheelai«* – ein rhythmisches Marschlied. Männer, Frauen und Kinder stimmten alle mit ein, während sie marschierten. Etwas Ähnliches hatte es in der Chinesenstadt noch nicht gegeben, dieses Singen und Marschieren im Rhythmus der Kriegsmusik, das Gefühl, daß sie eine nationale Einheit waren, eine Einheit, die der Krieg geschaffen hatte. Zuletzt kam noch der Löwentanz.

Am Court of Peace war die Parade zu Ende. Eine amerikanische Sängerin sang die chinesische Nationalhymne, und Elsie begleitete sie auf dem Klavier. Ein Frauenchor sang das Lied vom »Verlorenen Bataillon« zu Ehren der achthundert Soldaten, die im ersten Kriegsjahr lieber gestorben waren, als sich zu ergeben. Dann kamen noch ein paar Reden, und die Feier war zu Ende.

Alle hatten ihre Müdigkeit vergessen. Erst am nächsten Tag entdeckten die Männer und Frauen, wie müde ihre Beine waren.

Auf dem Heimweg sagte Tom: »Ich habe gar nicht gewußt, daß du so gut spielen kannst, Elsie.«

»Dieses Lied kann jeder spielen. Ich habe nur zwei Jahre lang Klavierstunden gehabt, während ich aufs College ging.«

»Warum nimmst du hier keine Stunden?«

»Ich kann es mir nicht leisten. Mrs. Yang sagt, sie habe daheim ein Klavier, und wenn ich bei ihr wohne, kann ich in Übung bleiben.«

»Willst du wirklich in die Oberstadt ziehen?«

Elsie sagte, daß sie sehr glücklich darüber sei und daß es auch sehr gut passe, weil sie mit Mrs. Yang so eng im Komitee zusammenarbeite.

»Wann willst du umziehen?«

»Oh, so bald wie möglich.«

Dreiundzwanzigstes Kapitel

1

Nach zehn Tagen kam Freddie von seiner Geschäftsreise zurück. Sing Toy erwartete ihn, da er ihr ein triumphierendes Telegramm geschickt hatte, aber wegen des Babys konnte sie ihn nicht vom Bahnhof abholen. Sie war froh, daß er fort gewesen war, denn sie war nie glücklicher gewesen als im vergangenen Monat.

»Darling, oh, Darling, Darling!« gurrte sie wie ein Täubchen, als er sie in den Armen hielt. Freddie bedeckte ihr Gesicht mit Küssen und erwiderte ihre Liebkosungen. Auch er war sehr glücklich gewesen.

»Hast du dich gut unterhalten?« fragte sie.

»Mich gut unterhalten? Nein, Darling, was denkst du denn von mir? Ich bin von Stadt zu Stadt gehetzt, du hast ja meine Postkarten erhalten. Dafür habe ich auch an den Versicherungen auf dieser Reise mindestens zweitausendfünfhundert verdient.«

»Darling!« Sie gab ihm noch einen leidenschaftlichen Kuß. »War es nicht großartig von Sandy, daß er dir diesen Auftrag verschafft hat?«

»O doch. Wie geht es Sandy? Hat er dich besucht?«

»Hm, hm«, machte seine Frau honigsüß.

»Und hat er gut auf dich aufgepaßt?«

»Hm, hm. Soll ich ihn anrufen? Wir müssen doch feiern.«

»Nein, das will ich tun.«

Sie hatten an diesem Abend eine prächtige Feier in dem Nachtklub, in dem Sing Toy gearbeitet hatte. Sie trafen dort Vicky Lamore und luden sie ein, und sie tanzten bis zwei Uhr nachts, und alle waren sehr ausgelassen. Sandy beglückwünschte Freddie, weil seine Reise der Gesellschaft viel Geld gebracht hatte. In Gesellschaft von Vicky und Sandy war Sing Toy unterhaltend und lebhaft und hatte gar keine Ähnlichkeit mit der stets jammernden Frau zu Hause. Freddie hatte sie im vergangenen Jahr nie so glücklich und gelöst gesehen, und es war ihm wieder wie damals in der guten Zeit zumute, als er noch in sie verliebt war. Ja, so sollte es immer sein. Das Glück klopfte wieder an ihre Tür.

»Ich liebe meine Frau«, überlegte er. »Das scheint ein guter Anfang zu sein – eine Frau, ein Kind, eine gute Stellung.« Er hatte das Mädchen, mit dem er in Cleveland ausgegangen war, schon fast vergessen. Er war sich zwar bewußt, daß er nicht ganz treu gewesen war, aber er wollte diesen Gedanken nicht aufkommen lassen. »Ja, ich liebe meine Frau und mein Kind.«

Sandy kam mit in ihre Wohnung, blieb noch eine Weile sitzen und ging dann. Sing Toy warf sich auf die Couch und rief: »Oh, wie ist das herrlich!«

Freddie setzte sich neben sie und sagte: »Es ist nicht so übel, Mrs. Frederick A. T. Fong zu sein, nicht wahr? Wenn ich Glück habe, werde ich bald achttausend im Jahr verdienen. Junge, Junge!«

Er kam näher und streichelte sie zärtlich.

»Laß das bitte. Ich bin müde.«

Doch er kam noch näher und wollte sie nicht lassen. Aber Sing Toy hielt seine Hände fest und machte sich ihren Vorteil zunutze.

»Hör zu, Darling, hast du mich sehr lieb?«

»Natürlich.«

»Wirklich sehr?«

»Sehr!«

»Darling, ich habe einen einzigen großen Wunsch im Leben. Kannst du ihn erraten?«

»Hast du denn nicht schon alles? Ein Heim, ein Kind, einen Mann, der sieben- oder achttausend im Jahr heimbringt. Du hast ein Auto. Willst du etwa ein neues Auto?«

Sing Toy schüttelte den Kopf.

»Vielleicht ein Filmstar werden?«

Wieder schüttelte sie den Kopf. Sie schaute ihren Mann fest an, sich des dramatischen Augenblicks wohl bewußt. »Freddie, da wir nun gesellschaftlich hochkommen, möchtest du doch, daß deine Frau auch danach aussieht, oder nicht?«

»Schieß los! Heraus damit! Was willst du haben?«

»Woran sieht man, daß eine Dame first class ist, Freddie? Was braucht eine Dame, damit ihr alle in den feinen Hotels und Restaurants und im Theater nachsehen?«

»Viel Geld. Und fürs Theater eine Eintrittskarte.«

»Red keinen Unsinn! Sag mir, woran erkennt man eine Dame?«

»Komm schon, sprich nicht in Rätseln. Wovon redest du überhaupt?«

»Oh, Freddie, du hast gar keine Phantasie. Von einem Nerzmantel! Der macht einen zur Dame. Ich habe mir einen in der Madison Avenue angesehen, der kostet nur vierzehnhundert.«

Freddies Kopf war inzwischen an ihre Schulter gesunken, ohne daß er es merkte, und die letzten Sätze hörte er ganz nahe an seinem Ohr. »Nur vierzehnhundert. Freddie, du kannst dir doch einen Nerzmantel für deine Frau leisten.« Als sie sein Gesicht streichelte, wurde er sich plötzlich ihrer Taktik bewußt. Zum Teufel, sie versucht mich hereinzulegen, dachte er.

Er überlegte eine Weile. Der Gedanke gefiel ihm nicht schlecht, mit seiner Frau in einem Nerzmantel auszugehen. Die letzte Erinnerung daran, daß er nur eines Wäschers Sohn war, wäre damit ausgelöscht.

»Was denkst du von Vicky?« fragte Sing.

»Warum, sie ist ein nettes Mädchen. Sie ist zwar kein Küken mehr, aber sie hat gute Hüften. Warum fragst du?«

»Findest du nicht, daß Sandy ein wenig zu verliebt mit ihr tat? Hast du bemerkt, wie er sie ansah und wie er mit ihr sprach?«

»Was geht das dich an, wenn er in sie verliebt ist? Er hat auch mit dir sehr vertraut getan.«

Sing Toy richtete sich jäh auf. »Was willst du damit sagen? Du bist doch nicht eifersüchtig, oder?«

»Nein, eifersüchtig bin ich nicht. Mir kam es nur so vor, als hättet ihr sehr eng zusammen getanzt.«

»Wieso, Freddie, du bist abscheulich! Du hast ihn doch selber gern. Er ist ein paarmal mit mir ausgegangen, als du weg warst. Du wolltest doch, daß er mir Gesellschaft leistet, und ich muß sagen, daß ihm meine Gesellschaft auch nicht unangenehm ist. Aber zwischen uns ist absolut nichts gewesen.«

»Schon gut, schon gut. Warum gleich so aufgeregt? Ich wollte nichts damit sagen. Und er war ja großartig zu uns.«

»Das muß ich auch sagen. Du hättest diese Chance nicht gehabt, wenn er sie dir nicht verschafft hätte.«

Eines Tages erschien Sing Toy in ihrem Nerzmantel in »Marcos Cathay«. Flora schaute, bis ihr die Augen weh taten. Aber Freddie und seine Frau waren für eine Weile verändert. Sing Toy mußte Vicky und ihren Freunden den Mantel zeigen, und seinetwegen

mußten sie jetzt abends ausgehen. Sie führten wieder das alte Leben und gaben für Wochen das Streiten auf.
»Wann werden sie dich wieder auf die Reise schicken?« fragte Sing Toy. »Dann verdienst du doch ein paar tausend mehr.«
»Ich habe hier im Büro eine Menge Arbeit. Aber ich würde jederzeit wieder auf die Reise gehen, wenn sich dazu eine Chance ergäbe.«
»Soll ich Sandy fragen? Er wird dir mit Freuden helfen.«
Im November wurde Freddie nach Florida und nach New Orleans geschickt.

2

Elsies Wohnungswechsel hatte ihr Verhältnis zu Tom verändert. Sie hatte Mrs. Yangs Angebot angenommen, weil sie wußte, daß es durchaus ehrlich gemeint war – sie sagte, was sie meinte, und was sie nicht meinte, konnte sie auch nicht sagen.
Es war etwas ganz anderes für Elsie, in der Oberstadt in einer Wohnung an der Fifth Avenue zu leben, nicht weil es die Oberstadt war, sondern wegen der Leute, die dort lebten. Sie hatte ein kleines Zimmer für sich und wurde wie ein Mitglied der Familie behandelt. Der große Anziehungspunkt war für sie das Klavier im Wohnzimmer. Mrs. Yangs Kinder nahmen Klavierunterricht und konnten schon ein bißchen spielen. Abends musizierten sie manchmal zusammen, dann sangen die Kinder. Elsie spürte die Atmosphäre eines wohlgeordneten und sicheren Heims, in dem alles wie am Schnürchen ging. Mrs. Yang war bestimmt, energisch, streng und doch sehr weiblich. Ihre Aufgabe sah sie in ihrem Heim, obgleich sie auch im Komitee sehr fleißig mitarbeitete, sie bewältigte beides zugleich. Mr. Yang spielte keine wichtige Rolle, da er seiner Frau alle Familienangelegenheiten überließ und die Entschlüsse seiner Frau achtete.
Wenn Elsies Unterricht zu Ende war, wartete Tom schon vor der Schule auf sie, um ein paar Worte mit ihr zu sprechen. Aber sie wagte nicht, zu spät zum Essen heimzukommen.
»Ich kann mich nicht aufhalten, Tom. Wenn Mrs. Yang vom Komitee nach Hause kommt, geht sie sofort in die Küche. Und ich fühle mich verpflichtet, ihr zu helfen.«
Ohne ein Wort der Widerrede ging Tom dann seines Wegs. Daß es so kommen würde, hatte er nicht erwartet. Als Elsie ihm mitgeteilt

hatte, daß sie tatsächlich zu Mrs. Yang ziehen werde, hatte er zu ihr gesagt: »Ich freue mich für dich. Du kommst ja jeden Tag hierher, und ich kann dich immer sehen.«

»Natürlich«, hatte sie geantwortet.

Aber es wurde immer schwieriger, sie zu sehen. An manchen Tagen ging Elsie mit Mrs. Yang in das Büro der Oberstadt, und in Columbia hatte sie mit Musikstunden begonnen. Durch ihren Unterricht und ihre Klavierstunden und die Arbeit im Komitee war es ihr selten möglich, zeitig in die Chinesenstadt zu kommen – und dann mußte sie wieder zum Essen heimeilen. Auch Toms Zeit war beschränkt, seit er in Brooklyn ins Technologische Institut ging. Er interessierte sich besonders für die Radiotechnik und nahm auch einige Kurse in Physik. Wenn er frei hatte und bei Elsie anrief, war sie meistens beschäftigt. Entweder hatte sie noch im Büro zu tun, oder sie mußte aufs College. Und an den Samstagen und Sonntagen mußte er im Restaurant helfen.

Er war oft traurig, weil er spürte, daß Elsie ihm entglitt. Vielleicht bin ich ihr nicht gut genug, dachte er im stillen.

Aber eines Nachmittags sagte er zu ihr: »An den Freitagabenden bin ich frei. Darf ich wieder zum Unterricht zu dir kommen?« Er sagte es nicht drängend wie ein Liebhaber, und Elsie spürte das.

»Gewiß!« antwortete sie.

Von da an kam er jeden Freitagabend. Solange er mit Elsie zusammen war, fühlte er sich sehr glücklich, aber er zeigte ihr nicht mehr, daß er sie liebte, und sie fragte ihn nicht, warum er sich von ihr zurückzog. Sie spielte die Lehrerin und erwartete von ihm, daß er den Anbeter spielte, wie es von jeher die Rolle des Mannes ist. Aber er kam nur, um zu lernen, vor allem unter ihrer Anleitung die Kunst der Kalligraphie.

Die große Schwierigkeit lag für Tom darin, daß seine Schriftzeichen auseinanderfielen. Kalligraphie war für einen gebildeten Chinesen ebenso wichtig wie eine korrekte englische Aussprache für einen Amerikaner oder ein hübsches Gesicht für ein Mädchen, denn danach wird man beurteilt. Seit Elsie im Scherz gesagt hatte, sie wolle seine Schrift ihrer Mutter zeigen, war Tom klargeworden, wie wichtig Kalligraphie war. Elsie brachte ihm alle Abkürzungen bei, mit denen gute Schreiber das Problem lösen, die Schriftzeichen zu schreiben, die ohne diese Auslassungen viel zu zahlreich und unzusammenhängend wären. Diese Kunst erlernt sich schwer und erfordert eine jahrelange Übung. Aber Tom

machte Fortschritte – seine Schriftzeichen wurden langsam ganz annehmbar und ab und zu sogar bemerkenswert gut.
Aber Elsie spürte in ihm eine Wandlung. Wenn sie ihn anschaute, wich er ihrem Blick aus. Arbeitete er zu angestrengt auf dem College und war er davon erschöpft? Oder wurde er nur älter und nüchterner? Hatte er das erste Feuer eines jungen Liebenden verloren? Elsie konnte es nicht begreifen. Sie sah seine Wandlung, aber sie schwieg.

3

»Elsie, warum verlobt ihr beide euch nicht?« fragte Mrs. Yang an einem Freitag, als Tom gegangen war, in ihrer abrupten Art. Leute miteinander zu verheiraten, machte Mrs. Yang das größte Vergnügen. Sie erzählte oft, daß sie schon sieben oder acht Ehen gestiftet habe und sich alle als ein Erfolg erwiesen hätten.
Elsie wurde rot. Sie erklärte, daß Tom noch studiere und sie nicht wisse, wie lange es dauern werde, bis er nach China zurück könne – und ob er überhaupt wieder nach China wolle. Sie könne nur einen Mann heiraten, der nach China zurückgehen und mit ihrer Mutter leben wolle. »In letzter Zeit habe ich bemerkt, daß Tom sichtlich bedrückt ist und sich immer mehr in sich zurückzieht. Ich glaube, er liebt mich noch, aber er ist nicht so wie früher, als er um mich anhielt.«
»Haben Sie ihn entmutigt?«
»Ich habe nicht ja gesagt und nicht nein. Er sagte mir, er wolle warten, und jetzt hat er öfters behauptet, er sei nicht gut genug für mich. Mrs. Yang, meine Mutter ist weit weg, und ich habe niemand, mit dem ich darüber sprechen kann.«
»Ich kann Ihnen sicher helfen, Elsie. Hat er Sie in letzter Zeit wieder gefragt?«
»Nein, das hat er nicht getan. Er scheint sich innerlich aufzuzehren. Was halten Sie davon?«
»Es kommt darauf an, weswegen er sich aufzehrt.«
»Wie soll ich das wissen? Er scheint so angespannt zu sein.«
»Wovon?«
»Vielleicht von seinen Studien. Manchmal, wenn ich sein Gesicht sehe, werde ich ganz gerührt. Ist er nicht ein ziemlich sonderbarer Kauz?«

»Was soll daran sonderbar sein, wenn ihn seine Studien anstrengen? Vielleicht ist er völlig davon besessen, Ihrer wert zu werden. Sie sind ein junges Mädchen, Elsie, und können das Herz eines jungen Mannes nicht verstehen. Vielleicht ist das alles ein gutes Zeichen. Im allgemeinen ist ein junger Mann in Gegenwart eines jungen Mädchens, das er ernstlich liebt, ein bißchen scheu – und Sie sind ein außergewöhnliches Mädchen. Ich bin sicher, daß er Sie im stillen verehrt. Ich sehe ganz deutlich, was er vorhat. Sie sind jetzt einundzwanzig, Elsie. Machen Sie nicht denselben Fehler, den junge Mädchen oft machen, wenn sie sich nicht entschließen können. Ich halte ihn jedenfalls für hochbegabt.«

»Ja, das ist er.«

»Er ist begabt und ernst und wunderlich – und er liebt Sie. Was wollen Sie noch mehr?«

Nun veränderte sich auch Elsies Gefühl für Tom. So ist eben das Menschenherz – je mehr Tom sich unsicher fühlte, um so sicherer wurde sich Elsie, daß sie ihn liebte, und nun fürchtete sie, ihn zu verlieren. Solange sie seiner sicher war, hatte sie sich nicht entscheiden können, aber nun, da er sich zurückzog, wußte sie instinktiv, was für ein Unterschied es für sie wäre, wenn sie ohne ihn leben müßte, und wie wichtig er für sie war. Sie wußte es nicht mit dem kühlen Verstand, sondern in der Tiefe ihres weiblichen Seins. Sie schaute auf. Mrs. Yang schien so zuversichtlich zu sein. Und sie war froh, jemand zu haben, der ihr die Entscheidung abnahm.

»Warum geht er nie mit Ihnen aus?« fragte Mrs. Yang.

»Er hat vermutlich allzu viel zu tun, und am Wochenende ist er beschäftigt. Wir machten früher sonntags wunderbare Wanderungen zusammen.«

»Warum fordern Sie ihn nicht dazu auf?«

»Das möchte ich nicht. Darum soll nicht das Mädchen bitten, das muß er tun.«

Wenn Tom sie jetzt gebeten hätte, mit ihm in den Regen hinauszugehen, wie sie es früher immer taten bei ihren sorglosen, glücklichen Ausflügen, so würde sie alles liegen und stehen lassen und mit ihm kommen. Aber Tom hatte sie nie mehr gebeten.

»Stört es Sie, daß er aus einer Wäscherfamilie stammt?«

»Keineswegs.«

»Und Ihre Mutter?«

»Auch sie nicht, das weiß ich. Meine Mutter ist ganz ähnlich wie Sie, Mrs. Yang.«

»Wenn ich Ihre Mutter wäre, so würde ich Ihnen raten, ihn zu erhören.«
»Ich will ihr noch einmal schreiben und ihr erzählen, was Sie sagten. Darf ich Ihnen die Briefe meiner Mutter zeigen?«
Elsie ließ Mrs. Yang Briefe ihrer Mutter sehen, die sie Tom nicht gezeigt hatte. Mutter und Tochter schrieben sich wie richtige Freunde.

»Mein Kind, auf dem Photo, das Du mir geschickt hast, hat dieser junge Mann recht gute Ohren und ein gutes Kinn. Ich bin wirklich beunruhigt über Deine Liebesgeschichte. Ich weiß nicht, ob es töricht von Dir ist, ihn zu lieben, oder töricht, ihn abzuweisen – wahrscheinlich das letztere. Aber es ist ganz gut, töricht zu sein. Ich glaube, jedes junge Mädchen sollte sich zuzeiten töricht benehmen. Auch ich war es, als ich ein junges Mädchen war – Deines Vaters wegen. Ich habe ihn dann geheiratet und habe es nie bedauert. Wenn Du Dich sehr glücklich fühlst in Deiner Torheit, dann sag ihm, daß Du ihn heiraten willst. Nimm auf mich keine Rücksicht. Kann ich denn Dein ganzes Leben mit Dir zusammen sein?«

Es belustigte Mrs. Yang, daß Elsie sagte: »Da sehen Sie. Das ist meine Mutter. Muß man sie nicht liebhaben, wenn sie solche Dinge sagt?« Lachend erzählte ihr Elsie, daß ihre Eltern sie zum Schiff brachten und Mutter und Tochter fast eine halbe Stunde weinten, weil sie sich so innig liebten.
In einem anderen Brief schrieb ihre Mutter:

»In Deinem Brief hast Du mich gefragt, ob ein Unterschied bestehe zwischen »töricht« und »dumm«. Es gibt einen Unterschied. Torheit ist ein höchst angenehmes Gefühl, es ist wie ein leichter Taumel – und Dummheit ist, als sei man völlig betrunken. Torheit gibt Dir das warme Gefühl, glücklicher zu sein als sonst. Aber verliere nicht den Kopf, mein Kind. Du schriebst, er sei ›so wundervoll‹ gewesen – das macht mich mißtrauisch. Vielleicht bist Du an der Grenze der Dummheit. Schlürfe den Wein langsam, und wenn er keine schlechte Wirkung auf Dich hat, sondern Dich erwärmt und Dich heiter stimmt, trinke weiter. Das ist das Kennzeichen eines guten Weines und der Beweis einer großen Liebe, die Dauer haben wird. Laß Dich ja nicht von Filmen und schlechten Büchern beeinflussen, in denen der Held und die Heldin sich leidenschaftlich verlieben. Ich hoffe, daß Dein junger Mann nicht diese Sorte Liebhaber ist. Es gefiel mir, als ich von Dir hörte, daß er im Wasser am hellen Tag um Dich anhielt, und nicht im Mondenschein. Das beweist, daß er einen klaren Kopf dabei hatte und daß Du auch im Sonnenlicht wunderschön ausgesehen hast.«

Als sie die Briefe gelesen hatten, faltete Elsie sie sorgfältig zusammen und trug sie wieder hinauf in ihr Zimmer. Dabei sah Mrs. Yang einen weichen Ausdruck auf ihrem Gesicht, den sie vorher noch nie an ihr bemerkt hatte. Sie konnte nun gut verstehen, warum Elsie mit einer solchen Mutter zusammenleben wollte.

4

Nicht ohne Absicht lud Mrs. Yang eines Abends Tom zum Essen ein, und ausnahmsweise konnte er das Restaurant einmal im Stich lassen.

»Kommen Sie, Elsie, singen Sie uns etwas«, bat Mrs. Yang nach dem Essen. Im Heim von Mrs. Yang verstand niemand etwas von Jazzmusik. Auch Elsie machte sich nichts daraus, und sie wußte, daß Tom sie verabscheute. Sie kannte ein paar alte Volkslieder, Lieder, die einer andern Zeit angehörten, als die Menschen noch nicht des scharfen Rhythmus unserer Tage bedurften. Damals waren die Ohren noch an feinere Töne und Nuancen einer Melodie gewöhnt, und die Musik verlangte nicht nach den Grimassen der Leute am Schlagzeug, dem Auf und Nieder der Saxophonspieler und dem Knieschütteln des Kapellmeisters, damit die fühllose Masse merkt, daß sie großartige Zeiten erlebt, falls ihr das noch nicht aufgefallen ist. Die Musik ist immer der Ausdruck ihrer Zeit und spiegelt die Empfindungen wider, nach denen sich eine Generation sehnt. Der Jazz entstand, weil der moderne Mensch ihn brauchte. Er kam zugleich mit dem Auto und Hemingways Roman *Die Mörder* und der »verlorenen Generation« der zwanziger Jahre. Es war nicht so, als habe der Mensch plötzlich begonnen, den Jazz zu lieben, eher hat er ihn gelebt. Die Ohren gewöhnten sich an den rauhen Rhythmus des Jazz, und ein Rhythmus, der kein so abgehacktes Stakkato hatte, genügte ihnen nicht mehr und

konnte keinerlei Widerhall erwecken. Der Jazz war eines der Dinge, die Tom, obgleich er in Amerika aufgewachsen war, nicht verstehen konnte. Einmal war er mit Elsie in ein Broadwaykino gegangen und mußte sich das Konzert einer berühmten Jazzkapelle anhören. Die Zuhörer gerieten ganz außer sich und klatschten tosend Beifall.
»Es gefällt ihnen tatsächlich«, sagte Elsie höchst überrascht.
»Du siehst ja, daß es so ist. Nimm an, du wolltest ein dreijähriges Kind dazu bringen, einer Musik zu lauschen, wie würdest du das anfangen? Das Kind achtet gar nicht darauf. Was würdest du tun, damit es zuhört? Zuerst machst du tüchtig Lärm. Du schmetterst ihm etwas in die Ohren. Nun wird das Kind aufmerksam. Die hohen Töne bringst du ganz schrill und die tiefen ganz leise. Das Wichtigste ist die Posaune. Dann schnalzst und zischt du mit deiner Zunge und bläst die Backen auf, du spitzst den Mund und rollst die Lippen und machst so viel Lärm, als du nur kannst. So machst du es dem Kind handgreiflich. Dann schüttelst du die Knie und schneidest Grimassen, du hockst dich auf die Fußspitzen und legst die Hände an die Ohren, als seist du ein Affe – und das Kind fängt schließlich an zu lachen und ist mit Leib und Seele dabei. Es klatscht in die Hände und lacht, weil es ihm so gut gefällt. Du siehst, was die Jazzkapelle da oben treibt, ist genau das, was sie anstellen müßte, wenn die Zuhörer alle erst drei Jahre alt wären.«
Elsie hatte keinen Unterricht gehabt, aber in dem kleinen Raum klang ihre Stimme köstlich weich. Sie sang am liebsten ganz altmodische Lieder, Melodien, die süß und traurig, gefühlvoll und innig waren. »Führe mich heim ins alte Virginien« und »Flüsternde Hoffnung« und »Solveigs Lied« – das letztere sang sie am schönsten, nachdem sie mehrmals angesetzt hatte.
Als sie »Ein Entschluß« sang, gab sie den Worten »Ich könnte sterben, ich könnte sterben« eine halb ernsthafte und eine halb scherzhafte Bedeutung. Wenn sie ganz selbstvergessen vor sich hinsummte, war sie am besten.
Sie sang nicht für die Zuhörer oder für Tom – sie sang nur für sich und mit voller Hingebung. Tom saß ganz still und runzelte die Brauen, als höre er ihr nur halb zu. Seine Bewunderung für Elsies Gesang machte ihm ihre gute Erziehung noch mehr bewußt, und es beschämte ihn noch ein wenig mehr, daß er der Sohn eines Wäschers war.

Mrs. Yang regte an, daß Elsie noch ein paar chinesische Volkslieder singen sollte. Alle waren erstaunt, wie sehr sich ihre Art zu singen veränderte. Sie setzte sich halbabgewandt von den Zuhörern und spielte mit ihrem Taschentuch, als sei sie jeden Augenblick bereit, es vor das Gesicht zu halten, verschämt und kokett wie eine echte Chinesin, und ihre Stimme klang ganz dünn und klein, sie summte mehr als sie sang, es erinnerte Tom an die Zeit, als sie von ihm englische Worte lernte. Melodie und Worte waren heiter und traurig zugleich, wie es echte chinesische Volkslieder immer sind.

Der kleine blasse Schößling wuchs.
Sieben Jahre war ich, und die Mutter war fort,
Allein mit dem Vater blieb ich daheim,
  Yi-ko-ya-erl-yao.
Und da heiratete Vater Frau Fong,
  Yi-ko-ya-erl-yao.

Sie brachte ihren Sohn zu uns,
Stets war er gut, und ich war schlecht,
  Yi-ko-ya-erl-yao.
Nun weine ich den ganzen Tag,
  Yi-ko-ya-erl-yao.

»Was meinen Sie?« fragte Elsie, als Tom gegangen war. »Tom schien gar nicht zuzuhören. Er schien abwesend, oder unglücklich über irgend etwas. Er war gar nicht natürlich.«
»Machen Sie sich keine Sorgen. Überlassen Sie es mir. Er ist in einer schlechten Verfassung. Man kann es ihm vom Gesicht ablesen.«
»Was wollen Sie damit sagen?«
»Tom ist sehr unglücklich, weil Sie ihn abgewiesen haben.«
»Sind Sie sicher?«
»Ganz sicher.«
Elsie war dankbar, daß Mrs. Yang ihr bei ihren Überlegungen half. Aber als sie im Bett war, lag sie noch lange voller Unruhe wach, und schließlich weinte sie sich in den Schlaf.

Vierundzwanzigstes Kapitel

1

In der Woche darauf rief Tom an und teilte mit, daß er am Freitag nicht heraufkommen könne – es sei in seiner Familie etwas vorgefallen.

»Was ist geschehen?« fragte Mrs. Yang Elsie.

»Er wollte es nicht am Telephon erzählen. Seine Stimme klang kühl, zurückhaltend und traurig. Ich kann es nicht verstehen.«

Elsie erklärte am Morgen Mrs. Yang, sie käme nicht zum Essen; und als sie mit ihren Unterrichtsstunden fertig war, ging sie zu »Marcos Cathay«.

Eva gab ihre Leuchtzeichen, und Tom kam heraus.

»Was ist geschehen, Tom?« fragte Elsie.

Toms Gesicht war ganz rot. »Wir haben Kummer in der Familie. Eigentlich wollte ich dir nichts davon erzählen. Yiko ist auf und davon, und Mutter hat sich schrecklich aufgeregt. Yiko und Yisow haben sich getrennt, und Yiko hat seine Stellung verloren. Er hat New York verlassen.«

Tom wollte Elsie nicht alles erzählen. Freddie war in der vorigen Woche zu ihnen gekommen und hatte kühl erklärt, er habe seine Stellung aufgegeben und gehe fort.

»Ich habe einen großen Fehler gemacht«, sagte er. »Sie hat mich zum Narren gehalten. Ja, ich war ein Narr. Frederick A. T. Fong, der Erznarr! Ich ging fort, um für sie Geld zu verdienen – und sie hat die Gelegenheit benutzt, sich einem andern in die Arme zu werfen.«

»Nein, das kann nicht wahr sein!« rief Flora, obgleich sie es durchaus glaubte.

»Sie hat es mir selber gestanden. Sie hat es mir sogar ins Gesicht geschrien. Zuerst leugnete sie es ab und behauptete, ich hätte sie fälschlich beschuldigt. Nun, ich sagte, ich sei fertig mit ihr. Dann schrie sie mir alles ins Gesicht, sie gab es zu und prahlte noch damit und erklärte, sie werde mich auf alle Fälle verlassen. So steht die Sache!«

»Und was wird aus dem Kind?«

»Ich hab es ihr gelassen samt allem anderen. Ich wohne jetzt im Hotel. Und nun gehe ich fort.« Er ließ sich plötzlich in einen Stuhl fallen, verbarg sein Gesicht in den Händen und brach in Tränen aus. Mutter Fong beugte sich über ihren Sohn.

»Wenn es mit der Ehe nicht geht, ist es besser, daß es jetzt passiert ist als später. Es ist nur gut, daß du sie rechtzeitig ertappt hast. Ich hab es gewußt, Ah-Tong«, sagte sie sehr bestimmt, »daß dieses Mädchen für dich keine Hilfe sein würde, aber du wolltest ja nicht hören. Glaub mir, sobald du wieder klar siehst, wirst du sie vergessen. Sie ist es gar nicht wert, daß du ihretwegen weinst.«

»Laß mich in Frieden!« war alles, was Freddie antwortete.

Am nächsten Tag reiste er ab.

Elsie erfuhr von Tom nur die nackten Tatsachen, weil er sich über die ganze Geschichte zu sehr schämte.

»Ich bin jetzt zu sehr von meinen Vorlesungen in Anspruch genommen, Elsie«, sagte er, »ich werde daher keine Zeit haben, zu den chinesischen Stunden zu dir zu kommen.«

Als Elsie nach Hause kam, las Mrs. Yang aus ihrem Gesicht, daß etwas Schlimmes geschehen war, und fragte besorgt danach.

»Er will nie mehr zu uns kommen.«

»Elsie, Sie sind wirklich sehr töricht.«

»Was soll ich denn tun? Zu ihm hingehen und sagen, ich wolle ihn heiraten? Nein, Tom hat sich verändert.«

»Sie hängen sehr an ihm, nicht wahr?«

Elsie wurde rot. Sie hatte es sich nicht eingestanden, wie sehr sie an ihm hing, trotz allem, bis sie nun spürte, daß sie ihn vielleicht verlieren werde.

Am nächsten Morgen erhielt sie von ihrer Mutter einen Brief. Ihm lag ein höflicher Brief an Mrs. Yang bei, in dem sie sich überschwenglich bedankte, daß sie Elsie im fremden Land ein Heim schenkte.

»Ich mache mir Sorgen über die Heirat meiner Tochter. Sie hat nun das Alter dafür, und wenn Sie einen jungen Mann kennen, der ihrer wert ist, wäre ich Ihnen für Ihre Hilfe sehr dankbar. Handeln Sie an ihr, als sei sie Ihre Tochter – Sie werden sich die unvergängliche Dankbarkeit einer Mutter erwerben. Es ist mir, als sei ich gut mit Ihnen bekannt, so viel hat mir Elsie von Ihnen erzählt. Ich will das alles Ihnen überlassen, und was Sie tun, wird auch mir recht sein.«

Elsie las den Brief und übergab ihn Mrs. Yang.
Nachdem sie ihn gelesen hatte, erklärte sie mit heiterem Lächeln: »Nun werde ich die Sache in die Hand nehmen.«

2

Das Frauenkomitee plante in der Woche vor Weihnachten eine dreitägige Sammelaktion. Die Vorbereitungen brachten Tom und Elsie wieder für ein paar Tage zusammen. Elsie gab in diesen Tagen keinen Unterricht, sondern kam schon frühmorgens in die Chinesenstadt, und bald plauderten sie fröhlich über ihre Arbeit, obgleich Tom ein wenig Zeit brauchte, bis er seine Scheu überwunden hatte und wieder in der alten Natürlichkeit mit ihr verkehren konnte. Er bemerkte, daß sie ihn hie und da heimlich anschaute, vorwurfsvoll und doch zärtlich, und er fragte sich, ob er nicht falsch gehandelt habe, als er sich von ihr fernhielt. Elsie beteiligte sich voller Patriotismus und Romantik an der Straßensammlung. Die Aktion umfaßte die meisten Distrikte der Innenstadt einschließlich des Zentrums an der Fünfundsiebzigsten Straße und der Fifth Avenue. Alle chinesischen Restaurants stellten sich zur Verfügung und erlaubten den Mädchen, die in den ihnen zugewiesenen Bezirken sammelten, sich bei ihnen auszuruhen. Die Leute auf den Straßen waren so kurz vor Weihnachten sehr freigebig, und es war ein leichtes, die Büchsen innerhalb von einer oder zwei Stunden mit Münzen und Scheinen zu füllen.
Das Wetter war feucht und bitterkalt, es sah so aus, als würde es bald schneien. Als Elsie am Eingang der Untergrundbahn stand, blies ihr der Nordwind tüchtig durch die Knochen. Sie war nicht schüchtern wie die anderen Mädchen, sondern schüttelte kräftig ihre Büchse und rief: »Gebt! Gebt für China!« und ihre Stimme und ihr im Wind wehendes Haar zogen die Aufmerksamkeit der Leute auf sich, sie blieben stehen und schauten sich nach ihr um. Die Mädchen hatten längst entdeckt, daß vor den eleganten Läden der Fifth Avenue am wenigsten zu holen war. Von einer Dame mit einer kostbaren Handtasche war selten Geld zu erwarten – am

meisten gaben die weniger gut gekleideten Leute an den Zugängen zur Untergrundbahn.
Aber Elsie blieb nie an irgendeinem Platz stehen. Sie kämpfte sich durch die Straßenkreuzungen, in der Hoffnung, Spender zu finden. Es wurde immer kälter, und ihre Finger wurden steif, aber sie war glücklich und voller Begeisterung und kümmerte sich gar nicht darum.
Am letzten Abend der Sammlung waren Hunderte von Büchsen mit Geld angefüllt. Als Elsie mit Eva ins Büro an der Fünfundsiebzigsten Straße zurückkam, schwatzten Mrs. Yang und die anderen Frauen aufgeregt über den großen Erfolg. Elsie schwenkte stolz ihre volle Büchse. Tom war auch dort, er wartete auf Eva.
»Denken Sie, wir bekamen fast dreihundert Büchsen voll«, sagte Mrs. Yang. »Wenn eine Büchse nur fünf Dollar enthält, haben wir fünfzehnhundert Dollar eingenommen. Das ist nicht schlecht. Wir hatten nur etwa vierzig Mädchen bei der Arbeit.«
Elsie trat an den Tisch, auf dem die Büchsen aufgereiht standen, und schüttelte sie. Einige waren nur halbvoll, und sie entdeckte, daß manche Büchsen gar nicht benutzt worden waren.
»Kommen Sie, wir gehn jetzt zum Essen heim«, sagte Mrs. Yang.
»Gehen Sie nur – ich bin nicht hungrig«, rief Elsie. »Alle paar Stunden haben uns die Restaurants gefüttert. Wir können noch drei bis vier Büchsen vollkriegen. Komm, Eva, wir nehmen diese leeren Büchsen und gehen an die Fünfundvierzigste und die Sechsundvierzigste Straße, dort fangen wir die Leute ab, die ins Theater gehen.«
»Es wäre besser, Sie kämen nach Hause, Elsie. Ihre Lippen waren ganz blau, als Sie hereinkamen. Sie müssen sich nicht bis zum letzten auspumpen«, sagte Mrs. Yang.
»Mir macht das gar nichts. Bitte, gehen Sie nach Hause. Ich werde dafür sorgen, daß hier alles abgeschlossen wird. Tom, wie steht es mit dir?«
»Wenn Eva mit dir kommt, gehe ich auch mit.«
Und so gingen die drei um acht noch einmal los in die Gegend der Theater.
Als Elsie um halb elf Uhr heimkam, sagte Mrs. Yang:
»Sie husten ja.«
»Ich glaube, ich kann nichts mehr essen.«
»Weil Sie völlig übermüdet sind. Sie essen jetzt etwas, nehmen ein heißes Bad und gehen gleich zu Bett.«

3

Am nächsten Tag konnte Elsie nicht aufstehen. Sie fühlte sich krank und schwach, hustete unaufhörlich und hatte ein wenig Temperatur.

»Ich muß mich erkältet haben. Es wird durch Schlafen nicht besser.«

Am Abend war die Temperatur noch mehr gestiegen, und am nächsten Morgen ging es ihr noch schlechter. Mrs. Yang rief den Arzt.

»Ich fürchte, es ist Lungenentzündung«, sagte er im Wohnzimmer leise zu Mrs. Yang. »Sie muß sofort ins Krankenhaus.«

»Ist es sehr schlimm?«

»Ich möchte Ihnen keinen Schrecken einjagen. Aber es ist ernst. Sie gehört ins Krankenhaus.«

Als Elsie im Krankenwagen fortgebracht wurde, fuhr Mrs. Yang mit. Elsie war bei Bewußtsein, aber so elend, daß sie nicht sprechen konnte. Insgeheim machte sich Mrs. Yang Vorwürfe: »Armes Kind, ich hätte sie gestern nacht nicht mehr fortlassen sollen.«

Den ganzen Nachmittag, als Elsies Temperatur höher und höher stieg, saß Mrs. Yang an ihrem Bett. Sie wußte nicht, was sie Elsies Mutter sagen sollte, wenn etwas passierte. Sie war so in Sorge, während sie dasaß und beobachtete, wie mühsam Elsie atmete, daß sie keinen Gedanken mehr fassen konnte. Das Mädchen hatte niemand hier, so hatte sie sich im Krankenhaus als ihr Vormund eingetragen.

Als sie spät abends heimkam, schlug eine ihrer Töchter vor, man solle Tom benachrichtigen.

»Vielleicht müßte ich das tun. Er ist zwar nicht wirklich mit ihr verlobt. Aber es ist doch das Richtige.«

Am nächsten Morgen rief Mrs. Yang im Krankenhaus an und erfuhr, daß bei Elsie keine Besserung eingetreten war. Nun telephonierte sie ins Restaurant und verlangte Tom.

»Kommen Sie bitte sofort hierher, Tom. Elsie ist krank, und ich möchte mit Ihnen sprechen.«

Als Tom zur Tür hereintrat, rief er gleich: »Wo ist sie?«

»Im Krankenhaus.«

»Ich muß sie sofort besuchen. Ist sie sehr krank?«

»Setzen Sie sich, Tom. Der Arzt weiß es noch nicht. Wir gehen am Nachmittag zu ihr.« Mrs. Yang schaute ihn voller Mitgefühl an.

Tom wollte sich nicht setzen, sondern ging ruhelos im Zimmer auf und ab.
»Tom, Sie lieben Elsie, nicht wahr?«
Tom gab keine Antwort.
»Warum haben Sie sie nicht mehr besucht?«
»Nun, ich glaubte – ich wollte sie nicht –«
»Ich will Ihnen etwas sagen, Tom. Elsie liebt Sie aufrichtig.«
Die Worte verschlugen Tom den Atem – er verlor alle Selbstbeherrschung.
»Oh, Mrs. Yang, das wissen Sie doch nicht!«
»Doch, ich sage Ihnen die Wahrheit. Warum haben Sie Ihre Besuche bei ihr eingestellt?«
»Ich glaubte, ich sei nicht gut genug für sie – noch nicht gut genug. Ich war meiner selbst nicht sicher. Mein Vater war nur ein Wäscher, und sie stammt aus einer Gelehrtenfamilie.«
»Seien Sie doch nicht lächerlich!« sagte Mrs. Yang.
»Wenn sie mich liebt, warum ließ sie mich dann im Zweifel?«
»Tom, ein guterzogenes Mädchen geht nicht hin und bittet einen Mann zu sich. Sie hätten zu ihr kommen müssen. Ich muß Ihnen etwas gestehen, Tom. Ihre Mutter hat ihre Heirat in meine Hände gelegt. Elsie und Sie lieben sich. Sie sollten einander nicht im ungewissen lassen. Es wird ihr sehr guttun, wenn Sie sie im Krankenhaus besuchen. Deshalb habe ich Sie gebeten, zu kommen.«
Um zwei Uhr gingen Mrs. Yang und Tom zu Elsie. Als sie ihr Zimmer betraten, lag sie mit geschlossenen Augen da.
»Sie schläft jetzt«, flüsterte die Pflegerin. »Vorhin hat sie phantasiert.«
»Ist das Fieber heruntergegangen?«
»Nein, aber wir geben ihr die besten Medikamente. Der Arzt meint, die Krisis könne die Besserung bringen.«
Tom stand an ihrem Bett und hatte das Gefühl, als seien seine Beine aus Holz.
»Elsie!« rief er leise.
»Lassen Sie sie schlafen«, sagte die Schwester. »Schlaf ist das Beste für sie.«
Sie warteten eine Stunde. Dann ging Tom hinaus, um eine Zigarette zu rauchen, und als er wiederkam, hörte er sie in ihrem Delirium ein Lied singen – das Lied, das er so gut kannte aus der Zeit, als sie in den Wäldern im Cortlandt Park umherwanderten.

»Eine lange, lange Nacht des Wartens, eh alle meine Träume sich erfüllen ...«

Als Tom an die glücklichen Wanderungen dachte, die sie zusammen gemacht hatten, füllten sich seine Augen mit Tränen.

Er beugte sich über sie und flüsterte: »Elsie, ich bin's, Tom!« – aber sie hörte ihn nicht.

Mrs. Yang sah, daß er lautlos schluchzte. Elsie sprach keine deutlichen Worte mehr, aber sie summte die Verse, und ein glückliches Lächeln lag um ihren Mund.

Um vier Uhr mußten Tom und Mrs. Yang gehen. Als sie um acht wiederkamen, rief Tom Elsies Namen, da öffnete sie die Augen und lächelte. Sie sah die Tränen in seinen Augen, als er sich niederbeugte und sie küßte.

Sie hustete und streckte die Hand aus, und Tom reichte ihr rasch ein Tuch.

»Ich bin so müde, Tom ... und alles glüht in mir.«

Mehr sagte sie nicht, sie ließ die Hand auf die Decke sinken und hielt die seine, glücklich, daß er gekommen war. Dann kam die Pflegerin ins Zimmer. »Sie müssen nun gehen«, sagte sie.

Am Weihnachtsabend brachte Tom Elsie ein Dutzend rote Rosen.

Am ersten Weihnachtsfeiertag fühlte sie sich besser, und das Fieber war vergangen. Zum erstenmal fragte sie ihn: »Tom, warum hast du mich verlassen?«

»Ich habe dich nie verlassen, und nie bist du meinem Herzen fern gewesen. Wenn du gesund bist, laß ich dich niemals mehr fort von mir!«

»Werde ich gesund werden?«

»Natürlich, das Fieber ist weg, und alles übrige kommt durch gute Pflege wieder. Elsie, wirst du mich nie mehr verlassen? Ich bin ein Narr gewesen. Mrs. Yang hat's mir bestätigt. Ich wagte nicht, dich um deine Liebe zu bitten.«

Sie schauten sich voller Liebe an.

»Tom, ich habe dich lieber als alles in der Welt. Wir sind Mrs. Yang viel Dank schuldig. Sie ist meine Patin – du solltest mit ihr sprechen.«

Eine Woche später konnte sie schon sitzen, als Mrs. Yang und Tom mit strahlenden Gesichtern hereinkamen.

»Elsie, meine Kunst im Schönschreiben hat sich gebessert.« Tom hielt ihr einen Umschlag hin.

»Was ist das?«

»Das ist der Brief, den ich schon lange auf chinesisch schreiben wollte. Er ist an deine Mutter.«
Elsie nahm den Brief, faltete ihn auseinander und las:

»Liebe Tante Tsai,
Ich bin ein unwürdiger Sohn aus einer armen Familie, und Ihre Tochter ist eine leuchtende Knospe aus dem Haus eines Gelehrten. Ihre Tugend ist so hervorragend wie ihr Wissen, und ihr Betragen ist ein Ruhm für ihre Sippe. Ich hatte das große Glück, ihr Schüler zu sein, und da ich ihre Begabung von ferne bewunderte, habe ich schon bei dem Gedanken gezittert, ich könnte sie um ihre Hand bitten, und Hoffnung wechselte mit Verzweiflung. Ihre Tochter hat geruht, ohne Mißfallen auf mich zu schauen, und nun bin ich so kühn, Sie zu bitten, Ihr Schwiegersohn werden zu dürfen. Ihre Tochter hängt sehr an Ihnen, und ich verspreche fest, sie nie zu verlassen, wohin sie auch geht. Die Tatsache, daß ich diesen Brief schreiben kann, wenn auch nur unbeholfen, verdanke ich ganz allein ihrem ausgezeichneten Unterricht.

Ihr tief ergebener
Tom Fong«

Elsie behielt den Brief in der Hand, die auf der Decke ruhte. Mit einem frohen Lächeln schaute sie zu Tom auf: »Ich glaube wirklich, deine Schreibkunst hat sich sehr verbessert, Tom.«
Er beugte sich zu ihr herunter und küßte sie. Sie drehte sich zu Mrs. Yang um und sagte: »Wir beide haben Ihnen zu danken, Mrs. Yang.«
Mrs. Yang stand auf. »Herzlichsten Glückwunsch! Sie haben recht. Sie beide müssen mir dankbar sein. Ein junger Mann und ein junges Mädchen können solch heillose Verwirrung anstiften.«
»Wird meine Mutter nun denken, ich sei töricht?«
»Ja, aber es ist das Klügste, was Sie überhaupt tun können in Ihrem Leben. Das gilt für Sie beide. Ich denke, ich muß jetzt gehen und gleich einen Brief an Ihre Mutter schreiben.«
Mrs. Yang ging hinaus und schloß sacht die Tür hinter sich.

Fünfundzwanzigstes Kapitel

1

In den Straßen lag noch tiefer Schnee. Die Mutter, Tom und Eva stiegen aus dem Autobus der Fifth Avenue. In der hellen Mittagssonne warfen die kahlen Bäume scharfe Schatten. Tom strahlte, Eva kicherte und die Mutter war glücklich. »Nimm dich zusammen!« warnte Tom seine Schwester, als sie durch das Hauptportal in das Hospital traten. Eva antwortete gar nicht.

Die Tür zu Elsies Zimmer im fünften Stock war halb offen, Tom klopfte und trat als erster ein: »Meine Mutter kommt zu Besuch«, verkündete er Elsie, und auf Zehenspitzen folgten die Mutter und Eva.

Elsie saß aufrecht im Bett, sie brachte ihr Haar in Ordnung und glättete ihr Kissen: »Oh, Mrs. Fong, Sie hätten doch nicht selber kommen sollen!«

»Wer sagt das?« erwiderte die Mutter heiter. »Eva, gib der Pflegerin die Suppe, sie soll sie wärmen.« Tom hatte den Topf, in ein Tuch eingeschlagen, bis zum Krankenhaus getragen.

Als Eva hinausging, schaute sie Elsie lange und wortlos an, als hätte sie sie noch nie gesehen. Es war einer jener weiblichen Blicke, die das ganze Wesen der andern aufnehmen. Sie kehrte gleich wieder zurück und trat nahe an Elsies Bett. Ihre Blicke trafen sich, und sie konnten keine Worte finden. Aber das Lächeln auf ihren Lippen verriet, daß Worte unnötig waren.

»Bald wirst du sie Samsow nennen«, sagte die Mutter mit einem stolzen Blick auf die beiden. – »Ich möchte gern, daß du weißt, Elsie, wie glücklich unsere Familie über dich ist.«

»Sie sind zu freundlich, Mutter Fong«, antwortete Elsie errötend. »Ich weiß nicht, was Ihr Sohn an mir findet.«

»Wie kannst du das denken! Ich bin sehr glücklich darüber. Mein Tom ist ein guter Junge. Nun ich einundsechzig bin und schon mit einem Fuß im Grabe...«

»Wie kannst du das sagen, Mutter«, widersprach Tom.

»Wenn ich einmal zu Toms Vater heimgehe – ich weiß, wie froh er in der andern Welt sein wird, wenn er die Neuigkeit erfährt –, dann bin ich beruhigt, daß du dich Toms annimmst. Vater hielt so viel von dir.«

Die Augen der Mutter wurden feucht.

»Aber Mutter, warum Tränen? Es ist doch ein glücklicher Augenblick!«

»Ich wollte nur, daß ihr es nicht vergeßt. Wo wären wir alle, wenn Vater nicht gewesen wäre! In solchen Zeiten weiß ich nicht, warum ...«

»Mutter, du wirst noch bei der Hochzeit weinen«, lachte Eva.

Als die Pflegerin kam, ließ es sich die Mutter nicht nehmen, Elsie die Schale Hühnersuppe selber zu servieren.

»Es ist ›Feen-Huhn‹, ich habe es selbst ausgesucht und für dich gekocht.«

Schon der erste Löffel Suppe belebte Elsie. Dasselbe Gefühl der Vollkommenheit hat man bei einer Farbe, einem Klang, einer Form, einem Geschmack – die Wirkung ist immer die gleiche.

»Oh, Mutter Fong, das Huhn ist nicht umsonst gestorben!« sagte Elsie.

»Wie meinst du das?«

»Ich kann die Seele des Huhns sagen hören: ›Ich wußte nicht, daß ich so vortrefflich war, bis mich Mutter Fong kochte!‹«

Alle lachten, als sie fortfuhr: »Ich habe gelesen, daß der Koch die Pflicht hat, aus einem Fleisch oder einem Gemüse das Beste herauszuholen. Versteht er das nicht, so ist es nichts anderes als Mord, eine Kuh oder ein Huhn zu schlachten. Gelingt es ihm, so ist die Seele des Tieres befriedigt, weil sein Bestes herausgekommen ist. Der Dichter sagt, daß wir nur so das Recht erwerben, ein Tier für unsere Nahrung zu töten, und diese Sünde dadurch zu sühnen.«

»Wer sagt das?« fragte Tom.

»Yüan Mei. Du wirst ihn wohl Yun Moy nennen, denke ich.«

»Du bist ein kluges Mädchen«, mischte sich die Mutter ein.

»Du mußt davon kosten, Tom, besser kann eine Hühnersuppe nicht schmecken.«

»So ist das eben, wenn man in eine Restaurateur-Familie heiratet«, sagte Tom.

»Was haben Sie mit dem Huhn angefangen?« fragte Elsie Mutter Fong. »Zweimal im Leben hat mir ein Huhn so gut geschmeckt, einmal in Soochow, das zweitemal heute.«

»Was ich damit angefangen habe? Nichts. Alles, was ich getan habe, war, das richtige Huhn auszusuchen und es so lange zu kochen, wie es nötig ist. Wenn ein Huhn noch ganz jung ist, gerade im rechten Alter, gut gefüttert und frisch geschlachtet, dann ist es an sich gut. Alles, was der Koch tun muß, ist, auf die Kochzeit zu achten. Das ganze Geheimnis ist, zu wissen, wie lang man es kochen muß. Du mußt recht bald heiraten, damit ich es dir beibringen kann.«

»Nein, Mutter«, fuhr Tom dazwischen, »wir sind beide noch auf dem College. Ich will nicht eher heiraten, bis ich für sie sorgen kann.«

»Was redest du da, Tom.« Die Mutter war plötzlich sehr bestimmt. »Du bist einundzwanzig und solltest verheiratet sein.«

»Ich bin erst zwanzig, Mutter!«

»Nein, du bist einundzwanzig. Du wirst in diesem Jahr einundzwanzig. Das Neue Jahr ist schon vorbei.«

»Mein Geburtstag ist erst in ein paar Monaten.«

»Du bist wie die Amerikaner. Sie sind alle närrisch. Das eine Familienmitglied wird im Mai, das andre im Juni oder im Juli älter. Wie soll man da Schritt halten! Ich sage, du bist einundzwanzig und Elsie ist zweiundzwanzig.«

Die Mutter sagte das in einem Ton, dem man nicht widersprechen konnte. Als sie Elsies Alter erwähnte, sah sie sie an, und Elsie verstand, was sie meinte. Der Blick bedeutete, daß Mutter Fong noch nie von einem Mädchen gehört hatte, das zweiundzwanzig war und noch nicht verheiratet, es sei denn, es wäre pockennarbig oder hasenschartig.

2

Elsie kam wieder zu Mrs. Yang zurück und setzte ihre Vorlesungen fort. Sie und Tom waren fleißig, und die Zeit verging rasch.

»Sie sollen sich nicht wegen des Essens beeilen«, sagte Mrs. Yang. »Sie brauchen mich nur anzurufen, dann warten wir nicht auf Sie.«

Aber Mutter Fong ließ sie nicht in Ruhe. Toms Absicht, daß er nicht heiraten könne, ehe er nicht mit dem Studium fertig war und für sich allein sorgen konnte, war für Mutter Fong eine Art Ketzerei. Aber daneben spielte vielleicht für sie auch eine Rolle, daß sie alt wurde und wie alle Eltern auf den Tag hin lebte, an dem alle Kinder verheiratet und in der Lage waren, ihr eigenes Leben zu beginnen und ihre eigene Familie zu gründen. Sie war deshalb auch Evas wegen ungeduldig. Darüber konnte sie sich richtig erhitzen. Tom sah ein, daß man ihr zuliebe die Freude auf die Hochzeit nicht auf unbestimmte Zukunft hinausschieben durfte.

»Wenn ihr beide, du und Eva, endlich verheiratet seid, kann ich meine Augen in Frieden schließen.«

Das war eine Binsenwahrheit.

»Aber Mutter«, wandte Tom ein, »das ist nicht das Richtige.«

»Was ist nicht das Richtige?«

»Heiraten, ehe ich mich nicht selber versorgen kann.«

Mutter Fong brauste wieder auf: »Das ist ja großartig! Du willst also unabhängig sein? Geh und erhalte dich doch selber auf dem College! Wer erhält dich denn jetzt? Ich ernähre dich. Kann ich nicht auch meine eigene Schwiegertochter ernähren? Du hast keinen Sinn für die Verpflichtung gegen die Familie. Ein Junges, das aus dem Nest fliegen will, ehe seine Federn trocken sind!«

»Das meine ich wirklich nicht, Mutter.«

»Was meinst du? Willst du aus lauter Stolz deine Frau nicht einen Teil der Familie werden lassen?«

»Doch, Mutter, aber ...«

Sie ließ ihn nicht ausreden: »Du bist ein Amerikaner. So weit ist es gekommen!«

»Ich meine nur, daß sie noch studiert und ich auch.«

»Und wer sagt, daß ein Mann und eine Frau nicht studieren können, wenn sie verheiratet sind?«

»Sie wohnt da oben bei Mrs. Yang, wo sie es gut hat. Wenn ich heirate, müssen wir ein Zimmer mieten.«

»Kann sie nicht in die Chinesenstadt zurück, und könnt ihr zwei nicht in ihrem früheren Zimmer wohnen? Ein Mädchen soll heiraten, wenn es zweiundzwanzig ist, denn in diesem Alter interessiert es sich nicht nur für Bücher. Sie studiert, um sich zu beschäftigen, bis sie einen Mann und ein Heim findet. Hör auf deine alte Mutter, Tom! Ich habe lange genug gelebt, um es zu wissen. Versuche nicht, die Natur zu betrügen. Ich muß auch an Eva denken. Du hast keine Ahnung, wie schnell ein Mädchen erwachsen ist.«

3

Zwei Monate später erhielt Tom den ersten Brief von Elsies Mutter. Darin nahm sie in aller Form seine Werbung um die Hand ihrer Tochter an. Mrs. Yang ging als Vermittlerin zu Toms Mutter, und die Formalitäten der Verlobung wurden vollzogen.
»Was sollen wir tun, Elsie?« fragte Tom, »ich kann mit meiner Mutter nicht streiten. Sie will, daß wir heiraten, sobald wir so weit sind. Ist es dir recht?«
Elsie dachte eine Weile nach. Ihr Fraueninstinkt sagte ihr, daß sie so weit war und glücklich sein würde, ein Heim und einen Mann zu haben, um den sie sich und der sich um sie sorgte: »Vielleicht hat deine Mutter recht. Wir können dieses Zimmer hier nehmen. Das ist ganz einfach. Ich verdiene das Notwendige als Lehrerin, und du kannst weiterstudieren. Du weißt, daß deine Mutter eine sehr kluge Frau ist. Sie denkt jetzt an Evas Heirat. Ich denke, es ist alles in Ordnung. Auch meine Mutter hat mir immer gesagt, daß sie für eine frühe Ehe ist. Und wenn wir verheiratet sind, mußt du mich von da an für dich sorgen lassen.«
Tom hatte plötzlich das Gefühl, als würde seine Welt von Frauen gelenkt, eine Frau gab der andern die Verantwortung ab. In seiner ganzen Kindheit und auch als er älter geworden war, hatte seine Mutter bestimmt, was er zu tun hatte, und nun war hier Elsie, die bereit war, ihn durch das übrige Leben zu führen.
»Ich glaube, ich muß meinem Vater und meiner Mutter sehr dankbar sein«, sagte er ernst.
»Wir beide sollten unsern Eltern dankbar sein«, erwiderte Elsie.

4

Etwas später schrieb Eva an Freddie, der jetzt in einer Schiffsagentur in der Chinesenstadt Chikagos arbeitete.

»Lieber Yiko,
in unserer Familie passiert jetzt vielerei, und es macht mich traurig, daß Du allein von uns getrennt lebst. Tom und Elsie heiraten in diesem Sommer. Es war Mutters Wunsch. Sie wird alt und ihr Haar ist ziemlich weiß, aber sie ist noch immer die gleiche und bei guter Gesundheit. Tom wollte eigentlich nicht heiraten,

solange er noch auf dem College ist. Aber Mutter wollte nichts davon hören. Sie war ganz beleidigt, als er sich zuerst weigerte. Nun, Du kennst ja die Mutter. Sie wurde ganz böse und nannte uns *fankwei,* wenn wir ihr sagten, daß in unserer Zeit ein Mann nicht eher heiratet, als bis er seine Frau versorgen kann. Dieser Gedanke schien ihr unmöglich. Daher kommt es, sagte sie, daß in Amerika so viel Männer und Frauen unverheiratet sind.

Wie denkst Du darüber, Yiko? Ich bin vielleicht zu jung, um es zu verstehen, aber Mutter ist überzeugt, daß sie recht hat. Sie sagte, in diesem Land sei alles verkehrt. Die Söhne leben nicht mehr mit ihren alten Eltern, und die Eltern wollen nicht mit ihnen leben. Die Kinder sorgen nicht für ihre Eltern, und die Eltern wollen nicht, daß die Kinder für sie sorgen. Daher arbeiten so viele alte Leute als Fahrstuhlführer und Wäscherinnen, obwohl ihre Söhne schon Geld verdienen. Mutter nennt das verrückt und verbrecherisch. Ich stehe dazwischen und kann beide Seiten verstehen.

Nun, wir mußten uns alle der Mutter fügen. Tom will bis zum Ende des Semesters warten, weil sie dann mehr Zeit haben, um eine Wohnung einzurichten. Und ich sehe schon ihre Zimmer voller elektrischer Leitungen!

Was ich Dir jetzt schreibe, ist ein Geheimnis, das wir Mutter nicht verraten. Am 29. April ist ihr einundsechzigster Geburtstag. Du mußt dazu herkommen, Yiko. Wir wollen ihn feiern und wären ohne Dich nicht vollzählig. Sag der Mutter nichts, aber wenn Du kämst, wäre sie so glücklich, daß die Familie beisammen ist. Daiko, Tom und ich stecken voller Pläne. Wenn Du ein paar Tage früher kommen könntest, wärest Du uns eine große Hilfe. Daiko, Tom und die Mutter lassen Dir sagen, daß wir Dich alle sehr vermissen.

In Liebe

Eva«

Freddie kam eine Woche vor dem Geburtstag, und es war eine große Aufregung für die Familie. Irgendwie hatte seine Trennung von Sing Toy und seine monatelange Abwesenheit ihn ihnen nähergebracht. Ihre Begrüßung war herzlich und echt.

»Du bist dünner geworden und dunkler, mein Sohn«, sagte die Mutter.

»Wie geht es dir?« fragte Loy.

»Mir geht's gut. Ich habe mich nie im Leben wohler gefühlt. Man kann einen Haufen Geld in der Schiffsversicherung verdienen.«

Es ist immer noch derselbe Yiko, dachte Tom, noch immer überschwenglich. Aber um ihm gerecht zu werden, mußte man zugeben, daß er seine Familie wirklich lieb hatte.
»Du hast nie auf meinen Brief geantwortet«, sagte Eva vorwurfsvoll.
»Wirklich nicht?«
»Nur eine kurze Zeile, daß du kommst.«
»Schön, und ich bin gekommen. Oder nicht? Ich werde zwei Gästetische übernehmen. Wir müssen es ganz großartig machen.«
»Was für Tische? Was ganz großartig machen?« fragte die Mutter ängstlich.
»Deinen Geburtstag. Es ist dein einundsechzigster!« riefen alle gleichzeitig und sahen die Mutter zärtlich an.
»Das ist lieb von euch, Kinder, daß ihr daran gedacht habt, aber macht euch nicht so viele Ausgaben.«
»Wann kommt je ein einundsechzigster Geburtstag wieder!« rief Eva. »Es ist Sitte, daß der einundsechzigste, der eine neue Dekade beginnt, ein großer Geburtstag ist, nur noch übertroffen vom einundsiebzigsten und einundachtzigsten, aber die sind zu selten.«
»Ich übernehme alle Kosten«, erklärte Freddie.
»Nein, wir wollen sie teilen«, wandte Loy ein.
In der Nacht sagte Flora zu ihrem Mann: »Freddie ist doch ein gutherziger Kerl. Aber wir sollten uns alle in die Kosten teilen. Ich denke, einhundertfünfzig Dollar müßten wir für die Feier aufbringen. Das können wir uns wirklich leisten. Aber ich bin froh, Loy, daß du ihm nicht die Wahrheit gesagt hast, als er danach fragte, wieviel wir verdienen.«
»Das konnten wir nicht. Wenn er wüßte, wieviel wir verdient haben – wieviel ist es denn?«
»Fast fünftausend Dollar!« Floras Stimme klang stolz und triumphierend.
»Du mußt dir ein neues Kleid für die Feier kaufen und auch eines für Eva. Außerdem den Ring, den du dir schon jahrelang gewünscht hast!«
»Oh, Loy, ist das wirklich dein Ernst? Oder muß ich nicht erst die Mutter fragen?«
»Nein! Es ist unser Geld. Kauf ihn erst und sage es dann der Mutter. Sie weiß, daß du ihn verdient hast.«
Flora küßte und umarmte ihren Mann voller Freude.

Am nächsten Morgen ging sie mit Eva in die Stadt und kaufte für sich ein Kleid aus Kunstseide, schwarz und pfirsichfarben, Eva wählte ein blaues Kleid. Dann gingen sie zum Juwelier, und sie kaufte einen Diamantring für fünfhundert Dollar. Sie verließ mit der kleinen Schachtel in der Tasche den Laden und seufzte glückselig.

Bei ihrer Rückkehr ins Restaurant rief Eva: »Mutter, wir haben einen Ring für Flora gekauft, er ist herrlich!«

Flora öffnete zögernd die Schachtel und zeigte der Mutter den Ring: »Ich habe so lange darauf gewartet. Ich hoffe, du bist damit einverstanden.«

»Wieviel hat er gekostet?«

»Fünfhundert Dollar. Er ist mehr als ein Karat«, antwortete Flora mit einem ängstlichen Blick auf die Mutter: »Es war von unsern Ersparnissen.«

»Steck ihn an, steck ihn an!« drängte die Mutter.

Flora lächelte sehr zufrieden, als sie den Ring an den Finger streifte.

»Er steht dir gut«, sagte Mutter Fong und schaute liebevoll ihre Schwiegertochter an: »Du hast ihn verdient, meine Liebe.«

5

Die Einladungen wurden verschickt, und ein paar Tage vor dem Geburtstag kamen die Geschenke an. Freddie hatte auch alle führenden Personen der Chinesenstadt eingeladen, was der Familie großes Ansehen gab.

Als der Tag kam, fühlte sich Mutter Fong sehr glücklich, weil sie alle ihre Kinder um sich hatte. Das Essen fand im »Pacific« statt, da ihr eigenes Restaurant zu klein war. Alle Familienmitglieder erschienen in ihren besten Kleidern. Das Restaurant leuchtete mit all dem Rot und Gold der seidenen Blumengewinde und Glückwunschpergamente. Alle waren fröhlich und heiter. Von den Söhnen und Töchtern wurde erwartet, daß sie voll Freude waren, weil ihre Mutter ein so ehrwürdiges Alter erreicht hatte. Der kleine Marco war jetzt zwei Jahre alt und war wie eine chinesische Puppe angezogen; er lief in einer Pagenmütze umher, die sie in einem benachbarten Laden gefunden hatten. Es wäre noch erfreulicher gewesen, wenn ein Halbdutzend oder gar ein Dutzend Enkel herumgesprungen wäre. Aber Mutter Fong war zufrieden. Sie hatte drei Söhne und eine Tochter, und allen ging es gut. Dieses Fest war ein Beweis dafür, daß sie eine erfolgreiche Familie besaß, die so viel Glück bedeutete, wie man sich nur wünschen konnte in einer Welt voller tückischer Fallgruben und schmerzlicher Fehlschläge. Es wurden Trinksprüche auf sie ausgebracht, und da es unhöflich gewesen wäre, einen der Führer der Chinesenstadt am Reden zu hindern, gab es mehr als ein Dutzend Lobreden auf ihre mütterliche Tugend.

Wie gewöhnlich war die eindrucksvollste Rede die vom Alten Tuck. Nach der höflichen Einleitung sagte er: »Meine Freunde, wir alle möchten gern lange auf dieser Erde leben. Ich habe in diesen letzten zwölf Jahren ein wenig nachgedacht und möchte Ihnen nun etwas von meinen Gedanken mitteilen. Aber laßt mich zuerst eine Geschichte erzählen:

Vor zweitausendfünfhundert Jahren lebte ein sehr alter Mann. Er war ein Zeitgenosse von Konfuzius und Laotse. Als Laotse, damals noch ein junger Mann, zu ihm kam, war er schon über neunzig. Ein Mann mit weißem Haar und rosigen Wangen. Laotse, auf den er einen großen Eindruck machte, fragte ihn nach dem Geheimnis seines langen Lebens. Er machte den Mund weit auf und forderte Laotse auf, hineinzuschauen. ›Sind meine Zähne gut?‹ fragte er.

Laotse schaute sie an und sagte: ›Sie sind fast alle ausgefallen.‹

›Und was ist mit meiner Zunge?‹

›Sie ist noch tadellos‹, antwortete Laotse.

›Denke daran‹, sagte der alte Mann, ›das Harte und Spröde bricht, aber das Weiche besteht. Das ist das Geheimnis meines langen Lebens.‹

Das Leben ist ein wunderbares Geschenk, und keiner von uns möchte es aufgeben. Wir alle wollen lange leben und manche am liebsten ewig. Der Geist ist unsterblich, das Werk ist unsterblich und die Sippe ist unsterblich. Kuangtse nennt den Tod ›die große Heimkehr‹ – das ist die Unsterblichkeit des Geistes. Laotse sagt: ›Ein Mensch lebt lang, wenn er stirbt und doch bei uns bleibt‹ – das ist die Unsterblichkeit des Werkes. Konfuzius sagt: ›Laß die Flamme auf dem Ahnenaltar nicht erlöschen‹ – das ist die Unsterblichkeit der Sippe.

Ich weiß, daß wir alle lange leben – ewig leben wollen. Ohne daß wir es wissen, handelt die Natur danach. Jeder Eichbaum ist unsterblich und jeder Apfelbaum. Er stirbt zwar, aber seine Art

erhält sich. Wenn der alte Baum stirbt, wachsen die Schößlinge auf. Ich habe mich immer gewundert, warum die Natur nicht für einen Baum oder einen Elefanten oder einen Menschen gesorgt hat, der nie alt wird und nie stirbt. Ich glaube, ich verstehe es jetzt. Laotse sagt: ›Wenn ein Kind geboren wird, ist es weich und schwach; wenn ein Mensch stirbt, ist sein Körper starr.‹ Und nicht nur sein Körper, auch sein Geist wird starr, wenn er zu Jahren kommt. Die Natur will das nicht. Denn wenn ein Kind heranreift, wird es tauglich für gewisse Dinge, aber wenn es für gewisse Dinge tauglich geworden ist, wird es untauglich für andere. Der Mensch nimmt gewisse feste Gewohnheiten an – dann ist er nicht mehr frisch und biegsam und kann sich nicht mehr verändern. Starrheit bedeutet Unfähigkeit zu wachsen, sich zu verändern, sich zu entwickeln und etwas zu wagen. Wenn ihr heute von mir verlangt, ich solle einen Haufen Landsleute durch die Wyoming-Wüste führen, ich könnte es nicht. Ich könnte es nicht nur nicht, sondern mein Geist würde es mir verwehren. Und daher sorgt die Natur für die Unsterblichkeit der Sippe, indem sie für ewigen Nachwuchs der Jugend sorgt, die nach uns kommt. Wenn die Knochen des alten Hundes steif werden und er seine Frische verliert, tritt das junge Tier an seinen Platz. So erhält sich die Natur immer jung. Das ist die Vorsorge der Natur gegen Verhärtung und Erstarrung und ihr Geheimnis der ewigen Jugend. Ich muß sagen, das ist ein vortrefflicher Plan.
Ich trinke auf Mutter Fong und ihre Kinder und ihr Enkelkind Marco und auf die Unsterblichkeit meines Freundes Tom Fong.«
Am Ende des Essens war Mutter Fong leicht angeheitert. Einige Redner hatten auch die italienische Schwiegertochter gerühmt, die es verstand, »ihrem Gatten zu helfen und zum Wohlergehn der Familie beizutragen«. Die ganze Chinesenstadt war sich darüber einig, daß sie eine gute Frau und eine gute Schwiegertochter war. Und der Alte Tuck sagte feierlich: »Das ist es, was die Gemeinschaft zusammenhält.«
Am nächsten Tag ging die Familie auf Mutter Fongs Wunsch zu des Vaters Grab in Brooklyn. Da Freddie meistens fern war, hatte sie darauf bestanden, daß sie bei dieser Gelegenheit alle zusammen gehen sollten. Es waren nur vier oder fünf Tage vor dem zweiten Todestag Vater Fongs. Wieviel hatte sich seither ereignet!
Während des Festessens hatte Mutter Fong gesagt: »Elsie, du

solltest auch mitkommen.« So nahm Elsie zum erstenmal ihren Platz als Mitglied der Familie ein. Sie trug ein weiß und schwarz bedrucktes Kattunkleid in chinesischem Schnitt.
Das Restaurant war an diesem Tag geschlossen, und auch Onkel Chan verließ seinen Laden und kam mit ihnen. Sie nahmen einen Zinnkrug mit Reiswein mit, einen Korb mit Früchten und Nüssen und einen großen Strauß frischer Blumen. Und Freddie hatte seinen Photoapparat mitgebracht. Sie nahmen Autotaxen, fuhren über die Brooklyn-Brücke und nördlich zum großen Friedhof, der außerhalb der Stadt lag.
Das Grab lag in amerikanischem Stil in einer Reihe mit vielen anderen ohne viel Zwischenraum. Sie legten die Früchte und Nüsse und Blumen vor den Grabstein, und Daiko, als der älteste Sohn, goß den Reiswein als Trankopfer auf das Grab. Mutter Fong kniete nieder und weinte bitterlich. Auch die andern, einschließlich Flora, knieten nieder, und Eva schluchzte laut. Elsie, die nicht recht wußte, was sie tun sollte, blieb stehen, sie behielt Marco an der Hand. Nach ein paar Minuten stand Mutter Fong schwer atmend auf, ohne ein Wort zu sagen, und dann erhoben sich auch die andern.
Der Grabstein war eine viereckige Platte mit chinesischen Schriftzeichen in senkrechten Reihen. In der Mitte standen die Worte: »Hier ruht unser geliebter Vater, Tom Fong aus Sunwei.« In der linken Reihe waren die Namen der Söhne, der Tochter und des Enkelkindes von Tom Fong aufgeführt. Mutter Fong deutete darauf: »Es sollten bald mehr Namen von Enkelkindern dort stehen. In meinem Alter habe ich nur Marco. Nun rechne ich auf dich, Elsie.«
Elsie wurde rot.
Flora versuchte, die Schriftzeichen zu entziffern.
»Wo steht Marcos Name?« fragte sie.
»Hier unten am Ende der Reihe.«
Während sie um den Grabstein standen, nahm Freddie seinen Belichtungsmesser heraus.
»Wir wollen zur Erinnerung eine Aufnahme machen.«
Er stellte sein Stativ auf, während sich alle um den Stein gruppierten, die Mutter und Onkel Chan in der Mitte. Loy und Flora, Eva und Marco auf der einen Seite, Tom und Elsie auf der anderen.
»Komm hier neben mich, Eva«, sagte Freddie. »Erinnert ihr euch an das Bild, das wir bei eurer Ankunft am Hafenkai machten? Damals waren du und Tom noch ganz klein.«

»O ja, du legtest den Arm um uns. Es kommt mir vor, als sei das schon furchtbar lange her.«

Als Freddie die Kamera und den Selbstauslöser eingestellt hatte, sprang er auf seinen Platz zurück. Die Kamera machte klick. Der Frühlingswind wehte sanft über das Gras, es war, als sei in diesem Augenblick der Geist ihres Vaters bei ihnen.

Als sie fortgingen, führte Eva die Mutter, Tom und Elsie kamen hinterdrein. Als sie am Tor ankamen, wandte sich Mutter Fong um und sagte zu Tom und Elsie: »Von nun an muß ich mich um Eva kümmern.«

Das Originaltitelblatt
der japanischen Jou Pu Tuan-Ausgabe von 1705,
mit der Querschrift-Schlagzeile oben:
Unter dem Himmel der erste Wind- und Welle-Roman

Gabriele Tergit

Gabriele Tergit (Dr. Elise Reifenberg), in Berlin geboren, gehörte von 1925–1933 zur Redaktion des ›Berliner Tageblatt‹. 1933 emigrierte sie zunächst in die Tschechoslowakei, dann nach Palästina und später nach London. Seit 1957 war Gabriele Tergit Sekretärin den PEN-Zentrums deutschsprachiger Autoren im Ausland. 1931 erschien ihr Berlinroman »Käsebier erobert den Kurfürstendamm« und machte die junge Journalistin auf einen Schlag berühmt. Gabriele Tergit starb 1982 in London.

Käsebier erobert den Kurfürstendamm

Roman. Band 2158

Dieser Berlin-Roman ist eine Wiederentdeckung. Als er 1931 bei Ernst Rowohlt erschien, machte er die junge Journalistin Gabriele Tergit auf einen Schlag berühmt. Er wurde in der damaligen Presse enthusiastisch als der beste Zeitroman gefeiert, als authentisches Spiegelbild vom Niedergang des deutschen Bürgertums.

Käsebier, der Sänger, ist nur eine leuchtend traurige Episode in diesem Berliner Schicksalskarussell zur Stunde des niedergehenden deutschen Bürgertums. Aber er steht stellvertretend für viele damals und später und heute. Und darum ist Gabriele Tergits Großstadtroman aus dem Berliner Presse- und Gesellschaftsmilieu der zwanziger Jahre nicht nur nostalgische Erinnerung an eine angeblich goldene Zeit, sondern vor allem auch immer noch ein Zeitroman von ertaunlicher Aktualität.

Effingers

Roman. Band 8044

»›Effingers‹ von Gabriele Tergit ist nicht bloß Lesestoff und Unterricht in angenehmer Mischung, sondern ein jeder Kopie entzogenes Dokument, kostbare Heimat- und Großstadtliteratur, die zwar bereits vor drei Jahrzehnten mit Respekt begutachtet, aber erst jetzt vom großen Publikum der Thomas Mann-, Fontane- und nun auch Kempowski-Enthusiasten zu entdecken ist. Der Titel ›Effingers‹ deutet auf einen anderen, auf ›Buddenbrooks‹ und deutet da nicht gerade in die falsche Richtung... Doch im Schatten des Giganten gedeiht Gabriele Tergits eigene, ureigene Kombination aus Mitgefühl und Sachverstand und raschem Witz.«

Frankfurter Allgemeine Zeitung

JOSEPH CONRAD

Gesammelte Werke in Einzelbänden

Der Freibeuter
Roman. Aus dem Englischen von
Günther Danehl. 302 S. Ln.

Der Nigger von der »Narzissus«/Die Schattenlinie. Ein Bekenntnis »meiner unauslöschlichen Achtung würdig«.
Aus dem Englischen von Ernst Wagner.
354 Seiten, Ln.

Der Verdammte der Inseln/ Almayers Wahn
Aus dem Englischen von Günther Danehl.
593 Seiten, Ln.

Jugend/Herz der Finsternis/ Das Ende vom Lied
Aus dem Englischen von Fritz Lorch.
385 Seiten, Ln.

Mit den Augen des Westens
Aus dem Englischen von Günther Danehl.
430 Seiten, Ln.

Nostromo
Eine Geschichte von der Meeresküste.
Aus dem Englischen von Fritz Lorch.
625 Seiten, Ln.

S. Fischer Verlag

JOSEPH CONRAD

Gesammelte Werke in Einzelbänden

Sieg
Eine Inselgeschichte.
Aus dem Englischen von Walter Schürenberg.
449 Seiten, Ln.

Spannung
Ein Roman aus Napoleonischer Zeit.
Aus dem Englischen von Günther Danehl.
289 Seiten, Ln.

Taifun
Zwischen Land und See. Drei Erzählungen.
Aus dem Englischen von Ernst Wagner.
378 Seiten, Ln.

Über mich selbst
Einige Erinnerungen.
Aus dem Englischen von Günther Danehl.
174 Seiten, Ln.

Einzelausgabe:

Freya von den sieben Inseln
Eine Geschichte von seichten Gewässern.
Aus dem Englischen von Ernst Wagner.
Fischer Bibliothek. 176 Seiten, Geb.

S. Fischer Verlag

Alan Paton

Denn sie sollen getröstet werden

Roman. Band 2498

Alan Patons weltberühmter Roman über die Rassentrennung, das soziale Elend der farbigen Mehrheit und die schuldhafte Verstrickung von Schwarz und Weiß in Südafrika hat auch heute noch, mehr als drei Jahrzehnte nach der Erstveröffentlichung 1948, nichts von seiner beklemmenden Aktualität verloren.

Paton erzählt die Geschichte des schwarzen Landpfarrers Stephen Kumalo, der seine Zulu-Gemeinde verläßt, um seinen Sohn Absalom zu suchen, der wie so viele junge Leute in der großen Stadt Johannesburg spurlos verschwunden ist. In den Eingeborenenslums sieht Kumalo das Elend seiner Landsleute, die, losgelöst von ihren Stammestraditionen und von ihren Familien getrennt, der Apathie, aussichtslosem Aufbegehren oder der Kriminalität verfallen. Er findet seine Schwester als Prostituierte und seinen Sohn im Gefängnis wieder. Absalom hat bei einem Einbruch in panischer Angst einen Weißen erschossen. Tragischerweise ist das Opfer ein liberaler Weißer, der nach Kräften gegen die Apartheid und die Ausbeutung der Farbigen gekämpft hatte. Absalom wird zum Tode verurteilt. Mildernde Umstände läßt das von Weißen besetzte Gericht nicht gelten.

Fischer Taschenbuch Verlag